Pattwór von Wadrán

Wolfsgeheul

Die Wadrán-Chroniken

– Band 1 –

Wolfsgeheul

Schicksalhafte Begegnungen

Pattwór von Wadrán

Impressum:

Bibliografische Information der Deutschen Nationalbibliothek:
Die Deutsche Nationalbibliothek verzeichnet diese Publikation in der Deutschen Nationalbibliografie; detaillierte bibliografische Daten sind im Internet über dnb.dnb.de abrufbar.

Herstellung und Verlag:
BoD – Books on Demand, Norderstedt

Homepage:
http://www.wadran-chroniken.de

ISBN: 978-3-73-479776-7

Danksagung

Ich danke meinen Freunden René Noack, Bernd Müller und Annette Hein für ihre Lektoratsarbeit und die zahlreichen Stunden, in denen wir im konstruktiven Dialog standen.

Mein Dank geht auch an Marlies Lunau-Sandrock und Petra Witt.

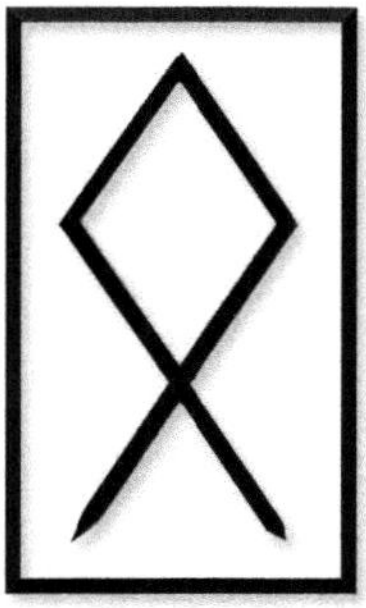

»Wohin du auch gehst,

geh mit deinem ganzen Herzen«

– *Konfuzius*

Inhalt

Wolf Wilson

Meine Großmutter sagte mir immer, es gäbe keine Monster, wenn ich wieder Geräusche gehört und mich bei ihr in einer finsteren Nische verkrochen hatte. Damals war ich ein sehr misstrauisches und schreckhaftes Kind. Granny, so nannte ich sie, weil sie klein und von zierlicher Gestalt war, vermutete, dass der rastlose Lebensstil meiner Eltern die Ursache für mein auffälliges Verhalten war. Wie sollte ich Vertrauen zu einer Umgebung aufbauen und Sicherheit im Umgang mit Menschen bekommen können, wenn man mir jegliche Chance nähme, mich in einer Umgebung einzugewöhnen und einen Freundeskreis aufzubauen, meinte sie und machte Mom und Dad deswegen große Vorwürfe. Aber woher sollte sie auch wissen, warum wir immer wieder unseren Wohnort wechselten? Mir war es von Mom und Dad strengstens verboten, ihr von jenen Ereignissen zu erzählen, die am Anfang unseres nomadenartigen Lebens standen – jenen Ereignissen, die mich damals zutiefst verängstigt und mir die kindliche Unbeschwertheit und das Bild einer heilen Welt geraubt hatten. Trotzdem konnte ich nicht verstehen, warum man vor Kindern die grausame und blutige Realität, die Existenz von Werwölfen und andersartigen, wolfähnlichen Kreaturen leugnet, so wie es Granny beharrlich tat, wenn ich ihr trotz des Verbots meiner Eltern von den Werwölfen erzählte. Etwa, um uns Kinder zu schützen und zu verhindern, dass wir uns bibbernd unter Bettdecken verstecken und kein Fuß mehr hinauswagen? Ich wusste aber, dass es sie gab. Und das entlarvte jene sicherlich gut gemeinte Behauptung als Lüge und meine Großmutter als Lügnerin. Dabei fürchtete ich nicht die Werwölfe. Meine Monster waren nämlich durchweg menschlicher Gestalt.

Heute weiß ich allerdings, dass ich mit ihr zu streng ins Gericht gegangen war, denn meine Realität war nicht ihre. In ihrer Erfahrungswelt existierten keine Monster und damit auch keine Werwölfe. Aus heutiger Sicht sehe ich vieles anders als damals, denn jetzt bin ich 23 Jahre alt und um zahlreiche Erfahrungen reicher. Mit gutem Gewissen kann ich wohl behaupten, dass ich schon jetzt, in meinem jungen Alter, viele schöne, seltsame und, sagen wir mal, weniger schöne Erlebnisse gehabt habe, die meine Sichtweise vollkommen verändert und einige meiner damaligen Ansichten revidiert haben.

Schon in meinem dreizehnten Lebensjahr hatte ich mehr sehen und erleben müssen als die meisten Menschen in ihrem ganzen Leben. Durch jene Erlebnisse war ich der Fähigkeit beraubt, Vertrauen zu anderen Personen zu gewinnen. Ich ließ keine Fremden mehr an mich heran und reagierte äußerst abweisend. Das führte natürlich zu Problemen in der Schule. Zeitweise war ich deswegen vom Unterricht befreit und wurde daheim von meinen Eltern unterrichtet. Man trat sogar an sie heran und riet ihnen, einen Psychiater für mich zu konsultieren. Das war für Mom und Dad aber keine Option. Sie wussten ja, warum ich mich so verhielt, und die Hintergründe durften auf keinen Fall publik werden. Ich fand dann selbst einen Weg, meine Ängste zu kanalisieren, indem ich mich in den Sport flüchtete. Wenn ich meinen Körper nur hinreichend stählte und Kämpfen lernte, könnte mich kein Mensch mehr bedrohen, dachte ich mir und begann intensiv zu trainieren. Eine Kampfschule kam für mich allerdings aus genannten Gründen nicht in Frage.

Ein paar Jahre später brachen dann Ereignisse über uns herein, die die Grenzen des Vorstellbaren überschritten. Sie änderten mein damaliges Leben in kaum vorstellbaren Dimensionen. Jetzt, da der Zeitpunkt meiner grausamen Rache sehr nahe liegt, möchte ich die ganze Geschichte meiner Kindheit und Jugend erzählen:

Ich bin Pattwóŗ von Wadŗán und gehöre dem Clan der Wadŗáns an. Einst war ich aber Wolf Wilson, der Sohn erfolgreicher amerikanischer Unternehmer. Ich war ein so genanntes Millenniumskind und wurde in Kansas City unter dem indianischen Sternzeichen des Wolfes geboren. Mein Vater war Bachelor of Engineering und leitete eine gesunde Firma in der Glasbranche, meine Mutter promovierte Betriebswirtin. Eigentlich schlug ihr Herz aber für Botanik. Schon früh entdeckte sie ihre Liebe für Pflanzen und betätigte sich neben ihrem Studium als Hobbybotanikerin. Später fand sie dann einen Weg, Beruf und Hobby zu kombinieren, indem sie sich in einen Fachbetrieb für Landschaftsgärtnerei einkaufte und dessen Geschäftsführung übernahm. Sie war maßgeblich an der Neugestaltung des botanischen Gartens in Kansas City beteiligt. Ich brauche wohl nicht explizit erwähnen, dass wir recht wohlhabend und nicht auf die Einkünfte aus Moms beruflicher Tätigkeit angewiesen waren.

Kennengelernt hatten sich meine Eltern auf der High-School in Wichita. Beide besuchten anschließend die Wichita State University, wo mein Vater in Industrial Engineering und meine Mutter in Economics graduierte und später auch promovierte. Als mein Vater dann die Glasfabrik erbte, zogen sie nach Kansas City, wo Dad sofort die Geschäftsführung übernahm und die Firma auf Erfolgskurs brachte. Auch wichtige Kontakte zu Politik und Wirtschaft konnte er knüpfen. Sehr schnell etablierten sich die Wilsons so in der High Society von Kansas City. Tja, und zwei Jahre später wurde ich dann geboren. Die Weichen waren auf kompromisslosen Erfolg gestellt und mit meiner Geburt stand auch dem Aufstieg als amerikanische Musterfamilie nichts mehr im Weg.

Über vierzehn Jahre hatte mein Vater das Unternehmen geleitet, als tiefschneidende Ereignisse über uns hereinbrachen und alles begann. Am Anfang all jener Vorfälle, die das Ende unseres gutbürgerlichen Lebens einläuteten, stand ein gemeinsamer Spaziergang im Penn Valley Park in Kansas City, der sich tief in mein Gedächtnis eingebrannt hat. Es war ein heißer Sommernachmittag und der Park war infolgedessen sehr belebt. Wir befanden uns gerade auf dem Weg zum Liberty Memorial, als es geschah. Und es geschah derart plötzlich und schnell, dass ich zunächst nicht begriff, was da eigentlich vor sich ging. Meiner Mutter fiel auf, dass uns ein offensichtlich verwahrloster Mann folgte und mich immer wieder in Augenschein nahm. Obwohl er freundlich und harmlos wirkte, bereitete ihr sein Verhalten Unbehagen und sie machte meinen Vater auf ihn aufmerksam. Dad vermutete, dass er ein Päderast sei. Anders könne er sich das Verhalten dieses Mannes nicht erklären. Trotzdem ging er nur von einem sehr geringen Bedrohungspotential aus, denn er meinte, dass für Päderasten nur Kinder ohne elterliche Begleitung als Opfer in Frage kämen. Allerdings sei der Verstand von einigen Menschen nicht mit rationalen Maßstäben erfassbar. Und gerade die harmlos wirkenden seien oft die gefährlichsten. Daher wären manche Situationen nur schwer einschätzbar. Ihr Unbehagen wäre also nicht unbegründet, meinte er. Nach einer Biegung sprach jene Person uns dann unvermittelt an. Ich glaubte, er wollte uns gegen einen kleinen Obolus etwas über das Liberty Memorial erzählen. Wir blieben stehen, und meine Eltern machten ihm unmissverständlich klar, dass wir keine Privatführung bräuchten. Während sie versuchten, diesen aufdringlichen und übelriechenden Zeitgenossen abzuwimmeln, betrachtete ich argwöhnisch diesen eigenartigen Mann, der immer wieder zu mir herunterblickte und dabei zu lächeln versuchte. Er bemühte sich ruhig zu wirken, doch konnte er seine ungewöhnliche Nervosität nur unzureichend verbergen. Mir machte er Angst, denn intuitiv spürte ich, dass mit ihm etwas absolut nicht stimmte. Immer wieder schielte die Person unauffällig zu einem weit entfernten Gebäude hinüber, dass zu unserer Rechten lag und größtenteils von Büschen und Bäumen verdeckt wurde. Ich weiß nicht, ob meine Eltern seine unterschwellige Nervosität bemerkt hatten. Mit zwölf Jahren war ich allerdings noch viel zu unerfahren und naiv, als dass ich die Gefahr wirklich erahnen konnte, in der wir uns befanden. Ich sah nur einen unheimlichen, aufdringlichen Mann, der fürchterlich stank. Mittlerweile war mein Vater sehr ungehalten und sein Ton entsprechend scharf. Dad schüttelte einmal seinen Kopf, packte den Obdachlosen am Kragen und warf ihn mit den Worten, er solle sich endlich verpissen, zu Boden. Plötzlich vernahm ich Geräusche brechender Äste und Zweige. Aus dem Gebüsch schoss ein gewaltiges, behaartes Tier heraus, das in meine Richtung sprang. Wie paralysiert blieb ich stehen und starrte zu jenem Monstrum hoch, das einem Wolf sehr ähnlich war. Im selben Moment hörte ich aus der Ferne einen scharfen Knall. Gleichzeitig explodierte förmlich die rechte Schulter des Monstrums. Blut, Knochensplitter und Fellstücke spritzten uns entgegen, während wir ein fürchterliches Jaulen und Knurren vernahmen. Ich spürte nur, wie mich jemand fest am Arm packte und mich zu sich riss. Es war jener verwahrloste Mann, dessen Augen mich nun kalt aus seiner von Hass verzerrten Fratze anstarrten, der nun plötzlich ein Messer in seiner rechten Hand hielt und zum todbringenden Stich ausholte. Doch bevor er zustechen konnte, wurde er von jenem schwer verletzten, gut drei Meter großen Monstrum angefallen und von einem wuchtigen Prankenhieb entzweigerissen. Schreiend wendete ich mich ab und vergrub mein Gesicht zitternd in den schützenden Armen meines Vaters.

Ich verstand damals noch nicht, was sich dort ereignet hatte. Noch weniger verstand ich, warum mich dieser fremde Mann töten wollte, das gewaltige Monstrum mich aber verschonte. Hatten Monster nicht böse zu sein und die Menschen gut? Und wer hatte geschossen? Welche Intention hatte der Schütze, welche das Monster? Die des Penners waren für mich offensichtlich, obgleich ich sie nicht verstand, denn ich war diesem Mann zuvor nie begegnet. Abgesehen von großen Blutlachen, Knochensplittern und Fellfragmenten war von dem Ungeheuer nichts mehr zu sehen. So plötzlich, wie es aufgetaucht war, verschwand es auch wieder. Für Polizei und Medien war die Sachlage vollkommen klar. »Wilder Hund zerfleischt Obdachlosen im Park.« Weder interessierte dabei, dass jener Mann mich umbringen wollte, noch interessierten die zahlreichen Zeugenaussagen, die bestätigten, dass es sich bei jenem Geschöpf keinesfalls um einen Hund gehandelt hatte. Auch war die Tatsache nicht von Belang, dass ein Schuss abgegeben und das Monstrum

schwer verwundet wurde. Nur im Internet tauchten Fotos und wahrheitsgemäße Schilderungen des Vorfalls auf. Die Bilder waren aber zumeist unscharf, überbelichtet oder aus anderen Gründen von sehr schlechter Qualität, sodass auf ihnen kaum etwas zu erkennen war. Die Berichte wurden sehr schnell als Fake-News oder Hirngespinst abgetan und in die Ecke der Horrorstories für Werwolfliebhaber gedrängt. Wir, meine Eltern und ich, wussten es aber besser. Das ungewöhnlich große und muskulöse Geschöpf besaß sowohl physische Charakteristika eines Wolfes als auch die eines Menschen. Obwohl es helllichter Tag war und wir definitiv keinen Vollmond hatten, war ich mir sicher, dass ich einen Werwolf gesehen hatte.

An genauere Einzelheiten der nachfolgenden Geschehnisse kann ich mich jedoch nicht mehr erinnern. Womöglich habe ich einiges aus meinem Gedächtnis verdrängt. Vieles wurde mir aber auch vorenthalten, angeblich um mich zu schützen. Offenbar waren meine Eltern der Meinung, mit zwölf Jahren sei ich noch zu jung für die ungeschminkte Realität gewesen. Gut erinnere ich mich aber noch daran, dass von diesem Tage an in unserem Viertel grässlich entstellte Leichen aufgefunden wurden, die von großen Hunden zerfleischt worden sein sollen. Andere berichteten von dämonisch glühenden Augen und seltsamen Geräuschen in finsteren Ecken und behaupteten, das Böse ginge um. Und sie hatten recht. Es sollte nicht lange dauern, bis ich ihn erneut leibhaftig zu sehen bekam.

Es war an einem Sommerabend desselben Jahres nicht weit von unserem Haus entfernt. Die Sonne neigte sich schon dem Horizont entgegen, und es begann auf den Straßen bereits dunkel zu werden und sich merklich abzukühlen – eigentlich höchste Zeit für mich, nach Hause zu gehen. Seit unserem Erlebnis im Penn Valley Park gestatteten mir meine Eltern nicht mehr, mich nach Sonnenuntergang alleine auf der Straße herumzutreiben.

Nur in Begleitung meines damaligen besten Freundes Ronald, der schon fünfzehn Jahre alt war, durfte ich noch etwas länger draußen sein. Ronald war ein Straßenjunge aus ärmlichen Verhältnissen, der sich durchzusetzen wusste und trotzdem Manieren besaß. Ich glaube, dass Mom und Dad mir deswegen trotz der sozialen Stellung seiner Familie den Umgang mit ihm gestatteten. Was sich dann aber in einem halb zerfallenen Haus in einer einsamen Sackgasse, gerade mal einen halben Kilometer von unserem Haus entfernt, zutrug, raubte mir mein letztes Vertrauen zu meinen Mitmenschen. Mein engster Freund hatte mich in jene Gasse geführt und wollte mir dort etwas Aufregendes zeigen. Es sollte gleichzeitig eine Mutprobe sein, die beweisen sollte, dass ich kein reiches, verhätscheltes Weichei war. Er verschwand in jenem halb zerfallenen Gebäude, das schon seit vielen Jahren nicht mehr bewohnt wurde. Ich sollte ihm folgen und ihn in dieser finsteren Bude suchen. Nun, ein Feigling wollte ich nicht sein und ein verhätscheltes Weichei schon gar nicht. Deshalb überwand ich mich, jenes Haus zu betreten. Das Innere dieser Bruchbude entsprach vollkommen ihrer äußeren Fassade. Müll und übelriechender Unrat wohl ganzer Penner-Dynastien säumten die dunklen Ecken des unteren Flures, in dem ich mich befand. Einige Türen waren vollkommen demoliert und aus ihren Zargen gebrochen, sodass sie einen Blick in die finsteren Räumlichkeiten freigaben. Sie hatten ihr Dasein als Stätte gutbürgerlicher Lebenskultur schon vor Jahrzehnten zu Grabe getragen. Durch den strengen Geruch von Hinterlassenschaften, die nun einmal Begleiterscheinungen von ausschweifenden Saufgelagen sind, ich glaubte, irgendwo musste sich jemand erbrochen haben, war der Modergeruch von feuchtem, verfaulendem Holzes und nassem Gemäuers zu riechen. Ich fühlte mich allein schon durch meine Anwesenheit in dieser abscheulichen Umgebung beschmutzt und es kribbelte mich am ganzen Körper. Ich fragte mich, was es hier wohl außergewöhnliches gäbe, das wirklich sehenswert wäre. Ich war gespannt.

Mittlerweile hatten sich meine Augen an die zwielichtigen Lichtverhältnisse angepasst, sodass ich etwas mehr sehen konnte. Ronald hatte sich irgendwo in dem Gemäuer versteckt und war nirgends zu entdecken. Naja, die Mutprobe sollte wohl darin bestehen, in diesem Gebäude herumzuschleichen und zu beweisen, dass man an keinen Spuk mehr glaubte. Seltsame Geräusche waren in diesem verfallenen Gebäude zu hören, wie etwa das Knarren sich bewegender, alter Türen und das typische Woohoo spukender Geister. Dieses alte Haus war mir unheimlich und es jagte mir Angst ein. Dabei weiß doch jeder, dass die unheimlichen Geräusche von Winden erzeugt werden, die durch das Gemäuer ziehen. Mein Herz und Verstand waren sich darüber aber nicht einig und ich war bemüht, mehr meinem Verstand als meinem Herzen zu folgen. Doch vernahm ich plötzlich ein deutliches Ächzen und Knarren sich durchbiegender Holzbohlen aus dem Nebenraum, so als ob ein sehr schwerer Mann durch den Raum wandelte. Ronald konnte es nicht sein, denn so schwer war er nicht.

‚Ob es ein Obdachloser ist, der sich von uns in seiner Ruhe gestört fühlt?', fragte ich mich und begann vor Aufregung auf meinen Fingernägeln zu kauen.

Mir rutschte das Herz in die Hose und ich wäre am liebsten gleich hinausgerannt. Aber ich wollte ja nicht feige sein. Also blieb ich. Der Eingang zu diesem Raum besaß noch eine Tür, die mir den Blick in das dahinterliegende Zimmer verwehrte. Leise schlich ich also zu der vollkommen verzogenen Tür, die nicht mehr so recht in ihre Fassung passen wollte. Vorsichtig schob ich sie etwas zur Seite, um einen Blick in den Nachbarraum zu wagen, was sie mit einem lauten Knarren beantwortete. Plötzlich vernahm ich aus genau diesem Zimmer ein Poltern, das mich unweigerlich zusammenzucken ließ. Es hörte sich an, als ob ein Holzscheit umgestoßen worden wäre. Mir wurde heiß und kalt zugleich. Ich wollte eigentlich gar nicht mehr wissen, wer oder was sich in dem Nebenraum befand. Ich wollte nur noch raus, weg von diesem abscheulichen Ort. Mir war es vollkommen egal, was Ronald dann meinen würde. Ich hatte genug Courage gezeigt, um zu beweisen, dass ich kein Weichei war. Ich machte also eine Kehrtwende zum Gehen und erschrak. Direkt hinter mir stand mein Freund Ronald, der mich breit angrinste. Dies wäre nur einen kurzen Schrecken wert gewesen. An meinem Freund war aber etwas, das mir das Blut in den Adern gefrieren lies. Sein irrer Blick und sein unnatürliches Grinsen, das das Gesicht meines Freundes mehr und mehr zu einer bösartigen Fratze verzerrte, waren mir mehr als unheimlich. Vor mir stand nicht mehr mein Freund Ronald. Vor mir stand eine körperliche Hülle in Form meines Freundes, in die etwas Bösartiges hineingefahren ist. Ohne ein Wort zu sagen, packte er mich und schleuderte mich brutal zurück in den Flur, wo ich schmerzhaft gegen ein paar morsche Holzstühle prallte, die beim Aufprall zu Bruch gingen. Wimmernd blieb ich auf dem Boden liegen. Langsam kam Ronald auf mich zu, der mich hasserfüllt ansah und eine schwere, spitze Baustange in den Händen hielt. Ängstlich wich ich rücklings auf dem Boden kriechend zurück. Dabei sah ich ihn flehend und kopfschüttelnd an. Als ich gegen die Wand stieß, riss ich meine Augen weit auf und blieb wie erstarrt liegen, denn ich konnte nicht fassen, was er da tat. Schließlich spielten wir schon zusammen, seit ich denken konnte. Wir vertrauten uns blind. Das konnte nur eine makabere Inszenierung, ein Schauspiel sein, um der Sache mehr Dramaturgie zu verleihen. Aber alles in mir widersprach dem und sagte mir: ‚Wolf, das ist tödlicher Ernst!'

„Und jetzt wirst du sterben!", fauchte er mir zornig zu, während er zum tödlichen Stoß ausholte und zustach.

Als ich mich ausweichend auf die Seite rollte und sich die Spitze der Stange in den Boden bohrte, wurde die verzogene Tür plötzlich mit solch einer Wucht aufgestoßen, dass die Scharniere aus den Zargen rissen und die Tür uns zersplitternd entgegenschleuderte. Ronald wurde von den Bruchstücken nur knapp verfehlt. Während sie laut an der gegenüberliegenden Wand zerschellten, schoss etwas Gewaltiges aus dem Nebenraum. Ein rot leuchtendes Augenpaar erschien aus der Dunkelheit, während ich ein furchteinflößendes Knurren vernahm. Im selben Augenblick sauste schon eine mächtige Pranke nieder, bevor Roland nochmals zustoßen konnte. Kurz schrie mein ehemaliger Freund auf, bevor er in zwei Teile gerissen wurde. Warmes Blut spritzte mir entgegen, bevor der zweigeteilte Körper in einer großen Blutlache zu liegen kam. Entsetzt wandte ich mich von dem zerstückelten Leichnam ab und erblickte einen aufrecht stehenden Wolf, der sich Rolands Blut von seiner Pranke leckte. Wie gebannt sah ich in die funkelnden Augen dieses über drei Meter großen Werwolfs, der ein sehr kurzes, schwarz-farbenes Fell besaß, unter dem sich seine mächtige Muskulatur sehr deutlich abzeichnete. Nachdem er die Leichenteile achtlos beiseitegeschoben hatte, wandte er sich nun mir zu. Neugierig, ja fast fürsorglich beschnupperte mich der Werwolf, leckte mir mit seiner rauen Zunge Ronalds Blut aus dem Gesicht und hob mich anschließend sanft auf die Beine. Ich hatte dabei die Kontrolle über meine Blase verloren und ihren gesamten Inhalt in meine Hose entleert. Mir wurde heiß und kalt zugleich, kraftlos fiel ich wieder zu Boden und war außerstande, noch irgendetwas zu tun. Ich lag einfach nur da, während mich ein Weinkrampf überkam. Und neben mir stand der Werwolf, der mich nur sanftmütig ansah. Schließlich reckte er seinen Kopf gen Himmel und gab ein tiefes Heulen von sich. Ihm wurde aus mehreren Richtungen mit schauerlichem Geheul geantwortet. Eine halbe Stunde etwa brauchte ich, um mich einigermaßen wieder zu fangen. Der Werwolf wich mir während dieser Zeit nicht von der Seite. Allerdings war ich keines klaren Gedankens fähig und so fragte ich mich erst viel später, warum er das tat, warum Ronald sterben musste und ich nicht. Ich war mir sogar sicher, dass jener Werwolf in mir etwas Schützenswertes sah. Als er mich aus dem Haus trug und auf der Straße ablegte, meinte ich, seine bassige

Stimme vernommen zu haben, die mir beschwörend sagte, dass ich den Menschen nicht trauen dürfte. Nach reiferen Überlegungen war mir klar, warum mein ehemaliger Freund sterben musste – er starb, weil er mich töten wollte. Seither hatte ich es mir zur Angewohnheit gemacht, regelmäßig wie ein Wolf in die Nacht hinaus zu heulen, um mich ihrer *Anwesenheit zu versichern, denn für mich waren* sie *meine Beschützer.* Sie *hatten mir stets geantwortet.*

Natürlich sorgte der jüngste Leichenfund für mächtiges Aufsehen und wurde wie jener Vorfall im Penn Valley Park damals groß in den lokalen Medien gebracht. Die ganze Nachbarschaft war in hellem Aufruhr und man suchte einen Schuldigen. Da wir als einzige damals direkt in die Ereignisse im Penn Valley Park involviert waren und meine Freundschaft zu jenem toten Kind eine indirekte Verbindung darstellte, kam langsam das Gerücht in Umlauf, dass wir in irgendeiner Weise der Grund für den weiteren Todesfall gewesen wären. Des Weiteren hatten mich Nachbarn beim Heulen beobachtet und gehört, dass mir durch schauriges Wolfsgeheul geantwortet wurde. Schon bald legte man uns auch die zuvor zerfleischten Leichen zur Last. Unsere Nachbarn, Geschäftsfreunde und Bekannte begannen uns daraufhin zu meiden. Man schnitt uns auf offener Straße und langsam wurde es um uns herum immer einsamer. Wir wurden gar offen aufgefordert, die Stadt zu verlassen, und zogen dann deshalb nach Lawrence, in eine vollkommen andere Gegend, wo man uns nicht kannte. Meine Eltern hofften wohl, so beweisen zu können, dass sie mit den Mordfällen in Kansas City nichts zu tun hatten. Ab jenem Tage hatten sie mir strengstens verboten, das Geheul der Wölfe zu imitieren, damit keine Verbindung zwischen mir und diesen Kreaturen gezogen werden konnte. Leider dauerte es nicht lange, bis auch in Lawrence erste Mordfälle mit denselben Verstümmelungsmustern auftauchten. Ebenso lange dauerte es, bis ich Antwort auf meine Rufe erhielt, die ich trotz des Verbots tätigte. Sie waren also wieder da und mit ihnen die Gerüchte. Mich interessierte das aber weniger, denn so eigenartig es klingen mag, seit jenem Erlebnis im verfallenen Haus fühlte ich mich besser, wenn ich mir ihrer *Anwesenheit sicher sein konnte. Die Leichenfunde verdrängte ich einfach aus meinem Bewusstsein. Wir zogen also wieder um und die Mordfälle mit uns. So waren wir gezwungen, etwa alle drei bis vier Monate unseren Wohnort zu wechseln. Als sich dann noch Dads Geschäftsfreunde verabschiedeten und sich die Geschäftsbilanzen enorm verschlechterten, verkaufte Dad schweren Herzens sein Unternehmen, um nicht alles zu verlieren. Von da ab lebten wir von unseren Ersparnissen. Mom und Dad wussten, dass sie etwas gegen diesen Zustand unternehmen mussten, denn wir wurden wie Aussätzige behandelt. Zwei lange Jahre hielten meine Eltern es aus, bis in ihnen jegliche Hoffnung auf Rehabilitation erloschen war und sie für einen kompletten Neuanfang bereit waren. Die Wilsons mussten sterben, damit wir woanders mit einer völlig neuen Identität in ein vollkommen anderes Leben fernab von Morden und Intrigen eintreten konnten. So beschlossen Mom und Dad, der hektischen Zivilisation den Rücken zuzukehren. Sie wollten von nun an unabhängig von jeglichen Menschen, die sie enttäuschen und fallen lassen könnten, ganz auf sich allein gestellt leben. In meinem Vater war wieder ein früher Kindheitstraum zu neuem Leben erwacht, der lange in Vergessenheit gelegen hatte. Der Drang, sich als Waldläufer alleine durch die Wildnis zu schlagen und ohne Hilfe zu überleben, wuchs in ihm unaufhaltsam, bis dieses Verlangen stark genug war, meine Mutter von diesem Vorhaben zu überzeugen. Kurz entschlossen kündigte er seine Konten und hob das gesamte Kapital ab, während Mom ihre Anteile an ihrem Betrieb veräußerte.*

Damit meine Eltern freie Hand für die nötigen Vorbereitungen unserer Umsiedelung hatten, verbrachte ich meine letzten zwei Monate meines urbanen Daseins bei Onkel John und Granny im 1.200 km entfernten Sandusky in der Nähe des Eriesee, einer der großen Seen des Nordostens. Beide hatte ich seit den Ereignissen um den Penn Valley Park nicht mehr gesehen. Sie erkannten sofort, dass ich mich seit unserem letzten Besuch vollkommen verändert hatte. Darauf von ihnen angesprochen, erzählte Dad, dass ich ein traumatisches Erlebnis im Penn Valley Park gehabt hätte und ich einfach etwas Zeit bräuchte, um dieses zu verarbeiten. Natürlich blieben sie bei ihren Ausführungen bei der offiziellen Version der Medien. Mir hatten sie zuvor eingebläut, beiden weder von den wahren Ereignissen im Park, noch von unserem Umsiedlungsvorhaben zu erzählen. Sie wiesen Granny und Onkel John aber trotzdem auf mein ungewöhnliches Interesse für Wölfe und Werwölfe und meine starke Affinität zu diesen Wesen hin, die ich seit diesem Erlebnis gewonnen hatte.

In den zwei Monaten nahmen sich beide sehr viel Zeit für mich. Sogar eine Tagestour nach Cleveland, eine nahegelegene gewaltige Metropole, unternahmen sie mit mir. Dort befanden sich gewaltige Einkaufszentren, in denen man alles erwerben konnte, was man sich zu kaufen wünschte. Vor allem gab es in Cleveland aber eins – Menschen und das massenweise. Das missfiel mir. Den meisten Menschen misstraute ich nämlich seit den Vorfällen im Penn-Velley-Park und in jenem verfallenen Haus. Oft fürchtete ich mich sogar vor ihnen. Der Tod Ronalds hatte mir deutlich vor Augen geführt, dass sich selbst meine engsten Freunde jederzeit gegen mich wenden konnten und ich kaum in der Lage war, ihre wahren Absichten rechtseitig zu erkennen. Die Wolfartigen waren hingegen stets als meine Beschützer in Erscheinung getreten. Ihnen konnte ich vertrauen. Sie waren nicht wie die Menschen hinterhältig und falsch. Deshalb mochte ich lieber Wölfe und Werwölfe und das von Tag zu Tag immer mehr. Für Onkel John war meine ungewöhnliche

Vorliebe zwar nichts Beunruhigendes, aber gegenüber meiner Großmutter hatte er schon zum Ausdruck gebracht, dass mein Verhaltensprofil für einen Vierzehnjährigen vollkommen atypisch wäre. Er erklärte sich mein zum Teil sonderbares Verhalten mit einer extremen Form von Ausleben einer Jugendfantasie, in die ich mich geflüchtet hätte. Um meinem starken Bewegungsdrang und meiner Abneigung gegenüber Großstädten Rechnung zu tragen, unternahm Onkel John mit mir weite Wanderungen in die umliegenden Wälder. Das gefiel mir sehr. Während eines Spaziergangs, den mein Onkel einmal sehr spät abends mit mir unternahm, gestattete er mir sogar einmal, das Geheul der Wölfe zu imitieren, was meine Eltern mir hingegen strengstens verboten hatten. Mir war vollkommen klar, dass ich Antwort erhalten würde, denn sie *hatten mir immer geantwortet. Und auch dieses Mal hatte ich tiefes Geheul aus mehreren Richtungen vernehmen können, das offensichtlich eine direkte Antwort auf meinen Ruf war. Während das schauerlich klingende Geheul mir ein kaum wahrzunehmendes Lächeln bescherte, konnte ich erkennen, wie die Nervosität bei meinem Onkel anwuchs, denn wir befanden uns direkt am Stadtrand. Und hier sollte es keine Wölfe geben. Mein Onkel beendete augenblicklich den Spaziergang und ging mit mir zum Haus zurück. Danach hat er mir nie wieder erlaubt das Geheul der Wölfe zu imitieren. Mom und Dad berichtete er von jenem Erlebnis nichts, als sie mich schließlich abholten.*

Mit nichts außer unseren Kleidern und dem, was wir im Truck hatten, fuhren wir nach Alaska tief in die Regenwälder Kodiak Islands, weit ab von jeglicher Zivilisation. Dort sollte unser neues Leben unter anderer Identität beginnen und wir hofften, dort eine neue Heimat zu finden. Deswegen brachen wir alle Brücken zu unserem bisherigen Leben ab. Es wurde ein Autounfall fingiert und falsche Totenscheine ausgestellt. Auch ein Begräbnis mit anschließender Trauerfeier gab es und sogar ein Nachruf wurde von der County-Prominenz verfasst. Da wurde Bedauern von all jenen vorgeheuchelt, die uns die Pest an den Hals gewünscht und uns zu diesem Schritt getrieben hatten. Da zeigte sich das wahre Gesicht der High Society. Sie war nichts anderes als eine Schlangengrube. Meine Eltern hatten keine Kosten für unseren Ausstieg gescheut und waren keine Kompromisse eingegangen. Keine Spuren führten zu uns, alles war wasserdicht. Die Wilsons waren fortan tot.

Mom und Dad hatten etwa eine Millionen Dollar zusammengekratzt, was dazu ausreichte, genug Baumaterial für ein ordentliches Haus samt der Baumannschaft in die tiefe Wildnis fliegen und es aufbauen zu lassen. Man wollte ja schließlich standesgemäß die neue Heimat besiedeln. Nur jegliche Sanitäranlagen fehlten, denn es gab weder Wasserleitungen noch Kanalisation. Jedenfalls widersprach das Haus, welches wir uns da hinsetzten, allen Vorstellungen einer Behausung inmitten einer Wildnis, die ich entwickelt hatte. Es war alles andere als ein Blockhaus, sondern ein wahrer Fremdkörper in der natürlichen Umgebung. Ich finde, da waren Mom und Dad nicht ganz konsequent. Für die Einrichtung reichte das Geld nicht mehr aus. Mein Vater konnte sich nur noch ein Gewehr, genug Munition und Proviant für die nächsten Wochen kaufen, bis das Geld vollends verbraucht war. Trotz dieser Umstände war ich von ihrem Entschluss begeistert. Für mich wurde wahr, was sich andere Kinder nur erträumen konnten. Es blieb nur zu hoffen, dass wir hier unsere Ruhe finden würden. Dessen war ich mir aber absolut sicher, obwohl ich intuitiv wusste, dass es nicht lange dauern würde, bis auch sie *hier erschienen. Aber das war nicht von Belang, denn hier in der Einsamkeit gab es keine Menschen, die sie hätten anfallen können. Und wir waren aus irgendeinem Grund immer sicher vor ihnen gewesen.*

Oft unternahmen wir ausgedehnte Erkundungsmärsche

durch die wechselhafte Landschaft der Insel. Nicht weit von unserem Haus, etwa achthundert Meter entfernt, befand sich ein Abgrund, dessen Steilwand gut einhundert Meter in die Tiefe reichte. Jedes Mal, wenn ich mich an diesem Abgrund aufhielt, wurden meine Eltern nervös, da sie Angst hatten, dass ich hinunterfallen könnte. Kein Wunder, denn ich war ein wilder Bursche, der von einer Ecke zur anderen tobte und manchmal nicht ganz achtgab, wohin er trat. Doch intuitiv war mir die Gefahr bewusst, die von jenem Abgrund ausging. Ich wagte mich nie näher als einen Meter an die Abrisskante heran.

Mein Vater, der ein eingefleischter Hundenarr war, konnte sich endlich seinen langersehnten Wunsch erfüllen und hatte sich kurz vor unserem Aufbruch trotz unseres knappen Budgets gleich zwölf Deutsche Schäferhund-Welpen gekauft, denn in der Wildnis, so meinte er, habe er immer Zeit für sie, und Platz wäre reichlich vorhanden. Zuhause in Kansas City hatte er wegen dem Geschäft nie Zeit gehabt, sodass er lieber auf vierbeinigen Familienzuwachs verzichtet hatte. Es gäbe zwei Sorten von Tierliebhabern, meinte er: Die einen, zu denen sich auch mein Dad rechnete, würden sich Tiere der Tiere wegen anschaffen. Diese Menschen würden auf eine artgerechte Tierhaltung achten, um ihrem vierbeinigen Freund und Begleiter ein möglichst schönes Leben zu gewährleisten. Die anderen jedoch kauften sich Tiere, um ihr eigenes Ego zu befriedigen. Jene Tierhalter behaupteten, sie würden Tiere lieben. Doch entweder werden die Tiere dann Opfer falscher Tierliebe, was sich zum Beispiel in Vermenschlichung der betroffenen Spezies äußert, oder sie werden zu Prestigeobjekten, die gerne vorgezeigt und anschließend wie ein Einrichtungsgegenstand in die Ecke gestellt werden. Mein Dad meinte, die wahre Tierliebe äußere sich darin, sich eher kein Tier anzuschaffen, wenn man sich nicht sicher sei, ob es artgerecht gehalten werden könnte. Das entspricht auch meiner Auffassung. Dennoch war die Tatsache, dass er sich gleich zwölf Wel-

pen anschaffte, ein Zeichen dafür, dass seine Kostenkalkulationen für dieses Unternehmen viel zu gering angesetzt waren. Wie dem auch sei, ich hatte mit den Hunden sehr viel Spaß. Sie waren zufrieden, wir waren zufrieden und alle hätten sich ihres Lebens erfreut, wenn da nicht die alltäglichen Schwierigkeiten gewesen wären.

Schon während der Bauarbeiten mussten wir uns sehr umstellen, da die Annehmlichkeiten der Zivilisation nunmehr nicht mehr vorhanden waren. Alles musste selbst durchorganisiert werden. Man konnte nicht einfach den Müll sammeln und an die Straße stellen, um nur eine der Selbstverständlichkeiten zu erwähnen, die plötzlich nicht mehr so selbstverständlich waren. Wir hatten keine Ahnung, wie man außerhalb der Zivilisation lebte, wie man überlebte. Wir saßen zwar in einem prächtigen Haus in der weiten Wildnis von Kodiak Island, wussten jedoch nicht, wie man sich von ihr ernähren sollte. Wir waren daher gezwungen, von dem Proviant, welchen wir uns mitgebracht und eingelagert hatten, zu leben. Wir hatten nur die schönen Seiten eines Lebens in der Wildnis gesehen, nie die Nachteile. Umso erdrückender war das Erwachen, denn unsere Vorräte gingen bald zur Neige. Doch ans Aufgeben hatten meine Eltern nie gedacht, denn sie waren schon immer gläubige Calvinisten gewesen. Jene Ereignisse, die uns letztendlich in die Wildnis geführt hatten, ließen Mom und Dad in ihrem Glauben fanatisch werden. Daher vertrauten sie auf den Herrn, der ihnen in der schweren Zeit beistünde und helfe, sie bald dauerhaft zu lösen.

Die gesuchte Lösung fand sich bald in ein paar hilfsbereiten Waldläufern, die zufällig hier vorbeikamen und zu Besuch blieben. Über unser Haus schüttelten sie anfangs nur ihre Köpfe. Aber selbst an solch einen Anblick gewöhnt man sich ja mit der Zeit. Von ihnen lernte Vater sehr viel. Mit ihnen ging er zur Jagd, wo sie ihm zeigten, wie Fallen gestellt werden, Spuren zu lesen sind, wie man schießt, und er erlernte das große Einmaleins des Survivals. Sie ermahnten uns auch, niemals ohne Gewehr das Haus zu verlassen, denn die Begegnung mit einem Bären wäre immer eine heikle Angelegenheit. Also bekam ich ein eigenes Gewehr und eine entsprechende Einweisung. Obwohl ich den Fremden gegenüber sehr misstrauisch war und keinen von ihnen in meine unmittelbare Nähe ließ, begleitete ich sie mit etwas Abstand auf vielen ihrer Streifzüge, denn ich hatte mir in den Kopf gesetzt, zusammen mit meinem Vater das Handwerk des Trappers zu erlernen. Ehrgeizig eignete ich mir das handwerkliche Können und das notwendige Wissen an. Ich lernte sehr viel und schnell – so zum Beispiel welche Beeren und Pilze essbar waren und welche nicht. Gegen jedes Wehwehchen gab es Kräuter, die ich ebenfalls kennenlernte. Als mein Vater dann eines Tages ein ‚selbstverdientes' Essen präsentieren konnte, war er so stolz, dass er mehrmals jede Phase der Jagd genauestens erzählte und kommentierte.

Nach einigen Monaten verließen uns unsere Gäste wieder, die so bereitwillig ihr Wissen mit uns geteilt hatten. Wir verabschiedeten sie zwar höflich, aber Dank brachten meine Eltern ihnen nicht entgegen. Den erhielt ihr Gott in zahllosen Gebeten, weil er uns in seiner Barmherzigkeit die Trapper geschickt hatte. Jene hilfsbereiten Menschen wurden so zu einem reinen Werkzeug degradiert, das man verwendet und anschließend wieder weglegt, wenn man es nicht mehr braucht. Da schämte ich mich ein wenig für sie.

Alle zwei Monate landete ein Postflugzeug auf einem etwa zweieinhalb Kilometer entfernten See, der nördlich von uns in einem Tal lag. Für uns Waldläufer war es eine mobile Poststation. Und wenn wir Bestellungen hatten, konnten wir sie bei dem Piloten auch aufgeben. Natürlich hatten wir so gut wie keine Korrespondenz, denn die Wilsons waren ja tot. Dafür hatten

Mom und Dad gesorgt. Sie hatten all ihre Beziehungen spielen lassen, um eine wasserdichte Ersatzidentität zu bekommen und mir gleichzeitig meine schulischen Qualifikationen zu erhalten. Natürlich stellte sich auch die Frage, wie meine schulische Ausbildung fortzuführen wäre. Obwohl ich vielseitig interessiert und sehr belesen war, hätte ich persönlich ganz darauf verzichten können. Schulen sind Orte, die ihrer Funktion entsprechend von vielen Menschen bevölkert werden und in Städten angesiedelt sind. Beides war für mich schon problematisch.

Lautstark protestierte ich gegen die Pläne meiner Eltern: „Niemals werde ich von hier fortgehen! Für den Beruf des Waldläufers braucht man keinen Schulabschluss! Es reicht doch, umfassend gebildet zu sein!“

Doch mein Vater ließ sich nicht erweichen und entgegnete mir: „Trotzdem benötigst du eine schulische Ausbildung, mein Junge. Vielleicht willst du doch einmal in die Zivilisation zurückkehren und dort bist du ohne Abschluss gar nichts! Jetzt bist du noch zu jung, um endgültig Weichen für dein zukünftiges Leben stellen zu können. Das schaffen ja selbst Erwachsene nur selten.“

Ich hingegen gab weitere Gegenargumente kund, denn auf keinen Fall wollte ich die Gegend verlassen, um irgendwo zur Schule zu gehen. Sie waren jedoch nicht so überzeugend wie die meiner Eltern. Schließlich einigten wir uns darauf, dass ich keine Schule besuchen musste, jedoch hier auf meinen Abschluss hinarbeitete. Das schmeckte mir zwar nicht sonderlich, es war aber der beste Kompromiss. Mit ihm konnte ich letztlich doch gut leben. Schließlich brauchte ich nicht zur Schule gehen und konnte auch weiterhin der Stadt fernbleiben. Die zu bearbeitenden Aufgaben waren für mich trivial und deswegen langweilig. Trotzdem musste ich sie bearbeiten, da sie regelmäßig zur Lernstandskontrolle eingereicht und bewertet wurden. Mom half mir, mich dafür zu motivieren. Die benötigten Unterrichtsmaterialien besorgte Dad in Kodiak, die einzige Stadt auf der gleich-

namigen Insel, etwa siebzig Kilometer von uns entfernt, und bezahlte sie in Naturalien wie Fellen. Dort schrieb er mich auch als Fernschüler in der Kodiak High School ein. Doch viel lieber, als langweilige Aufgaben zu bearbeiten, stählte ich meinen Körper und tobte mit unseren Hunden herum. Das Spielen mit ihnen rundete mein tägliches Training ab. Sie waren meine besten Freunde, meine einzigen Freunde. Wie mein Vater war auch ich ein Hundenarr geworden. Mit den Hunden lief ich kreuz und quer durch die Wildnis. Für sie war ich ein Spielkamerad, der beschützt werden musste, und hatte deshalb bei ihnen Narrenfreiheit. So konnte ich mit ihnen fast alles machen, was ich wollte, bevor sie erzieherische Maßnahmen ergriffen und mich entweder anknurrten oder zwickten.

Zum Winter hin legten wir uns Vorräte an, da diese Jahreszeit sehr hart war. Selbst die Hunde kamen zu dieser Jahreszeit zu uns ins Haus, da die Wölfe von Hunger getrieben bis zu unserem Domizil vordrangen. Mit Schneeschuhen, die Mom uns angefertigt hatte, machten Dad und ich unsere Runden, um die Fallen zu kontrollieren, die jedoch meistens leer waren. Wenn Tiere in sie hineingingen, holten sie sich oft die Wölfe, die schneller waren als wir. Sie wurden so zu echten Konkurrenten. Manchmal hatten wir das Glück, dass uns ein Reh oder ein Hirsch vor die Flinte lief. Das reichte dann wieder für ein paar Wochen. Trotz aller Strapazen waren wir aber glücklich. Wir lebten ohne Geld und waren zu einhundert Prozent Selbstversorger. Die Waldläufer hatten es uns gelehrt und erst ermöglicht. Obwohl jeder Trapper ein Konkurrent des anderen war, herrschte dort in der Wildnis eine gegenseitige Hilfsbereitschaft, wie wir sie im städtischen Umfeld nie kennengelernt hatten. Das mochte wohl daran liegen, dass die Lebensbedingungen dort sehr hart waren und man schnell in eine lebensbedrohliche Situation kommen konnte, denn oben, im äußersten nordwestlichen Staate der USA wurde es im Winter bitterkalt. Häufiger fegten in dieser Jahreszeit Blizzards über uns hinweg. Das sind schwerer Schneestürme, die schon vielen Menschen den Erfrierungstod gebracht hatten. Meinen ersten erlebte ich dort gleich nach dem kalendarischen Herbstanfang.

Jeden Sommer musste ich für ein paar Tage nach Kodiak, wo ich vor den Lehrern der High School geprüft wurde, damit sie auch sehen konnten, ob ich das jeweilige Klassenziel erreicht hatte. Zu Fuß legten wir die weite Strecke zurück, für die wir drei Tage benötigten. Dort wohnten wir bei einer netten alten Dame, die sich aufgrund ihrer Einsamkeit über jeden Besuch freute. Trotz der uns gebotenen, überschwänglichen Gastfreundschaft und ihren Beteuerungen, wir sollten doch ruhig noch etwas bleiben, beanspruchten wir sie nie mehr als drei Tage, denn länger dauerten meine Prüfungen nicht. Während dieser Zeit war Mom alleine, was ihr aber nicht allzu viel ausmachte. Schließlich hatte sie zu ihrem Schutz zwölf große und starke Schäferhunde. Zum Bedauern meiner Eltern waren meine schulischen Leistungen allerdings nicht gerade die besten, denn im Grunde scherte ich mich einen Dreck um alles, was die Schule betraf.

Mit den meisten Stadtkindern verstand ich mich nie, denn ich war still, abweisend und zog es vor, den Kontakt zu ihnen auf ein unvermeidbares Minimum zu beschränken. Konflikte blieben da natürlich nicht aus. Mich bezeichneten sie aufgrund meines indianischen Aussehens als ‚Dreckige Rothaut' und verlachten mich als Hinterwäldler. Und wenn ich ihnen dann sagte, dass nichts so sei, wie es scheint und sie nur nichtsbedeutende Marionetten wären, bezeichneten sie mich als Lügner und machten sich über meinen Vornamen lustig. Ich ärgerte mich stets über ihre Ignoranz und Naivität. Maßlos erzürnte mich aber die respektlose Art, wie sie über uns redeten und mich behandelten, und ging schließlich mit Fäusten auf sie los. Später erzählte ich dann alles Dad, der mich daraufhin ermahnte, mich bloß nicht zu Äußerungen hinreißen zu lassen, die Hinweise auf unser früheres Leben geben könnten, und mit den Worten, „denk Dir nichts dabei. Mit denen musst Du Dich eh nicht abgeben. In drei Tagen gehen wir wieder nach Hause zurück", über meine Misere hinwegtröstete. Er hatte ja recht. Ich war für die Prüfungen in der Stadt und musste mit den Stadtkindern nicht interagieren. Also mied ich sie so gut, wie es eben ging. In meinen Augen waren sie es nicht wert, dass ich überhaupt mit ihnen redete.

Die Jahre vergingen ohne weitere Zwischenfälle. Die Abschlussprüfungen hatte ich nicht bestanden. Nicht etwa, weil ich den Stoff nicht beherrschte. Ganz im Gegenteil, ich war meinen Schulkammeraden sogar weit voraus. Ich hatte die Prüfungen boykottiert, denn ich lehnte die Schule und ihre Abschlüsse als Institution eines Gesellschaftssystems ab, an dem ich mich kategorisch störte. Ärger gab es deswegen nicht. Allerdings musste ich meinen Eltern versprechen, meine ablehnende Haltung zu überdenken. Das passte mir überhaupt nicht. Widerwillig gab ich ihnen aber mein Wort. Das raue Leben in der Wildnis hatte mein gesamtes Wesen geprägt. Sie verzieh keine groben Fehler, keine Schwächen und verlangte von allen Kampfbereitschaft und ein großes Maß an Überlebenswillen ab. Das Leben in der Wildnis und mein intensives Training härteten ab. Über die Jahre wurde ich kräftig und ausdauernd, viel widerstandsfähiger und auch kompromissloser als die Gleichaltrigen in Kodiak. Niemand wagte es, sich mir alleine in einem Kampf entgegenzustellen. Keiner war in der Lage, meinen eisigen Blicken standzuhalten, wenn sie mich mal wieder verlachten. Bereits im Alter von vierzehn Jahren, als ich das erste Mal durch die Abschlussprüfung fiel, war ich ähnlich wie der Wolf, der rau und ruhelos durch unser Revier streifte.

Gut drei Jahre später sollte sich unser Leben jedoch erneut sehr wandeln...

Wolfsgeheul

Früh morgens erwache ich und öffne meine Augen. George und Phil lecken mir liebevoll über mein Gesicht, als diskrete Aufforderung aufzustehen. Als ich mich nicht sofort erhebe, stupst mir George mehrmals mit seiner feuchten, kalten Nase ins Gesicht, während Phil ans Fußende läuft und mir die Decke wegzieht. Wieder einmal habe ich es gestern geschafft, zwei der großen Hundefamilie hochzuschmuggeln. Beide schliefen in meinem Bett links und rechts neben mir und wärmten mich und das Bett so gut, dass ich sogar bei geöffnetem Fenster leicht ins Schwitzen kam. Die Morgensonne scheint direkt durch das Fenster in mein Zimmer und taucht es in rötliches Licht. Ich recke und strecke mich kräftig, gähne dabei und reibe mir den Schlaf aus den Augen. Eilig laufe ich zu dem geöffneten Fenster, durch das frische, kühle Morgenluft hereinweht, und stolpere über eine der Hanteln, die ich gestern Abend nach meinem Workout einfach liegengelassen habe.

„Autsch! Pass doch besser auf, Wolf!“, tadele ich mich, während ich weiter zum Fenster humple und dort meinen schmerzenden Spann massiere.

An solchen Tagen sehe ich früh morgens gerne aus dem Fenster. Dann steigt die Feuchtigkeit der Nacht langsam empor, wabert in Dunstschwaden durch die Täler und wird vom Licht der gerade aufgehenden Sonne rot zum Glühen gebracht. Es ist quasi ein sich bewegendes Gemälde in Blau und Rot. Nahe an unserem Haus, von meinem Fenster aus zu sehen, fließt leise plätschernd ein Bach, der etwa einhundert Meter entfernt ist. Dort waschen wir uns immer. Das eiskalte Wasser ist sehr erfrischend und aufputschend für den Kreislauf. Tief hole ich Luft und wende mich ab. Es ist Zeit sich zu bekleiden und den Tag zu beginnen. Vor dem Kleiderschrank stehend überlege ich, was ich heute wohl am besten anziehen werde. Mir fällt sofort der dunkelbraune Hirschlederanzug ins Auge, den mir meine Mutter liebevoll geschneidert hat. An Hosenbeinen und Ärmeln befinden sich an den Nähten kurze Fransen – ein richtiger Trapper-Anzug. Diesen streife ich mir hastig über und will gerade hinunterstürzen, als ich George und Phil erblicke, die mich schwanzwedelnd mit steil aufgestellten Ohren erwartungsvoll ansehen.

„Tja, ihr wisst ja, dass Mom und Dad etwas dagegen haben, wenn ihr hier oben schlaft. Also, pssst, ganz ruhig."

Leise versuche ich meine Zimmertür zu öffnen, die jedoch dabei etwas knarrt. Vorsichtig schiebe ich meinen Kopf durch den Türspalt und schaue in den Flur. Unten höre ich das Klappern von Geschirr. Mom und Dad sind also bereits aufgestanden und bereiten schon das Frühstück zu.

„Wolf, bist du schon wach?", ruft Mom aus der Küche zu mir hoch. Sie muss meine Tür gehört haben. Wie sonst sollten sie auch wissen, dass ich bereits aufgestanden bin?

„Ja, Mom, ich komme gleich!", antworte ich ihr.

Langsam schleiche ich zusammen mit George und Phil die rustikale Holztreppe hinunter, die beiden Hunde mir folgend. Deutlich ist das Kratzen der Hundekrallen bei jedem ihrer Schritte zu hören.

„Pssst, versucht etwas leiser zu gehen.", flüstere ich ihnen zu.

Schon sieht Mom um die Ecke und ermahnt mich. „Wolf, wie oft habe ich dir schon gesagt, dass Hunde im Schlafzimmer nichts zu suchen haben!"

Wie zu befürchten war, hat sie die verräterischen Geräusche

der Hundekrallen wahrgenommen.

„Och, Mom.“

„Nichts, och, Mom! Wie oft haben wir dir gesagt, dass Hunde klare Regeln und absolute Konsequenz in ihrer Anwendung brauchen?! Los, raus mit euch beiden Rüpeln! Und du, Wolf, gehst ebenfalls raus, um dich zu waschen. Lauf aber nicht mit den Hunden fort, es gibt gleich Frühstück.“

„Ok.“, bestätige ich ihr nörgelnd.

Schnell laufe ich zum Bach und entspreche Moms Weisung. Phil und George sind derweil zu den anderen Hunden gerannt. Genauso schnell wie ich herauskam, eile ich wieder hinein, denn ich habe großen Hunger.

Den unteren Flur haben wir kurzerhand zum Esszimmer umfunktioniert, da die Küche gleich nebenan ist und so alles schneller und bequemer vonstattengeht. Dad hat schon am Kopf des Tisches Platz genommen. Rechts neben ihm habe ich meinen Sitzplatz, den ich gerade einnehme. Mom sitzt mir gegenüber. Sie verteilt kaltes Fleisch von gestern und Waldbeeren. Irgendetwas Süßes muss einfach dabei sein.

„Nun lasset uns beten und dem Herrn für seine Gaben und unsere Gesundheit danken – bevor wir anfangen, Wolf!“

Dabei sieht mich meine Mutter streng an, denn ich wollte gerade beginnen, zu essen.

„Aber, Mom! Wofür sollen wir ihm denn danken? Alles, was wir haben, zum Beispiel das Essen hier, haben wir uns selbst geholt. Er hat doch gar nichts getan. Ihm für das Nichtstun zu danken ist doch paradox.“

„Sei still, Wolf! Du versündigst dich! Der liebe Gott behütet uns und ermöglicht es, dass wir uns die Speisen selbst besorgen können.“, klärt sie mich vorwurfsvoll auf.

„Ach, Blödsinn, woher willst du das denn wissen? Kennst du ihn persönlich, Mom? Also, mir hat er sich noch nicht vorgestellt. Wo ist er denn, wenn er mich behütet?“

„Überall, Wolf. Er ist allgegenwärtig."

„Das ist doch Nonsens, Mom. Physikalisch ist es unmöglich, dass sich etwas zur gleichen Zeit an verschiedenen Orten befindet. Auch er lebt nach den Gesetzen des Universums, denn er ist, genau wie wir, ein Teil von ihm, wenn er überhaupt existiert und kein Ergebnis von irgendwelchen Wahnvorstellungen von Urmenschen ist, die die Natur nicht als Ganzes erfassen konnten. Für mich ist der ganze Religionsmist überflüssig. Bekehren werdet ihr mich nie können; tut mir leid."

Meine Eltern sind seit den damaligen Ereignissen in Kansas sehr religiös geworden. Im Penn Valley Park haben sie leibhaftig einen Werwolf zu Gesicht bekommen, was sie lange Zeit über nicht akzeptiert und geleugnet hatten, denn was es nicht nach wissenschaftlichem Ermessen geben konnte, durfte es nicht geben. Sie ergriffen also vor etwas die Flucht, was offenbar nicht rational erklärbar war. Die Tatsache, dass sie vor dem scheinbar Irrationalen flohen, war aber durchaus real. Um dieses Oxymoron zu lösen, wählten sie einen Jahrtausende alten und bequemen Weg. Sie flüchteten sich in die Religion und lösten für sich diese Unvereinbarkeit, indem sie die Existenz von Werwölfen als Manifestationen der Hölle begriffen und jene Ereignisse als Strafe für ihren Mangel an Glauben und der Vernachlässigung ihrer religiösen Pflichten verstanden. Mir sollte eine streng religiöse Erziehung angediehen werden, damit ich zum Licht geführt würde und nicht den Mächten der Finsternis anheimfiele. Mein starkes Misstrauen gegenüber Menschen und meine Affinität zu Wölfen und Werwölfen verstanden sie als latenten Hang zu den Mächten des Bösen. Oft haben sie mir daher irgendwelche Geschichten aus der Bibel vorgelesen, um mir doch noch den Glauben nahezubringen. Erreicht haben sie aber nichts. Nachwievor lehne ich ihre Religion kategorisch ab. Ganz im Gegenteil, mit ihren Versuchen, mich zu missionieren, haben sie meine Aversion gegen ihren Glauben nur verstärkt. Während Mom und Dad noch im Gebet vertieft sind, greife ich nach einem Stück Fleisch und stecke es mir in den Mund.

Plötzlich fährt mich Dad harsch an. „Du wirst wenigstens warten, bis wir mit unserem Gebet fertig sind, wenn du dich schon weigerst zu beten!“

Genervt antworte ich ihm: „Ok, Dad.“

Schon oft haben wir Gespräche dieser Art miteinander geführt, ohne zu einem Konsens zu gelangen. Wer aber meint, meine Eltern hätten erst durch jene Ereignisse zu ihrem Glauben gefunden, der irrt. Sie sind schon immer gläubige Christen und fest von der Existenz eines Astralwesens überzeugt gewesen, welches die Welt mit all ihren Gesetzmäßigkeiten erschaffen hat. Obwohl sie sehr intelligent sind und einen sehr hohen Bildungsgrad besitzen, begründen sie ihren Glauben mit der Vollkommenheit der Natur. Sie meinen, das hätte nie ohne Plan, ohne ein allmächtiges und allwissendes Astralwesen mit unendlicher Weisheit, entstehen können. Die Raffinesse, mit der die einzelnen Komponenten verknüpft wurden, könnte nur von Gott herrühren. Für mich ist das alles Nonsens.

Wie ein Häufchen Elend sitze ich mit meinen Fingern spielend auf dem Stuhl und blicke nörgelig über den Tischrand, in der Erwartung, dass die Beiden endlich mit ihrem Gebet fertig werden. Nach längerer Prüfung meiner Geduld öffnen sie ihre Augen und lockern die zum Gebet gefalteten Hände.

„Jetzt darfst du zugreifen, Wolf.“, teilt mir Mom nun freundlich mit.

„Ich hoffe, dass Gott dir verzeiht.“, fügt Dad vorwurfsvoll hinzu.

„Ihr habt jetzt gebetet, jetzt lasst ihn wenigstens beim Essen aus dem Spiel!“, erwidere ich verärgert.

Verständnislos sehen sie mich an und schütteln ihre Köpfe.

„Na dann, gesegnetes Mahl.“

„Ja, bis zum nächsten Mal.“, ergänze ich provokant.

Jetzt schlägt Dad erzürnt mit seiner Faust auf den Tisch, dass es nur so schäppert und entgegnet mir streng: „Spotte nicht, Wolf! Ein bisschen noch und wir führen ein Gespräch, das Männer nur draußen führen!“

Ich reagiere jedoch nicht auf Dads Worte, ziehe es aber vor, meine Provokationen zu unterlassen. Hastig esse ich meinen Teller leer, denn ich bin sehr hungrig. Das Rehfleisch schmeckt sehr gut, deshalb ergreife ich die große Fleischplatte, die in der Mitte des rustikalen Holztisches steht, ziehe sie zu mir und lade meinen Teller noch einmal voll.

„Dad, machst du heute mit den Hunden deinen Rundgang?“

„Ja, Wolf.“, antwortet er mir knapp. In seiner Stimme liegt noch Verärgerung.

„Kann ich mitkommen?“

„Nein, du musst noch deine Aufgabenhefte durcharbeiten! Der Abgabetermin naht und du hast sie längst noch nicht durch. In ein paar Tagen kommt der Postflieger. Spätestens dann musst du sie fertig bearbeitet haben. Nach dem Frühstück wirst du dich deinen Schulaufgaben widmen und später Mom helfen!“

Verärgert und lustlos stöhne ich als Antwort auf und beginne mit der Gabel im Essen herumzustochern.

„Ach, Dad, heute nicht. Das ist alles trivial und langweilig. Ich möchte viel lieber mitkommen.“

„Wolf, ich denke, wir wären diesbezüglich zu einer Einigung gekommen. Also, halte dich an unsere Abmachung!“

„Ja, Dad.“

Von Mom werde ich aufgefordert, mit der Stocherei im Essen aufzuhören, denn es sei schwer genug gewesen, es der Natur abzuringen. Verständnisvoll esse ich meinen Teller hastig leer und erhebe mich anschließend.

Wortlos begebe ich mich in mein Zimmer, wo sich meine ganzen Schulsachen befinden. Schon oft hätte ich sie am liebsten verbrannt. Laut Plan ist jetzt Mathematik dran, genau das Fach, welches ich von allen am meisten hasse. Ab College-

Niveau ist es ja interessant. Aber die High-School-Aufgaben sind nur langweilig, ermüdend und deswegen anstrengend. Ich frage mich, warum ich mir diese ständigen Wiederholungen überhaupt antun soll. Langsam krame ich Hefte und Stifte aus den Ecken hervor und gehe zum Tisch, der direkt neben dem Fenster steht. Kaum habe ich die ersten Aufgaben gerechnet, überfällt mich auf einmal eine bleierne Müdigkeit, was gerade nur zu typisch für diese Aufgaben ist. Kurz entschlossen gehe ich zum Bett und werfe mich längs auf die Decke. ‚Nur eine kleine Pause machen!', denke ich, schließe meine Augen und schlafe sehr bald ein.

Gerade tolle ich mit Jungwölfen spielend über eine Wiese unter den wachsamen Augen der Alphas, als sie neugierig ihre Köpfe in die Höhe reißen und argwöhnisch lauschen. Ich kann es auch hören. Es ist eine menschliche Stimme, die aus der Ferne meinen Namen ruft, immer näher kommt und lauter wird.

„Wolf, Wolf, wo bist du? Nun antworte gefälligst!"

Die Stimme gehört Mom, die mich von der Wolfslichtung in die Realität, in mein Zimmer zurückkatapultiert. Benommen schrecke ich hoch.

„Ja, Mom, ich bin hier oben in meinem Zimmer!", rufe ich noch verschlafen hinunter.

Ich fühle mich bleiern und schwer, so als ob meine Glieder noch schlafen würden.

„Wolf, komm runter!"

Schnell springe ich, noch mit meinem Gleichgewicht hadernd, aus meinem Bett, öffne die halb angelehnte Tür meines Zimmers und laufe hinunter in die Küche, wo meine Mutter steht und arbeitet.

Als ich sie betrete, sieht mich Mom streng an. „Sag mir mal, warum ich dir einen halben Tag nachrufen muss, bevor du dich meldest?"

„Äh, weil ich so mit meinen Aufgaben beschäftigt war, dass

ich dein Rufen zuerst nicht gehört habe."

Ihr Gesichtsausdruck ist schon etwas sanfter geworden.

„Gut, du hast für heute genug an deinen Aufgaben gearbeitet. Vier Stunden müssen reichen. Schnapp dir die Hunde und lauf."

Überrascht sehe ich sie an. „Wollte Dad nicht die Runde mit ihnen machen, Mom?"

„Doch, er hat aber noch an dich gedacht.", erklärt Mom mir schmunzelnd und zwinkert mir dabei zu.

Gerade will ich hinauslaufen, als sie noch etwas hinzufügt. „Halt, Wolf, nicht so schnell! Du kannst den Spaß mit etwas Nützlichem verbinden. Nimm den Korb und sammle ein paar Beeren. Ach ja, bevor ich es noch vergesse. Gib mir noch deine Aufgaben. Ich will sie korrigieren."

Bei diesen Worten schlucke ich ein paarmal kräftig. Das hatte ich nicht erwartet, denn bisher hat Mom meine Aufgaben immer erst abends korrigiert. Zu meinem Bedauern hat sie auch noch meine Geste bemerkt.

„Stimmt etwas nicht, Wolf?"

„Doch, alles ok. Wohin ist Dad denn gegangen?", frage ich sie, um von dem Thema abzulenken, obwohl ich genau weiß, dass er zum Yellow Creek gehen wollte, um die Fallen zu kontrollieren. Das hat er uns gestern schon gesagt.

„Alles klar, Wolf. Na, lauf schon. Ich habe sowieso noch viel zu tun. Deine Aufgaben können noch etwas warten.", antwortet sie mir mit einem Zwinkern.

Ich bin also ertappt. Verschmitzt lächle ich sie an, nehme dabei mein Jagdgewehr von der Wand und schnalle es mir über den Rücken. Eilig verlasse ich das Haus, bevor sie es sich wieder anders überlegt und ich ihr doch mein Arbeitsbuch geben soll, in dem wirklich wenig drinsteht. Leider lösen sich die Aufgaben nicht von alleine. Es ist halt schon immer so gewesen. Wer schläft, der erreicht nichts. Und mit meinen Schulaufgaben verhält es sich genauso. Ich muss nur zusehen, dass ich die Matheaufgaben noch vor heute Abend vollständig bearbeitet habe, denn wenn ich die goldene Brücke nicht nutze, die mir Mom vorhin gebaut hat, werde ich morgen nicht hinaus dürfen und heute Abend wird es dann sehr viel Ärger geben. Das will ich verhindern.

Ich begebe mich also zum Hundekorral, der direkt neben dem Haus aufgebaut wurde. Als ich mich der geräumigen Hürde nähere, beginnen sich die Hunde zu freuen und springen wie wild an der Tür hoch, denn sie wissen, dass sie jetzt rauskommen. Von hier aus kann ich direkt durch das Küchenfenster sehen und beobachten, wie Mom arbeitet. Die Tür zum Gehege ist mit einem Holzbrett gesichert, welches von zwei Messingführungen gehalten wird. Das Brett ziehe ich jetzt heraus, um sie zu öffnen. Ungeduldig drücken die Hunde die Tür auf und stürmen ins Freie. Wild laufen sie umher, jagen sich gegenseitig und balgen miteinander. Sie sprühen regelrecht über vor Energie. Einige rennen mich schon fast um oder stupsen mich an. So wollen sie mich aufzufordern, endlich mit ihnen aufzubrechen. Von dem Lärm der Hunde aufmerksam geworden, schreitet Mom zum Fenster und öffnet es.

„Wolf, gib Acht! Dad hat ganz in der Nähe die Spuren eines Grizzlybären entdeckt.“, warnt sie mich eindringlich.

„Ok, Mom! Ich werde schon aufpassen.“, bestätige ich und mache mich auf den Weg.

Unsere Hunde sind nicht nur meine besten Freunde, sondern gleichermaßen auch meine Fitness-Trainer. Jeder Ausflug mit ihnen kommt einem Konditionstraining gleich, denn mit ihnen bewege ich mich nur im Dauerlauf fort und lege häufig Sprinteinlagen ein. Innerhalb der letzten drei Jahre, die wir hier schon in der Wildnis verbracht haben, konnte ich aus diesem Grund neben Kraft auch sehr viel Kondition aufbauen. Daher sind mir die anderen Jugendlichen in Kodiak physisch vollkommen unterlegen. Nun, es ist nicht so, dass mich alle verlachen und ärgern. Mit einer kleinen Minderheit verstehe ich mich sogar relativ gut und zu drei Mitschülern habe ich sogar einen Hauch von Vertrauen gewonnen. Mag sein, weil sie, wie ich, Außenseiter sind und von den anderen gemobbt werden. Mit ihnen verbringe ich während der drei Tage, die ich dort sein muss, meine Freizeit und genieße unsere wilden Raufereien. Wenn sie dann vor mir flüchteten, habe ich sie bis jetzt stets gefasst, selbst den Schnellsten. Ich mache es dem Wolf gleich, der seine Beute jagt. Greift er einen Verband zum Beispiel von Wapitis an, wählt er ein einzelnes Tier aus, meistens das Schwächste oder ein Krankes. Dieses hetzt er dann erbarmungslos, bis es erschöpft zusammenbricht oder er es eingeholt hat, sich in ihm verbeißt und zu Boden ringt. Hat der Wolf seine Wahl einmal getroffen, lässt er nicht mehr locker. Und aus demselben Grund habe ich über meine Spielkameraden immer triumphiert.

Den Korb, den mir Mom mitgegeben hat, halte ich in meiner rechten Hand und schwinge ihn beim Laufen wild hin und her. Die Hunde sind jetzt die glücklichsten Geschöpfe auf Erden. Sie laufen wild kreuz und quer umher, beschnuppern fast jeden Busch und Baum und setzen ihre Marken. Das wird der Wolf aber gar nicht gerne mögen. Nach längerer Zeit erreichen wir eine Lichtung, auf der leckere Himbeeren wachsen und später einmal schmackhafte Brombeeren wachsen werden. Mit etwas Glück sind hier auch ein paar Erdbeeren zu finden.

„So, Jungs, hier bleiben wir erst mal."

Die Hunde wissen genau, dass sie nicht weglaufen dürfen, denn Dad hat ihnen eingebläut, auf mich aufzupassen. Ich glaube, sie hätten auch ohne sein Zutun von alleine damit angefangen. In ihren Augen bilden wir nämlich alle ein Rudel. In einem Wolfsrudel gehört es zu den sozialen Pflichten eines jeden Rudelmitgliedes, auf die anderen zu achten und sich so gegenseitig zu schützen. Für Hunde als direkte Abkömmlinge des europäischen Grauwolfs gilt das gleichermaßen. Schäferhunde haben diesen Hütedrang besonders stark ausgeprägt. Unsere Hunde würden daher alles tun, um mich zu schützen.

In der Ferne höre ich das Heulen eines Wolfes, woraufhin die Hunde gebannt in die Richtung des Heulenden schauen und ihre Köpfe schief stellen. Das sieht lustig aus und zaubert mir ein Schmunzeln ins Gesicht.

‚Ob ich mir einen kleinen Spaß erlaube?', frage ich mich und beginne breit zu grinsen.

„Was meint ihr? Ob er mir wohl antwortet?", sage ich Phil.

Mit meinen Händen bilde ich einen Trichter, setze ihn an meinen Mund und beginne ebenfalls laut zu heulen. Entgegen meiner Erwartung verstummt daraufhin das Heulen des Wolfes in der Ferne. Abermals stellen die Hunde ihre Köpfe schief und sehen mich erwartungsvoll an, so als ob sie sagen wollten, dass doch alle da sind. Phil springt mich fiepend an und leckt mir in der Absicht, mich zu beruhigen, über mein Gesicht.

Ein flaues Gefühl habe ich nun dabei doch. Immerhin habe ich mein Versprechen, nicht mehr zu heulen, gebrochen, das ich vor drei Jahren meinen Eltern gegeben hatte, als wir hier eintrafen. Unterschwellig keimt auch die Furcht erneut auf, das *sie* wieder in Erscheinung treten und die gut fünf Jahre zurückliegenden Ereignisse eine jähe Renaissance erfahren könnten. Im Gegensatz zu damals habe ich jedoch keine Antwort erhalten. Selbst der Wolf hat nichts mehr von sich hören lassen. Das beruhigt mich zugegebenermaßen wieder etwas. Ich weiß, dass ich durch *sie* niemals eine Bedrohung erfahren hätte. Und doch war ihre Anwesenheit stets verbunden mit einer stetigen Bedrohung meines Lebens. Wenn *sie* nicht da sind, ist das gleichbedeutend damit, dass ich mich in keiner Gefahr befinde, denn ich bin mir immer noch absolut sicher, dass *sie* meine Wächter gewesen sind. Und Wächter verlassen ihren Posten nur dann, wenn die Bedrohung ausgeschaltet ist. Das mag sich grotesk anhören, so habe ich es aber erlebt. Meine Eltern glauben dagegen fest daran, dass mein Heulen das Unglück regelrecht angezogen hat. Ich hoffe inständig, dass sie Unrecht haben. Falls nicht, dann habe ich mich zu einer Torheit hinreißen lassen, die hoffentlich keine Konsequenzen nach sich ziehen wird. Nein, ich werde es nicht mehr tun.

Ich beschließe mit meiner Arbeit fortzufahren und widme mich daher wieder den Himbeersträuchern, denn der Korb soll gefüllt werden. Kurz sehe ich zur Sonne empor, die den Zenit schon erreicht hat. Es ist Mittag – Fütterungszeit für die Hunde. Dad müsste seine Runde mittlerweile beendet haben. Es ist also Zeit, meine vierbeinigen Freunde heim zu schicken. Auf einem Zettel, den ich in meiner Hosentasche mitgeführt habe, schreibe ich eine Nachricht. »Dad, bei mir ist alles ok. Ich komme gleich nach.«

„Phil, komm!"

Sofort leistet der angesprochene Rüde meiner Order folge.

„Hier, diese Nachricht bringst du Dad, damit er sich keine Sorgen macht. So, und jetzt lauft nach Hause! Dad hat bestimmt etwas Leckeres mitgebracht."

Etwas Leckeres verstehen alle Hunde. Nachdem ich den Zettel an seinem Halsband befestigt habe, setzen sich die Hunde in Bewegung und laufen angeführt von meinem Lieblingshund Phil nach Hause. Jetzt kann ich die Ruhe genießen und in meinen Gedanken schwelgen.

Es hat eine ganze Weile gebraucht, den Korb zu füllen, denn die meisten Beeren habe ich direkt vom Strauch gegessen. Ich sehe zur Sonne empor. Sie ist schon ein ordentliches Stück weiter gewandert. Ich muss hier mindestens eine Stunde verbracht haben. Es wird Zeit, heimzukehren. Doch plötzlich beschleicht

mich ein unwohles Gefühl, als ob mich jemand beobachtet. Ich blicke mich um und erstarre vor Schreck. Hinter mir steht ein grauer Wolf, der mich genau beobachtet. Panisch wende ich mich ihm zu. Er ist ein äußerst kräftiges Tier, ein wahres Monster und besitzt das Schultermaß eines mittelgroßen Ponys. Seine Silhouette ist sehr gedrungen und die Läufe, wie bei einer Raubkatze, äußerst stabil und muskulös. Nie zuvor habe ich so einen hünenhaften Wolf gesehen. Habe ich etwa seinem Geheul geantwortet? Inständig hoffe ich, dass es das eines anderen gewesen ist, denn dieser hier ist auf keinen Fall ein gewöhnlicher Wolf. Meine Beine sind auf einmal butterweich geworden. Am gesamten Körper bricht mir der Angstschweiß aus. Wenn es einer der Werwölfe aus vergangener Zeit wäre, hätte ich keine Furcht, denn sie waren mir stets wohlgesonnen. Aber die Ambitionen dieses ungewöhnlich mächtigen Wolfes kenne ich nicht, obwohl seine bizarre Erscheinung etwas Vertrautes hat, etwas dass mich sehr stark an jene Werwölfe erinnert. Und ja, da ist es wieder, das Gefühl der ständigen, latenten Bedrohung. Hätte ich doch nur Dads Weisung befolgt und vorhin das Wolfsgeheul nicht imitiert.

„Wolf, du bist so ein Idiot!“, flüstere ich mir mich selbst tadelnd zu und spreche daraufhin den Wolf an.

„A-also d-du b-b-bist ei-ein Wolf. Hier b-bin ich, also er ist d-da drüben. Wenn du denkst, dass ich, ich habe aber nicht, er hat.“

Dabei deute ich in die entgegengesetzte Richtung. Mit Mühen gelingt es mir, meine Empfindungen zu verdrängen und meine Fassung wiederzugewinnen.

„Was rede ich eigentlich für einen Dünnschiss?“, tadele ich mich leise selbst, denn dort steht kein Werwolf, sondern, mit sehr viel guten Willen, nur ein gewöhnlicher Wolf – wenn auch ein ungewöhnlich muskulöses und mächtiges Exemplar. Mir fällt ein, dass diese Viecher ständig hungrig sind wie unsere Hunde.

„Also, ich weiß ja nicht, wie es dir ergeht, aber ich habe Hunger.“

Der graue Wolf steht immer noch regungslos da und observiert mich, während ich mich ins Gras setze und vor Aufregung anfange Himbeeren zu essen. Jetzt, nachdem ich mich gesetzt habe, kommt er vorsichtig näher und bleibt in geringer Entfernung zu mir stehen. Argwöhnisch beobachtet er mich beim Essen. Ich bekomme Herzklopfen, während mir der Angstschweiß in Strömen herunterläuft. Immerhin ist er ein wildes Raubtier und nicht ein fremder Hund, obwohl der Wolf der Urvater des Haushundes ist. Jedoch ist *er* niemals domestiziert worden. Nach einer Weile kommt das Tier noch näher und steht jetzt direkt vor mir. Ich wünschte, ich hätte die Hunde nicht weggeschickt. Unter seinem dichten Fell zeichnen sich deutlich die einzelnen Muskelgruppen ab, deren Zusammenspiel bei jeder kleinsten Regung deutlich zu gewahren ist. Dieser Wolf muss über enorme Körperkräfte verfügen. Verängstigt sehe ich zum Kopf des Tieres hinauf, dessen Schultern mir bis zur Brust reichen würden, stünde ich vor ihm. Er muss ein außerordentlich mächtiges Gebiss besitzen, denn seine Lefzen vermögen es nicht, die gewaltigen Eckzähne komplett zu verdecken, was seine beängstigende Erscheinung noch unterstreicht. Jeder Kampfhundezüchter würde beim Anblick dieses Wolfes vor Entzücken weinen. Mir jedoch treibt er nur das Grauen ein. Die steil aufgestellten Ohren sind nach vorne gerichtet, seine feuchte Nase nimmt leicht zuckend Witterung auf und die dämonisch wirkenden Augen blicken misstrauisch und abschätzend auf mich herab. Es sind keine Anzeichen irgendwelcher Aggressionen bei diesem eher neugierigen Wolf zu erkennen. Allerdings ist der gute Wille zur richtigen Interpretation in mir endgültig gestorben. Ich habe nur entsetzliche Angst. »Schwäche provoziert Aggressivität!« hat mir Dad stets eingebläut. Ich müsse den Tieren mit Vorsicht und Respekt begegnen, doch dürfe ich niemals Angst zeigen. Er hat ja gut reden. Er war ja noch nie mit so einem Monsterwolf konfrontiert. Dennoch fasse ich meinen ganzen Mut zusammen und versuche, seinem Blick standzuhalten. Beinahe intuitiv strecke ich ihm langsam meine Hand zittrig entgegen, die er misstrauisch beschnuppert und noch näher kommt. Jetzt werde ich von oben bis unten gründlich untersucht. Sicherlich wird er gerade unsere Hunde wittern. Anscheinend habe ich sein Vertrauen erweckt, sonst wäre er nie so nahe herangekommen. Jedenfalls möchte ich das gerne glauben, denn an diesem Wolf ist nichts gewöhnlich. Während ich von ihm intensiv abgeschnuppert werde, fühle ich mich in meiner Haut sehr unwohl und esse weiterhin meine Himbeeren. Dabei schwöre ich mir, dass ich nie wieder dem Geheul der Wölfe antworten werde.

Als er seine Untersuchung beendet, bleibt er fast in Tuchfühlung zu mir stehen, beobachtet mich beim Himbeeressen und leckt sich dabei die Schnauze. Erneut greife ich in den Korb, nehme eine Himbeere heraus und halte sie diesmal dem Wolf entgegen. Jedoch beschnuppert er sie nur.

‚Naja, macht doch nichts', denke ich und stecke sie mir selbst in den Mund.

Dad sagte mir, dass Wölfe sehr vorsichtige und scheue Tiere sind, die aber ebenso draufgängerisch und angriffslustig werden können, wenn der Hunger nur groß genug ist. Ich habe demnach einen relativ satten Burschen vor mir, der unwahrscheinlich neugierig ist. Wenn die Neugierde ein Maß für Intelligenz ist, dann ist dieser Wolf sehr intelligent. Abermals nehme ich eine Himbeere aus dem Korb und lege sie diesmal vor seine Läufe ab. Jetzt frisst er sie. Ich wusste nicht, dass diese Spezies auch vegetarische Kost zu sich nimmt. Er scheint noch ein sehr junger Wolf zu sein, denn irgendwie hat er trotz seiner furchterregenden und martialisch wirkenden Erscheinung die Ausstrahlung eines jungen Hundes. Abermals strecke ich ihm eine Beere entgegen, die er mir nun vorsichtig aus der Hand nimmt und frisst. Langsam berühre ich mit derselben Hand seine feuchte Nase und streichele ein paar Mal über Nasenrücken und Lefzen. Plötzlich zuckt der junge Rüde zusammen, als ob ein elektrischer Impuls durch seinen Körper gefahren wäre. Hastig reckt er seinen Kopf in die Höhe, schaut nervös umher und entfernt sich wieder von mir. Eilig erhebe ich mich und frage mich, was ihn auf einmal so verschreckt hat. Schlagartig dreht sich der Wolf um, nimmt Anlauf und springt mich an. Dabei stößt er mich wieder zu Boden. Nun packt er meinen Ärmel und zieht mich brutal fort. Wie eine kleine Puppe werde ich zum Rand der Lichtung geschliffen, ohne Chance überhaupt auf die Beine zu gelangen. Dort lässt er von mir ab. Dieser Wolf verfügt in der Tat über unwahrscheinliche Kräfte. Während ich auf die Beine komme, deutet er mit heftigen Kopfbewegungen in eine bestimmte Richtung und grollt dabei aggressiv. Mit Sicherheit ist dies kein bösartiges Gebaren. Viel eher scheint er mir damit einen Befehl zu erteilen. Langsam bekomme ich Angst, springe auf und flüchte in den Wald. Ich schlage dabei haargenau die

Richtung ein, die der Wolf mir zugewiesen hat. Im Laufen sehe ich mich noch einmal kurz um. Der Wolf hat sich so schnell verdrückt, dass ich ihn nicht mehr ausmachen kann. Kurz darauf vernehme ich hinter mir ein ohrenbetäubendes Fauchen. Es hört sich wie ein Blizzard oder ein Tornado an. Allerdings haben wir für Blizzards die falsche Jahreszeit und Tornados kommen auf Kodiak Island so gut wie gar nicht vor. Zudem weht nur eine leichte Brise. Dabei ist es warm und nicht einmal bewölkt. Egal was es auch sein mag, es jagt mir eine höllische Angst ein. In mir ist eine tiefe Beklommenheit entstanden, die eine panikhafte Flucht zur Folge hat. Ich renne vor etwas weg, was ich nicht gesehen, sondern nur gehört habe und nicht einmal etwas Bekanntem zuordnen kann. Ich laufe aufgrund einer Warnung eines Wolfsrüden weg, der offenbar meinem Wolfsruf gefolgt war und Kontakt zu mir suchte. Ohne mich noch einmal umzublicken, laufe ich sprintend einen großen Bogen, denn das Haus liegt zu meiner Rechten in südwestlicher Richtung. Wer weiß, was mit mir geschehen wäre, wenn ich die Lichtung nicht verlassen hätte. Vielleicht wäre ich sogar getötet worden. Ich habe mich vorhin noch dafür verflucht, dass ich wie ein Wolf geheult habe. Ich glaube aber, dass der Wolfsruf mich gerettet hat.

Seit dem Vorfall auf der Lichtung ist der Wald sehr ruhig geworden. Kein Laut ist außer dem Blätterrauschen der Bäume und Sträucher zu vernehmen. Selbst die Vögel schweigen wie vor einem schweren Sturm oder einer bevorstehenden Naturkatastrophe. Diese Gegend strahlt seitdem eine Atmosphäre aus, die mir unheimlich ist und äußerst bedrohlich auf mich wirkt. Irgendetwas stimmt hier absolut nicht und die Quelle dieser beklemmenden Fremde scheint diese Lichtung zu sein.

Jetzt gelange ich an den Rand des Waldes, wo sich Felsvorsprünge befinden, deren Kanten infolge der Erosion über die Jahrtausende abgeschliffen wurden und völlig rund sind. Misstrauisch beobachte ich die Gegend und lasse meinen Blick jeden Winkel treffen. Ich kann nicht genau sagen, wann die Tiere des Waldes begonnen haben zu schweigen; doch weiß ich genau, dass sie bereits schwiegen, als ich das eigenartige Geräusch vernahm. Hoch oben auf einem dieser Felsvorsprünge erblicke ich den grauen Wolf, der mich nötigte die Lichtung zu verlassen. Ich betrachte ihn als meinen Lebensretter und Schutzengel. Kritisch beobachtet er mich und sieht mir nach. Kurz bleibe ich stehen, blicke dankend zu ihm empor und winke ihm zu. Meine Angst hat sich noch immer nicht gelegt, ferner verspüre ich einen seltsamen Druck in meiner Rückenpartie, eine Empfindung, die sich immer dann einstellt, wenn sich jemand dicht hinter mir befindet, mich beobachtet oder gar verfolgt. Als ich ein zweites Mal zu dem Felsvorsprung hochsehe, ist mein neuer Freund plötzlich verschwunden. Daraufhin renne ich weiter. Den Korb mit den restlichen Beeren halte ich fest in der rechten Hand. Er ist nur noch zu dreiviertel gefüllt. Glücklicherweise habe ich ihn nicht auf der Lichtung vergessen. Plötzlich vernehme ich weit hinter mir einen grässlichen Schrei, der dann abrupt verstummt. Insgeheim denke ich mir: ‚Da ist jemand gestorben!' Eine ganze Weile rase ich durch die Gegend, tauche wieder in den Wald ein und gelange schließlich nach Hause, wo sich die Natur geräuschlich normal präsentiert. Die Atmosphäre ist hier ungetrübt. Eins steht fest. Mom und Dad kann und darf ich mein Erlebnis nicht erzählen, weil ich riesigen Ärger bekäme. Schließlich habe ich dem Ruf der Wölfe geantwortet. Und glauben würden sie mir diese Geschichte auch nicht.

Keuchend und schnaufend betrete ich die Diele, lege mein Gewehr ab und hänge es an seinen Platz.

„Wolf, bist du wieder zurück?", fragt mich meine Mutter, die sich in der Küche befindet.

Total außer Atem reiche ich ihr den Korb mit den Himbeeren und frage: „Mom, ist Dad wieder zurück?"

„Ja, und er hat einen schönen Hasen mitgebracht. Stimmt etwas nicht, Wolf? Du hörst dich so besorgt an."

Sie dreht sich zu mir um. Als sie mich erblickt, reißt sie ihre Augen auf und bemerkt bestürzt: „Mensch, du bist ja käsebleich! Was ist geschehen, mein Junge?"

„Weiß ich nicht. Irgendetwas Eigenartiges und Schlimmes hat sich auf der Lichtung nahe den Whitestones zugetragen. Ich glaube, da ist jemand gestorben.", berichte ich ihr entsetzt.

Geschockt öffnet sie ihren Mund. „Wer ist gestorben, was hat sich zugetragen?"

„Weiß ich nicht. Ich habe nur das Fauchen eines Tornados gehört, als ich diese Lichtung verlassen hatte. Und als ich auf der Flucht war, vernahm ich diesen grässlichen Schrei."

„Es gibt bestimmt eine rationelle Erklärung dafür, Wolf. Vielleicht hat ein Tier gerufen."

Moms Bemühungen, mich zu beruhigen, sind eher stümperhaft, denn sie vermag ihre Besorgnis nicht zu verbergen.

„Mom, ich kenne die Rufe und Schreie der Tiere! Das war ein Mensch oder etwas Ähnliches!", erkläre ich ihr nachdrücklich.

„Gut, Wolf, wir werden morgen die Hunde nehmen und gemeinsam dort nachgucken."

„Nein, Mom, auf keinen Fall!", entgegne ich bestimmt.

Ich sehe aus dem Fenster und beobachte die weißen Kumuluswolken, wie sie langsam vorbeiziehen. Manchmal wünsche ich mir, ich könnte auf ihnen reiten. Moment mal, hatte ich nicht gerade Mom angesehen? Plötzlich werde ich an den Schultern gepackt und unsanft zurückgezogen. Verschreckt fahre ich herum und erblicke Mom, die mich mit großen Augen anstarrt.

„Was hast du da gesagt? So habe ich dich ja noch nie zuvor sprechen hören."

Überrascht sehe ich sie an. „Ich sagte eben: *Nein, Mom, auf keinen Fall.* Nichts weiter."

„Nein, Wolf, du sagtest noch: *Ich bitte euch, ich rate euch sogar, haltet euch fern von jenem Ort! Er ist erfüllt vom Bösen. Es wird euer aller Untergang sein, wenn ihr ihn betretet!"*

„Nein, Mom! Ich kann mich nicht daran erinnern, sowas gesagt zu haben. Woher sollte ich denn das wissen? Ich habe eben nur aus dem Fenster gesehen."

Mom ist noch unruhiger geworden.

„Ähm, Wolf, geh bitte auf dein Zimmer und räum dort auf."

Fragend sehe ich sie an. „Ist alles in Ordnung?"

„Ja, geh schon! Ich habe noch sehr viel zu tun."

Zweifelnd sehe ich sie an, nicke ihr aber einwilligend zu und verlasse schließlich den Raum. Langsam steige ich die Treppen zu meinem Zimmer empor.

Die Szene in der Küche beunruhigt mich schon. Mom behauptet felsenfest, ich hätte jene Warnung ausgesprochen. Nur kann ich mich nicht daran erinnern das je getan zu haben. Normalerweise wäre ich davon ausgegangen, dass sie es sich nur eingebildet hat. Das Entsetzen in ihrem Gesicht war aber echt und ich kann mich nicht daran erinnern, wie ich zum Küchenfenster kam. Falls ich jene Warnung ausgesprochen hätte, ich würde sie anders formuliert haben. Mal abgesehen davon, wer vorhin was gesagt hat, es wurde eine klare Warnung ausgesprochen und ich habe das starke Gefühl, dass wir sie beherzigen sollten.

Mich beschäftigt aber auch jener seltsame Wolf. Irgendetwas stimmte an ihm nicht. Obwohl er mir offenbar wohlgesonnen war, sind mir sein ungewöhnlich starkes Interesse an mir und das große Maß an Zutraulichkeit unheimlich. Ich habe schon einige Wölfe gesehen und beobachtet. Ihr Verhalten war durchweg geprägt von Misstrauen und Scheu gegenüber den Menschen. Ich musste schon gehöriges Glück haben, überhaupt Wölfe zu Gesicht zu bekommen. Jener unterschied sich jedoch stark von allen. Sein Verhalten war meiner Einschätzung nach...

äußerst seltsam. Ich kann mir nicht helfen, es schien so, als ob er mich nicht nur zur Flucht gedrängt, sondern mir auch den richtigen Fluchtweg gewiesen hätte. Aber nicht nur von seinem Verhalten her unterschied er sich enorm. Noch ungewöhnlicher waren seine physischen Merkmale. Mit einer Schulterhöhe von mehr als einen Meter war er der größte und stärkste Wolf, den ich jemals gesehen habe. Wie eine Spielzeugpuppe hat er mich über den Boden gezogen. Aber das ist noch nicht der springende Punkt. Das Unheimlichste waren neben seinem ungewöhnlich starken Gebiss die Augen. Sie hatten eine rote Iris, deren Pupille geschlitzt war. Und die Augäpfel besaßen eine grüne Färbung. Das waren keine Wolfsaugen. Das waren *ihre* Augen! Jenem Wolf stehe ich deshalb mit gemischten Empfindungen, ja sogar mit ambivalenten Empfindungen gegenüber. Einerseits bewundere ich ihn, seine Stärke, Kondition und Wehrhaftigkeit. Ich bewundere seinen gestählten und perfekt definierten Körper. Andererseits graut es mir eben vor diesen Attributen, da sie mir das Gefühl geben, ihm völlig ausgeliefert zu sein. Warum wollte er mich überhaupt retten und vor allem wovor? Vielleicht sind *sie* ja doch hier. Und vielleicht habe ich vorhin einen von ihnen in abgewandelter Form gesehen. Doch war *er* kein Werwolf – oder etwa doch?

Heute ist ein Tag, an dem mir alles irgendwie seltsam und bedrohlich erscheint. Ich weiß genau, dass ich Mom und Dad nichts über jene Begegnung erzählen kann und darf, da sie mich bestrafen würden. Für sie wäre es sträflicher Leichtsinn, dem Geheul der Wölfe zu antworten. Ich bin mir aber relativ sicher, dass dieser Leichtsinn mir heute das Leben gerettet hat. Oder wäre jener Wolf etwa auch ohne mein Geheul aufgetaucht? Diese Frage beantworte ich für mich klar mit »Nein«. Schließlich habe ich nur auf einen Ruf geantwortet und ich glaube, es war seiner. Sicher bin ich mir da natürlich nicht, aber ich fühle mich mit dieser Darstellung deutlich besser. Gewiss ist mir nur, dass ich heute sehr viel Glück gehabt habe.

Ich betrete mein Zimmer, schließe die Tür und setze mich ans Fenster. Wenn mich etwas beschäftigt und ich nachdenken muss, sehe ich stets hinaus über den Abhang hinweg in die Ferne und lasse meinen Gedanken freien Lauf. Jedoch erblicke ich auf dem Tisch die Arbeitsmaterialien, die mich dezent an meine versäumten Pflichten erinnern. Arbeitsbuch und Stifte liegen dort noch so, wie ich sie vor ein paar Stunden zurückgelassen habe. Da war doch noch etwas. Sollte ich heute Morgen nicht die Matheaufgaben lösen? Jetzt wäre der geeignete Zeitpunkt, die verschlafene Arbeit nachzuholen und mir den morgigen Hausarrest zu ersparen – also ist nichts mit Grübeln. Obwohl ich mit meinen Gedanken bei den kürzlichen Geschehnissen bin, versuche ich mich auf die Aufgaben zu konzentrieren und beginne sie zu lösen. Es vergeht nicht viel Zeit, bis ich leise durch die geschlossene Tür hindurch Dad meinen Namen rufen höre. Schnell springe ich auf, wobei der Stuhl quietschend auf dem Holzboden zurückgleitet. Eilig laufe ich aus meinem Zimmer heraus und stürme die Treppe hinunter in die Wohnstube, die sich genau gegenüber der Küche befindet. Dort sitzen meine Eltern auf selbstgezimmerten Sitzmöbeln, die mit Fellen überzogen sind.

„Wolf, setz dich und erzähl mir noch einmal, was du Mom erzählt hast.“, bittet mich Dad mit ruhiger Stimme.

Während ich auf dem Hocker Platz nehme, überlege ich angestrengt, was er von all dem hören darf und was nicht.

„Ok“, beginne ich nach einigem Zögern, „kurz nachdem ich die besagte Lichtung verlassen hatte, hörte ich ein ganz seltsames und ebenso bedrohlich klingendes Geräusch von dort. Ich habe große Angst bekommen und bin weggelaufen. Und wenig später vernahm ich diesen grässlichen Schrei. Das ist alles.“

„Das dürfte eigentlich auch schon genug sein, Junge. Warum hast du eigentlich die Hunde weggeschickt?“, fragt er mich vorwurfsvoll.

„Och, Dad! So weit sind die White Stones auch nicht weg. Es war alles ruhig und ich hatte mein Gewehr bei mir. Ich wollte nur in Ruhe Beeren sammeln und dabei etwas nachdenken. Und außerdem waren sie hungrig.“, erkläre ich ihm beschwichtigend.

„Aha! Die Hunde begleiten dich nicht nur zu ihrem Vergnügen! Sie sollen dich vor allem schützen! Und das können sie nicht, wenn du sie wegschickst! Das war leichtsinnig von dir! Du hast doch selbst gesehen, wie schnell sich Situationen ändern können.“, ermahnt er mich eindringlich.

Ich sehe ein, dass er recht hat und es ein Fehler von mir war die Hunde wegzuschicken. Einsichtig nicke ich ihm zu.

„Was hat dich überhaupt dazu bewogen, die Lichtung vorzeitig zu verlassen? Der Korb war noch nicht voll und Beeren gibt es dort zuhauf.“

An die fehlenden Beeren habe ich gar nicht mehr gedacht. Nervös rutsche ich auf dem Hocker umher, während ich zu transpirieren beginne.

„Er ist *nicht mehr* voll, Dad. Aus Angst habe ich die fehlenden Beeren gegessen.“

„Während des Laufens? Wolf, du verschweigst uns etwas. Was sind das für Löcher in deinem linken Ärmel?“

„Äh, das war Joey, Dad. Er war zu wild und...“

„Nein, Wolf, weder Joey noch die anderen Hunde sind so wild. Wolf, lüg mich nicht an! Ich will jetzt die Wahrheit hören! Du weißt genau, dass du uns alles erzählen kannst. Und hör endlich auf, wie ein kleines Kind an deinen Nägeln zu nagen!“, fährt er barsch dazwischen.

Hastig lege ich meine Hand in den Schoß.

„War das ein Hund?!“, fügt er unwirsch an.

Unsicher sehe ich meine Eltern an. Ihnen kann wohl nichts verschweigen. Schließlich sind die Spuren an meiner Kleidung nun mal da, an die ich ebenfalls nicht mehr gedacht habe. Und mein Vater ist eh ein scharfsinniger Mann und zudem noch ein guter Beobachter. Mir bleibt also nichts anderes übrig, als die Wahrheit zu sagen, wenn ich meine Glaubwürdigkeit nicht verlieren will. Mom sitzt neben Dad, der wegen meiner Unehrlichkeit recht aufgebracht ist und sieht mich immer noch besorgt an.

„Nein, Dad.“, antworte ich ihm widerwillig.

„War es dann ein Wolf?“

„Das kann ich nicht genau sagen.“

Überrascht sieht mich mein Vater an. „Was soll das heißen?! Kannst du etwa einen Wolf nicht mehr von einem anderen Tier unterscheiden?!“

„Eigentlich schon. Aber die ganze Geschichte ist so seltsam und beängstigend. Dad, ich habe Angst!“

Bei diesen Worten beginne ich zu schluchzen und zu weinen. Mein Gefühlsleben befindet sich in hoher Anspannung, denn da draußen ist etwas Schreckliches geschehen und meine Eltern, die mich eigentlich trösten sollten, verhören mich in einer Strenge, die ich bisher noch nicht erlebt habe. In diesem Augenblick brechen meine gesamte Verzweiflung, meine Angst, mein Missmut und meine Hilflosigkeit heraus. In meinem Hals ist ein dicker Kloß entstanden, der schmerzhaft drückt und bei jedem Schlucken weiter anschwellt.

„Ich weiß es einfach nicht!“

Nun steht Dad auf, setzt sich zu mir, nimmt mich fest in seine Arme und streichelt mir über den Kopf.

„Ist schon gut, Wolf“, sagt er sanft, „wir wollen dir doch nur helfen. Mom ist sehr besorgt, denn dein Verhalten hat sich verändert, seitdem du fort warst. Du sagst Sachen, an die du dich Sekunden später nicht mehr erinnern kannst. Aus diesem Grund musst du uns alles erzählen, was du gesehen und erlebt hast, sei es noch so unglaubwürdig, Wolf.“

Ich schlucke ein paar Mal, wische mir die Tränen aus den Augen und beginne zu erzählen.

„Als ich auf der Lichtung war und Beeren sammelte, hörte ich das Geheul eines Wolfes, dem ich antwortete."

Gerade will Dad etwas sagen; ich kann mir genau denken, was.

„Ich weiß, ich soll es nicht. Aber es hat mir vielleicht das Leben gerettet."

„Was heißt vielleicht?"

„Gleich, Dad. Eine Weile später, nachdem ich mit dem Sammeln fertig war und die Hunde weggeschickt hatte, stand plötzlich dieser eigenartige, graue Wolf hinter mir und beobachtete mich. Ich habe so viel Angst bekommen, dass ich einen Teil der Beeren, die jetzt fehlen, gegessen habe. Wir freundeten uns an. Dann stieß er mich plötzlich um, biss mir in den Ärmel, aber nicht mich, und zerrte mich von der Lichtung. Dabei verlor ich den Rest der jetzt fehlenden Beeren. Er knurrte mich an und wies mir die Richtung, in die ich flüchten sollte. Mit Sicherheit war sein Knurren kein Zeichen von Aggressivität gegen mich, eher ein Befehl. Ich befolgte ihn und lief schließlich weg, er kurz nach mir. Später sah ich den Wolf auf einem Felsvorsprung wieder, als er mich beobachtete. Er wollte sich wohl versichern, dass ich auch den richtigen Fluchtweg nehme. Das war, nachdem ich das eigenartige Fauchgeräusch auf der Lichtung vernommen hatte. Dann war der Wolf plötzlich verschwunden und wenig später hörte ich weit hinter mir diesen Schrei."

Ungläubig sehen sich meine Eltern gegenseitig an.

„War das alles, Wolf?", hakt mein Vater besorgt nach.

Jetzt, da die Katze aus dem Sack ist, kann ich ihm auch alles erzählen.

„Nein, Dad, das Außergewöhnlichste waren neben seiner ungewöhnlichen Größe die Augen. Er hatte die Pupillen einer Katze, seine Iris war rot und schien zu glühen. Die Augäpfel besaßen eine grüne Färbung. Er war so groß wie ein Pony, darüber hinaus außergewöhnlich muskulös und extrem stark. Zudem besaß er kein typisches Wolfsgebiss. Es war stabiler und die oberen Eckzähne wiesen eine dermaßen starke Ausprägung auf, dass sie von den Lefzen nicht vollständig verdeckt wurden. Deshalb kann ich dir nicht sagen, ob er nun ein Wolf gewesen ist oder nicht."

Geschockt öffnen beide ihre Münder und sehen mich ergriffen an.

„Ein eigenartiger Lebensretter, mit dem du dich da anfreundest. Meinst du nicht auch, dass es dafür wohl eine andere Erklärung gibt, Wolf?", fragt mich meine Mutter.

„Für so eine Erscheinung?!", platzt es aus mir heraus, „ich wusste, dass ihr mir nicht glaubt! Deswegen wollte ich euch all das auch nicht erzählen!"

„Doch, wir glauben dir jedes Wort, Wolf! Und deshalb werde ich jetzt losgehen und nach dem Rechten sehen. Ich will das Ganze nicht noch einmal durchmachen!"

„Nimm aber dein Gewehr mit, Jack.", wirft meine Mutter auffordernd ein.

Ich erinnere mich daran, was ich vorhin wohl zu meiner Mutter gesagt haben soll.

„Nein, Dad, geh nicht dort hin! Den Worten Moms nach wurde durch mich eine Warnung davor ausgesprochen, die Nähe zur Lichtung zu suchen!"

„Wer das wohl wahr?! Gerade deswegen werde ich dort nach dem Rechten sehen! Ich will Gewissheit haben, was da wirklich ist! Nicht noch einmal lasse ich mir mein Leben von irgendwelchen Höllenbiestern zerstören! Du bleibst bei Mom!"

Jetzt steht er auf, holt aus der Kammer sein Gewehr und lädt es.

Als ich mich erhebe, fährt er mich an. „Du bleibst bei Mom!"

Ohne ein weiteres Wort geht er hinaus und macht sich auf den Weg in die verbotene Zone. Ich habe große Angst um Dad und will ihm gerade nachlaufen, um ihn doch noch von seinem Vorhaben abzubringen, als Mom mich aufhält.

„Wolf, hast du etwa nicht gehört, was Dad gerade gesagt

hat?! Lass ihn gehen! Wir müssen diese Situation klären!“

Von ihren Argumenten lasse ich mich jedoch nicht überzeugen. Der Wolf wird mich nicht umsonst von der Lichtung gejagt haben.

„Mom, Dad befindet sich in höchster Lebensgefahr, wenn er dort hingeht!“

Eindringlich sieht sie mich an. „Woher willst du das wissen? Und außerdem hat er ein Gewehr bei sich. Es nutzt nichts, sich ängstlich zu verkriechen und den Kopf in den Sand zu stecken!“

Mein Blick senkt sich zum Boden, der nicht mehr ganz sauber ist.

Leise und in mich gekehrt antworte ich ihr etwas betrübt: „Ich weiß es einfach.“

Als Mom mich loslässt, drehe ich mich um, laufe hastig in mein Zimmer und werfe mich melancholisch aufs Bett.

Immer und immer wieder erscheint mir der Kopf des fremdartigen Wolfes, wenn ich meine Augen schließe. Ich finde einfach keine Ruhe. Daher stehe ich wieder auf, gehe zum Fenster und stocke. Es steht offen. Ich kann mich aber nicht daran erinnern, es geöffnet zu haben. Womöglich tat ich es unbewusst, weil die Luft stickig und verbraucht war. Es wäre heute ja nicht das erste Mal, dass ich etwas tue, ohne mich daran später noch zu erinnern. Nicht dass das noch einreißt. Mit einem Schulterzucken setze ich mich an den Tisch, auf dem immer noch meine Schulsachen liegen. Ich denke, es wäre besser die versäumten Aufgaben zu rechnen, um mir etwas Ablenkung zu verschaffen. In seichten Böen weht der Wind hinein, während ich auf mein Heft starre und keinen klaren Gedanken finde.

‚Zum Teufel mit den Aufgaben!‘, schießt es mir durch den Kopf.

Zornig fege ich die Schulsachen vom Tisch und sehe gedankenverloren aus dem Fenster. Ich mache mir große Sorgen um Dad. Es zerfrisst mich im Innern regelrecht. Nicht einmal die

Weite der Wälder in den Tälern vermag mich zu beruhigen. Inzwischen neigt sich die Sonne zum Horizont. Schon seit Stunden sitze ich fast regungslos am Fenster und starre unentwegt in der Hoffnung hinaus, ein Zeichen von Dad zu erspähen. Das Zimmer hat sich bereits stark abgedunkelt. Ich stehe auf, schreite zum Nachtschränkchen, welches neben dem Kopfende meines Bettes an der Wand steht, und bringe eine sich dort stehende Petroleumlampe zum Brennen. Gerade als ich fertig bin, werde ich von Mom gerufen. Sie will meine Aufgaben sehen und korrigieren. Es ist mir unverständlich, wie sie jetzt an die Korrektur meiner Aufgaben denken kann. Schnell sammle ich meine Utensilien vom Boden auf und renne zur Tür. Etwas überhastet schließe ich sie, woraufhin es laut knallt.

„Entschuldige, Mom! Ich komme jetzt!", rufe ich ihr zu.

Gerade will ich die Treppe hinunterstürmen, als ich aus meinen Augenwinkeln heraus einen Schatten im oberen Flur erhasche und vor Schreck regelrecht zusammenzucke. Ängstlich bleibe ich stehen und wende mich langsam um. Es ist mir nicht möglich, etwas zu erkennen, denn es ist stockfinster. Langsam schleiche ich in die Dunkelheit, bleibe jedoch auf der Hälfte der Strecke stehen, da mich mehr und mehr ein beklemmendes Gefühl erfasst und Mom eh bereits auf mich wartet. Daher wende ich mich ab und laufe zu ihr hinunter ins Wohnzimmer, das im angenehmen Licht der Petroleumlampen gehüllt ist.

Mom sitzt auf einer mit Hirschfell gepolsterten Bank in einer Ecke des Zimmers. Ich setze mich ihr gegenüber und übergebe ihr mein Werk.

„So, dann wollen wir mal sehen, was du da so zusammengerechnet hast."

Besorgt frage ich sie: „Ist Dad schon wieder zurück?"

„Nein, Wolf, er wird es wohl ganz genau wissen wollen."

Besorgt sehe ich meine Mutter an, die voll und ganz in meine Aufgaben vertieft ist und frage mich, wie sie hinsichtlich

Dads Fernbleibens so ruhig sein kann.

Sie schaut zu mir auf und bemerkt: „Viel hast du ja heute nicht geschafft, Wolf. Na, dann wollen wir mal gucken."

Ich sehe sie nur ausdruckslos an. Sie hat doch nicht allen Ernstes von mir erwartet, dass ich mich in dieser Situation an die Aufgaben setze. Ich gewinne den Eindruck, dass sie mir nicht wirklich geglaubt und den tiefen Ernst der Lage nicht erfasst hat.

„Äh, Wolf, den Oberflächeninhalt eines Kegels berechnet man wie? Und wie den Flächeninhalt der Grundfläche?"

„Ach Mom! Ich kann mich jetzt nicht auf Mathe konzentrieren. Machst du dir denn keine Sorgen um Dad?", frage ich sie vorwurfsvoll.

„Was für eine Frage!", erneut blickt sie auf, „natürlich bin ich besorgt, sehr sogar! Ungeachtet dessen müssen wir aber funktionieren. Wegen einer bedrohlichen Situation macht das Leben keine Pause. Die alltäglichen Pflichten müssen weiterhin erledigt werden. In deinem Fall heißt das jetzt gerade lernen und in meinem Fall lehren. War das verständlich?!"

Bestätigend nicke ich ihr zu.

„Dann beantworte mir jetzt die Frage!"

Widerwillig zitiere ich die Lösung. „Den Oberflächeninhalt berechnet man mit der Summe aus Grundfläche und Mantelfläche und die Grundfläche mit πr^2."

„Richtig, denn hier hast du offenbar keine Flächenformel benutzt. Und, Wolf, deine Faktorisierung ist nicht korrekt. Das richtige Ergebnis wäre $O_k=\pi r(r+s)$. Du musst schon bei der Sache sein. Auch wenn diese Aufgaben dich nicht fordern."

Desinteressiert wende ich meinen Kopf zur Seite und fahre erschrocken zusammen. Panisch springe ich auf, wobei meine Mutter verschreckt ihren Stift fallen lässt. Neben mir steht plötzlich der Wolf von heute Mittag und sieht mich mit seinen rot schillernden Augen eindringlich an. Verängstigt weiche ich zurück, während mich meine Mutter mit einem vorwurfsvollen

Blick belegt.

„Was ist bloß in dich gefahren?! Mir wäre beinahe das Herz stehengeblieben!“, teilt sie mir in einem strengen Ton mit.

„Mir auch, Mom! Da ist er! Da ist der Wolf von der Lichtung!“

Dabei zeige ich direkt auf den Wolf. Genervt sieht mich meine Mutter an.

„Da ist nichts! In so einer ernsten Situation zu scherzen ist pietätlos.“

„Ich scherze aber nicht, Mom. Ich sehe ihn doch deutlich vor mir!“, entgegne ich ihr verstört.

Meine Mutter schüttelt nur ihren Kopf. Wie kann es sein, dass sie diesen Wolf nicht wahrnimmt, wo er doch eindeutig neben meinem Hocker steht. Unsicher setze ich mich wieder, beuge mich vorsichtig vor und strecke ihm langsam, wie heute auf der Lichtung, meine rechte Hand entgegen. Noch immer sitzt er regungslos da und starrt mich unentwegt mit seinen diabolischen Augen an. Meine Finger berühren nun seine Nase, die ich jedoch nicht fühle und plötzlich tauchen sie durch ihn hindurch.

„Äh, was?!“

Mit beiden Händen versuche ich ihn jetzt zu berühren – jedoch ohne Erfolg.

„Was fuchtelst du eigentlich da mit deinen Händen herum?“

„Siehst du ihn denn wirklich nicht, Mom? Genau hier sitzt er.“

„Nein, ich sehe nichts! Und ich finde, dass es jetzt reicht! Verkohlen kann ich mich auch alleine! Du gehst jetzt besser auf dein Zimmer, um über dein Verhalten nachzudenken! Denk gut nach! Ich will dich heute nicht mehr sehen!“, antwortet sie mir erbost.

Verstört richte ich mich wieder auf. Offenbar ist meine Mutter wirklich nicht in der Lage, die Wolfsgestalt zu sehen. Es macht daher keinen Sinn, sie weiterhin von der Existenz dieser

Erscheinung überzeugen zu wollen. Der Wolf, der nicht zu berühren ist, steht jetzt auf, geht zur Tür hinaus und erklimmt langsam die Treppenstufen. Dabei sieht er sich mehrmals zu mir um und wird allmählich eins mit der Finsternis. Seltsam, dass die Treppe nicht knarrt. Vielleicht ist er in mein Zimmer gegangen. Argwöhnisch folge ich ihm von Neugier getrieben mit meiner Petroleumlampe in der Hand.

„Ist gut, Mom. Entschuldige bitte. Ich werde dann auf mein Zimmer gehen."

„Gut! Ich bringe dir nachher dein Heft hoch.", entgegnet sie mir mit einem eindringlichen Blick.

Mit einem flauen Gefühl in meinem Bauch beschreite ich langsamer als sonst die Treppe, die unter meinem Gewicht, wie üblich, etwas knarrt. Zögernd betrete ich mein Zimmer. Dort erblicke ich ein rot leuchtendes Augenpaar in der Nähe meines Bettes. Sollten mir die Geschehnisse bei den White-Stones etwa dermaßen zugesetzt haben, dass ich jetzt wirklich anfange zu halluzinieren? Nun, Halluzinationen können einem keinen Schaden zufügen. Daher beschließe ich, ganz locker mit ihr umzugehen. Dann wird sie sicherlich wieder von selbst verschwinden. Ich schließe meine Zimmertür, gehe zum Tisch, als wäre ich alleine in meinem Zimmer und stelle dort die Lampe ab.

„Dich kann man ja sowieso nicht anfassen. Du bist ja praktisch nicht da. Ich scheine der Einzige zu sein, der dich überhaupt sehen kann.", sage ich dem Wolf vorwurfsvoll.

Schließlich hat er Schuld, dass Mom zu Recht auf mich böse ist, weil ich aus ihrer Sicht die Situation genutzt habe, um einen bösen Scherz mit ihr zu machen. Ich gehe durch das Zimmer und ignoriere die Erscheinung des Wolfes einfach, als sei sie nicht vorhanden. Sie beobachtet mich bei jedem Schritt. Nun gehe ich geradewegs auf das Trugbild zu, wobei es aufsteht, mir ausweicht und seine Pfote in den Weg hält. Plötzlich stolpere ich und falle lang und breit ins Bett.

„Was zum Geier geht hier eigentlich vor?!", frage ich verärgert.

Dicht vor mir setzt sich der Wolf hin und blickt mir starr in die Augen. Eingeschüchtert senke ich meinen Blick. Offensichtlich ist *diese* Erscheinung auch physisch präsent und keine Halluzination. Ich bin aber zu erbost, als dass mich die Angst, die ich empfinde, lähmen könnte. Schließlich hat er mir viel Ärger eingebracht.

„Wer zum Teufel bist du?! Was willst du eigentlich von mir?! Ich habe doch gar nichts getan.", frage ich ihn zornig, aber mit zittriger Stimme.

Und doch fällt es mir sehr schwer, meine Selbstkontrolle nicht zu verlieren, denn wie zuvor auf der Lichtung versetzt mich die bloße Anwesenheit dieses mächtigen Tieres in große Furcht. Ängstlich schaue ich zu ihm empor.

„Doch, du hast mich auf die Lichtung gerufen, Wolf."

Wie von einem Schlag getroffen, falle ich hintenüber. Der Wolf hat eben zu mir gesprochen. Dieser Hundesohn spricht, er drückt sich verbal aus. Er besitzt zwar einen starken, eigenartig klingenden Akzent, doch ist die Sprache klar und deutlich.

„Nein, nein, nein! Das ist nicht möglich, das kann nicht sein! Wölfe können nicht sprechen, jedenfalls nicht so!", versuche ich mir selbst einzureden.

Aber er hat gerade zu mir gesprochen! Das kann ich nicht einfach leugnen. Jetzt bin ich mir absolut sicher, dass dies kein Wolf sein kann. Seine Stimme ist ein tiefer Bass und jedes ‚R' in einem Wort artet fast in ein Knurren aus. Ich würde sagen, seine Aussprache hat etwas von einem Russen.

„Ich schon! Nie wurde behauptet, dass ich gewöhnlich sei.", verkündet er stolz.

„Nein, ich habe dich nie gerufen", entgegne ich ihm verängstigt.

Sein Atem bläst mir direkt ins Gesicht.

„Du hast gerufen, oder hast du etwa nicht geheult?!"

Eingeschüchtert sitze ich auf meinem Bett.

„Doch, habe ich... aber nur zum Spaß... ehrlich."

Kaum habe ich zuende gesprochen, knurrt er leise und zieht kurz seine Lefzen hoch. Dabei blitzen seine bedrohlich langen Zähne weiß auf. Gleichzeitig versetzt er mir mit seiner Vorderpfote ein paar wuchtige Ohrfeigen. Dabei werde ich seitlich auf mein Bett geschleudert und fange an zu weinen.

„Einen Wolf imitieŗt man nicht einfach mal so und eŗst ŗecht nicht aus Spaß! Das dŗückt Veŗachtung aus und wiŗd bei uns haŗt bestŗaft! Meŗŗk' dir das!"

Böse sieht er mich heulendes Elend an. Ich fühle mich schlecht. Vor Angst könnte ich mir in die Hosen machen, denn so einen Tadel habe ich noch nie erhalten. Und außerdem habe ich Angst, dass er mich zur Strafe tötet.

„Höŗŗ auf zu jammern! Diese Tŗacht Pŗügel hattest du verdient!"

Zitternd und zusammengerollt liege ich im Bett.

„Wirst du mich jetzt töten?", frage ich ängstlich.

Er stellt seinen Kopf schief, sieht mich aber streng an.

„Was?! Tote leŗnen nichts aus ihren Fehlern! Nein, das ist nicht meine Absicht. Die haben andeŗe."

Geschockt sehe ich ihn an. „Ich schwöre, ich werde nie wieder heulen!"

Bei diesen Worten spitzt er seine Ohren und stellt seinen Kopf wieder grade.

„Doch, du wiŗst! Einst wiŗst du heulen. Man hat ein Moŗdkommando losgeschickt, welches dich eliminieŗen soll. Ich wuŗde geschickt, um das zu veŗhindeŗn."

Entsetzt öffne ich meinen Mund. Meine Knie sind butterweich geworden und in meinem Bauch scheint sich ein ganzer Ameisenhaufen zu befinden.

„Warum will man mich töten und vor allem wer?", frage ich verzweifelt.

„Das daŗf ich diŗ nicht offenbaŗen.", erklärt er mir knapp.

„Aber warum?", schießt es reflexartig aus mir heraus.

„Selbst das ist miŗ nicht gestattet, zu sagen.“

Natürlich! Es wäre auch zu schön gewesen, endlich zu erfahren, wer hinter den Anschlägen steckt und was sie dazu antreibt.

„Wer bist du und woher kommst du?“

Der Wolf legt seine Ohren an und schüttelt seinen Kopf. „Dazu daŗf ich diŗ nuŗ so viel sagen: Hieŗ existieŗe ich nicht.“

„Was? Du warst eben unten und...“

„Ha, nein! Ein kleineŗ telepathischeŗ Tŗŗick, um dich in dieses Zimmeŗ zu locken. Ich waŗ die ganze Zeit über hieŗ oben.“

Ein Wolf, der wie ein Jedi-Ritter mentale Projektionen seiner selbst erschaffen kann? Das ist die verrückteste Geschichte, die ich jemals gehört habe.

„Dann bist *du* durch dieses Fenster ins Haus gelangt. Deswegen stand es plötzlich offen.“

Das Wolfwesen nickt mir zu.

„Junge, wenn ich das Dad erzähle.“

Starr und ernst sieht er mich wieder an. „Halte dich von deinem Vateŗ feŗŗn! Eŗ wiŗd sich veŗändeŗt haben, wenn eŗ zuŗŗückkommt; eŗ wollte nicht höŗen.“

Geschockt reiße ich meine Augen auf. „Was sagst du?! Einen Moment! Du brichst in mein Haus ein und lockst mich in mein Zimmer... um was zu tun? Mit Sicherheit nicht zum Reden!“

Plötzlich vernehme ich unten laute Stimmen. Dad muss heimgekommen sein. Ich springe auf und laufe zur Tür. Laut knurrend und zähnefletschend stellt sich der Wolf, oder was er auch immer sein mag, vor sie und versperrt mir den Weg. Ich kann nur hören, dass sich Mom und Dad streiten und laut gegenseitig anbrüllen. Doch verstehen kann ich nichts, denn das laute Knurren des Wolfes übertönt ihre Worte.

„Lass mich durch! Ich will zu meinen Eltern!“

Jetzt laufe ich einfach los und versuche ihn zurückzudrängen. Ich werde von ihm jedoch brutal zurückgestoßen. Plötzlich springt er mich knurrend an und versetzt mir dabei einen heftigen Hieb ins Gesicht. Ich sehe nur noch einen Blitz und spüre, wie ich auf den Boden falle und hart aufschlage.

Ein großer Verlust

Ich spüre, wie mir jemand über den Kopf streichelt. Schlagartig öffne ich meine Augen und schnelle hoch. Es ist hell und dieser Jemand ist Mom, die neben meinem Bett kniet. Von draußen scheint die Sonne herein, der Himmel ist stahlblau. Ich frage mich, wie ich ins Bett gekommen bin und wer mich zugedeckt hat. Mir tut alles weh – mein Kopf besonders. Verschreckt blicke ich mich um. Das Zimmer ist verwüstet. Mein Tisch ist zerbrochen und der Stuhl liegt gegenüber an der Wand. Auf der Holzvertäfelung entdecke ich feine Blutspritzer. Auf dem Boden finde ich noch mehr Blut. In meinem Zimmer muss ein heftiger Kampf stattgefunden haben. Vom Wolf ist keine Spur zu entdecken. Er ist verschwunden, als ob er nie hier gewesen wäre. Nun sehe ich zu Mom hoch, die meinen Blick ausdruckslos und leer erwidert. Sie sieht schrecklich aus. Ihre Haare sind zerzaust, ihr Gesicht ist geschwollen und schillert in den buntesten Farben. Das rechte Auge ist blau und zugeschwollen, die linke Wange und Lippen sind darüber hinaus aufgesprungen und von geronnenem Blut schwarz verkrustet.

„Mom, was ist geschehen, wie siehst du denn aus?“

Geistesabwesend antwortet sie mir. „Ich bin gefallen, direkt auf mein Gesicht gefallen.“

Meine Mutter sieht aus, als sei sie zusammengeschlagen worden, mein Zimmer ist total verwüstet und sie will nur gefallen sein? Da stimmt etwas nicht!

„Mom, wo ist Dad?“, frage ich sie unheilvoll.

Sie schweigt und sieht mich nur mit ausdruckslosen Augen an. Erst als ich die Frage energischer wiederhole, antwortet sie mir zögernd.

„Dad ist gegangen, Wolf – für immer."

„Was heißt das? Wo ist er hingegangen? Versteht ihr euch denn nicht mehr? Ihr habt euch gestern gestritten. Warum? Und was ist in meinem Zimmer passiert? Hier wurde doch gekämpft!"

„Hast du den Schuss gehört?"

Angsterfüllt sehe ich sie an. „Welchen Schuss, Mom?"

Sie stockt, überlegt kurz und sieht mich dabei an.

„Wir stritten uns gestern nur wegen einer Bagatelle. Unser Streit war nur von kurzer Dauer, Wolf. Aber da war etwas in deinem Zimmer. Jack ging hoch, um nachzusehen. Dann hörte ich die Geräusche eines Kampfes. Als ich hochstürmte, stolperte ich und fiel die Treppe hinunter. Ich erinnere mich nur noch, wie Jack mir auf die Beine half. Er war verletzt. Dein Vater sagte mir, er wolle sein Gewehr reinigen. Dann ging er hinaus. Wenig später hörte ich den Schuss. Wolf, Dad ist tot. Er ist von uns gegangen. Er putzte sein Gewehr und schoss sich dabei in den Kopf. Auf einmal hat sich ein Schuss gelöst."

Entgeistert sehe ich sie an und werfe meine Bettdecke fort.

„Wo ist er, Mom?! Wo ist er?!", brülle ich sie an und schüttle sie dabei heftig.

All meine Gedanken sind blockiert – bis auf einen: Ich will meinen Vater sehen!

„Er liegt draußen am Schuppen."

Ohne mir etwas überzuziehen, renne ich aus meinem Zimmer, die Treppe hinunter und verlasse das Haus. Auf direktem Weg laufe ich zum Schuppen. Dort liegt mein Vater in einer großen Blutlache. Sein Gewehr hält er noch in der Hand. Es hat ihm das halbe Gesicht und ein Viertel des Schädels weggerissen. Das Blut ist dabei mitsamt einem Teil des Gehirns an die Wand des Schuppens gespritzt. Er selbst ist blutüberströmt – ein schrecklicher Anblick. Angewidert wende ich mich ab und laufe schreiend fort. Für mich bricht gerade eine Welt zusammen. Hysterisch brüllend und schreiend laufe ich in den Wald, werfe mich auf den mit Moosen und Gräsern überwucherten Waldboden und hämmere mit geballten Fäusten auf den Untergrund ein. Schluchzend und heulend liege ich nun da und kann einfach nicht glauben, dass Dad am Schuppen liegt und tot ist.

Nach einer Weile fange ich mich etwas, stehe auf und gehe langsam, tief traurig zurück nach Hause. Wortlos begebe ich mich in mein Zimmer und streife mir meinen dunkelbraunen Hirschlederanzug über. Dabei betrachte ich mir genauer die Spuren des Kampfes, der hier stattgefunden haben muss, und lasse Moms Schilderung der Ereignisse Revue passieren. Wenn Dad hier gestern Abend reingestürmt ist, dann wird es zum Kampf mit dem Wolf gekommen sein. Das würde die Kampfspuren in meinem Zimmer erklären. Er vertreibt den Wolf, geht einfach raus, reinigt sein Gewehr und schießt sich dabei versehentlich in den Kopf? Und das, nachdem er gerade erst von jener Lichtung bei den White Stones zurückgekommen ist? Das will einfach nicht zusammenpassen. Diesen Wolf hätte Dad niemals mit bloßen Händen vertreiben können. Dazu wäre er körperlich nicht in der Lage gewesen. Ein Routinier wie mein Vater schießt sich auch nicht mal eben beim Reinigen seiner Waffe in den Kopf. Art und Schwere seiner Verletzung deuten auf ein Schrotgewehr hin. In der Hand hält er aber sein großkalibriges Jagdgewehr. Außerdem hätte ihn die Ladung von unten her treffen müssen. Der Schuss kam aber von vorne. Verbrennungen und Schmauchspuren konnte ich auf der Leiche auch nicht finden, die aber vorhanden gewesen sein müssten, wenn sich der Schuss versehentlich beim Reinigen gelöst hätte. Nein, der Schütze kann nur in einigen Metern Entfernung vor ihm gestanden haben. Moms Schilderung der Ereignisse ist also nur eine Geschichte und nicht die Wahrheit.

Der Wolf hat recht gehabt; er würde sich ändern, wenn er zurückkäme – nein, er sagte, er wäre anders, wenn er zurückkommt. Diese Formulierung hat mich gestern nicht umsonst geschockt und jagt mir immer noch einen kalten Schauder über den Rücken. Plötzlich höre ich eine Stimme und fahre verschreckt herum, kann aber keine weitere Person in meinem Zimmer entdecken. Erneut vernehme ich die seltsame Stimme. Sie erschallt direkt in mir, tief in meinem Kopf und wird zunehmens deutlicher. Jetzt erkenne ich sie. Es ist die Stimme des Wolfes. Er sagt mir gerade, die Gefahr sei eliminiert und jene Lichtung von nun an wieder ungefährlich. Damit habe er seine Aufgabe erfüllt und es sei Zeit, Abschied zu nehmen. Wir würden uns nicht wiedersehen. Ich denke, jener Wolf wird wieder zu was auch immer zurückkehren, so irre es sich auch anhören mag. Wenn mir jemand als Unbeteiligter diese Geschichte auftischen würde, ich täte ihn nur als Geschichtenerzähler ab. Wer sollte schon ein Mordkommando losschicken, um einen unbedeutenden Jugendlichen zu töten? Und ein Monsterwolf mit telepathischen Fähigkeiten, der nicht im Hier und Jetzt lebt, verhindert das? Was sollte außer dem Hier und Jetzt anderes existieren? Allerdings habe ich schon so viele unglaubliche Dinge erlebt, Dinge, in die sich die gestrigen Ereignisse nahtlos einfügen, dass ich ihm jedes Wort glaube. Ich habe das Gefühl, dass wir gar nicht wissen, zu was unser Geist und der Geist der Tiere überhaupt fähig sind. Er hat mir jedenfalls das Unmögliche gezeigt und mich zu der Einsicht gebracht, dass in jedem ungeahnte Potentiale ruhen und jeder über sich hinauswachsen kann. Diese Einsicht ist, meinem Empfinden nach, viel mehr wert als jede Schulausbildung. Das ändert aber nichts an der Tatsache, dass dieser Tag, der 23.07.2017, ein rabenschwarzer Tag ist. Ich denke, ich werde einen ausgedehnten Ausflug machen und durch die Natur streunen. Die Einsamkeit und die Ausstrahlung der Natur werden mir bestimmt helfen mit meinem Schmerz fertig zu werden.

Mom wird irgendwo unten im Haus sein und sich in die Arbeit geflüchtet haben. Obwohl sie mir nicht die Wahrheit gesagt hat, ist für sie das plötzliche Dahinscheiden Dads, wie für mich, ein großer Schock. Sie war jedenfalls sehr am Boden zerstört. Ich laufe die Treppe hinunter und höre das Weinen meiner Mutter, welches aus der Küche kommt. Mit meiner Fußspitze stoße ich die Küchentür auf und betrete das Zimmer. Dort sitzt Mom in sich versunken und stützt ihre Stirn auf ihren Händen ab.

„Mom?"

Sie sieht auf und blickt mich an. Kurz darauf steht sie auf, geht auf mich zu und umarmt mich heftig. Dabei zerwühlt sie mein schwarzes Haar.

„Oh, Wolf, mein Baby. Ich werde es nicht zulassen, dass dir jemand etwas antut. Ich werde es nicht zulassen!"

„Mom, die Gefahr ist vorüber. Niemand wird mich mehr umbringen wollen. Die Bedrohung wurde beseitigt."

Jetzt lockert sie ihren Griff, geht einen Schritt zurück und sieht mir eindringlich in die Augen.

„Wer wollte dich umbringen? Was hat dich bedroht? Hast du mitbekommen, was gestern gelaufen ist?"

„Du meinst den Streit, nicht wahr, Mom? Den habe ich gehört. Ich konnte jedoch nichts verstehen, weil der Wolf so laut geknurrt hat."

Moms Augen werden immer größer. „Welcher Wolf?"

„Der von der Lichtung, Mom."

„Aber den bildest du dir doch nur ein, Wolf. Woher hast du die Striemen in deinem Gesicht? Du hast ja geblutet."

Ich betaste meine Wangen mit den Fingern und fühle die Roben der Kratzspuren.

„Das war der Wolf, Mom. Er hat mich für das unehrliche Heulen auf der Lichtung bestraft. Und als ich während eures Streits zu euch hinunterlaufen wollte, hat er mir den Weg versperrt. Daraufhin wollte ich ihn beiseiteschieben. Da hat er mich dann niedergeschlagen."

„Gestern im Wohnzimmer habe ich aber keinen Wolf gesehen. Außer uns war niemand dort."

„Ich weiß, Mom. Du konntest ihn ja auch nicht sehen, denn es war nur eine telepathische Projektion, die nur ich wahrnehmen konnte. Der Wolf ist nie im Wohnzimmer gewesen, sondern wartete in meinem Zimmer auf mich. Und der Wolf da oben war echt. Er hat mir vorhin gesagt, dass die Gefahr vorüber ist und mir keiner mehr nach dem Leben trachten wird."

Die Miene meiner Mutter verfinstert sich. „Diesen Wolf erschieße ich, wenn er noch einmal hier auftaucht! Die Gefahr ist längst noch nicht vorüber! Etwas Dämonisches hat sich auf jener verdammten Lichtung manifestiert und bedroht uns!"

„Nicht doch, Mom. Dieser Wolf war gekommen, um mir beizustehen. Seine Aufgabe bestand darin, alle Bedrohungen abzuwenden und mir das Leben zu retten. Er wird nicht mehr erscheinen, da er seine Aufgabe erfüllt hat und die Gefahr abgewendet wurde. Auf der Lichtung wird nichts mehr sein."

Ungläubig sieht mich Mom an. „Wer sollte außer mir daran Interesse haben, dich zu beschützen – etwa so ein Alien?"

„Ja, Mom. Er erzählte mir, ein Exekutionskommando wäre losgeschickt worden, um mich zu töten. Die Gründe dürfe er mir nicht nennen. Selbst seine Identität dürfe er mir nicht offenbaren. Er sagte nur, er existiere nicht hier. Weißt du, was er damit gemeint haben könnte?"

Sie schüttelt nur ihren Kopf.

„Er meinte auch, dass sich Dad sehr verändert haben würde, wenn er zurückkäme...", ich stocke kurz, „dabei hätte er nicht einmal dort hingehen brauchen, denn der Bedrohung auf der Lichtung hatte sich schon der Wolf angenommen. Dad hatte sich also umsonst in Gefahr gebracht. Und dann musste er trotzdem noch sterben – welch Ironie."

Meine Mutter ist ganz nachdenklich geworden. Nach einer Weile lockert sie ihren Griff.

„Ich glaube dir, Wolf. So unheimlich und verrückt es sich auch anhören mag, aber ich glaube dir."

Nun erhebt sie sich und setzt sich wieder an den Tisch.

„Mom, was könnte der Wolf damit gemeint haben? Hatte sich Dad verändert, als er zurückkam und wenn, wie?", frage ich sie erschüttert.

Eine Weile starrt sie mich nur an und schüttelt andeutungsweise ihren Kopf. „Nein, Wolf. Er war aufgrund der unheimlichen Situation angespannt und reagierte etwas gereizt. Dafür hatte ich ihn gescholten. Das war aber die einzige Veränderung an ihm, also nichts Außergewöhnliches."

Jetzt sehe ich Mom versteinert an, denn ich glaube zu wissen, wie Dad gestorben ist.

„Warum hast du Dad dann erschossen?"

Geschockt reißt sie ihre Augen auf, springt auf und fällt über den Hocker.

„Wie kannst du..."

Forsch falle ich ihr ins Wort. „Ich bin kein naives, kleines Kind, dem man solche unausgegorenen Ammenmärchen auftischen kann!"

Ungeschönt konfrontiere ich sie mit all den Ungereimtheiten ihrer Geschichte.

„So! Und jetzt will ich die Wahrheit hören!"

Meine Mutter schluckt ein paar Mal und beginnt zu zittern.

„Also gut. Ich wollte dich nicht mit der Wahrheit belasten. Du hast schon genug erleben müssen, Wolf. Zumindest solltest du deinen Vater in gutem Andenken halten können. Das wird jetzt schwerer für dich werden, obwohl ihn eigentlich keine Schuld trifft. Ich weiß nicht, wer oder was gestern Abend heimgekehrt ist. Jack war es jedenfalls nicht. Er besaß die Augen eines Wahnsinnigen und sagte fortwährend, du seist eine Gefahr, die Quelle allen Übels, das uns widerfahren wäre, und müsstest deshalb eliminiert werden. Als er zu dir wollte, versuchte ich ihn aufzuhalten. Er schlug mich und stieß mich dann die Treppe hinunter. Als er in dein Zimmer hineinging, vernahm ich ein beängstigendes Knurren, tiefer und bassiger als das eines Hundes und anschließend die Geräusches des Kampfes. Die Tür flog auf, Jack wankte verletzt heraus. Und eilte zum Schuppen. Da fasste ich mir ein Herz, holte das Schrotgewehr aus der Kammer und folgte ihm. Vor dem Schuppen stellte ich ihn und erschoss ihn, gerade als er auf mich anlegte."

Erneut beginnt sie zu weinen. „Wolf, ich habe deinen Vater nicht erschossen. Er war schon tot, als er zurückkam. In seinem Körper war nichts mehr von meinem Jack. Er war der Leibhaftige. Ich schwöre es!"

Schluchzend bricht sie zusammen. Ich glaube ihr und es tut mir in der Seele weh, sie so hilflos auf dem Boden liegen zu sehen. Betroffen werfe ich mich zu ihr und nehme sie fest in meine Arme. Während wir umschlungen auf dem Boden knien, gefriert mir das Blut in den Adern. Dads Tod weist beängstigende Parallelen zu Ronalds Ableben auf. Er war auch nicht mehr er selbst und trachtete plötzlich nach meinem Leben. Erst mein bester Freund, jetzt mein Vater. Wer wird der Nächste sein? Wer auch immer hinter all dem steckt, er muss sehr mächtig und clever sein, um an die nötigen Informationen zur Aufdeckung unserer wahren Identitäten zu gelangen, denn unsere neuen waren wasserdicht.

Als Mom sich nach einer Weile wieder fängt, erhebe ich mich wieder, während sie auf dem Boden bleibt.

„Dann hat der Wolf wohl auch in diesem Punkt recht behalten. Ich werde jetzt ein bisschen spazieren gehen.", sage ich zu ihr traurig.

Sichtlich erleichtert schaut sie zu mir hoch. Ich glaube, mir die Wahrheit zu offenbaren, hat eine große Last von ihr genommen.

„Ja, ist gut. Gib aber auf dich Acht. Ich habe noch zu tun", erwidert sie mit gedämpfter Stimme.

Ich packe mein Gewehr und laufe hinaus. Am Schuppen wage mich jedoch nicht vorbei, da der Anblick dort zu grässlich war. Das Bild, das sich mir dort bot, will mir nicht aus dem Kopf gehen. Es hat sich quasi in mein Gedächtnis eingebrannt. Schon bald müssen wir Dad bestatten. Das ist ein weiterer Nachteil des Lebens fernab der Zivilisation. In der Wildnis gibt es keine Beerdigungsinstitute, die uns diese traurige Arbeit abnehmen. Alles muss selbst erledigt werden. Aber auch das werden wir schaffen.

Ich weiß nicht, wie die Hunde Dads Tod aufnehmen und verkraften werden, denn er war für sie der Leithund, an dem sie sehr hingen. Entweder sie akzeptieren Mom als Herrin oder wir müssen sie die nächste Zeit über sehr hart anfassen, damit sie begreifen, wer das Sagen hat. Ich befreie sie aus ihrem Verschlag, damit sie sich von Dad verabschieden können. Augenblicklich rasen sie zum Schuppen. Sie werden wohl hier bleiben und ich mich alleine auf den Weg machen. Aber es ist gut so. Der telepathischen Nachricht des Wolfes schenke ich viel Vertrauen. Immerhin hat er mir das Leben gerettet und war offenbar nur zu meinem Schutz hier. Warum sollte er seine Mission nachträglich durch eine Falschaussage sabotieren? Aus diesem Grund wage ich mich auch zur Lichtung, um die es die ganze Zeit über ging. Es ist die Neugier, die mich dorthin treibt. Mit gemischten Gefühlen betrete ich sie. Doch so recht anfreunden kann ich mich mit ihr immer noch nicht. Zu viel Wirbel, zu viel Mysteriöses und zu viel Leid sind mit diesem Ort verbunden. Ohne etwas dagegen tun zu können, verbinde ich emotional den Tod Dads mit dieser Lichtung. Ich glaube, dieser Ort hat in meinen Augen jeglichen Glanz für immer verloren.

Auch diesbezüglich hat der Wolf recht. Hier ist absolut nichts Außergewöhnliches zu sehen. Die Gegend ist unverändert. Keine ungewöhnlichen Spuren sind hier auszumachen. Es ist so, als ob nie etwas da gewesen wäre, als ob nie etwas Bedrohliches existiert hätte. Trotzdem fühle ich mich hier nicht wohl, da die Gefühle, mit denen dieser Ort behaftet ist, viel zu schlecht sind. Ich kehre um, verlasse die Lichtung und tauche wieder in die Tiefe des Waldes ein. Die Vögel zwitschern vergnügt. Das Summen der Insekten dringt an meine Ohren. Das Rauschen der Nadel- und Laubbäume untermalt die Geräuschkulisse und rundet das Geräuschprofil auf angenehme Weise ab. Es war von mir eine gute Entscheidung, das Haus zu verlassen und hinauszugehen, denn die vorherrschende Atmosphäre ist reinster Nervenbalsam. Neben mir im Gebüsch vernehme ich ein Rascheln und blicke misstrauisch in die Richtung der Geräuschquelle. Heraus springt ein Puma-Baby, welches Interesse an mir gefunden zu haben scheint und mit mir spielen will. Was ich auch anstelle, es folgt mir auf Schritt und Tritt und versucht meine Beine zu erhaschen. So süß Puma-Babys auch aussehen und so lieb sie auch sein mögen; ich muss es loswerden! Das könnte für mich sonst sehr gefährlich werden. Vor dem kleinen Puma, der offenbar in mir den geeigneten Spielpartner sieht, laufe ich weg. Allerdings folgt mir der neugierige und verspielte kleine Kerl auf Schritt und Tritt und holt mich sogar ein. Wenn seine Mutter in der Nähe ist, bin ich dran, obwohl ich von ihm und nicht er von mir belästigt wird. Und jeder, der es wagt, einem Puma-Baby zu nahe zu kommen, wird von der Mutter angegriffen. Ohne Gewehr hätte ich dabei nur sehr geringe Überlebenschancen. Ich müsste schon schießen und die Mutter töten. Das Schicksal des Puma-Babys wäre dann auch besiegelt. Das wäre eine Tragödie, die mit etwas Wissen und guten Willen verhindert werden kann.

„Los verschwinde, du neugieriger kleiner Kerl!"

Jetzt stolpere ich auch noch über dieses Katzenvieh und stürze zu Boden. Das ist für ihn die geeignete Gelegenheit, mich als Klettergerüst zu benutzen. In der Ferne höre ich den Schrei eines Pumas, bei dem es sich um die suchende Mutter handeln muss. Das bedeutet, ich muss am besten Vorgestern den kleinen Kerl loswerden. Da hilft nichts, ich muss rabiater werden. Ich packe den Kleinen, gebe ihm zwei Ohrfeigen, wobei er verschreckt aufschreit und stoße ihn mit einem Fauchen weg, damit er es auch versteht. Das Baby sieht sich nochmal zu mir um, und verzieht sich enttäuscht. Erleichtert puste ich die Luft aus meinem Mund, wobei sich meine Backen aufblähen. Das ist noch einmal gut gegangen. Ich kann nur sagen, das war aufregend. Die Anspannung steckt mir jedenfalls noch in den Knochen. Mit meinem Ärmel wische ich mir über meine verschwitzte Stirn, stehe auf und laufe zurück nach Hause. Es ist nur gut, dass der Grizzlybär von gestern nicht aufgetaucht ist. Er wurde wohl von dem Mysterium auf der Lichtung verscheucht. Ich betaste mit meinen Fingern noch einmal meine Wangen. Ich glaube, dass ich eine Narbe zurückbehalten werde, die mich mein ganzes Leben an dieses Erlebnis erinnern wird. Ich muss zugeben, dass dieser Wolf einen sehr harten Schlag gehabt hat. Aber, Moment mal, Wölfe schlagen doch nicht. Allerdings war er auch weit davon entfernt, ein gewöhnlicher Wolf zu sein.

Nach längerem Marsch erreiche ich wieder unser Haus. Die Hunde liegen apathisch in ihrem Korral. Flüchtig sehe ich zum Schuppen hinüber und kann Dads Leichnam nirgends entdecken. Schnell laufe ich ins Haus und rufe nach meiner Mutter.

„Mom, Mom, wo bist du?“

„Hier, im Wohnzimmer, mein Junge.“

Ich stoße die Wohnzimmertür auf und erblicke sie auf der Eckbank sitzend – ihr Stammplatz. Erwartungsvoll sieht sie mich an.

„Wo ist Dad, Mom? Er ist weg.“

Sie dreht ihren Kopf zur Seite, hält dabei mein Antlitz aber fest im Blick.

„Ich konnte ihn dort nicht mehr liegen sehen und habe schon mal nach einem Platz gesucht, wo wir ihn bestatten werden. Die große alte Tanne am Waldrand erscheint mir als letzte Ruhestätte für ihn sehr geeignet zu sein. Diesen Baum hat er besonders gemocht. Ich habe ihn dort schon abgelegt."

Ich nicke ihr zu.

Neben mir steht ein Hocker. Ich platziere ihn direkt vor ihr und setze mich. Stumm sitzen wir eine Weile voreinander, bevor sie das Schweigen bricht.

„Wolf, wir müssen uns unterhalten."

„Über was denn?", frage ich sie aufmerksam.

„Dad ist tot. Das ist für uns ein schwerer Schlag. Doch das Leben geht weiter und wir müssen auch weiterleben. Dad kann jetzt nicht mehr zur Jagd gehen und die Fallen kontrollieren. Wir müssen sehen, dass wir durchkommen. Wolf, du wirst jetzt nicht mehr so viel Freizeit haben wie früher. Du wirst jetzt noch mehr Pflichten übernehmen müssen."

Zustimmend sehe ich sie an. Es war mir schon von Anfang an klar, dass Mom und ich uns jetzt gegenseitig so ergänzen müssen, wie es Dad und sie getan hatten. Dad kann ja jetzt nicht mehr für uns sorgen.

„Gut, Mom, ich werde zur Jagd gehen und die Fallen kontrollieren."

„Nein, Wolf! Das werde ich übernehmen müssen."

Zweifelnd sehe ich sie an, denn sie hat ja überhaupt keine Ahnung, was alles zu beachten ist und welche Spuren wie aussehen.

„Mom, du kennst dich mit der Jagd nicht aus. Du warst nie dabei. Aber ich habe alles mitbekommen und werde diese Aufgabe besser erfüllen können als du."

„Dann wirst du es mir zeigen. Sieh mal, Wolf, wir sind jetzt auf uns alleine gestellt. Du bist im Laufe der Jahre zu einem erfahrenen Jäger geworden, während ich mich um den Haushalt gekümmert habe und mich mit Kräuterheilkunde und Gemüseanbau beschäftigt habe. Was soll sein, wenn du nicht auf die Jagd gehen kannst? Wir sind jetzt nur noch zu zweit. Jeder von uns muss daher in der Lage sein, den Part des anderen zu übernehmen, damit unsere Versorgung gesichert bleibt. Selbst den möglichen Tod von einem von uns müssen wir in unsere Planungen mit einbeziehen."

Ihre Worte bringen mich zur Einsicht. „Gut, Mom! Ich werde dich unterrichten."

Noch am selben Tag setzten wir meinen Vater direkt an den Wurzeln seines Lieblingsbaumes bei. Es musste schnell gehen, denn wir wollten nicht, dass Tiere aus dem Wald kommen und ihn anfressen. Sein Leichnam sollte so unversehrt beigesetzt werden, wie es eben noch möglich war. Mom hatte mir aufgetragen, das Grab auszuheben und Dad zu betten. Das war die traurigste Arbeit, die ich jemals verrichtet hatte. Bevor wir zusammen das Grab schlossen, sprach Mom ein paar Worte und die üblichen Gebete. Später richtete sie Dads Grab her und übernahm auch die Grabpflege. Es sollte schön und seiner Gedenken gerecht sein.

In den folgenden Wochen machten wir zusammen bei Wind und Wetter die Runde. Auf unseren Märschen erklärte ich ihr alles, was zu beachten war. Ich beschrieb ihr, wie die Fallen funktionieren, wie die Köder am besten gelegt und die Fallen wirkungsvoll versteckt werden. Ich brachte ihr bei, die Spuren der Tiere zu lesen. Die Fährte eines Tieres ist für einen erfahrenen Spurenleser wie ein offenes Buch. Aus ihnen erkennt er, um welches Tier es sich handelt, wie groß und schwer es ungefähr sein muss; es lässt sich sogar an der Art und Weise des Abdrucks erkennen, ob es auf der Flucht war und ob es gelaufen oder gegangen ist. Es lassen sich komplette Szenarien rekonstruieren. Ich zeigte ihr, wie man ein Tier stellt und sich am besten anschleicht, ohne dass es von dem Jäger Witterung aufnehmen kann. All das lehrte ich sie und gab meine ganzen Erfahrungen, die ich während der Zeit über mit Dad und unseren Freunden gemacht hatte, an sie weiter. Bei unseren gemeinsamen Ausflügen war Dad in unseren Gedanken stets präsent. Sein Tod lag wie eine schwere Last auf uns. Gerade auf unseren Touren flammte die Trauer um ihn immer wieder auf, denn alles auf ihnen erinnerte an Dad. Trotzdem fanden wir in unserer Arbeit genügend Ablenkung. Langsam fanden wir uns mit seinem Tod ab und die daraus resultierenden Änderungen wurden für uns normaler Alltag. Jeder hatte seine Aufgaben; das Leben nahm seinen Lauf. Den Luxus einer langen, intensiven Trauer, den sich Menschen in der Zivilisation erlauben können, konnten wir uns nicht leisten. Schließlich musste das Leben weitergehen.

Ein Umstand bereitete mir aber zunehmend Sorgen. Nach außen hin und besonders mir gegenüber versuchte meine Mutter den Schein ihrer seelischen Unversehrtheit und Stärke zu vermitteln. Allerdings wusste ich, dass jene Vorkommnisse um Dads Tod schwer auf ihr lasteten. Mehr und mehr flüchtete sie sich in ihren ohnehin schon starken Glauben und verbrachte fortan jede Minute ihrer knappen Freizeit mit der Lektüre der Bibel. Dies vergrößerte die Kluft zwischen ihrer Religiosität und meiner atheistischen Überzeugung. Das führte teilweise zu heftigen Auseinandersetzungen zwischen uns.

Für eine schulische Ausbildung hatte ich nicht mehr so viel Zeit, was Mom auch einsah – zu meinem Vorteil. Schließlich machte meine Mutter alleine die Runde und ich konnte mich ganz und gar meinen Aufgaben widmen. Sie bestanden darin, Kräuter, Beeren und Pilze zu sammeln. Weiterhin war ich für die Hunde zuständig und musste Ordnung im Haus halten.

Ein neuer Freund

Ich betrete den Hundekorral, in dem die Hunde sich freuend wild umherspringen, denn ich habe eine Menge Fleisch bei mir – es ist Fütterungszeit.

„So, Jungs, jetzt gibt es etwas Leckeres."

Da zwölf Deutsche Schäferhunde sehr viel verputzen, habe ich eine große Menge Fleisch bei mir. In der Mitte des Korrals lege ich es ab und entferne mich anschließend. Im selben Moment bricht der Sturm schon los. Wild knurrend und bellend stürzen sie sich auf das Fleisch. Jene, die nicht so stark sind, werden von den ranghöheren Tieren verbellt oder warnend gezwickt. Unsere Hunde wurden stets artgerecht gehalten; dabei konnten sich natürliche Verhaltensmuster entwickeln. Daher sind sie ihrem Vorfahren, dem Wolf, so ähnlich, wie ihm ein Deutscher Schäferhund eben sein kann. Mom haben sie als neuen Rudelführer akzeptiert. Eine Zeit lang waren sie recht eigenartig und mit Vorsicht zu genießen. Das hatten wir jedoch vorausgesehen, denn Dad, der Alpha-Rüde, war ja tot. Es war also nur zu normal, dass Reibereien infolge des gelösten Ranggefüges entstehen mussten. Wir haben sie kurzerhand in ihre Schranken zurückgewiesen und uns durchgesetzt. Jetzt ist kein Unterschied mehr zu früher, als Dad noch lebte, festzustellen, denn die Rangordnung ist wiederhergestellt worden. Mom wird bald wieder auf die Pirsch gehen, obwohl sie heute Morgen schon einmal unterwegs war, um etwas zu jagen. Dieses Mal will sie aber die Hunde mitnehmen. Sie sollen ihr bei der Fährtensuche behilflich sein. Daher mache ich mich alleine auf den Weg in den Wald, um Beeren und Pilze zu sammeln. Die Blätter der Bäume verfärben sich bereits in die unterschiedlichsten Farbtöne von Gelb bis ins tiefste Rot-Braun. Einige wurden schon von den Bäumen geweht. Die Wälder des Nordens haben längst den Indian Summer eingeläutet, der beginnend bei uns innerhalb der nächsten Wochen sich mehr und mehr in die südlichen Gefilde ausbreiten wird und die Wälder Alaskas über die Kanadas bis hin zu denen der südlichsten Staaten der USA einnehmen wird. Die Sonnenstrahlen sind längst nicht mehr so intensiv wie vor ein paar Wochen. Es ist kühler geworden. Die Umstellung des Wetters auf die kalte Jahreszeit kündigt sich durch das Aufkommen von stürmischen Wetterlagen an. Teilweise heult der Wind durch die Fugen unseres Hauses. Die Natur bereitet sich langsam auf den langen strengen Winter vor. Wir richten uns ebenfalls auf die uns bevorstehende Jahreszeit ein und legen Vorräte an, damit wir es im Winter nicht allzu schwer haben. Hungrig werden die Tiere dann wieder durch die tief verschneiten Berge und Täler streunen, ständig auf der Suche nach etwas Fressbarem. Die Jagd wird immer schwerer und der Hunger immer unerträglicher werden, bis er so in den Bauch kneift, dass den scheuesten Tieren wie den Wölfen alles egal ist, ihre Furcht und ihr Misstrauen weicht und sie sogar des Nachts um unser Haus schleichen, weil es zu dieser Tageszeit stets ruhiger ist. Der Winter ist eine gefährliche Jahreszeit, da aus schon genannten Gründen die Aggressivität der Tiere und ihre Bereitschaft zu einem Angriff steigt, sodass die Wahrscheinlichkeit, dass selbst wir als Beute auserkoren werden, immens anwächst.

Das Wetter ist angenehm. Vereinzelt ziehen ein paar Wolken langsam vorüber, die von der untergehenden Sonne gelb-rötlich zum Glühen gebracht werden. Erfahrungsgemäß werde ich zu dieser Jahreszeit mit Beeren Pech haben, selbst die Brombeerzeit ist bereits vorüber. Mit etwas Glück finde ich vielleicht noch ein paar Blaubeeren. Pilze wird es aber bald reichlich geben. Hinter Steinen, in Felsspalten und auf dem moosigen Boden entdecke ich schon jetzt Steinpilze, Champignons und noch andere Pilzsorten, die genießbar und nicht giftig sind.

Im Gegensatz zu mir sammeln Schamanen auch ungenießbare und giftige Pilze. Indianische Schamanen verwendeten beispielsweise Fliegenpilze als Heilmittel gegen Diphterie und Wundinfektionen. Eigentlich sind sie ungenießbar, wirken in kleinen Mengen verzehrt halluzinogen und sind in großen Mengen gar tödlich. Dad sagte, wenn man einen halben Fliegenpilz äße, bekäme man den Flash seines Lebens. Sibirische Schamanen nutzen sie deshalb bis heute bei ihren Riten. Aber auch das Marihuana hätte eine bewusstseinsverändernde Wirkung und würde deswegen in den USA nach Dads Angaben viel konsumiert. Mit dem Alkohol ist es aber am schlimmsten, da dieses Rauschgift legalisiert und salonfähig gemacht wurde. Obwohl Alkohol ein starkes Nervengift ist, wird er frei verkauft und seine Wirkung verharmlost. In hinreichender Menge konsumiert beeinflusst er das Verhalten, beeinträchtigt Reflexe und Gleichgewichtssinn und führt bei großen Mengen gar zu Gedächtnislücken. Tatsache ist, dass Alkohol die Nervenzellen betäubt und bei genügend großer Konzentration sogar abtötet. Das bekommt der Konsument dann nach seinem Rausch durch den berüchtigten Kater zu spüren. Das Allerschlimmste ist, dass dieses Gift psychotropisch wirkt und bei allzu regelmäßigem Genuss abhängig macht. Dieser Prozess geht so schleichend vonstatten, dass man es nicht merkt. Es gibt sehr viele Alkoholabhängige, die von ihrer Sucht nichts wissen, so zum Beispiel die psychisch Abhängigen, die bei Alkoholentzug aggressiv oder unzufrieden werden und Lust verspüren, doch ein Glas zu trinken, aber noch keine physischen Symptome wie Zittern, Schwitzen und allgemeines Unwohlbefinden als Entzugserscheinungen auftreten. Dad meinte, diese Menschen seien bedauernswerte Wesen, die ihre Existenz zugrunde gerichtet hätten. Sind sie von ihrer Sucht erst los, also trocken, dürfen sie ihr Leben lang keinen Tropfen mehr anrühren, da sie sofort wieder rückfällig würden. Das schaffen die Wenigsten. Einerseits ist die Gesellschaft verführerisch und in jeder Gelegenheit zu erneutem Konsum animierend. Andererseits handelt es sich bei solchen Menschen meist um labile Menschentypen. Das sind quasi die beiden Klemmbacken eines zufahrenden Schraubstocks, in dem die Betroffenen langsam zerquetscht werden. Mit dem Nikotin in Zigaretten verhält es sich genauso. Daher sollten meiner Meinung nach sämtliche Rauschgifte ausnahmslos verboten werden. Nur für medizinische Zwecke sollte ihre Verabreichung erlaubt sein. Wenn man sich klarmacht, wie viele legale Rauschgifthändler es gibt, muss man sich doch an den Kopf fassen. Die Regierungen sehen zu und reiben sich die Hände, denn sie ziehen dabei einen großen Gewinn durch die abfallende Alkohol- und Tabaksteuer heraus. Ich frage mich, worin der Unterschied zwischen illegalem Rauschgifthandel und der legalen Vermarktung dieser *Genussmittel* liegt – doch wohl nur darin, dass der Staat an dem einen fiskal partizipiert und an dem anderen nicht. Der Begriff der Legalität reduziert sich hier wohl nur auf den der Teilhabe der Regierungen, denn beide Parteien spekulieren mit der Abhängigkeit ihres Käuferstammes. Und das ist meiner Meinung nach nur zynisch. Mom, Dad und ich haben uns über dieses Thema schon oft und ergiebig unterhalten und sind geschlossen zu dieser Einsicht gekommen. Die meisten Politiker sind sowieso nicht vertrauenswürdig. Alle haben irgendwelchen Dreck am Stecken. Ein exemplarisches Beispiel dafür ist der berühmte Watergate-Skandal, in den Präsident Nixon verwickelt war und seinen Hut nehmen musste. Ich glaube, da ging es um eine Bespitzelungsaffäre. Präsident Nixon hatte seinen politischen Gegner durch den amerikanischen Geheimdienst bespitzeln lassen und wurde erwischt. Das wirkte sich sehr negativ auf seine erneute Kandidatur aus. Es sei halt so, sagte Dad, dass man ohne Arglist in jener Ellenbogengesellschaft, mit der wir glücklicherweise nichts mehr zu tun haben, nicht die Karriere-Leiter emporklimmen kann. Man müsste halt die entsprechenden Charaktereigenschaften mitbringen. Den Beweis lieferten die vielen Skandale der Politiker. Natürlich gäbe es auch aufrichtige und ehrliche Volksvertreter, doch würden die von den anderen regelrecht abgesägt, so meinten meine Eltern.

Ich besteige einen Berg, der von einem Hochwald bewachsen ist. Die Bäume, die hier stehen, sind so alt, dass sie die Zeit des Sezessionskrieges, der im Osten tobte, durchlebt haben. In ihm kämpften die nördlich liegenden Unionsstaaten gegen die südlich befindlichen Konföderationsstaaten. Dieser Krieg begründete sich einerseits durch die Separationspläne der Konföderationsstaaten. Sie fühlten sich wegen der technologischen und wirtschaftlichen Übermacht des Nordens bevormundet, denn Industrie und Bankenwesen waren in den Unionsstaaten konzentriert. Andererseits waren die Unionstaaten von den Produkten der agrarwirtschaftlich orientierten Südstaaten abhängig, die dort auf von Sklaven bewirtschafteten Plantagen der reichen Großgrundbesitzer erzeugt wurden. Die Unionsstaaten sahen ihre agrarwirtschaftlichen Interessen durch die Separationspläne der Konföderierten gefährdet. Die einen wollten also den Staatenverbund verlassen, die anderen wollten sie nicht ziehen lassen. Das führte zu Reibereien und schließlich zum Ausbruch des Sezessionskrieges. Einige munkeln, dass die Forderung nach Abschaffung der Sklaverei keinesfalls von humanitären Gründen getragen wurde, sondern alleine dazu diente, den Konflikt endlich offen ausbrechen zu lassen und in einem Bürgerkrieg niederzuschlagen. Das ist aber falsch. Als Abraham Lincoln seine Forderung nach Abschaffung der Sklaverei ausrief, war der Krieg schon längst im Gange und es sah für die Unionsstaaten nicht gut aus. Keinesfalls durften die Engländer, die große Sympathien für die Konföderation hegten, aber das Konzept des Menschenbesitzes, also die Sklaverei, ablehnten, in den Krieg eingreifen. Das war der einzige Grund für Lincolns Statement, denn er war keinesfalls ein Abolitionist. Was im Einzelnen geschah und wie es ausging, steht in den Büchern. Mit den Auswirkungen des Kriegsausgangs ist jedoch auch heute jeder täglich konfrontiert, der ein Teil des großen Systems ist und sich nicht, wie wir, von ihm losgelöst haben. Viele meinen, es sei gut, dass die Yankees den Bürgerkrieg gewonnen haben, denn den Menschen anderer Rassen ginge es viel schlechter als jetzt, wenn die Grauröcke gewonnen hätten. Ich mag mich da nicht festlegen, denn ich kann schlecht abschätzen, was für ein Amerika wir jetzt hätten, wenn die Konföderierten den Krieg für sich entschieden hätten. Sicher, die Konföderation stand für Sklaverei und Rassismus, aber die Union für Lohndumping und Diktat des Bankenwesens. Wer die Ideale beider Seiten gegeneinander abwägen will, der sollte bedenken, dass so mancher Tagelöhner schlechter hauste als viele Sklaven auf den Plantagen und ebenso unfrei waren. Sie waren die Sklaven des Kapitals und sie sind es heute noch. Mitnichten ist das ein Plädoyer für die Sklaverei, denn das Konzept des Besitzes von Lebewesen passt nicht in mein Weltbild und es sollte auch nicht Akzeptanz in einer humanistisch geprägten Gesellschaft finden. Wenn ich darüber nachdenke, wie sehr die Gesellschaft vom Mammon bestimmt ist, dass die Regierung der USA sogar die Macht über ihre Währung in Privathand gelegt hat und die Kopplung des Geldwertes an Realwerten aufgehoben wurde, dann sehe ich die Geldwirtschaft in einen großen *Blow Up* hineindriften und die Ketten des amerikanischen Volkes sich straffen. Setzt man dem den Freiheits- und Gleichheitsgedanken der Union entgegen, wird dieses Argument durch die Tatsache geschwächt, dass in den sechziger Jahren des zwanzigsten Jahrhunderts noch strikt zwischen Weiß und Andersfarbigkeit getrennt wurde.

Auch heute werden Angehörige anderer Rassen noch diskriminiert. Der Rassismus ist also trotz der damaligen Niederlage der Konföderierten noch lebendig – auch in dem Gebiet der damaligen Unionsstaaten. Für mich würden sich wegen meiner Abstammung in jedem Fall Nachteile in der amerikanischen Gesellschaft ergeben, wenn ich in ihr leben würde. Meine Urgroßmutter war nämlich eine Indianerin. Ich glaube, sie war ein Meskalero-Apache. Das kann gut möglich sein. Urgroßvater lebte nämlich in New Mexiko, wo die Apachen ansässig waren. Ich bin also ein Achtelblut. Daher stammen wohl auch meine schwarzen Haare und die indianischen Züge in meinem Gesicht. Es ist eigenartig, dass Dad ein rein europäisches Aussehen besaß. Dafür ist das indianische Element bei mir umso stärker durchgebrochen. Um das noch weiter zu unterstreichen und mir einen Spaß zu erlauben, habe ich mir meine Haare schulterlang wachsen lassen und trage ein Stirnband aus Schlangenleder. Damit sehe ich einem Apachen sehr ähnlich. Mom gefällt mein Erscheinungsbild überhaupt nicht, während Dad etwas toleranter war und mich gewähren ließ.

Apache ist eine indianische Bezeichnung und bedeutet Feind. Sicherlich ist dieser Name kein Eigenname gewesen. Manche glauben, die indianischen Stämme hätten vor der Ankunft des weißen Mannes in Frieden und Eintracht zusammengelebt. Dem ist aber nicht so. Viele Stämme hatten ihre persönlichen Fehden und bekämpften einander. So konnten sich Apachen und Crows nicht riechen; es wäre gut möglich, dass sie dem Stamm meiner Urgroßmutter den Namen Apache gaben. Die Zerstrittenheit der einzelnen Stämme war der größte Schwachpunkt der amerikanischen Ureinwohner. Genau dort hakten die Weißen ein und besiegten so relativ leicht das indigene Urvolk. Es war genau dasselbe Schema, mit dem die Engländer zuvor mit einer Streitmacht von gerade mal zwanzigtausend Mann Indien, ein ganzer Subkontinent, eingenommen und gehalten hatten. Wie dem auch sei, ich spreche kein Wort Indianisch, wenn man überhaupt von einer indianischen Sprache sprechen kann. Im eigentlichen Sinne gibt es nur viele indianische Dialekte und Sprachen. Die Unterschiede waren so groß, dass ein Stamm den anderen verbal nicht verstand. Stammübergreifend verständigte man sich daher über Zeichensprache. Sie war seltsamerweise einheitlich.

Nun gelange ich in eine Gegend, in der ich zuvor noch nie gewesen bin. Hier muss ich mich durch dichtes Unterholz kämpfen. Auf einmal erblicke ich links neben mir einen niedrigen, schmalen und steilen Hohlweg, der beidseitig von großen Tannen und Dickicht begrenzt wird. Durch ihn krieche ich hindurch, da er gen Himmel zugewuchert ist. Es könnte fast ein Wildpfad sein, doch ist dieser Weg für Hirsche und Rehe zu niedrig. Nach etwa fünfhundert Metern endet er und mündet in eine kleine Lichtung am Hang. Diese betrete ich und sehe mich um. Pilze wachsen hier in rauen Mengen. Schnell ist mein Korb gefüllt. Ich habe sogar noch etwas Zeit, mich hinzusetzen und den wunderschönen Ausblick zu genießen. Man kann über die anderen Bäume hinwegsehen und weit in der Ferne das Glitzern des Meeres erahnen, dass das blutrote Licht der tiefstehenden Sonne widerspiegelt. Bald wird sie hinter der Horizontallinie des Meeres verschwunden sein. Dunstschwaden haben sich in die Täler und weit verstreuten kleinen Lichtungen gelegt – ein Zeichen dafür, dass wir unter Hochdruckwettereinfluss liegen und morgen wieder die Sonne scheinen wird. Die Landschaft präsentiert sich in der gesamten Palette der Herbstfarben und sieht wie eine Märchenlandschaft aus. Entspannt lege ich mich ins Gras und beobachte die Wolken, wie sie ihre Gestalt wechseln und vorbeiziehen. Das friedliche Summen der Insekten lässt mich leicht eindösen. Bevor ich jedoch ganz einschlafe, schrecke ich wieder hoch. Die Sonne ist ein ganz schönes Stückchen weiter gewandert. Es ist höchste Zeit, den Heimweg anzutreten. Ich stehe wieder auf, krieche durch den Hohlweg zurück und laufe eilig nach Hause. Diesen Platz werde ich öfter besuchen, denn hier finde ich die nötige Ruhe zum Nachdenken. Mom ist schon zurück und wartet bereits auf mich.

„Du warst aber lange weg, Wolf. Ich habe mir schon Sorgen gemacht.", empfängt sie mich vorwurfsvoll.

„Ja, Mom, tut mir leid. Ich habe aber einen herrlichen Ort entdeckt. Dort habe ich diese Pilze gefunden", dabei stelle ich den Korb auf den Tisch.

„Das ist ja toll! Der Korb ist ja tatsächlich voll geworden.", erwidert sie begeistert.

„Ja und dort wachsen noch viele mehr. Wie war denn die Jagd?"

„Erfolglos. Vielleicht klappt es ja morgen, hmh?"

Dabei zieht sie ihre rechte Augenbraue hoch, ergreift das Gewehr und stellt es in den Abstellraum.

In den nächsten Wochen besuchte ich jenen Ort sehr oft, um dort in Frieden und Ruhe die schöne Aussicht zu genießen und meinen Gedanken und Fantasien freien Lauf zu lassen. Manchmal bekamen Mom und ich Streit. In jenen Augenblicken suchte ich dort Ablenkung, um in Ruhe über die letzte Auseinandersetzung nachzudenken und in meinen kindlichen Fantasien zu schwelgen.

Auch heute habe ich den Weg hierher gefunden. Die Sonne scheint mir blutrot ins Gesicht. Hier ist es einfach zauberhaft. Die Lichtung vereint Traum mit Wirklichkeit und erleichtert es mir, mich gedanklich von den alltäglichen Problemen und Sorgen zu lösen. Über den Seen und dem Fluss, der sich wie eine Schlange durch die Landschaft windet, entstehen Nebelschwaden, die wie von Geisterhand getrieben durch Täler und Schluchten driften. Die untergehende Sonne verwandelt den Himmel in ein loderndes Feuer. Ein seichter Wind gleitet mir von Norden her durch das Haar und bringt die umgebenden Bäume zum Flüstern. Während ich dem Zwiegespräch der Bäume lausche, denke ich, es wird bald Winter werden. Dieser Winter wird der erste ohne Dad sein. In der letzten Zeit habe ich sehr oft über jene Ereignisse nachgedacht, die uns in die jetzige Situation gebracht haben. Ich habe meinen Vater verloren und meine Mutter ihren Mann. Ich frage mich, wie wir als Duo die schwerste Zeit des Jahres durchstehen werden. Es wird eine Feuertaufe unserer Fähigkeiten und unseres Geschickes sein. Ich bin eine Halbwaise, die zusammen mit ihrer Mutter völlig auf sich gestellt um ihr Überleben kämpfen muss.

In der Ferne vernehme ich plötzlich aggressives Geknurre und Gefauche. Da wird sich wohl ein Puma mit ein paar Wölfen angelegt haben. Eigentlich seltsam, denn Wolf und Puma gehen sich gewöhnlich aus dem Weg. Immer wieder höre ich die Wölfe zwischen ihrem Gebell und Geknurre aufjaulen – oder ist es nur einer? Mir ist es nicht möglich, die Stimmen zu separieren, da sie zu weit entfernt und leise sind. Falls es nur ein Wolf ist, hat er mit dieser Konfrontation sein Leben verwirkt. Und schon geht das aggressive Knurren in ein verzweifeltes Jaulen über, bis es plötzlich erstirbt. Da wurde wohl jemandem das Leben genommen. Ich weiß nicht, was den Wolf zum Kampf getrieben hat. Aber seine Entscheidung hat ihm letztendlich das Leben gekostet. Offenbar traf er die falsche Wahl. Mom und ich kämpfen gegen einen unsichtbaren Feind. Wir haben im Gegensatz zu jenem Wolf aber nie die Wahl gehabt. Die haben andere für uns getroffen und jene, die sie fällten, zeigen sich nicht einmal.

Schon oft habe ich mich gefragt, warum gerade ich als Subjekt der Vernichtung auserkoren wurde und warum so ein fremdartiges Tier über mich zu wachen hatte. Es sagte, er existiere nicht hier. War dies eine philosophische Floskel oder war er eine Art Astralwesen? Nach jenen Ereignissen ist mein Weltbild enorm ins Wanken gekommen. Sogar über die Möglichkeit der Existenz eines Gottes habe ich nachgedacht. Aber was ist, wenn es doch Aliens gäbe? Das religiöse Weltbild würde in sich zusammenfallen wie ein schlecht konstruiertes Kartenhaus. Und ob dieser neuen Eindrücke kann ich es gut nachvollziehen, wenn sich Menschen nach einem schweren Verlust in die Religion flüchten. Ich gebe zu, der Gedanke, dass mein Vater uns vom Himmel beobachtet und stets bei uns ist, wäre sehr angenehm und würde den Schmerz des Verlustes schmälern, wenn ich mich dem Glauben hingeben wollte. Doch all diese seelischen Schmerzen werden mich nicht daran hindern, ein rationales Bewusstsein zu wahren und weiterhin dem Kausalitätsprinzip der modernen Wissenschaft zu folgen. Jene Ereignisse waren und sind für mich unerklärlich und doch wird es eine logisch-rationale Erklärung dessen geben. Immer noch sehe ich in meinen Träumen das zerfetzte Gesicht meines Vaters. Er fehlt mir wirklich sehr.

Doch da! Da ist doch etwas. Im Unterholz vernehme ich ein rasch näherkommendes Rascheln. Es hört sich an, als wenn ein entkräftetes Tier sich über den Boden schleppen würde. Das Geräusch kommt immer näher und wird dabei stetig langsamer, bis es plötzlich direkt neben mir im Gebüsch erstirbt. Jenes Tier scheint sich nicht mehr zu rühren. Ob es der verletzte Wolf ist? Das kann eigentlich nicht sein. Obwohl ich weiß, wie gefährlich verletzte Tiere werden können, treibt mich die Neugier an. Ich muss einfach wissen, welches Tier sich zum Sterben neben mir ins Gebüsch geschleppt hat. Mit festem Griff umfasse ich den Knauf meines Jagdmessers, welches Dad mir zum vierzehnten Geburtstag geschenkt hat, und ziehe es mit einem Ruck aus dem Holster, während ich mir mit meinem Ärmel die Tränen aus den Augen wische. Abermals vernehme ich ein Geräusch. Jetzt hört es sich wie ein Gemisch aus Stöhnen, Winseln, und Jaulen an, das aus dem Dickicht desselben Gebüsches kommt.

Geduckt schleiche ich näher an die Quelle des Geräusches heran, obwohl mir meine Intuition sagt, es wäre besser, sofort das Weite zu suchen. Vorsichtig drücke ich die Zweige beiseite, um einen Blick ins dunkle Dickicht zu werfen. Die ungünstigen Lichtverhältnisse nehmen mir allerdings jegliche Sicht. Trotzdem kann ich vom Schatten der sich bewegenden Bäume und Büsche etwas äußerst Großes, Felliges auf dem Boden liegend erkennen. Mich beschleicht bei dieser Sache ein sehr ungutes Gefühl, denn ein winselndes Tier dieser enormen Größe ist mir unbekannt. Auf einmal ist in mir jedwede Neugier erloschen. Ich möchte mich nur noch so schnell wie möglich entfernen, und das möglichst unbemerkt. Doch – Mist! Ich bin über einen bemoosten Ast oder etwas Ähnlichem gestolpert und wäre beinahe gestürzt. Seltsamerweise lag dort vorher nichts. Ich spüre, wie mich etwas an den Beinen packt und heranzieht. Von unbeschreiblicher Panik erfasst versuche ich mich loszureißen, wobei ich mein Gleichgewicht verliere und stürze. Schreiend steche ich, ohne etwas in der Finsternis erkennen zu können, auf die gewaltigen Klauen ein, die meine Beine in einem eisernen Griff fixiert haben und mich immer weiter in das finstere Unterholz ziehen. Obwohl ich die Extremitäten dieses Höllengeschöpfes mehrmals treffe, bleiben meine Befreiungsversuche ohne Erfolg. Auf einmal vernehme ich direkt vor mir ein tiefes, lautes Grollen, das mir mein Blut in den Adern gefrieren lässt. Erneut versuche ich mit wuchtigen Hieben die Klinge meines Messers in die Pranke des Ungeheuers zu bohren. Jedoch gelingt es mir nicht, sie zu verletzen. Nun packt es meine messerführende Hand und fixiert sie. Es fühlt sich an, als drücke eine Presse zu, die meine Hand zerquetscht. Laut schreie ich vor Schmerzen auf, während mir meine Waffe entrissen und fortgeschleudert wird. Anschließend gibt das Untier meine Hand wieder frei, woraufhin der Schmerz allmählich nachlässt. Hilflos sehe ich mich in meiner Todesangst nach irgendetwas um, das ich als Waffe gebrauchen könnte. Mir fällt nur ein gewehrähnlicher Gegenstand links neben mir ins Auge, den ich jedoch nicht erreichen kann.

Plötzlich erblicke ich einen kolossalen, wolfähnlichen Kopf über mir, der fast doppelt so groß wie der eines Sibirischen Tigers ist. Es ist das Tier, das ich vorhin gehört hatte und für einen Wolf hielt. Doch ist dieses Exemplar für einen Wolf viel zu mächtig. Und obwohl es in seiner Gestalt so bizarr, so fremdartig erscheint, ja etwas Diabolisches ausstrahlt, kommt mir etwas an ihm bekannt vor, etwas, das mich vor einigen Wochen schon erschaudern lies; es sind sein markantes Raubtiergebiss und seine dämonischen Augen – Augen, die sich während jener mysteriösen Ereignisse um den Tod meines Vaters schon einmal dicht vor mir befunden haben. Nur scheinen die Ambitionen dieses Tieres ganz andere zu sein als die jenes fremdartigen Wolfes.

Knurrend und zähnefletschend betrachtet mich dieses monströse Höllengeschöpf, das die Größe jenes Wolfswesen um knapp ein Drittel übersteigt. Sein heißer Atem bläst mir direkt ins Gesicht. Dabei hält es mich mit solch einer Gewalt, dass ich denke, gleich bricht es mir sämtliche Knochen. Mein Vater riet mir in ähnlichen Situationen, mich auf den Rücken zu werfen, zu winseln und Demutsgebärden zu vollziehen. Daher überstrecke ich meinen Kopf, wende ihn zur Seite und biete so meinen Hals zum tödlichen Biss an. Dabei schließe ich meine Augen, aus denen Tränen meiner Verzweiflung herausfließen, denn das Letzte, was ich in meinem Leben sehen will, soll nicht mein Blut sein, wie es in das Gesicht dieses Untieres spritzt, wenn seine gewaltigen Zähne meine Kehle zerreißen. Warme Flüssigkeit beginnt sich stoßweise über mein Gesicht und meinen gesamten Oberkörper zu ergießen. Ich bemerke, wie meine Kleidung durchnässt wird. Es ist unwahrscheinlich, dass es sein Geifer ist, den er vor seinem Tötungsbiss über mich speit, denn ich kenne kein Raubtier, welches über einen derartigen Speichelfluss verfügt. Prustend spucke ich Flüssigkeit aus, die in meinen halb geöffneten Mund geflossen ist. Sie besitzt die Konsistenz von Olivenöl, schmeckt salzig und ist mit einem metallischen Beigeschmack versehen. Inzwischen hat sich der Griff dieses Ungeheuers gelockert. Meine Unterwürfigkeitsgeste scheint also Wirkung zu zeigen. Leicht öffne ich wieder ein Auge und schiele aus dem Augenwinkel heraus zu diesem Raubtier empor, um sein Verhalten abschätzen zu können. Eigentlich bin ich mir gar nicht so sicher, ob ich das überhaupt wissen will. Dabei erkenne ich, dass kein Geifer über mich gespien wird, sondern Blut aus zahlreichen Stellen seines Körpers herausschießt und sich über mich ergießt. Das Tier ist schwer verletzt. Ich kann sehen, wie es ins Leere schnappt und deutlich den lauten Knall des Aufeinanderkrachens seiner gewaltigen Zähne hören. Es führt eine Schüttelbewegung durch, die dem Opfer im Ernstfall wohl das Genick brechen soll. Dabei schießt ein dicker Blutschwall seitlich aus seinem Hals, der sich direkt auf meine Brust ergießt. Mein Puls schlägt mir bis zum Hals hoch; nie zuvor habe ich solch eine Todesangst ausgestanden. Hilflos bleibe ich auf meinem Rücken liegen, während sich das Monstrum schnaufend aufrichtet. Dabei blickt es mir mit dämonischen Augen tief in meine. Das Ungeheuer ist noch gewaltiger, als ich es vorhin vermutet habe, denn es erreicht spielend die Größe eines mittelgroßen Pferdes und ist dabei um einiges kräftiger.

Hinter mir vernehme ich ein Zischen. Daraufhin bohrt sich mit unglaublicher Wucht ein speerartiger Gegenstand knackend und knirschend in die Brust des mich bedrohenden Individuums. Mit einem gequälten, gepressten Jaulen sackt das Untier über mir zusammen. Noch bevor es mich unter sich begräbt, springe ich panisch auf und hechte aus dem unmittelbaren Gefahrenbereich. Es würde mich sonst unter seinem massigen Körper begraben und dabei zermalmen. Mich abrollend ergreife ich einen gewehrähnlichen Gegenstand, der links neben mir nahe dem kleinen Abgrund in Griffweite liegt. Sie ist etwa dreieinhalb Mal so groß wie unsere doppelläufige Schrotflinte und mag mindestens das Achtfache wiegen. Jedenfalls kann ich es kaum handhaben. Das eine Ende der Waffe in die Herkunftsrichtung des speerähnlichen Gegenstandes haltend liege ich wie ein Soldat im Schützengraben auf dem Boden. Ich bin absolut panisch und kaum eines klaren Gedankens fähig. Stöhnend bricht das Untier zusammen. Dabei wird der speerähnliche Gegenstand durch seinen Körper getrieben. Mein gesamter Verstand ist nur noch von einem Gedanken erfüllt: ‚Nur weg hier!'

Von Panik getrieben versuche ich mich über den Boden robbend aus der Gefahrenzone zu bringen. Auf einmal spüre ich auf meinem Handballen einen kalten Gegenstand und plötzlich wird mein Handteller vom Schmerz eines Schnittes durchflutet. Erschrocken schreie ich auf. Zittrig ergreife ich den Gegenstand und kann ihn als mein Messer identifizieren, das vorhin fortgeworfen wurde.

Ein gutes Stück habe ich mich bereits von jenem Ort des Schreckens entfernt, als mir plötzlich jemand in den Nacken greift und mich brutal in die Höhe reißt. Panisch schreie ich von Schmerz gepeinigt auf und japse röchelnd nach Luft. Verzweifelt winde ich mich zappelnd im eisernen Griff des Ungeheuers. Es muss ein anderes Alien als das wolfähnliche Wesen sein, denn ich fühle eine schuppenartige, zähe Haut anstelle eines Fells. Von purer Angst getrieben fahre ich herum und stoße mit aller Kraft zu. Während sich die Klinge schmatzend in seinen Hals bohrt, reißt das Wesen seine gelben Augen auf und öffnet seine Schnauze. Kopf und Augen besitzen Form und Färbung abendländischer Drachendarstellungen. Während ich das Messer wieder herausziehe und zum nächsten Stich aushole, vernehme ich einen lauten, angsteinflößenden Schrei. Ein warmer Flüssigkeitsstrahl spritzt mir pulsierend ins Gesicht. Laut schreiend ramme ich dem Drachenwesen immer und immer wieder mein Messer in den Hals. Plötzlich lockert sich der Griff, wobei ich zu Boden stürze.

Am Boden liegend kann ich in der Finsternis die Silhouette des aufrecht gehenden Drachenwesens erkennen, das sich taumelnd von mir entfernt und röchelnd zu Boden stürzt. Auf einmal ist es absolut still. Nur das mit gurgelnden Geräuschen untermalte Röcheln und das Rascheln einer sich im Todeskampf windenden Kreatur sind noch zu vernehmen. Allmählich werden die Geräusche immer leiser, bis sie mit einem letzten, seichten und rasselnden Schnaufen völlig ersterben. Einen ähnlichen Schrei habe ich vor einigen Wochen schon gehört, als mich jener mysteriöse Wolf von der Lichtung vertrieben hatte. Endlich weiß ich, wie die Wesen aussehen, vor denen er mich bewahrt hat. Warum aber wollen sie meinen Tod?

"Ŗá dwas Ŗow'órchi sir baím!", erreicht mich die heisere Stimme des Höllenhundes, die unerwartet die Stille durchschneidet. Unweigerlich lässt sie mich zusammenzucken und reißt mich aus meinen Gedanken. Ich war davon ausgegangen, dass er bereits an seinen schweren Verletzungen erlegen wäre. Obwohl seine Stimme sehr schwach ist, haben die Worte einen harten, aggressiven Klang. Ich bin mir sicher, dass das Wolfmonster mich angesprochen hat, denn außer mir ist keine weitere Person mehr anwesend.

„Ich verstehe nicht. Ich will einfach nur nach Hause!", erwidere ich panisch.

Plötzlich werde ich von einem kleinen Gerät getroffen, welches das Höllengeschöpf mir zugeworfen hat. Entfernt sieht es wie eine Synthese aus Haarspange und Kopfhörer ohne Hörmuschel aus.

„Dŗassù! Dŗassù!", durchschneidet abermals die raue Stimme des Untiers die Stille. Dabei vollzieht es mit seinen groben Pranken im Pantomimenstil eine Bewegung, als ob es sich einen

Kopfhörer aufsetzen würde. Schemenhaft kann ich erkennen, dass es bereits so ein Gerät trägt. Hastig ergreife ich also dieses merkwürdige Teil und setze es auf.

„Jetzt bist du erst recht des Todes! Ich hätte dich höchstwahrscheinlich verschont, was jene dort nicht tun werden!"

Der Klang seiner Stimme und der seiner Worte haben sich nicht geändert, nur verstehe ich sie plötzlich. Zweifelsohne ist dies eine interessante Erfahrung, obgleich ich sie aufgrund meiner großen Furcht nicht vertiefen kann. Zitternd erhebe ich mich langsam und gehe misstrauisch näher an das übergroße Wolfwesen heran. Ich frage mich, wie ein Tier derart schwere Traumata verkraften kann. Ob es Schmerzen ähnlich intensiv wahrnimmt wie ein Mensch?

„Was heißt jene dort? Wer will mich wofür töten? Ich bin doch nur ein kleiner, nichtsahnender Mensch.", erwidere ich mit zittriger Stimme.

Es fällt mir schwer die Kontrolle über meine Schließmuskeln zu behalten. Ein Heldentyp bin ich nämlich nicht. Mich beginnt es zu frösteln, denn meine durchnässten Kleider spenden keine Wärme mehr und kleben nur noch wie nasser Leinen an meinem Körper.

„Wer es ist, kann ich dir nicht sagen. Ich weiß nur, dass sie dich töten werden, weil du einen von ihnen erledigt hast und weil sie jetzt annehmen, du wärest mir beigestanden. Für sie bist du jetzt nur noch ein Feind. Größe und Alter interessieren sie da überhaupt nicht. Sieh mich genau an! Dann siehst du, wie jene mit ihren Feinden verfahren! Und ich bin nur ein kleiner Welpe und erst sieben Jahre alt."

Zum ersten Mal sehe ich ihn mir genau an. Seine Gestalt gleicht einem kolossalen Werwolf, der beinahe vollständig zu einem Wolf transformiert ist. Aus unzähligen Risswunden, die von übergroßen Tigerkrallen stammen könnten, rinnt Blut das Fell herunter. Tiefklaffende Bisswunden sehe ich an Hals, Brust, Seitenpartien und Läufen, aus deren schäumenden Wunden periodisch Blut herausspritzt. Stöhnend sinkt das Tier auf den schon rot gefärbten Untergrund. Blut quellt aus seiner Schnauze hervor. Es ist leicht zu erkennen, dass das Wolfsungeheuer am Verbluten ist und sehr bald sterben wird, wenn es nicht schnell Hilfe bekommt.

Mit schwacher Stimme spricht es mich nochmals an. „Hol den schwarzen Koffer, und bring ihn zu mir!"

Noch zögere ich, bevor ich aufspringe und den Koffer eilig suche. Rasch finde ich ihn in einer nahen Felsenspalte und wuchte hastig das schwere Behältnis zu dem Tier herüber. Es regt sich schon nicht mehr. Sofort öffne ich den Koffer und rüttele mit aller Kraft an dem Schwerverletzten, dessen Fell mit Blut durchtränkt ist. Mit letzter Kraft nimmt er einige Geräte heraus, die wie Rubiks magische Ringplatten aussehen.

„Leg diese Geräte auf die Wundpartien und injiziere mir dann den Inhalt des roten Fläschchens. Du kannst nichts falsch machen. Die Saniregenerénsés sind selbststeuernd."

So gut wie möglich versuche ich seinen Anweisungen Folge zu leisten, denn nach seiner letzten Order hat er das Bewusstsein verloren.

Etwa eine halbe Stunde sitze ich nach Beendigung meines Auftrags neben diesem seltsamen, wie bedrohlichen Geschöpf auf dem Boden, bis der Werwolf, oder was er auch immer sein mag, das Bewusstsein wiedererlangt und mich erneut mit schwacher Stimme anspricht.

„Du kannst jetzt damit beginnen, den Stock aus meiner Brust zu ziehen. Die weitere Verfahrensweise kennst du ja bereits! Nur das rote Fläschchen brauchst du jetzt nicht mehr."

Mit Abscheu betrachte ich mir die Waffe genau, die das Wolfsungeheuer glatt durchbohrt hat. Sie ist komplett aus Metall gefertigt und sieht entfernt wie eine Whu-Shu-Waffe aus, die am Ende eine sichelförmige Zwillingsklinge besitzt. Diese hat sich tief in das Fleisch des Tieres geschnitten, als es zu Boden fiel. Ich bin schon kreidebleich von diesem schrecklichen Anblick. Doch sehe ich da ein großes Problem. Der Speer hat das Wolfsungeheuer glatt durchbohrt. Dad erklärte mir einmal, dass Fremdkörper in der Brust zu belassen sind, da sonst Luft eindringen, die Atmung versagen und der Verletzte sterben würde. Ich darf den Speer also nicht einfach entfernen.

„Der Speer hat dich durchbohrt und ragt aus deinem Rücken wieder heraus. Wenn ich ihn einfach herausziehe, dann entstehen zwei Löcher, durch die Luft in deine Brust eindringen wird. Du wirst dann sterben. Wie soll ich die beiden Löcher abdichten?“, frage ich ihn unsicher.

„Was?! So ein Blödsinn! Ein Pneumothorax tritt nur bei sehr kapitalen Traumata des Brustraums auf.“, entgegnet er mir überrascht.

„Ein Pneumo-was?! Was ist das?“, will ich von ihm wissen.

Genervt schnauft er auf. „Wenn die Lunge punktiert wird und Luft in den Pleuraspalt eindringt, dann spricht man in der Medizin von einem Pneumothorax. Der kann zum Erstickungstod führen, da der betroffene Lungenflügel dann vom Thorax entkoppelt ist und den Thoraxialbewegungen nicht mehr folgt. Der betroffene Lungenflügel kann dann nicht mehr zur Atmung beitragen.“

„Also, wenn deine Verletzung nicht kapital ist, dann weiß ich nicht, was bei dir kapital heißt.“, bemerke ich schüchtern.

„Das?“, dabei deutet er auf den Speer, „sicherlich nicht. Erst letztes Jahr war einer meiner Onkel bei einem Zweikampf von einem Ast durchbohrt worden. Der hatte auch keine besonderen Atembeschwerden, als er sich den Ast wieder aus seiner Brust gezogen hatte. Unsere Körper haben dagegen Abwehrmechanismen. Genug der Erklärungen! Mir geht es wirklich nicht gut! Also, los!“

Überlegend suche ich neben ihm einen festen Stand und stütze mich mit meinem rechten Knie an seiner Brust ab. Anschließend ergreife ich die Sichelklingen in der Wunde und versuche den Speer zu bewegen – ohne Erfolg. Sie scheinen sich in seinen Rippen verhakt zu haben.

„Ich werde den Speer nach vorn heraustreiben müssen. Diese Waffe besitzt hinten nämlich eine sichelförmige Zwillingsklinge, die sich in deinen Rippen verhakt zu haben scheint. Das wird also sehr wehtun."

„Dann soll es eben so sein. Aber mach jetzt endlich irgendetwas!"

Gerade als ich die Zwillingsklinge loslassen will, spüre ich in der Waffe einen leichten Schlag, begleitet von einem Klickgeräusch, so als ob etwas eingerastet wäre. Gleichzeitig stöhnt das Wolfsungeheuer auf, während es wie elektrisiert zusammenzuckt und zu husten beginnt. Dabei speit es Blutfontänen heraus, die gegen meinen Oberkörper spritzen. Ich kann mir sehr gut vorstellen, was passiert ist. Gerade scheint eine Art Widerhaken herausgesprungen zu sein. Ähnliche Mechanismen besitzen auch Walfang-Harpunen. Während die Widerhaken der Harpunen dafür Sorge tragen sollen, dass die Harpunen im Körper des Wals verbleiben und das Tier so gehalten werden kann, scheinen sie hier eine andere Aufgabe zu besitzen. Offensichtlich sollen sie im Körper des Opfers möglichst viel Schaden anrichten. Ich weiß genau, dass diese Waffe hier in der Brust des Wolfsungeheuers dieser Intention mehr als entsprechen wird, wenn ich sie aus ihm heraustreibe. Und ich bin mir sicher, dass es diese Operation nicht überleben wird, sei es noch so robust und tapfer. Aber mit Sicherheit wird es erst recht sterben, wenn nichts getan wird. Daher entschließe ich mich trotz der geringen Erfolgsaussichten für die Operation, obwohl mir speiübel ist und meine Knie butterweich sind. Wer verwendet nur solche grausigen Waffen?

Zum Durchtreiben brauche ich etwas Schweres. Grübelnd schaue ich mich um und erblicke den schweren Medizinkoffer. Mit ihm begebe ich mich zum Rücken des Tieres, aus dem die speerähnliche Waffe fast einen halben Meter herausragt. Die Spitze ist etwa zehn Zentimeter breit und fünfzehn Zentimeter lang. Und ich hatte recht. Aus dem Stiel der Waffe sind sichelförmige Widerhaken herausgesprungen, die in etwa einen Durchmesser vom Breitenmaß der Spitze besitzen und rechtwinkelig zur ihr ausgerichtet sind. Ich müsste den Speer insgesamt vier Mal drehen, wenn ich ihn durch den Rippenzwischenraum bugsieren wollte. Diese Prozedur würde aber zu viel Gewebe zerreißen, was den sicheren Tod dieses Wolfes bedeutete. Ich werde ihm also vorne wie hinten mindestens drei Rippen brechen müssen. Allerdings bräuchte ich hierfür eine lange, dicke Brechstange, denn aufgrund seines extrem stabilen Körperbaus glaube ich nicht, dass ich fähig wäre, ihm irgendetwas zu brechen.

„Ich werde dieses Ding nicht aus dir herausbringen können. Ich müsste dir schon einige Rippen brechen. Dafür fehlt mir aber die Kraft. Was machen wir denn jetzt?"

Grollend richtet sich das Ungetüm auf.

„Ach, ihr Menschen seid so schwach. Das ist einfach erbärmlich! Komm, lass mal! Ich mache das schon selber."

Mit diesen Worten umfasst er mit seinen Pranken den Stiel des Speeres und zieht ihn sich ruckweise Stück für Stück heraus. Dabei vernehme ich mehrmals ein lautes Knacken und Knirschen. Derweil beginnt der Wolf erneut Blut zu speien und stark aus den Wunden zu bluten. Als er den Speer endlich aus sich herausgebracht hat, lässt er ihn fallen, taumelt und stürzt entkräftet zu Boden. Einen kurzen Moment vernehme ich nur ein Gemisch aus Gurgellauten, Husten und einem gequetschten Winseln, bevor er wieder an Kraft gewinnt und mich wieder anspricht.

„So, der Speer ist jetzt draußen! Wenn du also jetzt mit der Wundbehandlung fortfahren würdest."

Ich hingegen sehe ihn nur entgeistert an, denn ich frage mich, wie skrupellos man gegen sich selbst sein muss, um zu sowas fähig zu sein. Schließlich beginne ich mit der Arbeit.

Es ist mittlerweile Nacht geworden. Die Operation habe ich noch beenden können, bevor ich mich erbrach. Seit der Wolf wieder ins Koma gefallen ist, sind bereits einige Stunden vergangen. Obwohl ich sehr große Zweifel hege, dass er die Folgen der Operation überleben wird, kann ich nicht begreifen, wie er am Schluss der OP noch bei Bewusstsein sein konnte. Nie zuvor habe ich ein dermaßen widerstandsfähiges Tier gesehen. Die Traumata waren außerordentlich schwer und die anschließende Operation entsprach ihnen vollkommen in ihrer Schwere. Das bezeugt die Menge seines Blutes, welches den Boden hier durchtränkt und mich benetzt. Trotzdem atmet dieser Unwolf noch und will einfach nicht sterben. Und wenn er es jetzt täte, würde es bedeuten, dass all meine Mühen umsonst gewesen wären und ich mir meinen Sonntagsanzug für nichts versaut hätte, denn von Kopf bis Fuß bin ich mit seinem Blut durchtränkt. Ich sehe aus wie ein Kreuzritter nach der Eroberung Jerusalems, von denen Augenzeugen berichteten, dass ihnen das Blut ihrer Feinde vom Scheitel bis zur Sohle heruntertroff. Einerseits möchte ich wissen, ob dieses Wolfsungeheuer wieder erwacht. Andererseits hält mich nichts an diesem blutigen Ort, diesem Panoptikum des Grauens. Wahrscheinlich wäre ich schon längst nach Hause gelaufen, wenn ich wenigstens die Hand vor meinen Augen sehen könnte und in der Umgebung nicht irgendwelche blutrünstigen Monstren nach meinem Leben trachtend herumgeisterten, deren Aussehen und Herkunft ich nicht kenne und die wohl irgendwo auf mich lauern. ‘Scheiß Situation!’, denke ich, ‚Dies ist innerhalb weniger Wochen das zweite Mal, dass mir irgendwer mein Leben nehmen will. Diese verdammten Aliens! Seit meinem zwölften Lebensjahr stellen sie mir nach! Können die mich nicht einfach in Ruhe lassen?!’

Die Schnittwunde auf dem Handballen meiner rechten Hand

beginnt plötzlich stark zu brennen. Der Schmerz strahlt bis in meinen Unterarm aus, wo er in einem anhaltenden dumpfen Pochen versiegt. Ich hoffe, dass sich nichts entzünden wird. Meine Emotionen vollziehen gerade eine Achterbahnfahrt. Einerseits erfüllt es mich mit Stolz und Zufriedenheit, ein Wesen mit eigenen Händen getötet zu haben, dass dieses Wolfswesen so schwer verletzen konnte. Und es beweist, dass sich mein jahrelanges Training ausgezahlt hat und Ich nicht länger Opfer bin. Was aber ist, wenn ich dieses Drachenwesen nur töten konnte, weil es mich unterschätzt hat? Immerhin war es in der Lage, dieses mächtige Wolfswesen zu besiegen. In dem Fall hätte ich nur Glück gehabt. Ferner scheinen mehrere dieser Drachenwesen hier herumzuschleichen. Das erfüllt mich andererseits mit großer Furcht. Ich fühle mich verloren. Aus Verzweiflung fange ich an zu weinen.

Plötzlich regt sich der Wolf. „Was hast du, was bist du so traurig? Bist du verletzt oder ist jemand gestorben?"

„Nein. Da draußen sind aber Wesen, die mir nach dem Leben trachten. Ich habe zwar einen von ihnen töten können, aber ich befürchte, dass er mich nur unterschätzt hat und ich in Wirklichkeit chancenlos bin. Das macht mir Angst."

Er mustert mich kurz und antwortet: „Du bist chancenlos! Wäre ich so klein und schwach wie du, dann würde ich wohl auch verzweifelt sein. Mach dir aber nicht allzu große Sorgen. Du bist nicht alleine. Da du über mein Leben gewacht hast, werde ich jetzt über deines wachen. Und vielleicht haben sie dich auch gar nicht erkannt. Übrigens, du hast die Waffe eben falsch herum gehalten. Gut, dass du nicht geschossen hast. Ich werde dich jetzt heimbringen."

Mit diesen Worten erhebt er sich schnaufend und steht noch mit seinem Gleichgewicht hadernd auf wackeligen Läufen. Indessen kann ich einfach nicht glauben, dass er bereits jetzt wieder vor mir steht, wo er doch dermaßen schwer verwundet und dem Tode nahe war.

„Bist du sicher, ob du schon stark genug für den Weg bist?"

Nun nähert er sich mir, bis sich unsere Nasen berühren und sieht mir mit seinen rot aufglimmenden Augen direkt in meine. Erschrocken zucke ich zusammen und weiche ängstlich zurück. Als ich seine Wunden behandelte, habe ich schon gesehen, dass er unwahrscheinlich groß ist – aber nicht dass er dermaßen riesig ist. Er erreicht ein Schultermaß von knapp eineinhalb Metern.

„Wenn ein schwacher Mensch ihn bewältigen kann, dann kann ich es erst recht!"

„Ich bin nicht schwach.", erwidere ich leise vor mich hin quengelnd.

Der Wolf allerdings antwortet darauf nicht, obwohl ich mir absolut sicher bin, dass er mein Flüstern wohl vernommen hat. Stattdessen sieht er mich nur auffordernd an. Sein Blick verrät mir, dass ich vorangehen soll. Es ist ja auch vollkommen logisch, dass ich ihn führen muss. Woher sollte er auch wissen, wo sich mein Haus befindet? Also gehe ich voran. Meine anfängliche Angst ist schon einem Mischgefühl aus Respekt, Ehrfurcht, Neugier und vor allem Stolz gewichen.

Inzwischen ist der Mond aufgegangen. Hell und fahl schickt die blasse Scheibe ihr Licht vom sternenklaren Himmel herab. Doch im Wald herrschen bedrohliche Stille und Dunkelheit, die eine knisternde Spannung in mir entstehen lassen, denn irgendwo geistern diese mordlüsternen Monster durch den Wald, die uns sicherlich auf grausamste Weise töten wollen. Zwischen uns fällt kaum ein Wort. Sicherlich weiß er mindestens genauso gut wie ich, dass jedes unnötige Geräusch unsere Überlebenschancen drastisch mindert. Doch eine Frage schießt mir durch den Kopf, die ich ihm unbedingt stellen muss. Daher entschließe ich mich, ihn flüsternd anzusprechen.

„Könnte es nicht sein, dass sie bei mir zu Hause auf uns warten und meine Mutter gefangen halten? Was tun wir dann?"

„Das ist ein berechtigter und rationaler Gedanke, den du da anfügst. Doch gibt es so viele Primaten in diesem Sektor. Und was deine Mutter angeht: Bei ihr existiert nur eine indirekte Assoziation zu dir und der Spezies der Lage. Ich halte diesen Analogschluss daher für stochastisch unlogisch."

„Ich weiß zwar nicht genau, was du damit meinst, aber unser Haus ist das einzige im Umkreis von fünfzig Kilometern und die Anzahl der hier lebenden Menschen dementsprechend niedrig."

„Wir werden sehen."

Nach zweistündigem Marsch erreichen wir endlich mein Zuhause. Es brennt Licht, das Haus ist unbeschädigt und es erklingt die Lieblingsmusik meiner Mutter – Sie hatte demnach noch keinen Besuch von irgendwelchen Monstren.

„Ich bleibe besser in der Nähe deines Domizils. Und den Übersetzer behältst du besser auf."

Leicht klopft er mir auf meine linke Schulter und verschwindet dann in den dunklen, aber jetzt gewöhnlichen Wald. Ich schreite indes zum Eingang und trete in den rustikalen Wohnraum ein, wo mich meine Mutter schon sehnsüchtig erwartet.

Flucht

Oh, war das eine Nacht, in der ich Mom erklären musste, warum meine Kleidung völlig hinüber war. Natürlich erzählte ich ihr nur von der Notoperation, eben das nötigste, um den Zustand meiner Bekleidung zu erklären. Dass ich ein fremdes Wesen erstochen habe, sollte sie besser nicht wissen. Das Wolfswesen hatte ich in meiner Schilderung wesentlich kleiner dargestellt und die Situation weniger bedrohlich. Selbst die verharmloste Darstellung der Ereignisse war für sie schon zu viel. Mom machte mir große Vorwürfe, dass ich nicht einfach gegangen bin. Die Wolfswesen sind für meine Mutter nur Höllengestalten, Verbündete des Antichristen. Und denen hilft man nicht. Außerdem fürchtet sie, dass ich mich in düstere Ereignisse eingemischt habe und sich dadurch für uns nicht absehbare Folgen ergeben werden. Wahrscheinlich hat sie meinen Schilderungen auch nicht ganz geglaubt, obwohl wir schon seltsame Dinge erlebt haben. Aber wenn ich ehrlich bin, hörte sich meine Geschichte mehr phantastisch als glaubwürdig an. Selbst mir kommt mein gestriges Erlebnis so irreal vor, dass es eher ein Teil eines Albtraums gewesen sein könnte als ein reales Geschehnis. Ihre Skepsis ist daher vollkommen verständlich. Am meisten rieb sie sich aber an den verschmutzten Kleidern. Ich hatte nämlich meinen Sonntagsanzug angezogen, den Dad mir vor vier Monaten noch bei Johnson's für vierhundert Dollar gekauft hat. Zuvor hatte ich meine Pflichten schon längst erledigt und hatte nichts Großes mehr vor. Ich wollte nur zu jener kleinen Lichtung gehen, um ein bisschen zu grübeln. Ich sah einfach keine Notwendigkeit mich umzuziehen. Mom sah das natürlich anders.

Ich gehe die Holztreppe hinunter zur Diele, denn Mom hat mich gerade zu sich heruntergerufen. Sie ist heute schon sehr früh aufgestanden und hat inzwischen das Frühstück hergerichtet. Das kommt mir sehr entgegen. Ich habe nämlich einen Mordshunger. Ich wünsche ihr einen guten Morgen und küsse sie auf ihre Wange, bevor ich mich an den Kopf des Tisches setze. Dort hat früher stets mein Vater gesessen. Mehr oder weniger nehme jetzt ich seinen Platz in der Familie ein, also auch seinen Platz am Tisch. Wortlos setzt sich meine Mutter rechts neben mir hin. Gerade will ich mir etwas Kompott nehmen, den Mom aus eingemachten Erdbeeren bereitet hat, als plötzlich die Haustür mit unglaublicher Wucht aus ihren Angeln gerissen wird. Zersplitternd schleudert sie in den Innenraum und zerschellt neben mir laut krachend an der Wand. Verschreckt springe ich auf. Herein stürmt jenes Wolfswesen, das ich gestern auf unangenehmste Weise kennengelernt habe und läuft geradewegs auf mich zu. Mit einem Schrei flüchtet meine Mutter in den Werkraum, um ein Gewehr zu holen. Ich eile währenddessen zu dem Wolf, der vor dem Tisch stehengeblieben ist.

„Halt, stopp! Was machst *du* denn hier? Meine Mutter hätte beinahe einen Herzinfarkt bekommen! Weißt du, dass sie imstande ist, dich zu erschießen?“

Ich stelle mich schützend vor den Wolf, um meine Mutter am Schießen zu hindern, die gerade mit der doppelläufigen Schrotflinte im Anschlag zur Tür hereinstürzt. Jedoch ist dies allenfalls eine Geste guten Willens meinerseits, denn mit meinen gerade mal 1,82 m Körpergröße vermag ich es kaum, dieser monströsen Wolfsgestalt ausreichend Schutz zu gewähren. Immerhin besitzt sie die Größe eines Pferdes und dabei eine äußerst kräftige Statur. Eilig setzt sich mein neuer Freund und fängt mit einer unnachahmlichen Mimik an zu sprechen. Dabei gestikuliert er wild mit Pfoten und Ohren.

„Dieses Risiko musste ich leider eingehen. Du musst mit mir kommen, anderenfalls kann ich nicht mehr für dein Leben garantieren. Seit heute Nacht musste ich vier Kaiads eliminieren.“

Ungläubig drehe ich mich zu ihm um. Keuchend sitzt er vor mir und sieht mir erwartungsvoll direkt in die Augen. Das erste Mal sehe ich ihn im Tageslicht. Dabei bestätigt sich mein gestriger Eindruck. Seine Gestalt birgt eindeutig humanoide Züge, die sich in seiner Körperhaltung und der Form der äußerst stark ausgeprägten Muskulatur zeigen. Dieses Wesen ist kein hundertprozentiger Vierbeiner und wird aufrecht stehend ein Kopfmaß von knapp dreieinhalb Metern einnehmen. Es besitzt in der Tat die Gestalt eines äußerst mächtigen Werwolfs, der sich fast vollständig in einen Wolf verwandelt hat. Das kurze, sehr dichte Fell ist mit dem Blut seiner Gegner getränkt. Er hat auch erneut Verletzungen davongetragen. Sein kräftiger Körper ist von den jüngsten Kämpfen schwer gezeichnet. Aus den ihm neu zugefügten Wunden quillt dunkelrotes Blut und rinnt an seinem Leib hinunter. Auf unserem Fußboden bilden sich allmählich große Lachen. Neugierig betaste ich den Hals des erhitzten Werwolfs, an dessen gesamtem Körper eine schmierige, dünnflüssige Substanz herunterströmt, als ob er Olivenöl ausschwitzen würde.

„Wie meinst du das? Jetzt gleich, einfach so?“, frage ich ihn erregt.

Bestimmt antwortet er mir: „Na genauso, wie ich es sagte! Ja, sofort!“

Meine Knie sind plötzlich butterweich geworden und mein Hals fühlt sich wie zugeschnürt an. Während ich meine Hand zitternd zurückziehe und an der Jacke trockenreibe, schlucke ich ein paarmal, um wieder einen Ton herausbringen zu können.

„H-hast du vielleicht noch so einen Übersetzer für meine

Mutter? Sie s-sollte dich ebenfalls verstehen können.“, frage ich ihn stotternd.

Nickend löst er sein Tragegeschirr und lässt es samt Koffer einfach fallen. Laut scheppernd landet beides auf dem Boden. Hastig öffnet er das schwarze Behältnis und überreicht mir ein weiteres Gerät, welches ich an meine Mutter weitergebe. Das Gewehr weiterhin im Anschlag haltend nimmt sie mir zögernd das Gerät aus der Hand und setzt es sich auf.

„Was ist mit meiner Mutter? Ich kann sie doch nicht alleine lassen, nicht in dieser Situation!“, will ich jetzt von ihm wissen.

„Für deine Mutter besteht keine Gefahr. Sie wollen nur dich und mich.“

„Woher willst du das so genau wissen?!“, frage ich erregt, denn unter keinen Umständen will ich hier alleine weg und alles zurücklassen.

„Weil nicht sie gestern einen ihrer Funktionäre erstochen hat!“, erwidert er ungeduldig und zeigt mit seiner Vorderpfote auf meine Mutter.

Zornig fährt Mom dazwischen und unterbricht unser wichtiges Gespräch.

„Einen Augenblick! Wer hat hier wen getötet und wer will hier wen umbringen?! Ihr verdammten Höllengeschöpfe, ihr habt schon genug Unglück über uns gebracht! Wir sind gottesfürchtige Leute und haben mit euren diabolischen Machenschaften nichts zu tun! Geht und lasst uns in Frieden!“

Ruhig wendet die Wolfsgestalt ihren eindringlichen Blick von mir ab, während sie lautlos kurz ihre Zähne fletscht und richtet ihn auf meine Mutter, die immer noch die Flinte im Anschlag hält. Der Werwolf scheint um seine Fassung zu ringen.

„Mit eurem Unglück habe ich nichts zu schaffen. Gestern war dein Sohn zur falschen Zeit am falschen Ort. Er verhinderte meine Exekution und tötete einen meiner Feinde. Damit machte er sich in ihren Augen anscheinend der Kollaboration mit dem Feind schuldig.“

Entsetzt öffnet meine Mutter ihren Mund und sieht mich ungläubig an.

„Mom, leg bitte das Gewehr beiseite!", wende ich mich eindringlich an sie.

Sie schüttelt nur ihren Kopf, ohne ihren Blick von mir abzuwenden. „Du hast *was* getan? Du hast getötet?! Davon hast du mir gestern ja gar nichts gesagt! Du hast gegen das erste und allerheiligste Gebot verstoßen?!"

„Ja, aus reiner Notwehr heraus! Ich hatte Angst und konnte nicht anders handeln, als jenem Wesen mein Messer in den Hals zu rammen! Schließlich wollte es mich töten! Und überhaupt ist es ein Gebot und kein Verbot!"

Verständnislos und verzweifelt schüttelt sie ihren Kopf.

„Woher willst du wissen, dass es dich töten wollte? Du kamst gestern heim und sahst aus wie die Ausgeburt der Hölle! Und jetzt stellt sich heraus, dass du getötet hast!"

„Ich kann das nicht wissen?! Aber du kannst das, obwohl du nicht dabei gewesen bist!", antworte ich ihr empört, „da werde ich von einem Alien am Genick gepackt, in die Höhe gerissen und gewürgt und ich soll daraus keine Tötungsabsicht ableiten können? Sieht das etwa wie eine zärtliche Umarmung aus?!", antworte ich ihr barsch und entblöße dabei meinen Hals, auf dem sich deutlich Würgemale gebildet haben, „mehrere Mordanschläge hat es auf mich gegeben. Weswegen sind wir denn auf diese Insel gezogen?! Denk doch mal nach! Es war ja nicht einmal ein Mensch, den ich getötet habe! Und sag mal! Willst du etwa auch mich erschießen?! Leg jetzt gefälligst das Gewehr weg!"

Endlich legt sie ab, hält das Gewehr aber fest in ihren Händen. Bei ihr ist immer noch kein Funken von Verständnis zu entdecken.

„Das getötete Wesen kämpfte gegen den Lakaien Satans?", dabei zeigt sie auf den Wolf, „dann muss es ein Geschöpf Gottes gewesen sein. Womöglich griff es dich an, weil du dich mit dem Bösen verbündet hast!"

Ich schüttle nur meinen Kopf. „Natürlich! Für dich ist es der ewige Kampf Gut gegen Böse und das Ringen Gottes mit einem gefallenen Erzengel um die Seelen der Menschen. Schon mal daran gedacht, dass wir Menschen hier keine Rolle spielen, dass wir unbedeutend sind und nichts daran einen religiösen Hintergrund hat?! Erzähl mir mal, was an diesem Werwolf da böse ist! Er kämpfte heute Nacht um mein Leben und das nicht nur einmal! Er tut es noch! Die Wolfartigen haben uns immer beigestanden, Mom!"

Verständnislos antwortete sie mir: „Wenn wir Menschen keine Rolle spielen, warum dann die Mordanschläge auf dich, warum die vielen Toten, derer wegen wir aus unserem gutbürgerlichen Leben vertrieben wurden? Selbst wenn es nur ein Alien wäre, hast du dich mit dessen Tötung aufs Schlimmste versündigt, Wolf! Der Papst hat ein Dekret erlassen, in dem er auch die Außerirdischen als Kinder Gottes einstuft."

Da will mir so ein Alien das Licht ausknipsen und meine eigene Mutter reibt mir mich anklagend so ein päpstliches Dekret unter die Nase? Jetzt ist der Zeitpunkt gekommen, dass ich meine Beherrschung endgültig verliere.

„Sind wir jetzt plötzlich katholisch, oder was?! Abgesehen davon: So viele Menschen sind im Zeichen des Kreuzes ermordet worden. Sogar ganze Kriege wurden im Namen Gottes geführt. Und ich soll nicht einmal mein eigenes Leben schützen dürfen und mich wie ein Lamm schlachten lassen, nur weil so ein beschissener Papst ein lächerliches Schreiben verfasst hat, welches uns diktiert, dass wir Aliens von jetzt an lieb haben müssen?! Du bist wohl nicht mehr klar bei Verstand!"

Wutentbrannt ergreife ich die Bibel, die stets an ihrem Sitzplatz auf dem Esstisch liegt und strecke sie ihr entgegen.

„Hier, in diesem Buch befinden sich ganze Ströme vergossenen Blutes! Und die Ströme von Blut, die im Namen dieses Buches vergossen wurden, sind noch zahlreicher!"

Mit diesen Worten schleudere ich die Heilige Schrift vor ihre Füße. Jedoch bin ich der Ansicht, dass wir keine Zeit für Bibelstunden haben. Und das scheint mein neuer Freund ebenfalls so zu sehen, der nun knurrend dazwischenfährt.

„Grrooaarrh! Er konnte gar nicht anders handeln! Ansonsten wäre er gestern *nicht* heimgekehrt! Jenes Wesen hätte ihn ohne zu zögern getötet."

Zorn flackert in den Augen meiner Mutter auf. „Nicht nur dass du unseren Glauben verspottest und verrätst, Wolf, du verbündest dich jetzt noch mit den Geschöpfen Satans! Ich gebe meinen Sohn nicht verloren und erst recht nicht in die Obhut Lucifers!"

Mit diesen Worten legt sie blitzschnell wieder auf den Wolf an. Augenblicklich stürme ich vor und reiße ihr das Schrotgewehr aus der Hand, wobei sich ein Schuss löst und sie zu Boden geschleudert wird.

„Du bist ja von Sinnen!", brüllt sie mich hysterisch an.

„Wer von uns beiden hier von Sinnen ist, zeigt sich ja wohl an deinem Verhalten! Meinen Freund dort willst du morden alleine aus der Tatsache heraus, dass er vor uns steht! Und mich klagst du an, weil ich aus Notwehr ein Alien getötet habe?! Geh in dich und denk gut nach!", entgegne ich ihr erbost.

Von einem knirschenden Geräusch werde ich von meiner Mutter abgelenkt und wende meinen Blick dem Eingangsbereich zu. Geschockt verharre ich in meiner Haltung, unfähig in irgendeiner Weise zu reagieren, während zwei riesige, beigefarbene, raubkatzenähnliche Tiere in der Tür erscheinen und in die Diele drängen. Kalt und bedrohlich stechen ihre beigeglimmenden Augen aus tiefen Höhlen hervor, während aus den leicht geöffneten Mäulern ihre gewaltigen Eckzähne weiß aufblitzen. Die Körper der katzenähnlichen Gestalten weisen eine gewaltige Bemuskelung auf, die in vollendeter Definition jede ihrer Kontraktionen sehr deutlich zeigen. Dies ist das erste Mal, dass ich Kaiads zu Gesicht bekomme – aufrecht gehende Raubtiere, die in meinen Augen als Todbringer absoluter Perfektion erscheinen. Sie haben die Gestalt von Werpumas, gegen die die wildesten und größten Tiger wie zahme Schmusekätzchen erscheinen. Es sind durchtrainierte, lebende Waffensysteme, deren Wirkung ich gestern an dem neben mir sitzenden Werwolf sehen konnte und heute erneut sehen kann. Und gerade der neben mir sitzende Werwolf ist das einzige Wesen hier, das jener unbändigen, brachialen Kraft dieser Kaiads gewachsen ist. Grollend setzt er sofort zum Angriff an und befördert eine der beiden pumaähnlichen Werkatzen wieder brutal hinaus, wobei die Wand des Eingangsbereichs eingerissen wird. Dieses Wolfswesen hat seinen Gegner einfach durch das Mauerwerk geschmettert. Während ich draußen die Geräusche eines wilden Kampfes vernehme, stürmt das zweite Ungetüm direkt auf mich zu, um mir seine Krallen in den Körper zu schlagen. Instinktiv rolle ich mich unter dem Aggressor weg und gelange auf der anderen Seite des Esszimmertisches wieder auf meine Beine. Das Raubkatzenwesen dreht sich jedoch blitzschnell um und schmettert den Tisch fauchend und brüllend links neben mir gegen die Wand, wobei ich verschreckt zusammenzucke und panisch die Schrotflinte hochreiße. Laut schreiend ziehe ich beide Abzüge durch, während die mächtige Pranke des Untiers ansatzlos und blitzartig zum todbringenden Hieb vorschnellt. Ein dumpfer Knall hallt durch den Raum. Gleichzeitig werde ich von der Wucht des Rückschlags von meinen Beinen gerissen und gegen die Wand geschleudert. Ich kann sehen, wie die Augäpfel des Kaiads zerplatzen und aus den Augenhöhlen spritzen. Augenblicklich stürzt das Ungetüm zu Boden und prallt dicht neben mir mit großer Wucht gegen die Wand. Wild zappelnd versucht es, wieder auf die Beine zu kommen. Eilig springe ich auf und haste in den Werkraum, um die repetierfähige Pumpgun zu holen. Mit der Waffe im Anschlag stürme ich zurück in die Diele und erblicke den erblindeten Kaiad, der wie eine wilde Furie durch den Raum wütet und lautstark unsere

Einrichtung zerlegt. Fest drücke ich den Schaft der Pumpgun gegen meine Schulter, suche festen Stand und feuere das halbe Magazin auf das wütende Tier ab, bis es erneut zu Boden geht. Vorsichtig nähere ich mich dem zuckenden Wesen, drücke den Lauf in eine der blutenden Augenhöhlen und feuere das restliche Magazin ab. Dabei spritzen mir bei jedem Schuss Blut und Gewebestücke entgegen. Endlich bleibt das Tier leblos liegen.

Der gewaltige Rückstoß der Flinte hat mir vorhin das Leben gerettet, denn trotz des Treffers wäre ich von dem wuchtigen Hieb getroffen worden, der mich nur sehr knapp verfehlte. Und die messerscharfen Krallen hätten ihr Werk verrichtet. Nervlich vollkommen am Ende sinke ich mit meinem Gleichgewicht kämpfend neben dem Kadaver des Kaiads zu Boden. Unfähig noch irgendetwas zu vollbringen, sitze ich zusammengekauert in der Ecke und beginne meine Verzweiflung in einem Heulkrampf herauszuschreien. Meine Beine wollen mir nicht mehr richtig gehorchen und auch meine Hände sind nur noch in der Lage, unkontrollierte, zittrige Bewegungen zu vollziehen. Mein Herz hämmert dermaßen wild in meiner Brust, dass ich denke, es schlüge mit einem kleinen Hammer gegen die Innenseite des Brustbeins. Meine Kehle ist trocken und im Hals scheint ein Kloß zu stecken, der bei jedem Herzschlag schmerzhaft anschwellt. Mir ist heiß und kalt zugleich. Der Angstschweiß beginnt mir am gesamten Körper herunterzulaufen und meine Kleider zu durchweichen. Ich glaube, mir wird schlecht. Im selben Moment beginne ich zu würgen und mich zu erbrechen.

Von draußen dringen immer noch die Laute eines wilden Kampfes herein, wobei ich Geräusche zerberstenden Holzes, einstürzenden Mauerwerks, wütenden Grollens, Knurrens, Fauchens und Brüllens und des Öfteren das eines gequetschten Jaulens wahrnehmen kann. Ich schließe die Augen und versuche meine innere Lähmung abzuschütteln. Endlich löst sich die

Verkrampfung und ich gewinne allmählich die Kontrolle über meine Motorik zurück. Langsam rapple ich mich wieder auf und erblicke meine Mutter, die sich angsterfüllt in die hintere Ecke der Diele gekauert hat und ihre Augen schluchzend mit ihren Händen bedeckt. Plötzlich wird es totenstill. Nur das Wimmern meiner Mutter ist noch zu vernehmen. Einen kurzen Augenblick später stürmt der übergroße Werwolf besorgt herein. Erst als er den Kadaver des zweiten Kaiads und mich mit der Pumpgun in der Hand erblickt, entspannt er sich sichtlich.

„Ich bin beeindruckt… und überrascht… dich noch lebend vorzufinden. Was ist mit deiner Mutter?“, will er von mir wissen.

Anscheinend hatte er mir keine Überlebenschancen eingeräumt. Und ich kann ihm nur recht geben, denn mein Überleben verdanke ich einer Verkettung glücklicher Umstände.

„Mit ihr ist alles in Ordnung. Das Ganze war für uns nur etwas zu viel.“, entgegne ich dem Wolfswesen, das in diesem Zweikampf erneut mehrere stark blutende Wunden an Schulter- und Halspartien davongetragen hat. Davon scheint er aber nicht einmal Notiz zu nehmen, obwohl das Blut an ihm hinabströmt und sich auf unserem Holzboden ergießt.

„Ich verstehe. Erdenweib, dies war der dritte Angriff auf das Leben deines Sohnes und weitere werden folgen. Noch einmal! Hier kann ich nicht für sein Überleben garantieren! Es ist unbedingt erforderlich, dass dein Kind mit mir kommt!“

Langsam erhebt sich meine Mutter und sieht verängstigt zu dem leblosen Körper an der gegenüberliegenden Wand, während sie sich uns langsam nähert.

„Du hast doch gesehen, dass wir mit diesen Viechern fertig werden können. Ich bleibe hier, bei meiner Mutter.“, wende ich mich unsicher an ihn.

Insgeheim weiß ich genau, dass wir keinesfalls einer solchen Bedrohung gewachsen wären. Doch die Furcht, völlig entwurzelt zu werden und die Vertrautheit der Heimat gegen das Ungewisse der Ferne einzutauschen, ist größer als die vor der Bedrohung in heimischen Gefilden. Und außerdem könnten wir auch wieder unseren Wohnort wechseln. Allerdings wird das wohl eher ein kindlicher Verdrängungsgedanke für das Unvermeidliche sein. Der Werwolf sieht mir beschwörend in die Augen und schüttelt andeutungsweise seinen Kopf.

„Nein, nichts dergleichen habe ich gesehen. Vor mir stehen zwei Menschen, die angesichts der Gefahr nervlich kollabierten und des Kämpfens unfähig nur mit sehr viel Glück überlebten."

„Wolf!", mischt sich meine Mutter jetzt erstaunlich gefasst ein, „dieser... Werwolf hat doch recht. Ich habe eben die Inkarnation des Bösen gesehen. So einer unbändigen Gewalt haben wir nichts entgegenzusetzen. Nur du bist es, der immer wieder bedroht wurde. Werwölfe waren hingegen die einzigen, die dir beistanden und über dich wachten, die ganze Zeit über. Wer weiß, warum? Sie sind die einzigen Wesen, die über die Fähigkeiten verfügen, dich zu beschützen. Deswegen musst du mit ihm gehen. Wenn du es nicht tust, werden sie dich früher oder später erwischen. So schwer es auch für mich ist zu sagen. Das ist deine einzige Option."

Jetzt sieht sie zu ihm hoch, direkt in seine Augen und fragt eindringlich: „Ich habe dich falsch eingeschätzt und dir Unrecht getan. Werdet ihr euch auch um Wolf kümmern und ihn weiterhin beschützen?"

Zustimmend nickt er ihr zu. „Ich schwöre es! Sein Leben ist mein Leben!"

Nun nimmt sie den Übersetzer von ihrem Kopf und überreicht ihn meinem Freund, während sie ihren Blick auf mich richtet. „Geh mit ihm! Es ist wichtig, dass du überlebst!"

Ich sehe sie nur fassungslos an. „Aber..."

„Geh!"

Kaum hat sie das letzte Wort ausgesprochen, packt mich das Wolfswesen, das sich inzwischen sein Tragegeschirr wieder angelegt hat und zerrt mich in Richtung des Ausgangs. Auf was habe ich mich da bloß gestern eingelassen? Was geschieht hier nur? Nie hätte ich meiner Mutter zugetraut, so eine schwerwiegende Entscheidung so schnell und spontan fällen zu können, erst recht nicht, nachdem sie diesen Werwolf als Geschöpf der Hölle eingestuft hatte. Oder war ihre Entscheidung etwa nicht so spontan, wie es den Anschein hat? Nüchtern betrachtet haben die beiden jedenfalls recht, so schwer es mir auch fallen mag diese Entscheidung zu akzeptieren.

„Du bist wieder verletzt. Sollten wir nicht erst deine Wunden versorgen?“, werfe ich nun ein, während ich meinen Arm aus seinem Fang ziehe und stehenbleibe.

Langsam geht das Wolfsungetüm weiter und blickt sich dabei zu mir um. „Nein, dafür haben wir keine Zeit. Keine Sorge, die paar Kratzer werden mich nicht schwächen, denn wir heilen sehr schnell. Also los!“, entgegnet er mir resolut.

„Wohin gehen wir überhaupt?“, frage ich meinen neuen Freund und Beschützer verwirrt.

Zum Transport diverser Reiseutensilien hat er sich eine Art Tragegeschirr aus schwerem Leder angelegt, das über und über mit seinem Blut und einem ölig-schmierigen Sekret benetzt ist. An seiner rechten Flanke hat er den schwarzen Koffer festgezurrt, den ich gestern aufgrund seines hohen Gewichts als wuchtiges Schlagwerkzeug verwenden wollte.

„Zu meinem Raumschiff. Es ist nicht weit. Lass uns jetzt endlich aufbrechen!“

Gemeinsam verlassen wir nun die Diele und gelangen durch die zerstörte Haustür ins Freie.

Weit reiße ich meine Augen auf, denn hier draußen zeigt sich ein Bild der reinsten Verwüstung. Der Holzschuppen, bei ich meinen Vater tot aufgefunden hatte, ist vollkommen zerschmettert und von dem Erker, in dem wir unsere Gerätschaften und Werkzeuge lagern, ist nur noch eine Steinruine übriggeblieben. An die Wände unseres Hauses ist Blut gespritzt und in zahlreichen dünnen Bahnen heruntergelaufen. Der blutgetränkte Vorplatz zum Eingang gleicht einem Schlachtfeld, auf dem ich den zerfetzten Kadaver des zweiten Kaiads erblicke. Der Zweikampf muss unbeschreiblich brutal und furios gewesen sein. Die Hunde sind aus dem zertrümmerten Korral entkommen und in den Wald geflohen. Sie hatten nicht einen Mucks getan. Sie sind sicherlich sehr verängstigt gewesen. Ungläubig sehe ich zu dem Werwolf hinüber, der nur fragend seinen Kopf schief stellt.

„Eine ganz schöne Schweinerei, nicht wahr? Und deswegen müssen wir jetzt auch sofort losgehen!“

Mit atemberaubender Geschwindigkeit läuft er jetzt los. Ich glaube, er hat den Sinn des Begriffs „Gehen“ nicht richtig verstanden. Ich versuche ihm zu folgen, scheitere jedoch an meiner mangelnden Sprintfähigkeit und Kondition. Der Werwolf blickt sich mehrmals zu mir um und gleicht seine Geschwindigkeit der meinen an, damit ich ihm folgen kann. Eine ganze Weile halte ich das Tempo, bis mich nach etwa fünf Kilometern die Kräfte verlassen und ich immer langsamer werdend zurückfalle. Mein Freund sieht sich zu mir um und bleibt stehen, damit ich wieder zu ihm aufschließen kann. Dabei stellt er seinen Kopf schief und schüttelt ihn fassungslos. Prustend und schnaufend erreiche ich ihn schließlich. Meine Brust fühlt sich wie ein zu prall gefüllter Blasebalg an, meine Bronchen schmerzen und mein Herz tanzt in meiner Brust einen wilden Samba. Kraftlos bleibe ich nun mit meinem Gleichgewichtssinn kämpfend in gebeugter Haltung bei ihm stehen und stütze mich nach Luft ringend an seinem Vorderlauf ab. Er fühlt sich feucht und glitschig an. Nach einer Weile sehe ich ihn an. Das durchnässte Fell lässt seinen Körper wie eine glattpolierte Oberfläche im Sonnenlicht glänzen.

Er erwidert meinen Blick und kräuselt seine Stirn. „Na, geht’s wieder?“

Ich schüttle keuchend meinen Kopf.

„Das verstehe ich nicht. Wir sind doch schon geschlichen und haben dabei kaum Strecke bewältigt. Da machst du jetzt schon schlapp? Bei den Sieben Stürmen, noch nie habe ich ein Wesen in so schlechter Verfassung gesehen. Da werden wir noch sehr viel für deine Fitness tun müssen. Das muss viel schneller gehen!“

Ich antworte nur mit einem Stöhnen. Er kann gut reden. Er ist viel größer als ich und sein Körper von Natur aus auf lange Strecken getrimmt. Und dass er viel stärker ist als ich, steht wohl außer Frage. Das hat er in seinen Zweikämpfen mit den Kaiads zur Genüge bewiesen. Auch die sich auf seinem dichten, braunschwarzen Fell sehr deutlich abzeichnende Muskulatur lässt sein physisches Leistungsniveau relativ leicht abschätzen. Da habe ich so gut wie nichts entgegenzusetzen, obwohl ich in den vielen Jahren meines Trainings einen beachtlichen Körper aufgebaut und mittlerweile die Statur eines durchtrainierten Kunstturners erlangt habe.

„Los, Wolf! Lass uns jetzt weiterlaufen!“

Ich bin jedoch außerstande seiner Weisung zu folgen. Außerdem bin ich der Meinung, dass nach einer guten halben Stunde, die er mich sicherlich schon durch den Wald gescheucht hat, eine Pause angebracht wäre.

„Wir sind schon so lange gelaufen. Ich kann jetzt wirklich nicht mehr. Machen wir doch eine kleine Pause. Hey, ich kenne nicht einmal deinen Namen. Oder gebt ihr euch keine?!“

Statt mit einer flapsigen Bemerkung antwortet er mir mit einem eisigen Blick, der absolute Verständnislosigkeit zum Ausdruck bringt.

„Du musst dich anstrengen! Wir haben keine Zeit für Schwächen! Wie konnte es geschehen, dass du in so einem erbärmlichen Zustand noch lebst? Wärst du ein Cṛond’lloṛ, hätten dich deine Eltern längst getötet. Sieh zu, dass sich dieser Zustand so schnell wie möglich ändert, enttäusch mich nicht! Meine Eltern sind in dieser Beziehung sehr streng. Und deshalb heißt meine

Antwort auf deine erste Frage, nein! Zur darauffolgenden Frage: Auch wir geben uns, wie ihr, Namen. Mein Name ist Chracuta von Wadŗán. Entschuldige bitte mein schlechtes Benehmen."

Entsetzt sehe ich ihn an. „Das ist jetzt nicht dein Ernst, oder?"

Er stellt allerdings nur seinen Kopf schief und richtet seine Ohren auf. Da ich seine Geste nicht ganz einordnen kann, werte ich sie wohlwollend als Kenntlichmachung eines geschmacklosen Scherzes. Eine andere Deutung möchte ich auch nicht in Betracht ziehen. Jene Worte haben mich ohnehin schon sehr beunruhigt. Auch wenn die Reaktion auf meinen Vorschlag nicht so ausfiel, wie ich es mir gewünscht hatte, so weiß ich jetzt wenigstens, wie sich ihre Spezies nennt. Cŗond'lloŗ nennen sie sich also. Dieser Name klingt so rau wie sein Charakter zu sein scheint. Daher passt dieser Name ihrer Art meines Erachtens sehr gut zu ihm.

„Chracuta von Wadŗán ist dein Name? Dann gehörst du also dem Adel an?"

Chracuta schüttelt leicht seinen Kopf. „Nein, ich gehöre dem Wadŗán-Clan an. Von einem Adel-Clan habe ich noch nichts gehört. Du kennst also schon Cŗond'lloŗí und heuchelst Unwissenheit?!", entgegnet er mir in einem strengen Ton.

Ängstlich weiche ich zurück und senke meinen Blick.

„Adel ist kein Clan. Adel ist bei uns Menschen ein gesellschaftlicher Stand und die ihm Angehörigen heißen Aristokraten. Das Adelsprädikat ‚von' in deinem Namen ließ mich vermuten, du wärst ein Aristokrat."

„Ich verstehe.", erwidert Chracuta und wendet sich zum Gehen ab. Gerade will er mich weiterhetzen, als er sich noch einmal zu mir umsieht und mich keuchende Person überlegend anschaut; dabei weicht sein strenger, kühler Blick einem etwas Gutmütigeren.

„Hmm! Anderenfalls, wenn ich mir unsere schlechte Lage vergegenwärtige, werde ich wohl eine Ausnahme machen müssen. Also, spring auf meinen Rücken! Aber merk dir, es ist das erste und letzte Mal, und beeil dich!“

Mit diesen Worten duckt er sich, um mir das Aufsteigen zu erleichtern. Natürlich freue ich mich über diese Entscheidung und springe auf seine breiten Schultern. Verzweifelt versuche ich, mich auf ihnen zu halten, rutsche aber am glitschigen Körper ab und falle auf den Boden, jedes Mal wenn er sich erhebt. Ich finde einfach keinen Halt, denn Chracutas Fell ist ultrakurz und zudem vollkommen mit diesem öligen Sekret durchtränkt, so als ob jemand wissen wollte, wie viel Sonnenmilch man in sein Fell schmieren kann, bis es auf den Boden tropft. Stellenweise hat dieses ölige Sekret die Konsistenz von Haar-Gel angenommen.

„Na, was ist denn nun?! Wird das bald was?!“, richtet sich Chracuta ungeduldig an mich.

„Ich versuche es ja. Aber ich rutsche immer wieder ab!“

Mit einem leisen Grollen hebt der Cŗond'lloŗ den Kopf, damit ich mich besser an seinem Hals festkrallen kann und erhebt sich schließlich vorsichtig.

„Es ist einfach erbärmlich!“, murmelt er in einem anklagenden Ton. Ich ziehe es jedoch vor, dies unkommentiert zu lassen.

Meine Kleider sind inzwischen über und über mit Blut und dem schmierigen Sekret durchtränkt, von dem ich annehme, dass es Schweiß ist. Gerade, als ich auf Chracutas Schultern sitze und endlich Halt gefunden habe, beginnt er zu laufen und gewinnt sehr schnell an Geschwindigkeit. Ich kann einfach nicht glauben, wie geschwind er mit meinem Gewicht und dem des Gepäcks ist, denn wir bewegen uns viel schneller als jedes Rennpferd fort. Die Bäume und Büsche fliegen nur so an uns vorbei. Der Gegenwind beginnt an meinen Haaren zu zerren und es fällt mir immer schwerer meinen Blick nach vorne zu richten. Während er mühelos seinen Laufrhythmus hält, habe ich hingegen größte Mühen, nicht von ihm abgeworfen zu werden. Sein Rücken ist derart intensiv in die Laufbewegungen eingebunden, dass er sich in rhythmischer Weise wie der eines bockenden Pferdes krümmt. Darüber hinaus ist sein Köper zu glitschig und das Fell zu kurz, als dass ich mich in ihm festkrallen könnte. Allenfalls sein Traggeschirr bietet mir etwas Halt. Wie ein Rodeo-Reiter habe ich hier gegen das Abgeworfen-Werden zu kämpfen. Mit einem gewaltigen Satz springt er über ein ungefähr siebeneinhalb Meter hohes Gebüsch und wirft mich dabei beinahe ab. Ich will mir nicht ausmalen, was mit mir geschehen wäre, wenn ich bei dieser Geschwindigkeit gefallen wäre.

Plötzlich bleibt er am Rande der dahinter befindlichen Lichtung stehen und schnüffelt in der Luft herum. Dabei sieht er in alle Richtungen und starrt dann knurrend auf eine Gruppe von Sträuchern mitten auf der Lichtung.

„Steig ab! Es wird haarig. Da vorn' ist mindestens ein Kaiad.“, teilt er mir mit einem tiefen Bass mit.

Ängstlich springe ich von Chracuta herunter, während er das Geschirr abschnallt und die Utensilien auf den Boden fallen lässt.

„Sind Kaiads eure Feinde? Wollen diese Wesen euren Planeten erobern?“, frage ich ihn mit zittriger Stimme.

Jetzt knurrt er mich forsch an. „Geh jetzt endlich und versteck dich irgendwo! Der Angriff kann jeden Moment erfolgen. Ich fühle das.“

Hastig laufe ich zu einem Baum, der etwa fünfzig Meter von uns entfernt ist, und verstecke mich hinter ihm.

„Scheiß Brombeergestrüpp!“, flüstere ich mir selbst zu.

Gerade habe ich in einen Dorn gefasst, der sich schmerzhaft in meinen Zeigefinger gebohrt hat. Vorsichtig versuche ich ihn herauszupulen. Von dem Dorn werde ich auf einmal durch lautes und schreckliches Gebrüll abgelenkt. Ein beige-braunes Ungetüm mit getigertem Schwanz stürmt auf Chracuta zu und will ihm seine Krallen ins Fleisch jagen. Doch der Cr̦ond'llor̦ ist bereits in Defensivhaltung. Er hat sich aufgerichtet und steht wie ein Karatekämpfer auf seinen Hinterläufen, sodass er mit den Vorderläufen frei agieren kann. Es entbrennt zwischen ihnen ein wilder, furioser Kampf. Mehrmals gelingt es dem Kaiad durch Chracutas Deckung zu kommen, infolge dessen er schwer getroffen und durch die Luft geschleudert wird. Doch der Cr̦ond'llor̦ ist sofort wieder auf seinen Läufen und schmettert seinen katzenähnlichen Gegner brutal gegen Bäume und Felsen. Beide haben tiefklaffende Wunden davongetragen. Doch scheinen sie davon keine Notiz zu nehmen, obwohl ihr Blut im Zuge ihrer wilden Bewegungen durch die Gegend spritzt. Blut und Schweiß rinnt an ihren Fellen herunter, während sie sich gegenseitig abschätzend umschleichen. Beide sind angeschlagen und atmen schwer. Ich zittere am ganzen Körper, denn ich habe Angst, dass Chracuta diesen Kampf verlieren könnte. Und Chracutas Tod würde gleichwohl den meinen bedeuten. Insofern sind unsere beiden Schicksale unzertrennlich miteinander verbunden. Plötzlich geht der Kaiad erneut zum Angriff über. Augenblicklich hebt Chracuta seine Vorderläufe, wehrt die Prankenhiebe des Angreifers ab und kontert blitzschnell mit solch einer wuchtigen Gerade direkt durch die Deckung des Untiers, dass die Pranke die Rippen des Kaiads durchbricht und in den Innenraum des Brustkorbs eindringt. Mit der anderen Pfote gibt er seinem Gegner einen derart wuchtigen Schlag, dass er gegen einen nahen Baum kracht. Der gnadenlose und äußerst brutale Kampf wird durch einen tödlichen Halsbiss beendet. Das Bersten der Halswirbel habe ich bis hierher hören können. Als endlich das Vieh regungslos daliegt, fällt mir ein Stein vom Herzen – wir haben also noch eine Fristverlängerung erhalten.

Unsicher verlasse ich mein Versteck und gehe langsam auf Chracuta zu, der sich inzwischen wieder auf seine Vorderläufe fallen gelassen hat. Während ich schaudernd den Kadaver des

Kaiads betrachte, frage ich mich, wie Chracuta sich trotz seiner zahlreichen, zum Teil schweren Verletzungen noch auf seinen Läufen halten kann. Nein, er treibt mich sogar noch an, als wäre nichts geschehen.

„Was hältst du dich so lange an dem Toten auf? Steig auf! Wir sind gleich da. Lass uns diesen Planeten verlassen, bevor noch mehr dieser Viecher auftauchen.“, sagt er streng, während er sich das Traggeschirr wieder anlegt.

Mit butterweichen Knien steige ich auf den blutüberströmten Cṛond'lloṛ, in der Hoffnung, vor ihm meine Furcht und Erregung verbergen zu können.

Eine kurze Weile eilt Chracuta mit mir durch den dichten Wald, als er erneut auf einer Anhöhe stehenbleibt. Ist hier etwa sein Raumschiff? Ich kann nirgends eins entdecken. Es ist sowieso ziemlich unwahrscheinlich, dass ein Raumschiff von beträchtlicher Größe inmitten eines Waldes landen kann. Was ist nur los? Ich denke, er hat es so eilig.

„Chracuta, stimmt etwas nicht, greift uns etwa wieder so ein Untier an?“

Er antwortet nicht, sondern bleibt still und schweigend überlegend stehen. Jetzt wendet er seinen großen Kopf und sieht mich mit seinen rot glimmenden Augen an.

„Hm, irgendetwas stimmt nicht, irgendwas ist falsch. Ich kann nicht so laufen, wie ich will. Vielleicht – Ah, jetzt hab' ich's. Runter von meinem Rücken! Ich kann mich nicht so bewegen, wie ich will, ohne dass du herunterfällst. Komm und stell dich vor mich hin! Wir werden jetzt etwas anderes versuchen.“

„Ich werde nicht wieder laufen! Dann sind wir noch langsamer!“

Entschlossen lasse ich mich von seinem Rücken gleiten und lande auf dem mit Moosen bewachsenen Untergrund, auf dem schon zahlreiche, gelbe Blätter niedergegangen sind. Selbstbewusst stelle mich vor ihm hin.

„Ah, so gefällst du mir schon besser. Jetzt steht nicht mehr der schwache Primatenwurm vor mir, sondern ein selbstbewusstes Individuum."

Er packt mich mit seinen Zähnen in der Rückenpartie meiner Lederjacke, hebt mich an und beginnt jetzt noch wilder als vorhin zu galoppieren. Jetzt trägt er mich wie ein Raubtier seine Kleinen. Ich hoffe nur, dass das meine Jacke aushält – um meinetwillen.

Nach einer Weile erreichen wir eine größere Lichtung. Sie wird von mächtigen Tannen, von alten knorrigen Zedern und Akazien begrenzt. Hier und da, zwischen ihnen, stehen grauweiße Birken, deren Blätter bereits gelb geworden sind. Es ist ziemlich stürmisch. Bei jedem Windstoß fliegen uns Blätter um die Ohren. Von heute auf morgen ist der Herbst mit all seinen wütenden Kräften über uns hereingebrochen. So etwas geht hier im Norden sehr schnell. Aber was ist das? Ich erkenne in einer Trigonalanordnung mehrere Brandstellen, die von sehr heißen Feuersbrünsten stammen müssten, ähnlich wie bei Triebwerken von Raumschiffen. Mein Vater erzählte mir, dass die Verbrennungsgase der Wasserstoffraketen der Apollo-Raketen mehrere tausend Grad heiß waren. Daher kann ich mir wohl vorstellen, dass diese Spuren von Raumschifftriebwerken verursacht worden sind, obwohl ich noch keines gesehen habe. Aber wo ist das dazugehörige Raumschiff geblieben? Ich kann nirgends eins entdecken.

„Chracuta, stammen diese Brandstellen da vorne von deinem Raumschiff?", frage ich ihn neugierig.

„Ja!"

Ich beobachte, wie er die Gegend skeptisch mit seinen Augen durchscannt, als ob er etwas suchen würde. In mir beginnen sich langsam Zweifel breit zu machen. Doch versuche ich die Fassung zu bewahren.

„Ja, aber wo ist es dann? Haben die Kaiads es etwa entdeckt

und geborgen?! Was machen wir denn jetzt? Kann man es denn nicht abschließen?“, frage ich ihn mit etwas zittriger Stimme.

Amüsiert antwortet er mir. „Nein, es ist noch da. Du kannst es nur nicht sehen. Hrrorrh, jetzt wirkst du ja schon wieder so schwach und unsicher. Nimm endlich meine Worte ernst! Hörst du überhaupt, was ich dir sage? Hör endlich auf, deinen Namen zu entehren und dich mit falschen Krallen zu schmücken. Zeig gefälligst mal etwas Stärke! Mein Vater sagt, dass man in jeder Lebenssituation stark sein muss. Nur dann hätte man die Chance zu überleben. Ein schwaches Individuum ist ab seiner Geburt schon zu seinem frühzeitigen Tod verurteilt. Sei also in allem, was du tust, stark und zeige deiner Umwelt gegenüber nie Schwäche. Sie wird sie erbarmungslos ausnutzen. Folge meinem Rat! Er ist gut, denn er kommt von einem Freund. Und was die Sicherheit des Raumschiffes anbetrifft, so ist es vor jeglichen Einbruchsversuchen geschützt. Du müsstest schon die Außenhülle zerstören, um ins Innere zu gelangen. Aber ich habe hier den Zauberschlüssel, der uns einlässt.“

„Autsch!“

Er hat mich einfach fallen lassen, direkt auf einen Stein.

‚Dieser rohe, brutale… Ach, was soll's?‘, denke ich und massiere die geprellten Stellen.

Nun richtet er sich auf, legt das Geschirr ab und lässt es mitsamt dem Koffer einfach auf den Boden fallen. Laut polternd schlägt beides auf. Eilig öffnet Chracuta den schwarzen Behälter und beginnt in ihm herumzukramen. Eins weiß ich schon jetzt: Sensible, filigrane, technische Geräte sind nichts für diesen rauen Gesellen. Schließlich holt er ein weißes, kleines, viereckiges Gerät hervor und betätigt mit einer Kralle eine Sensorfläche. Dieses kleine Ding ist mir gestern schon aufgefallen, als ich nach den medizinischen Geräten gesucht hatte. In diesem Koffer hat gestern jedenfalls eine ziemlich große Unordnung geherrscht. Und es wundert mich auch nicht, wenn er ihn so behandelt.

„Da, schau auf die beiden Birken direkt vor uns.“, sagt er in einem für ihn recht sanften Ton.

„Mann, was ist das?“, stoße ich fassungslos aus.

Aus dem Nichts entsteht eine schwarze, rechteckige Öffnung, die in der Luft schwebt. Es sieht aus wie ein Loch, welches in eine andere Dimension führt. Heraus kommt ein Steg, auf dem man in dieses Nichts gelangt.

Chracuta erblickt mein erstauntes Gesicht und sagt: „Glaubst du etwa, ich lasse mein Raumschiff einfach so in der Gegend stehen? Das wäre sehr leichtsinnig und naiv. Es besitzt eine Tarnvorrichtung, die es unsichtbar macht. Diese Sicherung ist nicht nur auf die visuelle Ebene beschränkt; es kann auch nicht geortet werden. Komm, lass uns jetzt an Bord gehen, wir dürfen jetzt keine Zeit vertändeln.“

Während ich auf dem Steg zur Öffnung gehe, entdecke ich ein Wapiti, das regungslos unten im hohen Gras liegt. Eine große Platzwunde kann ich am Kopf des Tieres erkennen. Einen Augenblick zögere ich, bevor ich mich entschließe zu dem verletzten Tier hinunterzuspringen. Sofort beginne ich die Vitalfunktionen des Wapitis zu prüfen. Die Atmung ist flach und der Puls unregelmäßig. Es wird sterben, wenn es keine medizinische Hilfe bekommt. Und derzeit gibt es nur einen, der diese Hilfe leisten könnte. Ich muss unbedingt Chracuta rufen, der inzwischen ins Innere des Raumschiffes gegangen ist, denn er hat ja diese phantastischen Heilgeräte. Doch gerade als ich ihn rufen wollte, vernehme ich schon seine raue Stimme.

„Wolf, wo bleibst du denn? Die Dekontaminationskammer wartet auf dich!“

„Die was?“, will ich jetzt von ihm wissen.

„Die Dekontaminationskammer!“, ertönt es aus dem Raumschiff, „auf deinem Körper befinden sich unzählige Mikroorganismen, die allesamt abgetötet werden müssen. Und das geschieht eben in der *Dekontaminationskammer*.“

„Verstehe. Aber zuvor musst du unbedingt kommen und dir etwas ansehen! Ich habe etwas entdeckt!“

„Hrrrgh, ist das wirklich so wichtig? Ich bin nämlich gerade keimfrei.“

„Ja, es ist wichtig! Es geht gewissermaßen um Leben und Tod.“

Augenblicklich stürmt er aus dem Raumschiff heraus und schaut sich nervös nach Angreifern um. Chracutas gesamter Körper ist benetzt von einer öligen Substanz, die streng nach Arzneimitteln riecht. Langsam beginnt das Sekret auf den Boden zu tropfen und bildet dabei dünne Fäden. Jetzt, da er keine Gefahr erkennen kann, sieht mein Freund mit erwartungsvollen Augen zu mir herunter.

„Was ist passiert?“

„Sieh, hier liegt ein Wapiti. Ohne medizinische Versorgung wird das Tier sterben. Du musst ihm helfen.“

Verständnislos sieht er mich an, als ob er sagen wollte: ‚Na und, es hat eben Pech gehabt. Es wäre eine gute Beute.‘ Trotzdem springt er herunter und untersucht das bewusstlose Tier.

„Es ist gegen das getarnte Raumschiff gelaufen und hat sich dabei sehr schwer verletzt. Ich kann nichts tun. Es wird sterben. Lass uns jetzt verschwinden! Das nächste Startfenster erreicht uns in wenigen Minuten. Und bis dahin müssen wir startbereit sein! Ich habe keine Lust, Energie zu verschwenden, wenn wir es verpassen! Jetzt muss ich erneut durch die Dekontaminationskammer! Weißt du, wie sehr das Desinfektionsmittel in den Wunden brennt? Das nächste Mal machst du so ein Drama nur dann, wenn es auch wirklich um *Leben und Tod* geht! Verstanden?!“

Verärgert zerrt er mich jetzt den Steg hinauf und an Bord des Raumschiffes. Von selbst gehen die Lichter im Innenraum des Schiffes an, während der Steg teleskopartig eingezogen wird und die Öffnung verschließt.

„Wenn du gleich in die Kammer gehst, hältst du deine Augen unter allen Umständen geschlossen! Die harte UV-Bestrahlung würde dich erblinden lassen. Das Desinfektionsmittel solltest du auch nicht in die Augen bekommen, da sonst deine Hornhaut geschädigt werden könnte. Alles klar?!“

Bestätigend nicke ich ihm zu.

„Demnach sollte ich mich wohl entkleiden, oder?“

Fragend stellt er seinen Kopf schief und legt kurz seine Ohren an.

„Keine Ahnung, was das *Entkleiden* sein soll. Du musst unbedingt sicherstellen, dass jede Pore desinfiziert wird. Sonst öffnet sich die Dekontaminationskammer nicht, und die Prozedur wird so lange wiederholt, bis die Scanner keine Mikroben mehr registrieren. Sieh zu, dass alles glatt läuft, denn die Prozedur ist mit einer Mindestdauer von fünf Minuten schon zeitintensiv genug. Alles klar?“

„Ja, Chracuta.“

Nickend geht er nun auf die Stahltür zu, die sich augenblicklich öffnet und kurz den Blick auf einen klinisch wirkenden, zylindrischen Raum freigibt, bevor sie sich genauso schnell schließt, wie sie sich zuvor geöffnet hatte.

‚Dies scheint also die Dekontaminationskammer zu sein, die gleichermaßen eine Schleuse darstellt. Sie ist wohl der einzige Weg ins Raumschiff. Das Raumschiffinnere scheint also eine Art keimfreie Zone darzustellen. Aber warum sollte das nötig sein?‘, frage ich mich, während ich mich langsam entkleide. Dabei halte ich des Öfteren inne und lasse meinen Blick gedankenverloren ziellos in diesem großen, gut sechs Meter hohen Raum umherschweifen, der wohl in etwa die Funktion eines Wartebereichs oder Sammelpunktes zu besitzen scheint. Während ich also über den Sinn und Zweck der Verwendung eines Raumschiffes als keimfreie Zone nachdenke, kommen mir ähnliche Praktiken der amerikanischen Einwanderungsbehörde zur Zeit der großen Immigrationswellen im 19. Jahrhundert in den Sinn, als auf Ellis Island ein Einwanderungszentrum errichtet wurde, in dem alle Immigranten gemustert wurden. Dort entschied man, ob sie ins Land gelassen, zurückgeschickt oder eben in

Quarantäne versetzt wurden. Einer der Hauptgründe einer solchen Maßnahme war die Bekämpfung der Pocken. Das Land wollte sich also vor eingeschleppten Seuchen der Immigranten schützen. Und genau diesen Zweck soll dieses Schiff wohl auch erfüllen. Es soll verhindern, dass durch die Besatzung Krankheiten und Mikroben aus fremden Welten eingeschleppt werden.

Gerade als ich mir meinen Slip ausziehe, öffnet sich unvermittelt die Schiebetür zur Kammer. Hastig sammle ich meine Klamotten ein und betrete die große, zylindrische Kammer. Es ist schwül-warm, es riecht penetrant nach Desinfektionsmittel und der Boden ist glitschig-feucht. Unsicher schaue ich mich um, wo ich am besten meine Klamotten ablegen kann, ohne dass sie in dem öligen Sekret landen. Allerdings werden auch sie dekontaminiert werden müssen. Es ist also egal, wo ich sie hinlege. Daher breite ich sie vor mir auf dem Boden aus. Plötzlich vernehme ich eine computergenerierte Stimme, die irgendetwas sagt. Jedoch verstehe ich sie trotz des Übersetzers nicht. Ich glaube, die Dekontaminationsprozedur wird in Kürze beginnen. Hastig setze ich noch meinen Translator ab, kneife meine Augen zu und harre der Dinge, die da auf mich zukommen mögen. Mit einem Mal vernehme ich ein helles, periodisch erklingendes Signal. Und schon werde ich von allen Seiten mit Desinfektionsmittel besprüht, das mit hohem Druck aus feinen Düsen gesprüht wird. Diese Reinigungsprozedur ist sehr unangenehm; ja, sie schmerzt beinahe schon. Glücklicherweise ist dieser Part nicht von allzu langer Dauer. Unvermittelt vernehme ich ein kurzes Brummen und werde plötzlich trotz zugekniffener Augen von gleißendem Licht geblendet. Und auf einmal ist es wieder dunkel. Es ertönt wieder ein Piep-Signal, das wohl das Ende dieser Reinigungsstufe und den Beginn einer Einwirkzeit bedeutet. So gut es geht, wische ich mir das ölige Sekret aus meinem Gesicht und öffne vorsichtig meine Augen. Neugierig sehe ich an mir herunter. Mein gesamter Körper ist mit einer braunen, öligen, ja fast schleimigen Masse bedeckt, die überall an mir herunterläuft und beim Heruntertropfen feine Fäden zieht. Meine Kleider, die ich fein säuberlich vor mir ausgebreitet habe, liegen im ganzen Raum verteilt. Langsam sammle ich sie ein und lege sie wieder an ihrem alten Platz ab, wo ich sie erneut ausbreite. Sie sind schwer und fühlen sich schleimig an. Ich hoffe nur, dass sie hinreichend gut von dem Zeug befreit werden. Ich bin nur froh, dass es in dieser Kammer so warm ist. Man könnte meinen, man befände sich in einer Bio-Sauna. So muss ich wenigstens nicht frieren, während ich auf die Beendigung der Dekontaminierungsprozedur warte. Erneut erklingt das akustische Signal, woraufhin ich wieder meine Augen zukneife und abermals abgesprüht werde – dieses Mal mit heißem Wasser, welches die ölig-schleimige Substanz von meinem Körper wäscht. Anschließend aktiviert sich ein starkes Heizgebläse, welches mich rasch trocknet. Alsbald erklingt wieder die Computerstimme und ich höre, wie sich die Tür vor mir öffnet. Misstrauisch öffne ich zögernd wieder meine Augen. Ja, ich scheine es überstanden zu haben. Nur Privatsphäre und Scham scheinen meine Gastgeber nicht zu kennen, denn ich stehe hier noch splitternackt in der Kammer. Und jeder, der sich im Innenbereich vor ihr aufhält, könnte mich einfach so dastehen sehen. Glücklicherweise hat Chracuta nicht auf mich gewartet und scheint mit den Startvorbereitungen beschäftigt zu sein, denn er hat es ja eilig hier wegzukommen. Schon erreicht mich Chracutas raue Stimme, die mich eindringlich ruft. Daher verzichte ich darauf, meine Kleider auszuwringen, die weit davon entfernt sind, vollständig von der ölig-schleimigen Substanz befreit, geschweige denn getrocknet zu sein. Hastig ziehe ich sie mir über. Meine Klamotten fühlen sich an, als seien sie in ein Fass mit Motoröl gefallen. Alles ist glitschig, nass und klebt an meinem Körper. Auch meine Haare fühlen sich noch an, als hätte ich sie mit Pomade eingeschmiert und wochenlang nicht gewaschen. In meinen Mokassins steht noch knöchelhoch eine

Emulsion aus Wasser und dem Desinfektionsmittel.

‚Egal, ändern lässt es sich ja eh nicht.', denke ich mir, entleere sie seufzend und schlüpfe in die nassen Schuhe. Kurz blicke ich mich noch einmal um und entdecke den Translator, der sich nahe dem Ausgang befindet. Schnell setze ich ihn auf und verlasse die Dekontaminationskammer. Aus Hosenbund und Ärmeln beginnt die Emulsion zu tropfen und meine Moccasins quatschen bei jedem Schritt.

‚Das wird hoffentlich bald trocken sein!', denke ich und richte seufzend meinen Blick auf den Korridor.

Mit halb geöffnetem Mund bleibe ich staunend und ehrfurchtsvoll stehen und sehe mich um. Ich fühle mich auf einmal so winzig, denn alles hier ist so riesig. Ich stehe am Anfang eines gut vier Meter breiten Korridors, dessen Decke genauso hoch ist wie die des Wartebereichsraums vor der Dekontaminationskammer. Alleine um an die Deckenapplikationen zu gelangen, bräuchte ich eine Leiter. Die meisten Jugendlichen in meinem Alter werden ihre festen Vorstellungen haben, wie so ein Raumschiff auszusehen habe. Mich haben solche Fiktionen nie sehr interessiert. Daher habe ich mich mit solchen Fragen nie auseinandergesetzt und besitze deshalb auch keine Phantasievorstellungen, die übertroffen, unterboten oder denen entsprochen werden könnten. Ich habe die Ausmaße des Raumschiffes nicht sehen können, da es ja nicht sichtbar war. Doch müssen sie gewaltig sein.

Auf Türen und Armaturen befinden sich fremdartige Schriftzeichen. Von meinen Eindrücken überwältigt setze ich mich wieder in Bewegung und laufe, mich aufmerksam umschauend, zu Chracuta, der sich im Cockpit des Schiffes befindet. Beim Gehen muss man aufpassen, dass man nicht ausrutscht und stürzt, denn der Boden der Räume und Korridore ist von einer braunen Schmierschicht aus Schweiß, Schmutz und den Rückständen der Emulsion aus Wasser und Desinfektionsmittel bedeckt. Selbst die Wände sind stellenweise mit dem schmierigen Sekret seines Körperschweißes benetzt, an dem zahlreiche Haare kleben. Sowohl auf den Böden als auch in Nischen, Fugen und Ecken der Räumlichkeiten befinden sich büschelweise lange, weiße Haare. Cɼond'lloɼí scheinen stark zu haaren und es nicht genau mit Sauberkeit und Hygiene zu nehmen. Jedoch besitzt Chracuta ein ultrakurzes, schwarz-braunes Fell. Die Haare, die hier überall herumfliegen, sind allerdings weiß und zudem viel zu lang, als dass sie Bestandteil seines Unterfells sein könnten, falls er überhaupt eins besitzt. Entweder hat ein anderer Cɼond'lloɼ all die Haare verloren oder Chracuta hat gerade einen Fellwechsel hinter sich.

Wenn mich meine Sinne nicht täuschen, kann ich rechts neben Chracuta einen Sitzplatz erkennen, dessen Form den Bedürfnissen eines Zweibeiners meiner Gestalt und Größe angepasst ist. So sonderbar die Existenz eines solchen Pilotensitzes aufgrund unserer anatomischen Unterschiede ist, umso angenehmer ist sie für mich.

„Warum hat ein Cɼond'lloɼ-Raumschiff Sitzgelegenheiten für Menschen, Chracuta?", will ich nun von ihm wissen.

„Ah, da bist du ja endlich!", entgegnet er mir, ohne von den Steuerarmaturen aufzuschauen und fügt noch an: „Wir Cɼond'lloɼí haben keine Raumschiffe. Dies ist ein Schiff der Yüpjonen. Setz dich da jetzt rein, schnall dich an und trödele nicht rum, Wolf! Wenn wir abheben, wirst du sonst durch das Cockpit geschleudert."

Eine Antwort auf meine Frage war das nun gerade nicht. Vielleicht beantwortet sie sich ja von selbst, wenn ich einen Yüpjonen zu Gesicht bekomme. Sofort begebe ich mich zu meinem Platz und setze mich auf den weich gepolsterten Sitz.

„Aye-aye, Captain Chracuta!"

Verzweifelt versuche ich mich anzugurten. Doch wird mir die

Funktionsweise des Anschnallmechanismus nicht klar. Hilflos werkele ich herum, bis meinem Nachbarn meine erfolglosen Versuche auffallen und er mir daraufhin hilfreich aber lästernd zur Hand geht.

„Hṛṛch, nicht einmal selbstständig anschnallen kannst du dich. Du wirst dich sehr zusammenreißen müssen, wenn du deinen Namen nicht durch dein Unvermögen noch weiter entehren willst; denn eine adäquate Übersetzung für Cṛond'lloṛ wäre Wolf.“, erklärt er mir eindringlich, steckt dabei die Gurte einfach in ein Zentralstück und dreht dessen Deckel nach links – schon sitze ich fest.

„Chracuta, darf ich dir noch eine Frage stellen?“

„Natürlich. Was willst du denn wissen?“

„Vorhin sagtest du zu mir, ich solle mich nicht mit fremden Federn schmücken. Ich kann mich nicht daran erinnern, je vor dir geprahlt zu haben. Warum sagst du sowas zu mir?“, sage ich ruhig, sehe ihn aber vorwurfsvoll an. Chracuta quittiert meine Geste mit einem Schnaufen.

„Bei uns sagen Namen etwas über ihre Träger aus, wie Charaktereigenschaften, physische Attribute oder andere Besonderheiten. Dein Name ist die Bezeichnung meiner Spezies, wenn auch in einer anderen Sprache. Er steht somit für Stärke, Tapferkeit, Kampfbereitschaft und Stolz. Ich war erregt und der Meinung, dass du diese Attribute nicht hinreichend erfüllst – daher jener Seitenhieb. Ich habe nicht bedacht, dass du einen anderen kulturellen Hintergrund hast und einer Welt entstammst, die sich stark von meiner Heimat unterscheidet. Vielleicht haben eure Namen keine Bedeutung und wenn doch, dann sind sie möglicherweise mit anderen Attributen versehen. Ich vermute, dass ich dich mit meiner unüberlegten Äußerung gekränkt habe und bitte dich, mir mein Fehlverhalten nachzusehen.“

Ich hätte mit jeder anderen Reaktion auf meine Frage gerechnet, aber nicht mit so einer selbstkritischen Erklärung. Mein

Vater sagte mir einmal, stark zu sein bedeutet auch, sich Fehler und Schwächen eingestehen zu können. Chracuta scheint in jeder Hinsicht stark zu sein und ich kann ihm nur meinen höchsten Respekt entgegenbringen. Sanft sehe ich ihn an und nicke ihm lächelnd zu.

Mit Erstaunen sehe ich mich um. Überall entdecke ich irgendwelche Schaltreihen; manche von ihnen blinken periodisch auf. Vor uns winkelt sich die Decke etwas ab. Dort befinden sich in Zeilen und Gruppen zusammengefasst eigenartige Flachbildschirme, auf denen sich Lichtsäulen und unfertige Kreisscheiben aufbauen. Plötzlich wird das Schiff von einem leichten aber deutlich wahrzunehmenden Vibrieren durchdrungen, welches von einem leisen, kakophonischen Grummeln begleitet wird. Neugierig sehe ich aus dem Cockpitfenster und kann beobachten, wie sich die Landschaft scheinbar in Bewegung setzt. Schnell gewinnen wir an Höhe, während sich das Schiff in südöstliche Richtung ausrichtet und sehr stark beschleunigt. Schon wenige Augenblicke später ist es mir nicht mehr möglich, vertraute, landschaftliche Formen auszumachen. Langsam wird das Blau des Himmels immer dunkler und schon kann ich die ersten Sterne wie bei einer weit vorangeschrittenen Abenddämmerung hindurchschimmern sehen. Bald werden wir vom Schwarz der tiefsten Nacht umgeben sein. Die neuen Eindrücke sind einfach überwältigend. Und doch beschäftigt mich über den ganzen Startvorgang hinweg noch etwas ganz anderes. Ich wende daher meinen Blick Chracuta zu und frage mich, wie ein intelligentes Wesen so herzlos und brutal sein kann. Draußen vor dem Schiff, als Chracuta den baldigen Tod des Wapitis voraussagte, konnte ich die Kaltherzigkeit und Härte seiner Entscheidung nicht verstehen. Er hat das Tier einfach seinem Schicksal überlassen und hingenommen, dass es stirbt. Kurz sieht Chracuta zu mir herüber und erkennt, dass ich ihn mit Entsetzen in meinen Augen ansehe, was in ihm jetzt aber keine emotionale Reaktion hervorruft.

„Du kannst meine Entscheidung den Wapiti betreffend nicht nachvollziehen und hältst mich jetzt für böse und grausam. Hätte ich ihm helfen können? Vielleicht hätte ich ihm helfen können. Aber das herauszufinden, hätte uns zu viel unserer ohnehin zu knappen Zeit gekostet. Hirsche, Wapitis und ähnliche Spezies passen ohnehin in unser – wie würdet ihr das ausdrücken? – Beuteschema."

„Für mich war das schlichtweg unmenschlich.", hauche ich ihm leise entgegen.

„Unmenschlich?! Was immer auch *Menschlich* heißen mag! Eins kann ich dir schon jetzt sagen: Viele unserer Sitten und Gesetze werden dir fremd, bizarr und vielleicht sogar grausam erscheinen. Sicherlich werden sie aber unmenschlich sein, denn wir sind unmenschlich, weil wir keine Menschen und nicht einmal humanoid sind."

Sicher, er hat ja recht mit dem, was er sagt, denn wir neigen dazu, alles für unser Verständnis zu vermenschlichen, da wir bisher keiner außerirdischen Lebensform begegnet sind und demnach auch nicht kennen können. Selbst beim Umgang mit unseren Haustieren gelingt uns das nur selten. Er ist ein Wolf und dazu noch ein außerirdischer, dessen Heimat wahrscheinlich ganz anders beschaffen ist als die Erde. Wir Menschen sind dagegen eine Affenart, die sich auf Terra entwickelt hat. So haben sich zwei völlig verschiedene Lebensformen mit total verschiedenen Eigenschaften, moralischen Prinzipien und Kulturen herausgebildet. Unter diesen Aspekten scheinen mir die Diskrepanzen unserer Kulturen völlig plausibel und logisch zu sein. An ihm und mir liegt es nun, die zahlreichen Differenzen und Missverständnisse durch gegenseitige Toleranz und Achtung zu überbrücken und vielleicht die ersten Steine für eine friedliche Koexistenz beider Kulturen zu legen. Ich wusste gar nicht, dass mir jemals solche diplomatische Gedanken durch den Kopf gehen könnten. Überlege ich mir meine jetzige Situation, so muss mir früher oder später klar werden, dass ich meine gesamte Spezies auf seinem Planeten vertreten werde, dass ich praktisch ein Sonderbotschafter der Erde sein werde – eine steile Karriere. Ich werde versuchen, die Menschheit gut zu vertreten.

„Du hast ja recht, Chracuta. Aber ich habe noch nie einen Außerirdischen kennengelernt und habe deshalb keine Erfahrungen hinsichtlich des Umgangs mit ihnen. Sei bitte nicht bös' mit mir."

„Ich bin doch gar nicht böse mit dir. Es ist logisch, dass wir Verständnisschwierigkeiten bekommen, die aber mit der Zeit behoben werden. Du wirst sehen. Du fragtest eben, ob die Kaiads unsere Feinde wären. Sie sind unsere Feinde, weil sie die Lakaien unserer wahren Feinde sind. Während des Fluges sollst du alles erfahren; aber erst, wenn wir die Beschleunigungsphasen hinter uns haben und uns im Subraum befinden. Ah, Beschleunigungsphase zwei beginnt in fünf Minuten und 22 Sekunden, wir haben also noch etwas Zeit. Zeit genug, um etwas zu futtern. Ich hol uns etwas."

Er schnallt sich los, erhebt sich und verlässt das Cockpit. Im Gehen wendet er seinen Kopf mir zu und spricht mich an.

„Ach, ich vergaß fast, rühr nichts an, während ich weg bin!"

„Ist ok, Chracuta."

Die scheinen wie unsere Hunde an nichts anderes zu denken, als ans Fressen. Ich habe aber keinen Hunger und außerdem geht es mir überhaupt nicht gut. Die hier vorherrschende Schwerelosigkeit bekommt mir gar nicht. Ich habe das Gefühl in jede Richtung gleichzeitig zu fallen. Jegliche intuitive Orientierung im Raum ist unmöglich. Mir wird langsam übel. Trotzdem sehe ich aus den Cockpitfenstern. Nie zuvor konnte ich Sonne, Mond und Sterne im selben Moment sehen. Das ganze besitzt einen Hauch von Unheimlichkeit und erweckt in mir ein Gefühl des Abenteuers. Wenn mich jetzt meine ‚Spielkameraden', die mich immer als Hinterwäldler verlacht haben, sehen könnten.

Sie würden vor Neid erblassen.

Mit großem Erstaunen betrachte ich ehrfürchtig die Erde. Schon oft habe ich im TV und in Büchern Satelitenaufnahmen von ihr gesehen. Sie alle können nicht wiedergeben, welch grandioser Ausblick sich mir hier offenbart. Sofort wird mir als Betrachter dieses Szenarios bewusst, wie zerbrechlich die Biosphäre unseres Planeten doch ist, wie endlich seine Ressourcen doch sind. Eingedenk dessen ist es paradox, dass wir Menschen so verschwenderisch mit den Ressourcen unseres Planeten umgehen. Sicher, von der Oberfläche aus gesehen sieht alles gigantisch aus und man gewinnt leicht den Eindruck, alles sei in schier unendlichen Mengen vorhanden. Vielen Menschen fehlt es wohl an Vorstellungskraft und Fähigkeit zur Abstraktion, um das zu erkennen. Anderen fehlt einfach nur der Wille dazu. Auch kann ich nicht verstehen, dass es immer noch Menschen gibt, die hartnäckig dem alten Glauben anhängen, die Erde sei eine Scheibe. Wahrscheinlich würde selbst dieser Anblick sie nicht überzeugen. Sie würden wohl das Argument, man würde ihnen eine holographische Projektion vorsetzen, anbringen und weiterhin ihrem Glauben anhängen. Man sagt: „Der Glaube versetzt Berge.“ Anscheinend versetzt er auch Realitäten. Bei dem Gedanken beginne ich zu schmunzeln.

Am liebsten würde ich mich meiner sämtlichen Kleider entledigen, da es sehr unangenehm ist, das durchnässte und verdreckte Wildleder am Körper zu tragen. Doch ist meine Hemmschwelle aufgrund des mir anerzogenem Schamgefühls zu groß, um mich Chracuta nackt zu zeigen. Als ich an mir heruntersehe, erkenne ich, dass mein Wildlederanzug immer noch, trotz der Reinigungsaktion, an Armen, am Gesäß, den Frontpartien und Beinen mit Chracutas Blut und Schweiß durchtränkt ist.

‚Na klasse, da fliegst du wer weiß wohin, Wolf. Und wie kommst du dort an? Natürlich total verdreckt! Wie soll ich das nur wieder sauber bekommen, wenn das nicht einmal diese blöde Dekontaminationskammer schafft?!', tadele ich mich.

Außer diesem Problem schwirren mir noch viele andere Gedanken und Fragen durch den Kopf. So frage ich mich schon lange, wie diese Übersetzer funktionieren, die Chracuta und ich tragen müssen, damit wir uns verständigen können. Diese Geräte verfügen über keine akustische Ausgabe, auch vernehme ich keine klassische Übersetzung. Ich höre seine Worte, die ich einfach intuitiv verstehe. In der Tat habe ich, seit ich meine Mutter verlassen habe, kein einziges englisches Wort mehr gehört. Wie kann das nur sein?

Von Chracuta werde ich aus meinen Gedanken gerissen, der gerade mit etwas in der Schnauze heranschleicht.

‚Uhhr, das ist ja rohes Fleisch.', schießt es mir durch den Kopf. Dabei verziehe ich mich ekelnd mein Gesicht. Er spitzt daraufhin seine Ohren und sieht mich mit schief gestelltem Kopf an.

„Lecker, du musst groß und stark werden. Das geht nur, wenn du ordentlich frisst."

Schon bei dem Gedanken, sowas zu essen, wird mir speiübel und es bedarf all meiner Selbstkontrolle, mich nicht sofort über die Bedienelemente zu erbrechen. Mir wird heiß und ich beginne zu schwitzen.

„Das geht nicht, mir wird schlecht. Ich kann nichts runterbekommen, erst recht kein rohes Fleisch.", bringe ich mit Mühen hervor.

„Bist du etwa deswegen so bleich im Gesicht?", fragt Chracuta überrascht.

Ich nicke ihm nur zu.

„Hmh, das kann nur die Raumkrankheit sein. Ich werde das künstliche Gravitationsfeld aktivieren. Dann wirst du dich besser fühlen. Ich hoffte, es erst später aktivieren zu brauchen und die dafür benötigte Energie sparen zu können. Naja, es wird eh

Zeit, die Umweltparameter meiner Heimatwelt einzustellen, damit du über genügend Zeit verfügst, dich zu akklimatisieren. Also, du wirst dich gleich deutlich schwerer fühlen, als du es gewohnt bist. Und der Luftdruck wird sich um gut 225 % erhöhen. Du wirst ein paar Mal schlucken müssen, um den Druck in deinen Ohren abzubauen. Hast du das verstanden?“

Mit einem kurzen Nicken antworte ich ihm. Sein ewiges Gerede über das Sparen von Energie beunruhigt mich etwas.

„Sind wir etwa mit unserer Energie knapp?“

„In der Raumfahrt ist es schon immer ein oberstes Gebot gewesen, Energie zu sparen. Hier im Weltraum ist Energie wie ein Lebenselixier. Geht sie dir aus irgendeinem Grund aus, stirbst du. Und du weißt nie, welche Überraschungen dir auf deinem weiten Weg geboten werden. Daher bin ich so auf Energiesparen erpicht.“, erklärt er mir geduldig.

„Ich verstehe, Chracuta.“

Er legt sich auf seinen Platz links neben mir und betätigt einige Sensorflächen, die sich auf einer glänzenden, sonst schwarzen Oberfläche an der sich vornüber absenkenden Decke abbilden. Bei jedem Kontakt vernehme ich ein leises, kurzes und helles akustisches Signal, was wohl sowas Ähnliches wie eine Eingabebestätigung darstellen soll.

Als ich etwa vor dreißig Minuten das Cockpit zum ersten Mal betrat und die Systeme noch deaktiviert waren, konnte ich voll Verwunderung keinerlei Schaltelemente entdecken und sah nur glatte, schwarze Flächen. Stattdessen erblicke ich nun auf ihnen fremdartige Schriftzeichen und bunte, kleine Lichtfelderchen, auf deren Berührung jene akustischen Signale ertönen und sich dann die Anordnung dieser Felder meistens ändert. Ein ähnliches Bedienkonzept ist mir nur von modernen Tablets, Smartphones und Touchscreens bekannt. Allerdings sind viele dieser Abbildungen dreidimensional und schweben über den Flächen frei im Raum. Und trotzdem sind sie bedienbar. Wie das wohl funktioniert? Fragend sehe ich zu Chracuta auf. Doch er registriert meine Geste nicht, sondern starrt gebannt auf die Abbildungen. Daher entschließe ich mich, ihn darauf einfach anzusprechen.

„Wie funktioniert dieses Bedienungselement? Wie ist es organisiert?“

Kurz sieht er zu mir herüber und richtet dabei seine Ohren auf.

„Es ist gut, dass du neugierig bist und fragst. Aber eine hinreichende Erklärung wäre jetzt zu aufwendig. Vielleicht finden wir später dafür genug Zeit.“, erklärt er mir beiläufig.

Auf einmal lastet ein Gewicht auf mir. Allerdings bin ich jetzt auf einmal viel zu schwer. Es fühlt sich so an, als ob ich plötzlich extrem zugenommen hätte. Jede Bewegung fällt mir deutlich schwerer. Ich fürchte, dass ich große Schwierigkeiten haben werde, mich überhaupt zu erheben. Des Weiteren vernehme ich ein leises Zischen, während sich der Druck auf meine Trommelfelle stark erhöht. Nach einigen Sekunden ist die Prozedur jedoch beendet und nach mehrmaligem Schlucken die Begleiterscheinung beseitigt. Was allerdings bleibt, ist das ungewöhnlich hohe Gewicht, das jetzt auf mir lastet. Langsam strecke ich meine Arme und Beine aus. Mir kommt es vor, als ob an Fesseln und Handgelenken Bleigewichte befestigt wären. Unter diesen Umweltbedingungen wird es mir kaum möglich sein, auch nur einen Kilometer zu laufen, und ich bin mir sicher, dass ich mich noch nicht einmal erheben könnte, wenn ich untrainiert wäre. Jetzt weiß ich, wie sich extrem übergewichtige Personen fühlen müssen und kann direkt nachvollziehen, warum sie immobil sind. Erneut betrachte ich meinen neuen Freund Chracuta. Unter diesem Aspekt wird mir plötzlich absolut klar, warum sein physisches Leistungsniveau derart extrem hoch und die Bemuskelung seines Körpers entsprechend ausgeprägt ist. Grinsend stellt mein Freund seinen Kopf schief, stellt seine Ohren auf und lächelt mich verschmitzt an. Er scheint meine Gedanken erraten zu haben.

„Ja, die erste Zeit wird für dich sehr schwer werden, Wolf. Du wirst sehr hart an deiner Fitness arbeiten müssen, um dich einigermaßen normal bewegen zu können. Hierfür ist neben einem ganzheitlichen Intensivtraining ein gesunder Appetit sehr förderlich."

Mit diesen Worten hält er mir erneut das blutige Stück Fleisch unter die Nase. Ich hingegen verziehe mein Gesicht und wende meinen Blick angeekelt ab.

„Du willst also wirklich nichts haben? Gut, dann habe ich umso mehr."

Er packt das Stück Fleisch mit seinen Vorderpfoten und reißt Happen für Happen heraus, die er gierig verschlingt. Bei seinem Geschmatze kommt mir in den Sinn, was meine Mutter immer sagte, wenn ich beim Essen geschmatzt habe: »Schmatz nicht so, Wolf. Du hast Zeit, wir sind hier nicht bei den Wölfen.«

Bei diesem Gedanken muss ich etwas schmunzeln. Offensichtlich hat Chracuta meine Geste bemerkt, denn er unterbricht sein Mahl und sieht mich wie eben an, als ich das Fleisch ablehnte.

„Deine Art zu futtern hat mich an etwas Lustiges erinnert.", antworte ich ihm daraufhin.

„Aha! Siehst du, ich brauchte nichts zu sagen. Du wusstest schon so, was meine Geste bedeutet. Wir werden also nur minimale Kommunikationsschwierigkeiten haben."

Ich stimme ihm kopfnickend zu, wobei er mit seiner Tätigkeit fortfährt. Mir kommt erneut die Frage in den Sinn, wie die Kommunikation zwischen uns ermöglicht wird und spreche meinen Freund darauf an.

„Du, Chracuta? Darf ich dich noch mal stören?"

Immer noch schmatzend richtet er seine Ohren auf mich.

„Es kommt darauf an, mit was du mich jetzt stören willst.", entgegnet er mir lapidar.

„Mich beschäftigt seit einiger Zeit die Frage, warum ich

plötzlich deine Sprache verstehe, ohne ein einziges Wort in ihr sprechen zu können. Warum verstehe ich deine Worte, wenn ich dieses Gerät aufsetze?"

Jetzt unterbricht Chracuta sein Mahl und sieht mich an.

„Das kommt daher, weil diese Translatoren keine Übersetzer im klassischen Sinne sind. Sie erzeugen nicht die entsprechende Zielsprache als hörbaren Output, sondern fungieren im Rahmen ihrer Interaktionsebene mit dem Sprachzentrum deines Gehirns als semantische Instanz, die dir ein Verständnis der Quellsprache ermöglicht, als hättest du sie generativ gelernt. Alles klar?"

„Äh… nur prinzipiell, aber es ist schon ok."

Lächelnd frisst er weiter. Ich hingegen sehe auf meine Uhr, die Mom mir als Erinnerung an Dad nach seinem Tod geschenkt hat und bekomme einen Schrecken.

„Chracuta, es sind nur noch neunzig Sekunden bis zur nächsten Beschleunigungsphase und du bist immer noch am Fressen!"

Ich kann erkennen, wie er merklich zusammenzuckt. Schnell springt er auf, packt das restliche Fleisch und verfrachtet es eilig nach Achtern. Es sind noch fünfzehn Sekunden bis zum Erreichen des nächsten Zündzeitpunktes, als Chracuta wieder ins Cockpit zurückeilt und sich hektisch anschnallt. Gerade im letzten Augenblick leitet er die Beschleunigung ein.

„Jaja, mich hetzt und schikanierst du, damit wir pünktlich zum Raumschiff kommen, und du verschläfst über dein Fressen fast die Beschleunigungsphase. Mann, oh Mann, oh Mann!"

„Das kann doch jedem mal passieren. Oder hast du noch nie einen Termin verschlafen?"

Als Antwort schweige ich.

„Na also, habe ich es doch gewusst."

An seinem Gehabe kann ich erkennen, dass ihm dieser Zwischenfall sehr peinlich sein muss, denn sein Blick ist längst nicht so autoritär wie sonst und er hätte mich sicherlich für meinen patzigen Ton gescholten. Stattdessen schweigt er dieses Thema aber tot.

„Wir treten gleich in den Subraum ein. Es wird für dich eine total neue Erfahrung und sehr interessant sein. Vorstellungen, die du aus deiner alltäglichen Erfahrungswelt heraus gewonnen hast, führen dort nur zu Widersprüchen. So kann in ihm die Dimension nur streng mathematisch verstanden werden. Und die physikalischen Gesetze der vierdimensionalen Raum-Zeit-Mannigfaltigkeit finden dort ihre Grenzen. Der Sprung in den Subraum ist ab 0,95-facher Lichtgeschwindigkeit möglich. So umgehst du die c-Singularität. Du bewegst dich dort gemäß den Gesetzen der dynamischen Kontinuum-Distorsions-Theorie fort. Du durchtunnelst die c-Singularität, indem du einen raschen Wechsel zwischen der Über- und Unterlichtgeschwindigkeit tätigst. Die Wechselintervalle müssen dabei dermaßen kurz sein, dass eine Quantelung der Aufenthaltszeit einsetzt. So ist deine Existenz in den Räumen nur noch singulär, unterliegt daher nur noch einer Aufenthaltswahrscheinlichkeit. Du nimmst in ihm also quantenmechanische Eigenschaften auf makroskopischer Ebene an, die sonst nur subatomare Teilchen besitzen. So wird erreicht, dass die Gesetze der Relativitätstheorie nicht verletzt werden. Wir haben jetzt unsere Endgeschwindigkeit erreicht.“, erklärt er mir, während wir den Sprung in den Subraum vollziehen.

Er hat völlig recht. Der Anblick ist wirklich sehr interessant, obwohl nur sehr wenig zu erkennen ist. Ich sehe außer der Finsternis nur verzerrte Sterne, die sehr langsam an uns vorbeigleiten. Als wir beschleunigten, verfärbten sie sich vor uns blau und hinter uns rot. Beim Kontinuumsübergang verschwanden sie schließlich mit einem grellen Blitz, bevor sie mit dieser Verzerrung erneut auftauchten. Aber gerade die Tatsache, dass jegliche Sterne verzerrt sind, erweckt meine Neugierde. Warum sind sie so verzerrt, sind wir es etwa auch? All diese Fragen beschäftigen mich, während ich durch eine Scheibe in die Finsternis der unendlichen Leere dieses Subraums gucke.

„Meinst du mit c-Singularität etwa die Geschwindigkeitsbarriere, die Albert Einstein in seiner Speziellen Relativitätstheorie erstmals postuliert hat?“

Chracuta spitzt seine Ohren und legt dabei seine Stirn in Falten. „Hmh, weiß ich nicht. Weder kenne ich diesen Albert Einstein, noch seine Spezielle Relativitätstheorie. C-Singularität heißt, die kinetische Energie eines massereichen Partikels verhält sich im Bereich der Lichtgeschwindigkeit singulär. Soll heißen, kein massereicher Partikel kann so schnell wie das Licht werden.“

„Ok, dann wäre das geklärt. Wie das aber mit diesem *Subraum* zusammenhängt, will sich mir nicht erschließen. Ich weiß ja nicht einmal, was ein Subraum überhaupt sein soll. Diesen Begriff kenne ich bislang nur als pseudowissenschaftliches Hirngespinst von Science-Fiction-Autoren als Erklärung für den überlichtschnellen Flug, aber ohne inhaltliche Substanz.“

Chracuta spitzt seine Ohren und sieht mich überrascht an.

„So niedrig ist dein Bildungsstand? Dann kann ich dir die Zusammenhänge auch nicht erklären. Die habe ja selbst ich nicht genau verstanden. Das ist viel zu komplex und zu mathematisch. Dir kann ich nur sagen, dass die vierdimensionale Raum-Zeit-Mannigfaltigkeit von Gravitationsfeldern verzerrt und gekrümmt wird. So eine Verzerrung erfährt auch der Subraum, da er sehr stark mit der Raum-Zeit-Mannigfaltigkeit wechselwirkt. Doch stellen in ihm die Massen nur Gravitationspotential-Barrieren dar, die durch geschickte Energiekopplungen und Entkopplungen durch Subraumfelder, wie das Kontinuum-Distorsions-Feld, gemindert werden können. Das hat dann eine virtuelle Massenminderung des Schiffes zufolge. Dies ermöglicht letztendlich das Durchdringen der einzelnen Feldschichten. Diese Felder erwirken zudem eine Verzerrung des Raumes, sodass das Schiff eine Kraft erfährt, durch die es beschleunigt und auf dem erreichten Geschwindigkeitsniveau gehalten wird. Singularitäten stellen nur endliche Pseudopotentiale dar. Ohne die Existenz dieses Subraums könnte das Universum, wie ihr Menschen es offenbar nur kennt, nicht existieren. Es würde durch seine eigenen Singularitäten verschlungen und zerstört. Er ist der zur vierdimensionalen Raum-Zeit-Mannigfaltigkeit duale Raum."

Mit großen Augen verfolge ich Chracutas kleinen Vortrag über den Subraum. Inhaltlich hat er mich aber längst schon abgehängt.

„Jetzt ist aber genug erzählt worden. Wir müssen unsere Quarantäne einleiten, denn die steht uns eh bevor. Und du musst unbedingt geimpft werden, damit du bei uns nicht krank wirst und an einer für uns harmlosen Infektion wie Husten stirbst."

Obwohl ich von Chracutas Referat über den Subraum nichts verstanden habe, steht mir nach seinen letzten Worten gar nicht mehr der Sinn nach weiteren Überlegungen über die Beschaffenheit des Subraums. Der Gedanke an eine Impfung versetzt mich in Angst und Schrecken und mordet regelrecht jegliche Neugier in mir. Von jeher habe ich panische Angst vor Spritzen gehabt. Das wird sich wohl auch in Zukunft nicht ändern. Allerdings wäre die Behandlung von Chracutas Kampfverletzungen wichtiger als meine Impfung. Die würde mir auch gleichzeitig noch einen kleinen Aufschub zur Impfprozedur verschaffen.

„Ähm, Chracuta? Wichtiger wäre es doch, deine Wunden zu behandeln. Sonst holst du dir vielleicht noch eine Infektion oder es passiert gar Schlimmeres."

Interessiert stellt er seinen Kopf schief.

„Eine Infektion? Du meinst, ich könnte an deiner statt Husten bekommen, weil ich verletzt bin? Das ist Nonsens."

„Nein, das meinte ich nicht. Ich spreche von Wundbrand, eitrigen Entzündungen und Blutvergiftung. Sowas in dieser Art."

Fragend legt der Cṛond'lloṛ seine Stirn in Falten, während er sich erhebt und mir mit einem Pfotenwink andeutet, ihm zu folgen. Sofort löse ich den Gurt und quäle mich schnaufend aus dem Sitz. Ich fühle mich so immobil wie ein schwer übergewichtiger Mann, dessen Körper nie die Erfahrungen sportlicher Aktivitäten machen durfte. Mühsam gelange ich endlich auf meine Beine, die kaum noch mein enormes Gewicht tragen wollen. Während ich noch etwas mit meinem Gleichgewicht hadere, beiße ich meine Zähne zusammen und entledige mich meiner Jacke, die jetzt so schwer ist, als habe sie Blei in den Taschen. Eilig werfe ich sie über die Rückenlehne meines Sitzplatzes. Dabei versuche ich den Eindruck zu erwecken, als täte ich es beiläufig, ja fast achtlos, um Chracuta glauben zu machen, ich käme gut mit der erhöhten Schwerkraft zurecht. Ferner will ich ihm so zeigen, dass meine Fitness doch besser ist, als er sie einschätzt. Mir gelingt es jedoch nur mit schwersten Mühen, überhaupt zu stehen. Meine Beine zittern und die Beinmuskulatur schmerzt und schreit nach Entspannung. Lange werde ich mich nicht auf den Beinen halten können. Wie eine Dampflok beginne ich zu schnaufen und mein Herz pocht bereits jetzt in meiner Brust wie ein Dampfhammer. Ich spüre, wie mir schwindelig wird und ich Gleichgewichtsstörungen bekomme. Unsicher taste ich haltsuchend nach der Rückenlehne und schüttle meinen Kopf. Ja, ich habe gerade massive Kreislaufstörungen, denn mein Organismus ist auf diese Schwerkraftverhältnisse überhaupt nicht eingestellt. Chracuta liegt mit seiner Einschätzung also absolut richtig.

„Langsam! Du musst deinem Körper Zeit lassen, um sich den geänderten Verhältnissen anzupassen, Wolf! Du musst hier niemandem etwas beweisen, erst recht mir nicht! Ich weiß, dass du schwach bist! Das werden wir aber noch ändern.“, ermahnt mich der Cṛond’lloṛ-Welpe in einem strengen, rauen Ton, während ich mich mühsam zur Cockpittür wende. Breit beginnt Chracuta jetzt zu grinsen und schüttelt dabei seinen Kopf.

„Wolf, du stellst dich an wie ein Neugeborenes, das seine

ersten Gehversuche macht.“, merkt er spöttisch an und geht währenddessen auf mich zu.

Eben noch ermahnte er mich, es langsam angehen zu lassen, und jetzt frotzelt er schon wieder. Er kann es einfach nicht lassen.

„Na komm! Ich helfe dir. Das kann man sich ja nicht mit ansehen.“

Nun dreht er sich um und reicht mir seinen Schwanz.

„Halt dich an meiner Rute fest, dann solltest du besser gehen können.“

Unsicher ergreife ich seinen Schwanz und ziehe mich, soweit ich kann, an ihm hoch, um meine Beine zu entlasten. Gemeinsam betreten wir so nun einen anderen Raum.

„Von den Erkrankungen, die du eben genannt hast, ist mir nie etwas zu Ohren gekommen.“, nimmt Chracuta jetzt auf meinen vorherigen Einwand Bezug, „Kein Cṛond'lloṛ ist aufgrund seiner Verletzungen je krank geworden. Nie ist das Blut eines Cṛond'lloṛı vergiftet gewesen. Verletzen wir uns, heilen wir. So einfach ist das.“

Mit einem Pfotenwink macht er mir klar, dass ich hier, in diesem Raum, auf ihn warten soll. Daraufhin eilt er in einen Nachbarraum.

‚Er wird mich wohl nun doch zuerst impfen wollen. Seltsam, ich dachte, man müsste sich auf den Bauch legen, damit einem die Spritzen in den Hintern gejagt werden können, oder er weiß noch nicht, wo er bei mir die Spritze ansetzen soll. Naja, mal sehen.‘, überlege ich mir, während ich mich total erschöpft auf den Boden plumpsen lasse.

Sehr bald erscheint er wieder und kommt mit einem kleinen, zylindrischen Gerät in der Schnauze direkt zu mir.

‚Das wird doch wohl hoffentlich keine Spritze sein!‘, schießt es mir durch den Kopf, während mir heiß und kalt zugleich wird.

„Chracuta, was ist das, was du da in deiner Schnauze hast?“, spreche ich ihn mit zittriger Stimme an.

Chracuta setzt sich währenddessen direkt vor mich hin und nimmt das Gerät aus seiner Schnauze.

„Das? Das wird dir helfen, mit den Schwerkraftverhältnissen besser klar zu kommen."

„Nein, ich meine das Gerät."

Chracuta stellt seinen Kopf schief und beginnt zu lachen.

„Du hast wohl Angst, gestochen zu werden, du Weichei. Keine Sorge, das ist nur ein Hypospray – ein Injektor, speziell entwickelt für zerbrechliche Spezies wie deine. Es wird nicht wehtun."

Mit diesen Worten setzt er das Gerät vorsichtig an meinen Hals und drückt auf einen Knopf. Es ist ein kurzes Zischen zu hören, während ich nur ein leichtes Ziehen verspüre. Erleichtert atme ich auf.

„Und wie soll mir das jetzt helfen?", will ich nun von meinem Freund wissen.

„Was der Wirkstoff nun ganz genau macht, weiß ich nicht, denn ich bin kein Arzt. Ich konnte jedoch flüchtig in der medizinischen Datenbank erfahren, dass es einen beschleunigenden Effekt auf deinen Metabolismus hat und dadurch eine deutliche Steigerung deiner motorischen Leistungsfähigkeit bewirkt. Du solltest sehr bald annähernd deine normale Mobilität wiedererlangen."

Erleichtert nicke ich ihm zu.

„Lass dich aber nicht von deinem gesteigerten Leistungsvermögen dazu verleiten, dich unvorsichtig zu bewegen. Deine Muskeln, Knochen und Sehnen sind nämlich so empfindlich wie nie zuvor. Deine Verletzungsgefahr ist hierdurch also enorm gestiegen. Behalte das immer im Hinterkopf!", mahnt er eindringlich.

Ich merke nur, wie mich Hitzewallungen erfassen und mir der Schweiß aus den Poren getrieben wird. Tief hole ich Luft, denn ich fühle mich, als würde ich gerade einen Dauerlauf tätigen. Und plötzlich erscheint es mir, als ob die Schwerkraft nahezu auf das normale Niveau zurückgeregelt würde. Mühelos erhebe ich mich wieder, während meine Sehnen und Gelenke nach Entlastung schreien. Jetzt geht Chracuta erneut in den Raum und deutet mir mit einem kurzen Heranwinken mit seiner Rute an, ihm zu folgen.

Kurz nach Chracuta betrete ich den Raum, der kalt und klinisch rein wirkt. Er ist in einem schlichten Weiß gehalten. Funktional angeordnet sind Computerkonsolen und zahlreiche, fest installierte Gerätschaften, deren Funktion sich mir nicht offenbaren will. Nicht dass das für mich von Bedeutung wäre, denn sie sind so angebracht, dass ich sie nicht einmal erreichen könnte. Zwei gepolsterte Tische, die entfernt an Liegen erinnern, sind hier gut zugänglich montiert. Sie besitzen ebenfalls allerhand technisches Equipment. Einige Bereiche sind zum Teil mit Glaswänden abgetrennt. In ihnen befinden sich mehrere Computer-Arbeitsplätze und weitere hochtechnische Apparaturen. Dies scheint also die Krankenstation dieses Schiffes zu sein. Während ich stehen bleibe und mich hier erstaunt umsehe, ist Chracuta in einen der abgetrennten Bereiche gegangen, holt etwas mit seiner Schnauze aus einer Art Petrischale und kommt anschließend wieder zu mir. Was hat er da nur in der Schnauze? Schnell erkenne ich, dass es sich dabei um ein noch blutiges Stück Fleisch handelt. Soll ich das etwa essen, soll das etwa sowas wie eine Schluckimpfung werden? Bei diesem Gedanken wird mir schlecht.

„Da, das musst du aber jetzt fressen! Hier drin sind die nötigen Impfstoffe enthalten. Los nimm's! Zier dich nicht!“

Ich überlege mir ernsthaft, ob ich nicht doch eine Spritze oder, noch besser, das Hypospray bevorzugen soll. Aber wer weiß, ob für die Impfung ein Hypospray geeignet ist und er doch eine Spritze nehmen müsste. Im selben Augenblick sehe ich mir den äußerst muskulösen Cꞅond'lloꞅ an. Dieser Anblick veranlasst mich, doch die Methode der Schluckimpfung zu wählen. Ich glaube, dass das trotz meines Ekels die angenehmere Impfmethode ist. Außerdem will ich nicht wie ein zickiges Mädchen dastehen. Daher nehme ich das Fleischstück von Chracuta an. Selbst die Tatsache, dass er es im Maul getragen hat, was total ekelig ist, schockt mich bei diesem Gedanken nicht mehr. Ich denke nur: ‚Alles, bloß keine Spritze von so einem Monstrum.'

„Danke, Chracuta."

Widerwillig beginne ich es zu essen oder besser zu fressen. Es schmeckt eigenartig salzig und ist so zäh, dass ich kaum in der Lage bin, einzelne, mundgerechte Stücke mit meinen Zähnen herauszureißen, geschweige denn sie zu zerkleinern. Also versuche ich die Stücke ganz herunterzuwürgen. Nur den Geschmack des Blutes vermag ich dabei zu schmecken. Erwartungsvoll sieht Chracuta mich an.

„Hmh? Hat gut geschmeckt, nicht wahr?"

Ich enthalte mich lieber jeglichen Kommentars über den Geschmack von rohem Fleisch, denn mir schmeckt es überhaupt nicht.

Erst als ich den letzten Bissen der Schluckimpfung heruntergewürgt habe, macht sich Chracuta an die Behandlung seiner Verletzungen, bei der ich ihm, so gut ich kann, assistiere. Für die Versorgung seiner zahlreichen Verletzungen legt sich Chracuta auf einen der beiden Tische unter einem sehr starken Deckenspot. Während Chracuta sich gründlich ableckt und sein Fell weitestgehend von Blut und Schweiß befreit, nimmt der Tisch leise summend das niedrigste Höhenniveau ein, sodass selbst ich problemlos auf ihn steigen könnte. Offensichtlich sind die Operationstische höhenverstellbar. Nahe diesem Operationstisch befindet sich, offenbar systematisch angeordnet, unterschiedlichstes Operationsbesteck in Schubladen und Wandregalen. Dies ist also der OP-Bereich der Krankenstation.

„Bring mir doch bitte mal die Wundklammern und die Saniregenerénsés. Sie befinden sich in den Schubladen direkt hinter dir.“, spricht er mich nun lässig an.

„Ja, sofort.“, erwidere ich, wende mich um, suche mir etwas zum Draufsteigen und öffne schließlich die entsprechenden Schubladen. Das OP-Besteck ist fein säuberlich und sehr ordentlich eingeordnet, sodass ich die geforderten Geräte sofort finde. Alsbald überreiche ich ihm die Dinge, während er damit beschäftigt ist, sich halb abgerissene Fell-, Haut- und Fleischfetzen herauszureißen. Das führt natürlich zu erneuten Blutungen.

„Wieso machst du das? Du verschlimmerst damit doch nur alles.“

„Ganz im Gegenteil“, antwortet er mir ruhig, „für eine effektive Wundheilung benötigen wir saubere Wundränder. Das hier“, dabei deutet er auf die Fell- und Fleischfetzen, „ist nur totes Gewebe und muss entfernt werden.“

Mit einem Nicken teile ich ihm mit, dass ich verstanden habe.

Die Zeit, in der ich nichts tun kann, nutze ich, um ihn mir genau anzusehen. Viele Tiere erscheinen wegen ihres dicken Fells groß und imposant, obwohl sie in Wirklichkeit relativ dürr und schmächtig sind. So ein Tier ist beispielsweise der Wolfspitz. Dieser Cṛond'lloṛ allerdings zählt keinesfalls zu ihnen. Sein Fell ist extrem kurz, dabei aber dermaßen dicht, dass eine Fellstruktur wie bei Ottern oder bei manchen Pferden nur sehr schwer auszumachen ist. Umso deutlicher tritt allerdings seine gewaltige Bemuskelung hervor, die ihm die Erscheinung einer absoluten Kampfmaschine verleiht, die er ja wohl auch ist. Dies und sein rauer Charakter, an dem ich bislang keinerlei kindliche Züge entdecken konnte, machen es mir kaum möglich zu glauben, dass er noch ein Welpe sein soll. Wenn Chracuta also ein Welpe ist, dann frage ich mich, wie ein ausgewachsener Cṛond'lloṛ aussehen wird und wie er sein mag. Allerdings frage ich mich auch, warum ihr Fell so extrem kurz ist, wenn sie derart gefährliche Fressfeinde haben. Schließlich bietet ein kurzes Fell kaum Schutz vor den gewaltigen Krallen und Zähnen seiner Feinde, wie hier deutlich zu sehen ist, denn Chracuta hat wirklich schwere Riss- und Bisswunden davongetragen, die tief ins Fleisch hineinreichen und teilweise sogar den Blick auf Knochen freigeben. Ich kann mir nicht erklären, wie ein dermaßen schwer verletztes Tier noch solche Laufleistungen erbringen kann, wie es Chracuta noch getan hat. Das ganze geronnene Blut hatte vor der Dekontaminationsprozedur das Fell verklebt und die Wunden zusammengehalten, sodass ich ihre Schwere zuvor nicht erkennen konnte.

Seit ich das rohe Fleischstück gegessen habe, ist mir gar nicht wohl. Daher sehe ich weg. Ich kann nicht länger mitansehen, wie er seine Wundreinigung betreibt und überall an ihm erneut das Blut herunterläuft. Die unmittelbare Umgebung um den Behandlungstisch sieht bereits aus wie ein Feldlazarett nach einer Schlacht. Wenn ich ihn weiter dabei beobachte, fürchte ich, dass ich mich übergeben muss.

Nachdem Chracuta den Prozess der Wundreinigung abgeschlossen hat, beginnt er augenblicklich, sich die Wundklammern anzusetzen, die so ähnlich wie Haarspangen aussehen und aus Metall gefertigt sind. An ihren Enden befinden sich Widerhaken, die sich in die Haut bohren und für den nötigen Halt sorgen. Ich weiß nur, dass ich mir diese Dinger nicht ansetzen würde.

„Wolf, ich habe ein Stechen hier am Rippenbogen. Sieh mal nach, was da ist.“, spricht er mich unvermittelt an. Dabei deutet er auf den unteren Bereich von vier langen, zueinander parallel verlaufenden, tiefklaffenden Risswunden, die vom oberen Ansatz seiner rechten Schulter, quer über den seitlichen Brustkorb, bis hin zum unteren Rippenansatz reichen – eine von gewaltigen, messerscharfen Krallen verursachte Verletzung, die charakteristisch für ihre extrem brachialen Prankenhiebe zu sein scheint. Langsam nähere ich mich ihm, um nicht auf dem blutbedeckten Boden auszurutschen, und betrachte mir die Stelle genauer. Ich muss mich schon sehr zusammenreißen, um nicht sofort mit Würgen zu beginnen. Behutsam schiebe ich also meine Hände nacheinander in die Wunden, bis ich am Ende des zweituntersten Risskanals etwas Hartes ertasten kann und spreize vorsichtig das durchtrennte Muskelgewebe auseinander. Schemenhaft erblicke ich die Umrisse einer sehr großen, stabilen Kralle, die sich der Kaiad bei jenem Hieb herausgerissen haben muss.

„Da steckt eine Kralle drin. Und die scheint sehr groß zu sein. Was soll ich machen?“

Genervt bläst er in seine Lefzen.

„Na, was denn wohl?! Hol sie raus!“

Eine andere Antwort hätte ich mir von ihm auch nicht denken können.

„Ok, dann wollen wir mal.“, flüstere ich mir selbst zu und beginne vorsichtig an ihr zu wackeln und zu ziehen, um die Verletzung nicht noch weiter zu verschlimmern. Allerdings rührt sie sich nicht. Trotz meiner Bemühungen hat die Wunde nun doch wieder zu bluten begonnen und entsprechend sehen meine Hände und Unterarme auch aus. Von Chracuta vernehme ich nur ein leises, unterdrücktes Fiepen.

Mehrere Minuten schon versuche ich das verdammte Ding herauszuziehen, doch hat es das herausströmende Blut glitschig werden lassen, sodass ich immer wieder abrutsche. Langsam wird es auch dem Cṛond'lloṛ-Welpen zu viel, der nun seinen Unmut unmissverständlich zum Ausdruck bringt.

„Was machst du denn da so lange?!“, will er jetzt von mir wissen.

„Ich bekomme das scheiß Ding nicht heraus. Es hat sich verkantet und verhakt.“

„Das kann doch nicht wahr sein! Wenn man auch so halbherzig rangeht wie du, dann kann das auch nichts werden!"

Mit diesen Worten greift er sich in die Wunde und reißt sich die Kaiadkralle grollend mit roher Gewalt heraus, wobei es nur so knackt und knirscht. Dabei schießt ein dicker Schwall Blut heraus und spritzt gegen meine Brust. Bei dieser Aktion scheint er eine größere Arterie verletzt zu haben. Panisch greife ich in die Wunde, aus der das Blut periodisch herausspritzt. Meine Arme und der oberen Brustbereich werden dabei geradezu geduscht. Mit zittrigen Händen versuche ich hektisch die Arterie zu ertasten, sie abzudrücken und die Blutung zu stoppen. Doch will mir dies nicht gelingen, denn Chracuta zuckt von Schmerz gepeinigt mehrmals merklich zusammen.

„Nimm gefälligst deine Pfoten aus mir heraus!", herrscht er mich grollend an. Verschreckt zucke ich zusammen und weiche zurück, während das Blut weiterhin rauschend aus der Wunde spritzt. Schnell ebbt die Blutung ab und versiegt schließlich ganz.

„Was wolltest du da noch herumfummeln?!", fragt er mich zornig.

„Die Arterie wollte ich abdrücken, damit du nicht verblutest!", herrsche ich mich verteidigend zurück.

„Arterie abdrücken... so ein Schwachsinn!", brabbelt er nun vor sich hin.

Ich kann ja verstehen, dass er Schmerzen hat und deswegen gereizt ist. Mich deswegen aber so anzuherrschen? Ich wollte ihm schließlich nur helfen. Durch seine ruppige Aktion hat er sicherlich mehrere Liter Blut verloren und das Meiste davon habe ich abbekommen. Mich ekelnd sehe ich an mir herunter.

‚Na klasse! Jetzt sehe ich ja schon wieder aus wie ein Schlachter. Wie soll ich meinen Wildlederanzug jemals wieder sauber bekommen?!', denke ich mir, während ich beobachte, wie Chracutas Blut an meinen durchnässten Kleidern herunterläuft und sich auf dem Boden ausbreitet. Mir wird heiß und kalt zugleich und der Schweiß bricht mir aus. Meine Beine werden plötzlich butterweich und metallischer Geschmack macht sich in meinem Mund breit. Ich glaube, ich muss mich übergeben. Fluchtartig laufe ich los, rutsche auf dem glitschigen Boden aus und pralle mit meinem Kopf gegen Chracutas Behandlungstisch, von dem immer noch Blut herunterrinnt. Benommen versuche ich mich zu erheben, stürze erneut und krieche auf allen Vieren, so schnell ich noch kann, aus dem OP in den Korridor, wo ich mich erbreche.

Ich spüre, wie sich ein warmer Strom über meine linke Wange und den Hals herunter ergießt. Blut tropft auf den Boden. Mit meiner Hand betaste ich die schmerzende Stelle oberhalb meiner linken Schläfe, die sich wie ein nasser Schwamm anfühlt.

‚Na, klasse! Ich habe mir zu allem Überfluss noch den Kopf aufgeschlagen.', denke ich, während Wut in mir aufflammt.

„Scheiße!", brülle ich zornig heraus.

„Was ist denn los? Was machst du denn für Sachen?", vernehme ich aus dem OP.

„Scheiße mache ich! Ich kann nicht mehr! Ich will nicht mehr!"

Eine kurze Zeit vernehme ich nichts. Doch schließlich meldet sich der Cŗond'lloŗ wieder zu Wort. „Was kannst und willst du nicht mehr?"

„Ich kann und will dieses viele, verdammte Blut nicht mehr sehen! Ich kann und will keine Gewalt mehr sehen! Und ich will wieder nach Hause!"

„Du kannst aber nicht mehr nach Hause. Und der Natur ist es schlichtweg egal, was du kannst und was du nicht kannst, geschweige denn, was du willst. Blut und Gewalt gehören zum Leben wie die Kälte zum Winter. Besser du findest dich frühzeitig damit ab und akzeptierst diese Tatsache! Komm jetzt wieder rein! Ich benötige deine Hilfe!"

Verzweifelt schließe ich meine Augen. „Ich kann nicht!"

„Warum kannst du nicht?"

„Ich habe mir den Kopf aufgeschlagen, mir ist schlecht und ich hab' mich übergeben!"

„Bist du gelähmt oder in irgendeiner Weise immobil?!"

Ich sehe schon, worauf das hinausläuft. Er akzeptiert keinerlei Schwächen und wird jede Erklärung von mir als Ausrede abtun.

‚Ich weiß, ich muss stark sein. Einen Scheiß muss ich! Ich muss schon stärker sein als jeder andere Mensch in meinem Alter, der in einem zivilisierten Land lebt!', denke ich mir.

„Nein, aber... ich komme gleich."

Kraftlos erhebe ich mich und torkle zurück in den OP, denn mir ist noch schwindelig. Dort erblicke ich auf dem Operationstisch liegend Chracuta, der mich prüfend mustert. Die meisten Wunden hat er bereits versorgt und mit Saniregenerénsés versehen.

„Du siehst schlecht aus. Du bist bleicher als üblich und wirkst noch kraftloser als sonst."

„Ich sagte dir doch, dass es mir schlecht geht!", erwidere ich mit einem patzigen Unterton, den mir Chracuta mit einem bedrohlichen Aufglimmen seiner Augen quittiert. Eingeschüchtert senke ich sofort meinen Blick, während mir heiß wird und der Angstschweiß ausbricht.

„Wahrscheinlich sind das Nebenwirkungen der Impfung. Das wird sich bald wieder geben.", erklärt er mir sachlich.

„Wolf, sei gefälligst nicht so ängstlich! Jede Pore von dir stinkt nach Angst. Sei gefälligst etwas selbstbewusster! Trotzgebaren ist nicht Zeugnis von Mut und Stärke. Es ist Zeugnis von kaschierter Schwäche. Unterlass dieses ehrlose Verhalten zukünftig besser!", fügt er noch an.

„Ja, Chracuta, ich werde mich bemühen.", antworte ich ihm kleinlaut.

„Gut. Also, du musst nur noch die beiden Wunden auf meinem Rücken versorgen, da komme ich nämlich nicht ran und dann brauche ich nur noch eine Infusion."

Die zwei noch verbliebenen Verletzungen hatte ich mit einem Skalpell schnell bereinigt, anschließend geklammert und mit Saniregenerénsés versehen. Unter Chracutas Anleitung hatte ich anschließend schnell eine Infusion dieses geheimnisvollen, roten Serums vorbereitet und schließlich gesetzt. Obwohl mein Freund ein geduldiger Patient war, der jegliche Form von Schmerz einfach ignorierte, war ich sehr froh, als ich fertig und er endlich versorgt war. Von medizinischen Operationen und Gerätschaften wollte ich nichts mehr wissen. Obgleich ich eigentlich sehr neugierig war, interessierte mich die Funktion jenes Serums überhaupt nicht mehr, welches ich ihm bei jeder Einleitung der Heilungsprozesse injizieren musste.

Die Saniregenerénsés hatten ihr Werk binnen einer Stunde getan und ihn vollständig genesen lassen. Als ich ihm die Gerätschaften und die Wundklammern abnahm, war nichts mehr von seinen Verletzungen zu erkennen – nicht einmal eine Vernarbung war zurückgeblieben. Chracuta meinte schließlich, dass nun der Zeitpunkt gekommen wäre, sich um die Einleitung der Quarantäne zu kümmern, damit wir nach unserer Ankunft gleich das Spaceport-Gelände verlassen könnten und nicht in einer Quarantäne-Station arretiert würden. Hierfür nahm er sich und mir etwas Blut ab, was mich erschaudern lies, denn hier kam ich um eine Spritze nicht herum. Auch der Umstand, dass die Spritze, die er mir ansetzte, viel kleiner als das Gerät war, welches er sich zur Blutentnahme ausdruckslos in eine Vene jagte, konnte mich nicht sonderlich beruhigen. Ich jammerte und zog stets meinen Arm weg, wenn er mir die Nadel auch nur ansetzte, sodass er meinen Arm genervt mit einem eisernen Griff fixierte. Dabei verkrampfte ich mich dermaßen, dass der Einstich umso mehr weh tat und ich gellend aufschrie. Chracuta nahm davon jedoch keine Notiz und schob die Kanüle unbeeindruckt wie ein Automat in meine Vene. Es hätte mich nicht gewundert, wenn sie dabei glatt durch meinen Unterarm gegangen und auf der anderen Seite wieder rausgekommen wäre. Wenn ich damals gewusst hätte, was mich auf dieser Reise alles erwartet, dann hätte ich sicherlich keinen Fuß in dieses Raumschiff gesetzt. Die Blutproben gab er anschließend zur Analyse in einen medizinischen Scanner. Gleichzeitig wurden unsere Körper genauestens nach Mikroorganismen aller Art und parasitären Befall gescannt. Es dauerte nicht lange, bis der Computer mit den Analysen durch war und die entsprechenden Seren zusammengemixt hatte. Chracuta versicherte mir, dass die verwendeten Komponenten nur minimalste Interferenzeffekte besäßen. Allerdings wusste ich damals noch nicht, was er damit meinte und ging mit einem Kopfnicken über diesen Hinweis hinweg. Ich war nur froh, dass mir mein Serum mit einem Hypospray injiziert werden konnte und ich nicht noch einmal die grässliche Spritze spüren musste. Chracuta hingegen war gezwungen, wieder die Spritze zu wählen, deren Kanüle so gewaltig und stabil war, dass jeder Mensch sie eher als Mordinstrument geschweige denn als medizinischen Injektor angesehen hätte. Chracuta meinte, ich hätte nun das Schlimmste überstanden. Für die Einhaltung der Quarantänebestimmungen müssten wir uns täglich einem kompletten medizinischen Scan unterziehen und die Daten für die spätere Eingangsanalyse speichern. Die Quarantäne war eingeleitet und wir konnten uns endlich an die Reinigung des medizinischen Geräts und die des gesamten OP-Bereichs machen.

Eine lange Reise

Für die Reinigung des OP-Bereichs verwendet Chracuta nur wenig Zeit.

„So, das wäre geschafft. Jetzt ist alles wieder sauber.“, gibt er mir zu verstehen, um klar zu machen, dass er der Putzerei überdrüssig geworden ist und die Reinigungstätigkeit jetzt beenden wird. Dabei sind längst nicht alle Blutspuren beseitigt und von einer Desinfektion des OP-Bereichs ist erst gar nicht zu reden. Für ihn mag das wohl auch bedeutungslos sein, denn Wundinfektionen sind ihm scheinbar vollkommen unbekannt.

„Ok, dann zeig mal deinen Kopf her. Mal sehen, was wir mit deiner Platzwunde machen können. Leider sind die Saniregenerénsés nicht auf den menschlichen Organismus abgestimmt. Das hat wohl mit eurem Metabolismus zu tun, glaube ich. Mehr weiß ich da leider auch nicht, Wolf. Aber wenigstens klammern vielleicht?“

Ich schüttle nur meinen Kopf und winke dankend ab. Eine weitere Behandlung lasse ich nicht von diesem groben Muskelprotz über mich ergehen. Mir kommt dabei sofort das Bild in den Kopf, wie er die Kaiadkralle einfach aus sich herausgerissen hat. Das hat sich fest in mein Gedächtnis eingebrannt.

„Ist nicht nötig, Chracuta. Mit meinem Kopf ist alles okay. Das ist nur oberflächlich.“

Meinen Entschluss akzeptierend nickt er mir zu und meint: „Gut, dann lass uns wieder ins Cockpit gehen.“

„Warte mal!“, unterbreche ich ihn, „Wo kann man sich hier denn waschen?“

Fragend blickt sich Chracuta zu mir um. „Na, überall wo du willst. Ich werde dich bei deiner Säuberungstätigkeit bestimmt nicht stören.“

Verunsichert sehe ich mich um. „Hier muss doch irgendwo ein Badezimmer oder eine Dusche sein.“

Fragend stellt er seinen Kopf schief und legt überlegend seine Stirn in Falten. „Ich ahne schon, was du meinen könntest. Also, wenn du künstlichen Regen oder nachgebildete Wasserfälle meinst, dann muss ich dich enttäuschen. So etwas gibt es auf Raumschiffen nicht. Wasser zum Trinken findest du in der Kombüse dort hinten am Korridor rechts. Und sicherlich wirst du dort auch etwas Fressbares finden, was dir munden wird.“

Überlegend sehe ich in Richtung Kombüse. ‚Wo eine Kombüse ist, wird auch gekocht. Wo gekocht wird, da gibt es auch Geschirr.’

„Ich komme gleich nach, Chracuta.“

Mit diesen Worten gehe ich direkt zur Kombüse und entdecke sehr schnell große Töpfe und Wannen.

‚Perfekt!’, schießt es mir durch den Kopf.

Sofort beginne ich Wasser in die größte Wanne einzulassen und entkleide mich, während sie sich füllt. Mit dem klaren Wasser in der Wanne wasche ich mir das Blut von Kopf, Hals, Händen und dem ganzen Oberkörper und weiche anschließend meinen Lederanzug ein.

‚So, das sollte das Gröbste entfernen.’

Ansatzweise lächelnd verlasse ich wieder die Kombüse nur mit einer Unterhose bekleidet und betrete so das Cockpit, in dem Chracuta bereits wieder platzgenommen hat. Leicht beginne ich zu frieren.

„So, da bin ich wieder. Könntest du die Temperatur etwas höher regeln?“

Lässig schaut Chracuta sich zu mir um und reißt unvermittelt seine Augen auf, als er mich erblickt.

„Wo hast du dein Fell gelassen?! Du bist ja *gehäutet*!“, ruft er fast panisch.

„Ich habe es ausgezogen und eingeweicht. Irgendwie muss ich meine Klamotten wieder sauber bekommen.“

„Junge, bist du dürr. Da ist ja nichts, keine Muskulatur, gar nichts! Du musst ja fast verhungert sein. Jetzt ist mir alles klar, warum du nicht laufen und mir auch die Kralle nicht entfernen konntest. Aber Hunger wirst du bei uns nicht erleiden müssen, bestimmt nicht. Ach, ja, hier!“, dabei wirft er mir beiläufig die Kaiadkralle zu, „ein kleines Souvenir.“

Naja, aus seiner Perspektive mag das sogar stimmen, obwohl ich das Gros der Menschen wohl weit überflügeln dürfte.

„Danke, Chracuta.“

Immer noch fröstelnd lasse ich mich in den Sessel neben ihm fallen, während mein neuer Freund einige Einstellungen vornimmt. Keuchend versuche ich, Atem zu bekommen, denn die wenige körperliche Betätigung hat mich enorm viel Kraft gekostet. Meine Muskulatur schmerzt und schreit nach Erholung, als ob ich ein hartes Krafttraining absolviert hätte. Dabei sind meine Bewegungen trotz der leistungssteigernden Maßnahme langsam und wirken kraftlos. Ich hoffe sehr, dass sich mein Körper an die höhere Gravitationskraft anpassen kann und ich nicht zu einem schwerfälligen, immobilen Subjekt mit Gelenk- und Rückenproblemen verkomme. Ich frage mich ernsthaft, wie lange mein Körper die künstliche Beschleunigung seines Metabolismus schadlos übersteht. Entweder mein Organismus stellt sich auf die Umweltbedingungen seines Heimatplaneten ein oder ich werde eine sehr harte Zeit, eine Zeit der Immobilität vor mir haben.

„Eigentlich bin ich gar nicht ausgehungert, Chracuta. Ich bin auch nicht schwach. Für mein Alter bin ich sogar recht groß und kräftig gebaut. Ich bin sogar sehr durchtrainiert und meine Muskulatur infolgedessen für mein Alter ungewöhnlich stark ausgeprägt. Andere Menschen sind zumeist schwächer als ich.“, erkläre ich ihm, während ich mir die Kralle des Kaiads genau betrachte. Sie wäre ein schöner Halsschmuck. Leicht schüttelt Chracuta seinen Kopf und erwidert flapsig: „Das kann ich mir gar nicht vorstellen. Aber wenn du das sagst, wird es wohl stimmen.“

„Natürlich kannst du dir das nicht vorstellen, Chracuta. Du kommst von einem Planeten, wo ganz andere Umweltbedingungen herrschen als auf meiner Welt. Mir ist es schier unbegreiflich, wie man sich unter diesen Bedingungen so unbeschwert bewegt, wie du es tust, wie man so agil sein kann. Daher verstehe ich schon, dass du dir nur schwerlich vorstellen kannst, dass eine vergleichsweise schwache Kreatur unter Seinesgleichen als stark gelten kann. Weißt du, wir Menschen verehren auch Attribute wie Stärke und Mut. Ein gut austrainierter, muskulöser Körper wirkt auch auf uns anziehend, auch wenn dies die meisten Menschen verneinen, da das gemeinhin als archaisches und primitives Merkmal angesehen wird. Aber insgeheim wird doch verzückt hingeguckt.“, antworte ich ihm schmunzelnd, während Chracuta lächelnd seinen Kopf schief stellt und mich freundlich ansieht.

Ehrfürchtig sehe ich ihn an und ergänze noch: „Ich will zu dir ganz ehrlich sein, Chracuta. Ich bewundere dich. Ehrlich. Deine kraftvollen und dennoch geschmeidigen Bewegungen sind für mich ein Augenschmaus. Und dein äußerst muskulöser, wohldefinierter Körper ein klarer Hingucker. Ich will nicht wissen, wie ein ausgewachsener Cr̦ond’llor̦ aussehen mag. Aber wenn schon ein Welpe eine derart extreme Entwicklung aufweist, dann wird die eines Ausgewachsenen doch sehr wahrscheinlich eine Nummer zu extrem für mich sein.“

Nachdenklich legt er jetzt seine Stirn in Falten und legt dabei seine Ohren an.

„Ich danke dir für dieses ausgiebige Kompliment, denn ich glaube, dass es von Herzen kommt, ehrlich gemeint ist und nicht der Schmeichelei dient. Wir Cṛond'lloṛí sind damit allerdings viel sparsamer. Auch danke ich dir für deine Offenheit. Daher werde auch ich ganz offen sein. Ich gebe dir recht, denn wir kommen aus völlig unterschiedlichen Welten. Daher werden für deine Spezies ganz andere Maßstäbe gelten als für meine. Aus diesem Grund ist ein direkter Vergleich unserer physischen Attribute vollkommener Nonsens, da er vollkommen irrelevant wäre. In deinem Fall trifft das aber nicht mehr ganz zu, denn du wirst gezwungen sein, bei uns, auf unserer Welt, zu leben. Dein Leistungsvermögen wird also deutlich steigen müssen, damit ein Leben unter uns überhaupt ansatzweise möglich wird. Und ich glaube, dass du das schaffen kannst. Und dafür werde ich sorgen."

Bei seinen letzten Worten schlucke ich, denn wie es scheint, wird mich ein sehr hartes Aufbautraining erwarten.

Mittlerweile ist es schon deutlich wärmer geworden.

„So! Das sollte jetzt angenehmer für dich sein.", teilt er mir mit, während er mich weiterhin neugierig mustert.

„Ja, danke.", antworte ich mit der Kralle spielend.

„Ok", beginnt Chracuta jetzt wieder mit gewohntem Ernst zu reden, „du wolltest doch über all die Zusammenhänge bezüglich der Geschehnisse in deinem Revier aufgeklärt werden."

‚Oja, das will ich allerdings!', denke ich, lege schweigend die Kralle in eine Ablage rechts neben mir und nicke ihm bestätigend zu.

„Also, was willst du wissen?", fragt er freundlich.

„Du hattest mir vorher von *wahren* Feinden erzählt. Wer sind die?"

Nachdenklich legt er seine Stirn in Falten. „Hmmh, unsere und jetzt auch deine Feinde nennen sich Norchtmaṛṛí. Wie du vielleicht trotz der Dunkelheit erkennen konntest, als du jenen Norchtmaṛṛi gestern getötet hast, sind sie bipedal und ähneln entfernt eurer Silhouette. Allerdings gehört ihre Spezies einer völlig anderen Familie an. Sie sind weder Aves, noch Reptilia. Sie sind Dracoidae und besitzen kein Fell, sondern, wie Reptilien, eine schuppenartige Lederhaut."

Tief atmet Chracuta ein und lässt die Luft schnaufend wieder entweichen, bevor er mit seiner Erklärung weiter fortfährt.

„Vor etwa achtzig Jahren landete auf unserem Planeten eine norchtmaŗŗische Expedition. An Bord befanden sich Wissenschaftler, die technische Schwierigkeiten mit ihrem Schiff hatten. Sie waren wohl so gravierend, dass ihnen ohne tiefgreifende Reparaturarbeiten eine Rückkehr zu ihrem Heimatplaneten unmöglich war. Wir gaben ihnen die Möglichkeiten, ihre Schäden zu beheben. Es muss hinzugefügt werden, dass sich unser technisches Know How im Vergleich zu heute auf einem sehr niedrigen Niveau befand. Nach kurzem Aufenthalt waren sie in der Lage, ihren Heimflug anzutreten. Zwei Jahre später wurde daraufhin eine Flotte von den norchtmaŗŗischen Machthabern entsandt. Es war für sie natürlich ein Leichtes, unseren Planeten zu erobern und zu besetzen, denn wir hatten nie an die Möglichkeit einer Entsendung einer Eroberungsstreitmacht ihrerseits gedacht. Selbst wenn wir diesen Zug vorausgesehen hätten, wäre nur unzureichend viel Zeit geblieben, uns auf eine Invasion vorzubereiten. Und daher waren wir ihnen völlig chancenlos ausgeliefert. Wir besaßen nicht einmal den Hauch eines Ansatzes, einen wirkungsvollen Widerstand aufzubauen. Nach unserer Eroberung, fingen sie mit dem Bau von Siedlungen, denn unser Planet sollte aufgrund der Unberührtheit der Natur ein Urlaubsplanet für sie und ihre Verbündeten werden. Doch wir hatten nie kapituliert, obwohl sie uns technisch überlegen waren. Wir schlossen uns zusammen und begannen, sie auf zwei Ebenen zu bekämpfen – wir, die H'llorchtàidae, auf dem Boden und die noch freien Chrontidae verwickelten sie in Luft- und Raumkämpfe. Den Untergrundbewegungen der Gefangenen gelang es, technische Geräte wie Waffen, Fortbewegungsmittel und Computer sicherzustellen und zur Erforschung den

Freien zuzuspielen. Letztendlich gelang es uns in einem scheinbar ewig andauernden Prozess, die Norchtmaṛṛí von unserem Planeten und schließlich aus unserem Sonnensystem zu vertreiben. Bis heute haben sie immer wieder versucht, unser Frühwarnsystem zu täuschen. Es ist ein sehr kriegerisches Volk, welches stets um Erweiterung ihres Imperiums bemüht ist. Das zur Vorgeschichte."

Was mir Chracuta da erzählt, wirft wahrlich kein gutes Licht auf die Norchtmaṛṛí und bedeutet, dass sie schon seit 78 Jahren Krieg gegeneinander führen. Aber wie kamen die Kaiads auf die Erde, und warum wollten sie Chracuta und schließlich auch mich töten?

„Chracuta, wie hängt das Ganze mit den Kaiads auf der Erde zusammen? Du erklärtest mir, sie seien die Lakaien eurer wahren Feinde. Sind sie etwa eine unterworfene Spezies, die ihnen zu dienen hat?"

„Ja und nein.", antwortet er mir knapp.

„Das verstehe ich nicht."

„Nun, als wir die Norchtmaṛṛí aus unserem Sonnensystem vertrieben, nahmen sie einige der gefangengesetzten Cṛond-'Iloṛí, Woundarahs und Rhohac-Jupduns mit zu ihrem Heimatplaneten. Wir vermuten, dass Genmaterial der entführten Tiere zur Erschaffung der drei Kaiad-Rassen verwendet wurde, nämlich der Woundakai, der Cṛondkai und der Rhohakai. Man ließ sie sich vermehren und züchtete so eine Armee effektiver Nahkämpfer heran, die aufgrund ihrer physischen und psychischen Attribute zu den effizientesten Spezialtruppen der bekannten Sektoren dieser Galaxis gehören. Kein anderes Wesen hat wegen ihrer enormen Körperkräfte, Agilität und Aggressivität in einer offenen Konfrontation eine Chance gegen sie."

„Rhohac-Jupduns und Woundarahs sind wer?, unterbreche ich Chracuta verwirrt.

„Das sind Raubkatzenspezies meiner Heimat. Trotz ihrer Größe sind Kaiads aber vergleichsweise schwach. Hätten die

Norchtmaŗŗí allerdings Woundakais geschickt, hätte ich sehr große Probleme gehabt, denn ich bin noch ein kleiner Welpe und der Woundakai die mächtigste Kaiad-Rasse."

Da haben wir es schon wieder. »*Ich bin ja noch ein kleiner Welpe.*« Erneut lasse ich meinen Blick über die äußerst stabile und muskulöse Erscheinung dieses mächtigen Raubtieres schweifen, welches mehrere gewaltige Kaiad-Soldaten regelrecht zerrissen hat, und denke abermals nur: ‚Er, nur ein kleiner Welpe?'

„Chracuta, wie sieht denn dein Vater aus?", frage ich ihn verschmitzt. Chracuta spitzt seine Ohren und beginnt zu lächeln.

„Mein Vater? Nun, er ist um einiges größer als ich und natürlich auch sehr viel stärker. Bei seinem Anblick haben schon die größten und stärksten Woŗkhaní ihren Schwanz eingezogen und haben das Weite gesucht. Aber meinen Vater darfst du nicht als Maß aller Cŗond'lloŗí nehmen, denn er ist außergewöhnlich stark; er gehört zu den stärksten Cŗond'lloŗí unseres Planeten. Das hat er erst neulich abermals in einem Wettkampf bewiesen. Bis jetzt hat ihn noch keiner besiegen können. Nicht nur bei uns Cŗond'lloŗí wird er sehr geschätzt und von sehr vielen bewundert, sondern von Angehörigen anderer Spezies gleichwohl – dies aber nicht nur aufgrund seiner physischen Qualitäten und seines ausgeprägten Kampfgeistes; auch sein scharfer Verstand wird sehr geschätzt.", erklärt er mir mit tiefem Stolz. Beeindruckt sehe ich ihn an.

„Wow, dein Vater muss ja eine gigantische Erscheinung sein."

„Ja, er ist schon sehr respekteinflößend. Aber keine weiteren Fragen mehr, wir wollen jetzt ein bisschen schlafen! Ich bin nämlich müde und du sicherlich auch."

„Aber eine Frage habe ich dennoch. Was sind Wor... Worr... Woŗkhaní?"

Chracuta stellt nun seinen Kopf schief und beginnt über

meine stümperhaften Versuche zu schmunzeln, dieses rollende ‚R' zu formen, welches fast einem Knurren gleichkommt.

„Das wird schon werden, Wolf. Ein Wor̹khan ist ein Führer eines Chretwór̹ı, einer Gemeinschaft. Nein! Rudel trifft es wohl besser."

Nun widmet er sich wieder einer der Konsolen und öffnet mir ein Schaltmenü auf einer Sensorfläche neben meinem Sitz, in dem sich ein ‚Schalter' befindet, mit dem ich meinen Sitz in eine Liegemöglichkeit umfunktionieren kann.

„Ah, ich verstehe. Ja, jetzt bin ich so weit, ich könnte jetzt wirklich ein bisschen Schlaf gebrauchen, Chracuta."

Zustimmend lächelt mir der Welpe zu, deaktiviert das Licht und schließt schließlich seine Augen, während ich mich hinlege. Allerdings bin ich noch zu aufgeregt, als dass ich einschlafen könnte, obwohl sich die Erschöpfung in sämtlichen Poren meines Körpers bemerkbar macht. Daher lasse ich noch die letzten Ereignisse Revue passieren, die mein Innerstes total aufgewühlt und mir jegliche Form von Sicherheit genommen haben. Insbesondere beschäftigen mich die Dinge, die ich von Chracuta eben erfuhr, denn leider bin ich unwiderruflich in sie involviert und dadurch Bestandteil der Geschichte seines Heimatplaneten geworden, die für den Verstand eines Jugendlichen, so wie der meinige, der sich noch die heile Welt fremder Kulturen draußen im All ausmalt, ein ernüchternder Faustschlag mitten ins Gesicht ist. Schlagartig wird mir klar, dass sich viele Lebewesen in den elementaren Bedürfnissen wie dem Bestreben nach Macht und Profit sehr ähneln. Eine weitere Illusion meines naiven Verstandes ist wie eine Seifenblase geplatzt. Schließlich gebe ich mich meiner Müdigkeit hin und sinke doch noch langsam in einen leichten Schlaf.

Der kurze Dämmerschlaf, in den ich gesunken bin, wird von einem periodisch erklingenden Piepton gestört. Ich frage mich, was er zu bedeuten haben könnte.

„Chracuta, was ist los? Stimmt etwas nicht?“, will ich von dem Cṛond'lloṛ-Welpen wissen, der verschreckt aufgesprungen ist und in geduckter Haltung, jeden Muskel seine Körpers angespannt drohend in Richtung der Geräuschquelle sieht. Nur langsam weicht die Spannung aus seinem gestählten Körper, an dem sich jeder Muskelstrang deutlich abzeichnet. Er scheint sehr nervös zu sein.

„Ja, die Sensoren haben ein bemanntes Flugobjekt geortet, welches sich außer uns noch im Subraum und innerhalb dieses Raumquadranten befindet. Es fliegt auf einem Parallelkurs zu uns. Höchstwahrscheinlich handelt es sich bei diesem Objekt um ein norchtmaṛṛisches Raumschiff. Zu diesem Punkt werde ich den Bordcomputer befragen.“, antwortet er mir jetzt gefasst. Er begibt sich zu einer Konsole, die sich direkt hinter uns befindet. Auf ihrer Sensorfläche erscheint nach Betätigung einiger Symbole ein Tastaturfeld.

„Was gibst du da ein, Chracuta?“

„Ich öffne einen Datenbus zu den Sensoren, um die eingehende Telemetrie der Abtastung in den Computer einspeisen zu können, damit eine Analyse erstellt werden kann.“

Kaum hat Chracuta ausgesprochen, erscheint das Ergebnis dieser Analyse.

„Ich hatte recht. Wir werden von einem norchtmaṛṛischen Schiff der Raltux-Klasse verfolgt. Zu der Raltux-Klasse gehören kleine, wendige Kriegsschiffe, die sehr stark bewaffnet sind. Das kann heikel werden.“

Er schließt den Datenbus und eilt zurück zu seinem Platz. ‚Das ist ja wie in einem Sci-Fi-Film, wenn sich feindliche Schlachtschiffe nähern.‘, schießt es mir durch den Kopf.

„Wird es jetzt zu einem Raumgefecht kommen?“

„Nein, jetzt noch nicht. Derartige Aktivitäten sind im Subraum noch nicht möglich. Wir werden uns auf eine kriegerische Auseinandersetzung einstellen müssen, wenn wir den Subraum verlassen. Dieser Zeitpunkt wird in 299,32 Stunden erreicht sein, wenn wir diese Geschwindigkeit beibehalten."

Zweihundertneunundneunzig Stunden? Das sind ja etwa zwei Wochen. Obwohl das Raumschiff sehr interessant ist, wird ein so langer Flug sehr langweilig für mich werden, sobald die neuen Eindrücke dem Raumschiffalltag weichen – zumal ich sowieso nur Bahnhof verstehe. Und die Beschäftigungsmöglichkeiten sind in so einem Gefährt sicherlich ebenfalls sehr eingeschränkt. Da wird der Planet für mich viel interessanter sein. Wie mag er beschaffen sein? Was wird mich dort erwarten? Und auf welche Unterschiede werde ich mich dort einstellen müssen? All diese Fragen schießen mir durch den Kopf, denn ich werde eine vollkommen fremde Welt betreten und kann mir nicht im Entferntesten vorstellen, was mich dort erwarten wird.

„Wie ist denn euer Planet?", frage ich ihn daher vor Neugier platzend.

„Rund!"

Enttäuscht sehe ich Chracuta an, denn ich fühle mich nicht ernst genommen.

„Du musst schon deine Frage etwas präzisieren, denn auf so eine allgemeine Frage kann ich nur schwerlich antworten.", fügt er noch erklärend an, nachdem er meinen Blick gesehen hat.

„Wie soll ich das machen? Ich habe ja keinerlei Informationen. Auf was muss ich mich einstellen, wie ist die Umwelt, was für Lebensbedingungen herrschen dort und wie ist das dortige Klima? Eben solche Sachen."

Überlegend wirft er seine Stirn in Falten.

„Hmmhh... mit einer suffizienten Beantwortung dieser Fragen kann man ganze wissenschaftliche Arbeiten verfassen. Ich werde dir meinen Heimatplaneten am besten anhand der Unterschiede zu Terra beschreiben, die mir während meines kurzen Aufenthalts hier aufgefallen sind. Nun, der Radius meines Heimatplaneten entspricht gut dem Durchmesser Terras. Seine Masse ist etwa neunmal so groß. Hieraus ergeben sich die Umweltbedingungen, unter denen du momentan noch leidest."

„Wie schwer bin ich denn jetzt?“, werfe ich neugierig ein.

„Hmmh, ihr gebt Gewichte in ihren Massenäquivalenten an, nicht wahr? Wie schwer bist du denn auf Terra?“

„Fünfundachtzig Kilogramm.“

Kurz legt er seine Ohren an und schaut in die Luft, bevor er mir antwortet.

„Du müsstest etwa eine Masse von 192 kg besitzen, um auf Terra dasselbe Gewicht zu haben wie hier. Das erklärt auch deine Schwerfälligkeit.“

Geschockt öffne ich meinen Mund. „Whah! Ja, das erklärt natürlich einiges. Was für Unterschiede sind dir noch aufgefallen?“, will ich von ihm wissen.

„Auf Terra herrscht offensichtlich ein kühleres Klima als bei uns, denn die planetarische Durchschnittstemperatur Terras ist mit 15°C gut 4°C niedriger als die unsere. Das zeigt sich deutlich in den stark ausgebildete Polkappen eures Planeten, die es bei uns in dieser Ausprägung nicht gibt. Gleichwohl existieren auch auf meinem Heimatplaneten Gebiete persistenten Eises. Die finden sich allerdings nur weit oben in den Hochgebirgen.“

„Und wie würdest du den Charakter eurer Natur, das Gesicht deines Planeten beschreiben?“, werfe ich gebannt ein.

„Hmmhh...“, überlegend runzelt er seine Stirn, legt dabei die Ohren an und schwärmt beinahe beschwörend, „ursprünglich und wild trifft es wohl am besten. Die Natur ist gewaltig, voller übersprühender Lebensenergie, rein und kraftvoll.“

Im Geiste male ich mir die schönsten Landschaften aus, wohlwissend, dass sie keinesfalls der Realität entsprechen werden. Aber Folgendes entspricht gleichwohl der Realität: Chracuta liebt seine Heimat über alles und scheint sich keinen schöneren Ort vorstellen zu können, an dem er sein Leben verbringen will. Ich kann es kaum erwarten dort anzukommen und sie kennenzulernen. Dabei fällt mir ein, dass ich dauernd von seinem Heimatplaneten spreche, ohne seinen Namen zu kennen. Chracuta hätte ja auch schon von selbst darauf kommen können, ihn mir mitzuteilen.

„Chracuta, wie nennt ihr eigentlich euren Planeten?“

„Ich dachte schon, das würdest du mich nie fragen. Wir rufen ihn Whough, was in eurer Sprache Heimat bedeutet.“

Verschmitzt lächle ich ihn an.

„Ihr *ruft* euren Planeten?“

Ein unterschwelliges Grollen ist von ihm zu vernehmen. Dabei klappt er kurz seine Ohren zur Seite, um sie sofort wieder nach vorne zu richten. Das scheint wohl die äquivalente Geste zu der des Räusperns bei Menschen zu sein.

„Da hat wohl dein Translator nicht ganz korrekt funktioniert. Nennen oder Bezeichnen trifft es wohl eher, nicht wahr?“

Bestätigend nicke ich ihm zu. Gähnend begibt er sich wieder an seinen Platz und schließt seine Augen. Ich lege mich ebenfalls wieder hin und versuche erneut einzuschlafen, was mir früher oder später auch gelingen mag.

Meine Gedanken kreisen noch um Chracutas Beschreibung seines Planeten Whough, die sehr viel Interpretationsspielraum bietet. Die Attribute Gewaltig, Wild und Kraftvoll verwendete er, um die Natur seiner Heimat zu beschreiben. Es sind dieselben Attribute, mit denen ich ihn, seine ganze Erscheinung, sein Wesen belegen würde. Daher finde ich, dass dieser Name eine treffende Bezeichnung für seinen Planeten ist, denn für ihn scheint er eine wahre Whough zu sein.

In den folgenden zwei Wochen unterhielten wir uns über die verschiedensten Dinge. Chracuta legte sehr viel Wert darauf, mehr über unsere menschliche Kultur zu erfahren, wie auch mir ihre etwas näher zu bringen. Ihre Etikette und viele ihrer Verhaltensregeln waren mir schlichtweg unbegreiflich. Mein neuer Freund meinte dazu nur, ich müsste schon ein Cṛond'lloṛ sein, um das verstehen zu können.

Die Struktur ihrer Gesellschaft leuchtete mir da schon viel eher ein. Chracuta offenbarte mir, dass die whough'sche Zivilisation aus vielen Kulturkreisen bestehe, die in zwei große, fast zueinander disjunkten Kulturfamilien, die H'llorchtàìdae und die Chrontidae, unterteilt wären. Ich erfuhr, dass ich, wenn sein Vater mich akzeptiert, dem Kulturkreis des Cṛond'lloṛı zugehörig wäre und damit der Kulturfamilie der H'llorchtàìdae. Die Cṛond'lloṛ-Gesellschaft ist in so genannten Clans organisiert, denen Chretwóṛí bis zum fünften Verwandtschaftsgrad angehören können. Cṛond'lloṛ-Clans können also aus zahlreichen Chretwóṛí bestehen und somit sehr groß sein. So bestehe der Clan des Wadṛán, dem seine Familie angehöre, aus 105 Chretwóṛí, erklärte mir Chracuta. Jeder Clan besäße einen äußeren und inneren Zirkel, der aus den Chretwóṛí der zwanzig würdigsten Woṛkhaní gebildet sei. Mehr würde ich später erfahren. Viel wichtiger sei ein konzentriertes Aufbautraining, denn mein Körper würde sich in einem erbärmlichen Zustand befinden, meinte er. Das sagte mir überhaupt nicht zu, denn unter einer Reise verstand ich etwas anderes, wie zum Beispiel entspannen, spielen und andere interessante Sachen. Chracuta war jedoch nicht von der Meinung abzubringen, dass unbedingt mein physisches Leistungsvermögen verbessert werden müsste, damit meine Chancen gesteigert würden, von seinem Vater akzeptiert zu werden. Viele Stunden am Tag hielten wir uns daher in einer Art Fitness-Raum auf, in der sich unterschiedliche Trainingsgeräte für Konditions- und Krafttraining befanden. Chracuta absolvierte ein hartes Fitnessprogramm. Stundenlang sprintete er buchstäblich auf einem Laufband und hob anschließend schwere Gewichte, um sein unbändiges Bewegungsbedürfnis zu befriedigen, bis ihm der Schweiß in Strömen am Körper herunterlief und sich in Pfützen auf dem Boden sammelte. Mich zwang er, ihm gleich, ein hartes Aufbautraining abzuleisten, bis mir gleichermaßen der Schweiß nur so herunterrann und ich schließlich vor Erschöpfung zusammenbrach. Allerdings reichte mein eigenes

Körpergewicht hierfür vollkommen aus. Mit jedem zusätzlichen Gewicht wäre ich absolut überfordert gewesen, denn ich hätte nicht einmal die Kleinsten bewältigen können. Aufgrund unserer schweißtreibenden Betätigung lief ich meistens nur mit einem Slip bekleidet durch das Raumschiff, um meine Bekleidung trocken zu halten und des Nachts nicht zu frieren. Allerdings hatte sich trotz des harten Trainings nur sehr langsam ein Hauch von Gewöhnungseffekt an das hohe Gravitationsniveau eingestellt. Immer noch schmerzten meine Muskeln aufgrund des hohen Kraftaufwands schon bei kleinsten Bewegungen, die ich mit Vorsicht und Bedacht vollzog. Jeder Sturz konnte nämlich zu schweren Verletzungen führen.

Der Heilprozess meiner Kopfwunde ist schon recht weit vorangeschritten. Die Robe ist bereits viel kleiner geworden und es ist schon absehbar, dass sie sich in Kürze ablösen wird. Es wird zwar eine sichtbare Narbe zurückbleiben, doch hat sich die Wunde wenigstens nicht entzündet.

Leider wird mein Wildlederanzug nicht mehr richtig sauber. Das kalte Wasser hat nur das Gröbste an Blut entfernt, weil es zum Teil schon eingetrocknet war. Chracutas Schweiß lässt sich nicht auswaschen, da er wasserabweisend ist und mit der Zeit immer zähflüssiger wird. Aus diesem Grund ist meine sonst beige-braune Bekleidung jetzt in großen Parzellen dunkelrotbraun gefärbt und erweckt den Anschein, als sei sie mit Fett eingeschmiert worden. Chracuta meint, ich, insbesondere aber meine Kleidung, würde schlecht riechen, obwohl ich der Meinung bin, trotz der widrigen Umstände der Entwicklung eines strengen Körpergeruchs relativ erfolgreich entgegenzuwirken. Offenbar sind meine Bemühungen für seine empfindliche Nase unzureichend. Leider muss ich zugeben, dass ich weit davon entfernt bin, wirklich sauber zu sein, denn gerade der schmierige Dreck des Bodens lässt sich alleine mit klarem Wasser kaum abwaschen. Auf meinen Einwand hin, er wäre ja selbst schuld, wenn er mich zu derart schweißtreibenden Tätigkeiten zwingt, obwohl es keine hinreichenden Reinigungsmöglichkeiten auf diesem Raumschiff gäbe, hat er mir nur erklärt, dass ein intensives Fitness-Training während solch einer Reise unerlässlich wäre, um dem degenerativen Effekt durch den Weltraumaufenthalt entgegenzuwirken. Da wäre ein wenig Schmutz völlig akzeptabel. Er könne nur nicht verstehen, warum ich einen dermaßen strengen Körpergeruch entwickeln würde, obwohl ich viel Wasser für meine tägliche Wäsche verschwendete. In seinen Augen mag es ja Verschwendung sein, denn ich muss zugeben, dass er nicht unangenehm riecht, obwohl er sich kaum wäscht. Aber dafür haart Chracuta entsprechend seiner enormen Körpergröße recht stark, was sich sehr deutlich gerade an den Plätzen zeigt, an denen er sich besonders häufig aufhält. All jene Stellen sind nämlich übersät mit langen, weißen, aber auch kurzen und schwarzen Haaren, die zusammen mit seinen Schweißrückständen und Staub eine schmierig-dreckige Schicht bilden. Der Wohn- und Betriebsbereich des Schiffes wird wohl nach unserer Ankunft eine Komplettreinigung benötigen und das nicht nur wegen mir.

Gemäß Chracutas Angaben ist der Vorratsraum mit allerlei essbaren Dingen gefüllt, die mir sehr munden. So muss ich kein rohes Fleisch essen, an dem sich Chracuta gütlich tut. Cornflakes, Milchpulver, Trockenfleisch und unterschiedlichstes Dörrobst und Trockengemüse stehen mir in Unmengen zur Verfügung. Dieser glückliche Umstand ist mir nur zu gelegen gekommen, denn seltsamerweise ist mein Appetit seit unserer Abreise fast unstillbar. Wenn ich nicht gerade trainiert werde, bin ich eigentlich nur am Essen. Mein Körper scheint diese Unmengen an Nahrung allerdings zu benötigen. Bislang habe ich nämlich keine Fettpolster angesetzt. Dies mag mit der Beschleunigung meines Metabolismus zusammenhängen, durch die der Energieumsatz meines Körpers enorm gestiegen ist. Um die Beschleunigung aufrecht zu erhalten, benötigte ich täglich eine Injektion mit dem Hypospray.

Nun ist der Zeitpunkt gekommen, in dem wir die Geschwindigkeit unseres Raumschiffes herunterbremsen, aus dem Subraum austreten und in die normale Raum-Zeit-Mannigfaltigkeit eintreten werden. Daher hat Chracuta vorzeitig mein Kraft- und Konditionstraining beendet, noch bevor mich sämtliche Kräfte verließen. Ich solle nach Achtern gehen und mich bekleiden, denn heute noch würden wir unser Reiseziel erreichen und mir solle die Gelegenheit gegeben werden, die Planeten zu betrachten, die wir auf unserem Kurs in das Morpheus-System passieren würden, meint mein neuer Freund. Keuchend stapfe ich also schweißüberströmt in den kleinen Frachtraum, wo ich meistens meine Klamotten verstaut habe. Da mir keine Zeit bleibt, mich einer Wäsche zu unterziehen, streife ich mir eilig meine klammen Ledersachen über, die sich anfühlen, als hätten sie in dicker Gelenkschmiere gelegen. Anschließend eile ich ins Cockpit zurück, wo Chracuta mit der Initiierung der Bremsbeschleunigung beschäftigt ist. Schnell nehme ich auf meinem Sitz Platz und schnalle mich fest. Das Raumschiff hat sich bereits gedreht, um die enorme Geschwindigkeit herunter zu bremsen. Da! Automatisch zünden die großen Hauptaggregate. Von Chracuta erfahre ich, dass in den Raumschiffen Beschleunigungskompensatoren eingebaut werden müssen, die ein Trägheitsdämpfungsfeld erzeugen, denn die Insassen würden den ungeheuren Beschleunigungsdruck, dem sie sonst ausgesetzt wären, nicht überleben. Dieser Druck beträgt nach Chracutas Angaben etwa $3{,}13 \cdot 10^9$G, da wir uns mit etwa 1024-facher Lichtgeschwindigkeit fortbewegen und innerhalb von zehn Sekunden auf das 0,95-fache der Lichtgeschwindigkeit herabbremsen werden – unbegreiflich für mich, alleine schon die ungeheuren Energiemengen, die da umgesetzt werden. Für mich ist der

Subraum ein abstraktes Gebilde und wird es wohl auch bleiben. Mit einem grellen Lichtblitz treten wir in die vierdimensionale Raum-Zeit-Mannigfaltigkeit ein.

Das norchtmaŗŗische Kriegsschiff haben wir nicht vergessen, welches nach einer ‚Nachtruhe' vor zirka eineinhalb Wochen aus unserem Abtastungsbereich entkommen ist. Es kann gut sein, dass es uns überholt hat und uns bereits erwartet. Doch können wir kein Schiff im Nahbereichsscan sichten. Nach einiger Zeit kommen uns stattdessen nur Trümmer entgegen. Chracuta stellt kurz seinen Kopf schief und spitzt bei diesem Schauspiel seine Ohren.

„Entweder ist das ein Trick, um uns in Sicherheit zu wiegen, oder diese Toren sind von unserem Frühwarnsystem zerstört worden. Das lässt sich aber nachprüfen."

Eilig beginnt er irgendwelche Befehle in das Schaltpult vor ihm einzugeben. Ich kann nur erkennen, wie sich Menüs und Frames öffnen, wieder schließen und die dargestellten Inhalte schnell wechseln, bis anschließend ein Frame mit einer tabellarischen Anordnung mir unbekannter Hieroglyphen erscheint.

„Was machst du denn da?", frage ich ihn neugierig.

„Yet'noŗŗ whouuŗaí, P'ttarrk!", murmelt er vor sich hin, bevor er mir antwortet.

„Ich habe das Trümmerfeld gescannt und die verschiedenen Materieanteile und deren Mengen mit denen in der Datenbank hier gespeicherten Daten über diese Jägerklasse verglichen. Das Ergebnis siehst du hier aufgelistet. Sie weichen zu sehr voneinander ab."

Zornig beginnt er seine gewaltigen Zähne zu entblößen.

„Die glauben wohl, die hätten hier einen absoluten Vollidioten vor sich! Dieser stümperhafte Täuschungsversuch beleidigt mich!", grollt er mir entgegen.

„Kannst du sie denn orten?"

Schnell schließt er den Frame und öffnet ein Display mit dem

Output eines Tiefenscans dieses Sektors.

„Nein, sie haben sich mit einem Tarnfeld umgeben."

Kurz schließt er seine Augen, atmet einmal tief durch und erlangt allmählich seine Fassung wieder.

„Dann könnten sie sich theoretisch direkt neben uns befinden und uns abschießen?", frage ich ihn unsicher.

„Ja und nein. Sie müssen sich erst enttarnen, wenn sie schießen wollen. Das hat mir mein Vater gesagt. Um sich ihrer Sache sicher zu sein, brauchen sie einen Überraschungseffekt. Sie müssen sich irgendwo verbergen, um schnell zuschlagen zu können."

Neugierig sehe ich auf das Display. „Und wo wäre das?"

„Hmmhh...", nachdenklich runzelt er seine Stirn, „wenn ich mir diese kleine Asteroidengruppe da hinten ansehe... also, wenn ich so ein ruchloser P'tarrk wäre, würde ich mich hinter dieser kleinen Asteroidengruppe dort verstecken.", stellt Chracuta schließlich fest und deutet dabei auf den vor uns befindlichen Computerschirm, der im Moment auf maximale Vergrößerung geschaltet ist.

„Ich werde sie zerstören!"

Mein Freund öffnet und schließt verschiedene Auswahlmenüs, woraufhin ein kleines rot pulsierendes Feld entsteht. Dieses berührt der junge Cṛond'lloṛ fünfmal; dabei lösen sich ebenso viele Photonentorpedos. Kurz darauf explodiert die dubiose Asteroidengruppe mit einem hellen Lichtblitz. In seinen Augen liegt nun ein Ausdruck von Zufriedenheit.

„Mein Verdacht hat sich bestätigt, sie sind mit den Asteroiden explodiert."

Verwundert sehe ich ihn an. „Woran erkennst du das?"

„Ich erkenne das an dem Lichtspektrum der Explosion. Ich kenne das Material der Asteroiden und deren Lichtspektrum, wenn sie zerstört werden. Ändert sich das Lichtspektrum, so wie es hier der Fall war, bedeutet das, dass sich Fremdkörper auf ihm befunden haben müssen. Und wer diese Fremdkörper in unserem Fall waren, kann sich wohl jeder denken. Du darfst die Norchtmaṛṛí niemals unterschätzen. Sie sind gerissene und gefährliche Gegner, auch wenn diese dort ihren Gegner vollkommen unterschätzt haben. Jaja, das ist ja auch nur ein Cṛond'lloṛ-Welpe."

Um sich ihrer Zerstörung zu vergewissern, scannt er noch das Trümmerfeld ab und setzt anschließend ein zufriedenes Siegesgrinsen auf.

„Ich verstehe nicht, wie Lebewesen so schlecht sein können. Die scheinen ja nur bösartig zu sein."

„Nein! Das kannst du so nicht sagen. Eine Spezies als solche ist nicht bösartig. Jede Spezies hat ihre eigene Überlebensstrategie, die Ergebnis eines langen Evolutionsprozesses ist. *Gut* und *Böse* sind Attribute eines Moralverständnisses, das von Spezies zu Spezies unterschiedlich ausfallen kann. Wir sind Rudel- beziehungsweise Gruppentiere. Als *gut* gelten bei uns Verhaltensweisen und Charaktereigenschaften, die der Gruppen- oder Rudelgemeinschaft nützlich sind. Als *böse* eben solche, die ihr schädigen. Du kannst dir sicherlich vorstellen, dass ein Einzelgänger eine andere Moral besitzt als wir. Klar, dass wir unser Moralverständnis gegenüber dem der Einzelgänger auszeichnen, denn sie ist unser Modell anhand dessen wir das Geschehen um uns herum bewerten. Aber von einem allgemeineren Standpunkt her gesehen, kann diese Art der Auszeichnung nicht vorgenommen werden. Da sind alle gleichwertig. *Gut* ist, was funktioniert und das Überleben sichert und *böse* eben all Jenes, das es zunichtemacht. Ist das für dich verständlich?", erklärt Chracuta mir nüchtern.

Zögernd nicke ich ihm zu.

Daraufhin fügt er noch an: „Zugegeben, die Norchtmaṛṛí besitzen eine recht aggressive und sehr besitzergreifende Überlebensstrategie. Dies scheint in ihrer Art zu liegen. Das spiegelt sich schon in ihrer Staatsform wider. Sie haben ein starres, hierarchisches und monarchistisches Regime. Ihr Herrscher regiert absolutistisch."

„Ähnlich wie der französische Sonnenkönig.", werfe ich gedankenverloren ein.

„Was ist das?"

„Die Frage ist nicht, *was* es ist, sondern *wer er* ist, Chracuta. Ludwig der XIV. war ein absolutistischer Herrscher über das Volk der Franzosen. Sein Kredo war ‚L'État, ç'est moi!' Der Staat bin ich!", erkläre ich ihm.

„Also sind Franzosen Schwarmwesen!"

Ich beginne zu schmunzeln. „Nein, es sind Menschen wie ich. Ihr Herrscher war nur absolutistisch wie offenbar der der Norchtmaŗŗí."

„Ach so! Was ich noch zu den Norchtmaŗŗí sagen wollte: Die Charakteristik ihrer Art lässt sich am ehesten mit dem Volk der Hunnen vergleichen. Das müsste dir wohl auch etwas sagen.", bemerkt er noch und sieht mich daraufhin fragend an, als ob er eine Antwort von mir erwartet.

„Das tut es auch. Ich habe mich unter anderem viel mit Geschichte und alten Völkern auseinandergesetzt. Als Hunnen wurden die in Zentralasien beheimateten, nomadisch lebenden Reitervölker bezeichnet. Sie verfolgten eine aggressive, expansive Politik und fielen um 375 nach Christus unter Führung Attilas des Großen in Europa ein. Sie lösten damit die spätantike Völkerwanderung aus. Ich kann deinen Ausführungen gut folgen, Chracuta."

Verlegen räuspert sich mein Freund. „Ähm, das habe ich nicht gewusst. Gut, du bist also im Bilde."

„Über die irdische Geschichte? Das will ich doch meinen. Mir stellt sich eher die Frage, warum du Kenntnisse über unsere Geschichte besitzt.", bemerke ich.

Chracuta räuspert sich. „Ich habe keine terrestrischen Geschichtskenntnisse. Beim Stöbern in der Datenbank bin ich nur zufällig über den entsprechenden Eintrag gestolpert."

Ein Eintrag über ein altes Menschenvolk in einer ihrer Datenbanken? Das ist mir suspekt. Offenbar werden wir Menschen von ihnen beobachtet. Warum? Außer Ressourcen haben wir einer derart hochtechnisierten Spezies, die interstellare Strecken zurücklegen kann, nichts zu bieten. Ihr Interesse an uns finde ich daher besorgniserregend. Trotzdem werde ich Chracuta nicht danach fragen. Schließlich ist er noch ein Welpe und wird von den Plänen seiner Regierung genauso wenig Kenntnis haben, wie ich über, sagen wir mal, Geheimoperationen der US-Regierung Venezuela betreffend.

Von Chracutas Stimme werde ich aus meinen Gedanken gerissen. „Ich wollte eigentlich noch folgendes über den Krieg mit den Norchtmaŗŗí anmerken: Nach den moralischen Grundsätzen, wie ich sie vorhin dargelegt habe, hat unser Krieg weder etwas Gutes noch Böses an sich, sondern ist alleine eine Frage des Überlebens. Möge der Bessere siegen!"

Zweifelnd lege ich meine Stirn in Falten. „Mit deinem Verständnis von Gut und Böse kann ich konform gehen, Chracuta, aber nicht mit deiner moralischen Bewertung der Norchtmaŗŗí und ihres Krieges gegen euch. Es ist für die Norchtmaŗŗí nicht überlebensnotwendig, andere Welten zu annektieren. Daher sind sie böse."

Neugierig zieht Chracuta eine Augenbraue hoch und stellt seine Ohren auf.

„Ohne fundiertes Wissen kannst du dir da nicht sicher sein. Vielleicht ist ihre Heimatwelt nicht mehr in der Lage, Leben zu beheimaten.", meint mein Freund.

„Dann haben sie ihre eigene Lebensgrundlage zerstört und wider das Wohl ihrer Gemeinschaft gehandelt. Laut deiner Definition von *Böse* sind zumindest die Mächtigen ihrer Spezies böse. Du hast dir also selbst widersprochen."

Auf Chracutas Gesicht zeichnet sich jetzt ein zufriedenes Grinsen ab. Schließlich nickt er mir zu. Seine fehlerhafte Argumentation war also nur ein Test und spiegelte nicht seine wahre Meinung über diesen Krieg wider.

Ich sehe aus dem Fenster des Cockpits. Die Sterne stehen hier in einer mir unbekannten Konstellation, denn ich erkenne kein mir bekanntes Sternbild wieder. Wo sind wir bloß aus dem Subraum getreten? Vor uns entdecke ich einen sehr großen, etwas orange-rötlich schimmernden Stern.

„Chracuta, was ist das da vorne für ein roter Stern?“

Nun beginnt er zu lachen.

„Das ist unsere Sonne, du Dummerchen. Wie hätte ich sonst von unserem Frühwarnsystem sprechen können? Etwas mitdenken, bitteschön!“

„Ach so, jaja. Dann sind wir ja noch ziemlich weit von deinem Planeten entfernt. Warum sind wir denn schon so früh aus dem Subraum getreten?“

„Wir können das Sonnensystem nur relativ langsam durchqueren, da dort die durchschnittliche Massendichte zu hoch ist. Treten wir innerhalb eines Sonnensystems aus dem Subraum, treten Kontinuitätsfluktuationen auf, was eine lokale Destabilisierung des Raumes und somit die der Planetenbahnen zufolge hätte. Unser Sonnensystem könnte im Chaos enden. Dieses Problem konnten unsere Forscher und Ingenieure noch nicht lösen, obwohl die Theorie diesbezüglich explizit keine Grenzen setzt. Deshalb müssen wir noch eine Flugzeit von etwa fünfzehn Stunden in Kauf nehmen.“

Wir befinden uns jetzt innerhalb des geschützten Raumquadranten, also in Sicherheit. Plötzlich ertönt ein Piepsignal. Kurz darauf baut sich vor uns auf dem Sensorflächenfeld eine Gestalt bläulich schimmernd auf. Das Subjekt ist durchscheinend und sieht entfernt wie ein urzeitlicher Carnosaurus aus. Wie Chracuta trägt auch dieses Wesen keine Kleider. Es steht auf zwei äußerst kräftig ausgebildeten Beinen, besitzt eine gedrungene Statur und ist dabei sehr muskulös. Die beiden Füße besitzen jeweils drei stabile, lange und messerscharfe Klauen, die dem dinosaurierartigen Wesen Haftung geben und ihm sicherlich auch als fürchterliche Waffen dienen. Die Arme sind deutlich kleiner als die Beine, aber trotzdem kräftig und äußerst muskulös. Die Hände haben vier Finger, die wie die Füße messerscharfe Klauen besitzen. Die Grundfarbe der aus Panzerschuppen bestehenden Haut ist Anthrazit, die wie schwarz eloxiertes Metall glänzt. Einige Bereiche des Kopfes um die Augen herum und der Seitenpartien des Rumpfes tragen blutrote Muster, die einem Tribal nicht unähnlich sind. Gelb stechen die beiden Augen dieser Gestalt aus tiefen Höhlen hervor, die schwarze, geschlitzte Pupillen besitzen. Über den Augen ragen zwei lange, spitze Hörner dolchartig hervor. Die Schnauze ist lang und sehr stabil. Deutlich ist das Gebiss eines Karnivoren zu erkennen. Der Nacken findet Schutz hinter einem roten Kragen, der fächerartig aufgestellt werden kann. Die Rückenlinie dieses Wesens wird gesäumt von massiven, nach hinten gebogenen Stacheln, die der Form von Rückenflossen terrestrischer Haie ähneln. Und sein kräftiger Schwanz, der fast die Länge des Rumpfes erreicht, erinnert stark an den eines Krokodils. Seitlich an ihm angeordnet befinden sich scharfkantige Dornen, die die Form von Haizähnen besitzen und grässliche Wunden reißen können. Der Schwanz wird nicht nur den Gang dieses Wesens ausbalancieren, sondern ihm auch als Hauptwaffe dienen. Der Körper dieses fremdartigen wie bizarren Wesens gleicht einer vor Waffen strotzenden Festung. Vor ihm kann man nur Angst bekommen.

Chracuta erblickt mein geschocktes Gesicht und greift durch diese unheimliche Gestalt hindurch, um mir zu zeigen, dass es sich hierbei nur um eine Lichterscheinung handelt. In diesem Moment beginnt dieses Wesen in einer mir unbekannten Sprache zu reden. Chracuta wechselt mit ihm einige Worte und berührt dann einige Sensorflächen, während die Erscheinung verschwindet. Schließlich sieht er mich etwas beschämt an.

„Ich habe vergessen, uns zu identifizieren und unsere medizinischen Scanner-Logs zur Analyse zu übermitteln. Daher wurden wir eben ermahnt. Hätte ich nicht geantwortet, wären wir zerstört worden. Da ist unsere Abwehr unleidlich. Jetzt ist aber alles in Ordnung. Bei diesem Ding handelte es sich um eine holographische Darstellung des Gesprächspartners. Die Maschinerie, die diese Art von Kommunikation ermöglicht, nennen wir Holokom."

„Was war das eben für ein Wesen, das dort gerade als Holographie erschienen ist?"

„Das war ein Ferdrax, Wolf."

„Und wer sind nun die Yüpjonen, die diese Raumschiffe haben?"

Chracuta beginnt leicht zu schmunzeln. „Ferdraces sind Yüpjonen."

„Hmmhh…"

Nachdenklich runzele ich meine Stirn und blicke fragend zu meinem Sitz, denn Yüpjonen hatte ich mir vollkommen anders vorgestellt. Zumindest hatte ich eine entfernt humanoide Gestalt erwartet. Erneut schießt mir die Frage durch den Kopf, weswegen so ein Sitz in einem yüpjonischen Raumschiff installiert worden ist und für wen? Verwirrt sehe ich zu Chracuta hinüber, der meinen Blick nur mit Anlegen seiner Ohren und demonstrativen Wegschauen quittiert. Es wird also keinen Sinn machen, ihn mit weiteren Fragen über die Bedeutung des Vorhandenseins dieses Sitzes zu löchern.

Wir fliegen an H'llortas, Junus, Laíla, Kastilawchria und Litalja vorbei, die ich mit großem Interesse sehr genau betrachte. Laíla ist ein Planet, der ähnlich wie der Saturn zu 98% aus Gas besteht. Ziemlich weit im Zentrum des Gasplaneten beginnt eine Zone aus flüssiger Masse. Chracuta erzählt mir, dass das Gas im Zentrum so stark komprimiert wird, dass es flüssig wird. Die übrigen Planeten gehören zu den erdähnlichen oder besser zu den whough-ähnlichen Planeten. Das bedeutet, sie besitzen eine Oberflächenstruktur aus fester Materie. Außer Whough und Juta besitzt auch Sorta eine Atmosphäre, die im Gegensatz zu den vorgenannten aufgrund ihrer Giftigkeit kein Leben ermöglichen kann. Hinzu kommt, dass er der sonnennächste Planet ist und die auf ihm herrschenden Temperaturen zu hoch sind. Grob weist er dieselben Eigenschaften wie bei uns der Merkur auf. Bald werden wir endlich Whough erreichen.

Etwa vierzehneinhalb Stunden sind bereits verstrichen, genau die Flugzeit, die Chracuta mir prophezeite. Der Anblick der ganzen Planeten, an denen wir während des Fluges durch das Sonnensystem vorbeigeflogen sind, war zwar sehr schön und hochinteressant. Allerdings bin ich froh, dass wir nun endlich unser Ziel erreicht haben. Der Planet Whough sieht prächtig aus. Er schillert wie unsere Erde blau. Doch weist der momentan sichtbare Teil des gewaltigen Kontinents, der sich in zunehmendem Maße mit der Krümmung des Planeten in der Dunkelheit der Nachtseite verliert, eine mir vollkommen unbekannte Küstenlinie auf, was diesem Planeten ein absolut fremdes Gesicht verleiht. Großflächige Wolkengebiete versperren mir allerdings die Sicht auf die darunter befindliche Oberfläche. In der Dämmerungszone und auf der Nachtseite kann ich mehrere Bereiche ausmachen, in denen gewaltige Blitze zucken und die umliegenden Wolkenschichten stroboskopartig zum Aufglimmen bringen. Die dazugehörigen Frontensysteme und Gewitterzellen müssen gewaltig sein. Während ich von diesem Szenario wie gebannt auf den Planeten Whough starre, ist Chracuta damit beschäftigt, irgendetwas in den Bordcomputer einzugeben und ist verhindert, diese Pracht zu genießen.

„Chracuta, was gibst du denn jetzt schon wieder in den Computer ein? Genieß doch den Anblick des Planeten. Er ist wirklich umwerfend.“

Ohne von dem Display aufzuschauen antwortet er mir. „Das wäre dann aber unser letzter Ausflug gewesen, weil wir dann auf dem Planeten zerschellen würden. Wir müssen das Raumschiff zuerst in einen Orbit um Whough bringen. Erst dann werde ich die Zeit finden, ihn mir genau anzusehen."

Chracuta fährt mit seiner Arbeit fort, während ich mir weiter wie hypnotisiert den Planeten ansehe.

„Wolf, gleich werden die Bremsaggregate aktiviert. – Wolf!"

„Äh... ja, hast du mich gemeint?"

„Wen denn sonst, du Schlafmütze! Ich sagte, gleich aktivieren sich die Bremsaggregate. Schnall dich an!"

„Ja, ok, Chracuta."

An dem Grummeln höre ich, dass die Triebwerke gezündet haben. Nach weiteren zwei Minuten ist unsere Geschwindigkeit soweit heruntergebremst, dass wir in den Orbit des Planeten gelangen. Unsere jetzige Bremsbeschleunigung beträgt nur noch $2{,}42 \cdot 10^5$G. Chracuta betätigt noch die Lagekontrolldüsen, um eine gute Sicht auf Whough zu gewährleisten. Nun hat er endlich mehr Zeit, um auch diese schöne Aussicht zu genießen. Relativ schnell schweben wir über die Dämmerungszone hinweg und gelangen in die finstere Nachtzone. Außer den Blitzen der gewaltigen Gewitterzellen ist keine einzige künstliche Lichtquelle auf der Planetenoberfläche auszumachen. Wo sind ihre Städte, wo die Zeichen einer florierenden Hochkultur? Fragend sehe ich zu Chracuta hinüber, der sich gerade abschnallt.

„Chracuta? Hast du vielleicht einen Globus oder irgendwelches Kartenmaterial von Whough, sodass ich mehr von ihm sehen kann?", will ich von ihm wissen, denn die Sicht auf die sonnenabgewandte Seite ist nicht gerade sehr interessant.

„Ich denke schon, dass sich etwas in dieser Richtung in der Datenbank finden lässt."

Sofort beginnt er in den Menüs zu suchen und es dauert nicht lange, bis sich eine klare, holographische Abbildung seines Heimatplaneten vor mir aufbaut, die sich langsam dreht.

„Ich glaube, das sollte deinen Wissensdurst stillen können.", antwortet er mir, während er sich von seinem Platz erhebt.

‚Was will er denn jetzt schon wieder machen?‘, frage ich mich, während ich ihn beobachte. Ohne ein weiteres Wort zu verlieren, begibt er sich nach Achtern. Will er etwa schon wieder fressen? Das verstehe ich nicht. Er kann doch nicht schon wieder hungrig sein. Vor der letzten Beschleunigungsphase hat er sich immerhin schon einen ganzen Hinterlauf vom Équentock einverleibt, ein großes hirschartiges Tier von seiner Welt. Mich hat er dazu genötigt, vom Fleisch dieses Tieres zu kosten, weil ich das rohe Fleisch nicht essen wollte. Er war der Meinung, ich solle es wenigstens probieren. Das tat ich. Allerdings habe ich seine Kostprobe nicht lange bei mir behalten. Meinen Heißhunger stillte ich dann wie gewöhnlich mit Cornflakes, Dörrfleisch, Gemüse und Obst.

Ich wende mich wieder der holographischen Abbildung Whoughs zu und betrachte sie sehr genau. Die Landmassen sind, abgesehen von vereinzelten Inselgruppen, in einem einzigen Superkontinent vereint, der sich sowohl auf der Nord- als auch auf der Südhalbkugel erstreckt. Der Kontinent wird von zahlreichen, langen Gebirgszügen durchzogen, deren Gebirgsspitzen die einzigen Bereiche permanenten Eises zu sein scheinen. Jedenfalls lassen sich keine Polkappen aus geschlossenem Eis erkennen. Während sich der Nordpol auf Land befindet, liegt der Südpol unweit der Südküste des Superkontinents inmitten des vollkommen eisfreien Polarmeeres. Ich muss unweigerlich an den terrestrischen Urkontinent Pangäa denken und frage mich, wie weit Whough, gemessen an der Erde, entwicklungsgeschichtlich vorangeschritten ist. Jedenfalls liegt die Durchschnittstemperatur mit gut 19°C auf Whough deutlich höher als auf der Erde.

Nach kurzer Zeit erscheint Chracuta wieder mit zwei Knochen in seiner Schnauze und legt sich direkt auf seinen Platz. Zum ersten Mal findet er die Zeit, das Panorama zu betrachten, das derzeit außer Schwarz nur sehr wenig vorweisen kann. Etwas beiläufig nimmt mein Freund einen der beiden Knochen aus der Schnauze, reicht ihn mir und zieht damit meine Aufmerksamkeit auf sich.

„Äh, das finde ich ja nett von dir, dass du mir einen Knochen geben willst, aber ich esse keine Knochen. Und außerdem ist er viel zu hart und schmecken tut er mir auch nicht."

Mit leicht geöffneter Schnauze sieht er mich jetzt erstaunt an.

„Ich weiß schon, dass du kein frisches Fleisch isst oder nicht essen willst, aber wenn du an einem Knochen knabberst, entspannst du dich. Außerdem macht es Spaß und schmecken tut er *auch* noch. Also, bitteschön!", sagt er mit versteinerter Miene, „Versuch es wenigstens!"

Zögernd nehme ich den Knochen an, den mir Chracuta reicht und beginne widerwillig an ihm zu knabbern. Es ist nur gut, dass ich sehr gute Zähne habe und noch keine Plombe besitze. Ich denke nur: ‚Ich bin doch kein Hund.' Chracuta beobachtet indes skeptisch meine Nageversuche. Während ich ihn betrachte, schießen mir Fragen durch den Kopf, die sich mir schon zu Beginn unserer Reise gestellt hatten. Nachwievor ist mir klar, dass ich ihn nicht nach den Intentionen der Seinen fragen brauche. Aber eine Frage wird er mir beantworten können: Was hat er, ein Cṛond'lloṛ-Welpe, eigentlich auf der Erde verloren? Mehrmals hat sich mir diese Frage schon während des Fluges gestellt. Ich habe aber nie den Mut gefunden, ihn zu fragen. Jetzt aber will ich es wissen und spreche ihn an.

„Chracuta, was macht eigentlich ein siebenjähriger Welpe auf einem fremden Planeten? Mein Vater hätte mir sowas nie erlaubt. Was sagt denn dein Vater dazu?"

Sein Blick verfinstert sich. „Erinnere mich nicht daran, was mein Vater dazu sagen wird. Ich werde ganz schön viel Ärger bekommen. Bei den Sieben Stürmen, werde ich Prügel beziehen – erst recht, wenn er erfährt, was mir auf Terra widerfuhr. Mein

Vater hätte mir für so einen Ausflug nie seine Zustimmung gegeben, aber ich wollte etwas erleben. Ich wollte den Stoff, den ich in der Theorie erlerne, auch mal in der Praxis anwenden und ausprobieren. Die Koordinaten waren schon eingegeben worden. So hatte ich nicht mehr viel zu tun und brauchte nur noch loszufliegen. Das lockte. Chrachra wäre gerne mitgekommen, aber er wurde kurz vorher von zwei Rhohac-Jupduns angefallen und schwer verletzt. Da hatte er keine Lust mehr; also bin ich alleine losgeflogen."

„Und wie kamen die Norchtmaŗŗí auf die Erde? Was wollten die dort?"

„Wahrscheinlich war ich der Grund. Mich muss ein norchtmaŗŗisches Schiff geortet haben. Es war wohl in der Lage, meinen Kurs zu analysieren, und ist mir dann gefolgt."

Nun wendet Chracuta seinen Blick von mir ab und betrachtet die Planetenoberfläche, über die wir hinwegschweben. Am Horizont ist bereits die Dämmerungslinie des nächsten Tages zu sehen. Wir werden also schon sehr bald die Nachtzone überflogen haben. Ich habe nicht gemerkt, wie viel Zeit inzwischen vergangen ist.

Nach einer längeren Zeit des Schweigens spricht mich Chracuta an. „Weißt du überhaupt, dass du sehr viel Glück gehabt hast, dass du all die Planeten sehen konntest? Die Planetenkonstellation, die das ermöglichte, ist nämlich sehr selten. Die unterschiedlichen Planeten umkreisen die Sonne mit verschiedenen Winkelgeschwindigkeiten, was eine ständige Veränderung ihrer relativen Position zueinander zur Folge hat. Verstehst du?"

„Ja. Die Kepler'schen Gesetze sind mir durchaus bekannt."

„Wer?!", fragt Chracuta knapp.

„Johannes Kepler war ein Naturphilosoph und Mathematiker, der als erster neben einer qualitativen Beschreibung der Planetenbahnen eine quantitative geliefert hat."

Anerkennend nickt er mir zu und sieht er zu mir herüber, als ob er einen Kommentar dazu abgeben wolle – doch er schweigt.

Auf dem Planeten sehe ich große Zyklonen, bei denen es sich um Hoch- und Tiefdruckgebiete handeln muss. Das atmosphärische Schauspiel, welches dieser Planet uns bietet, gleicht auf den ersten Blick dem der Erde. Chracuta deutet mit seiner rechten Pfote auf einen sich entgegen dem Uhrzeigersinn drehenden Wolkenwirbel, der sich auf der oberen Halbkugel befindet.

„Siehst du diese Spirale dort nördlich des Äquators?"

Als Antwort nicke ich ihm zu.

„Das ist ein Hochdruckgebiet. Bei euch auf der Erde wäre diese Spirale invers zu dieser. Weißt du, was das bedeutet, Wolf?", fragt er mich neugierig.

Ich frage mich, warum er mir all diese Fragen stellt, wenn er mir gleich die Antwort geben könnte. Will er etwa meinen Bildungsgrad ermitteln?

„Hmh, darüber habe ich noch nicht nachgedacht. Das hängt irgendwie mit der Corioliskraft zusammen. Warum erklärst du es mir nicht einfach? Willst du mich etwa prüfen?", frage ich gereizt, denn die Fragerei beginnt mich zu nerven.

Lächelnd antwortet er mir und sieht mich dabei aus seinen Augenwinkeln an.

„Nicht dich, sondern deinen Wissensstand möchte ich erfahren. Bei uns wirst du natürlich weiter ausgebildet werden und dazu müssen wir wissen, wo wir mit deiner weiteren Ausbildung ansetzen können. Ich will dir die Antwort liefern. Das bedeutet, dass der Rotationssinn unseres Planeten eine entgegengesetzte Orientierung besitzt, Wolf."

Mich interessiert jedoch etwas ganz anderes. „Aha, verstehe. Warum bleiben wir im Orbit und setzen nicht zur Landung an?"

Verschmitzt beginnt Chracuta zu grinsen und stellt seinen Kopf schief.

„Du hast wirklich keine Ahnung von Abläufen und Regularien der Fliegerei, nicht wahr?“

Verlegen antworte ich ihm: „Ähm... Nicht wirklich. Das ist eins der wenigen Themen, die mich nie interessiert haben.“

Lächelnd spitzt er seine Ohren und stellt seinen Kopf wieder gerade.

„Das macht nichts. Dann will ich es dir erklären. Wir können nicht einfach unangemeldet in den whough'schen Luftraum eintreten und einen Spaceport unserer Wahl anfliegen. Dazu benötigen wir erst eine Landefreigabe. Und diese erhalten wir erst nach dem Ok der Ärzte, die unsere medizinischen Daten analysieren. Verstehst du?“

Bestätigend nicke ich ihm zu.

„Ja, und was geschieht, wenn die Ärzte kein Ok geben? Eiern wir dann für den Rest unseres Lebens im Orbit herum?“

Jetzt beginnt er laut zu lachen. „Hur, nein. Dann wird alles für eine terrestrische Quarantäne in einer Quarantänestation vorbereitet. Und dann erst erhalten wir eine Landefreigabe. Die Erteilung einer Landefreigabe ist aber nicht nur von den Quarantänebestimmungen abhängig, denn wir sind ja nicht die Einzigen, die sich im whough-nahen Bereich befinden und landen wollen. Der Flugverkehr muss geregelt werden. Und da kann es schon mal zu Warteschlangen kommen, die nach bestimmten Prioritätsvorgaben abgearbeitet werden müssen. Wenn wir die Freigabe erhalten, dann werden wir schon Bescheid bekommen.“

Nach zahlreichen, endlos erscheinenden Stunden des Wartens werden wir nun endlich angefunkt. In dieser Zeit haben wir mindestens sechs Whoughumkreisungen vollzogen und dabei etwa dreizehn Mal die Tag-Nacht-Grenze überflogen. Das Gespräch, welches Chracuta führt, ist nur kurz und schnell wieder beendet.

„Und? Was hat er gesagt?“, will ich nun von ihm wissen.

„Wir haben die Landefreigabe. Unsere Quarantäne ist gut verlaufen. Wir können nach unserer Landung das Raumschiff sofort verlassen. Er sagte, dass alles Weitere veranlasst und vorbereitet sei."

Überrascht und mit flauem Gefühl in der Magengegend schaue ich ihn an. „Alles Weitere? Was denn noch?"

„Keine Ahnung. Aber wir haben jetzt die Landefreigabe und der Landekorridor befindet sich direkt vor uns. Der Zeitpunkt des Atmosphäreneintritts und unserer Landung ist also jetzt gekommen.", sagt er mir, während er die Eintrittsprozedur initiiert. Automatisch aktivieren sich die Fronttriebwerke. Dieses Mal ist das Raumschiff nicht für das Bremsmanöver gedreht worden. Wir beginnen, den Abstand zur Planetenoberfläche zu verringern und tauchen schon bald in die Atmosphäre Whoughs ein. Im ganzen Schiff beginnt es jetzt zu vibrieren.

„Es baut sich Druck auf unsere Flächen auf. Jetzt können wir auf atmosphärische Steuereinheiten umschalten.", erklärt er mir, aktiviert dabei einige Steuermenüs auf den Sensorflächen und wechselt die Steuermodi. Aus dem Boden vor uns wird jetzt ein Steuerknüppel ausgefahren, den Chracuta nun ergreift und die Kontrolle des Schiffes gewährleistet. Unser Kurs führt uns in die nördlichen Gefilde, direkt in ein gewaltiges Schlechtwettergebiet, das in sich mehrere Gewitterzellen birgt. Einige von ihnen haben sich gar zu Superzellen entwickelt.

„Heilige Scheiße! Fliegen wir etwa dort hinein?", schießt es mir aus dem Mund.

„Ja! Genau dort ist unser Ziel, Wolf. Gleich sind wir unten. Und der Zeitpunkt der Bestrafung rückt ebenfalls näher. Das Unwetter ist sicherlich ein Omen dessen, was mich dort unten erwarten wird.", teilt er mir unheilvoll mit, während wir in die Wolkendecke eintauchen.

„Na, so schlimm wird es auch nicht werden. Er wird bestimmt froh sein, dass du wieder heil angekommen bist."

„Da kennst du aber meinen Vater nicht. Wenn dein Vater so

milde verfährt, dann hast du es aber gut."

Etwas wehmütig sehe ich hinaus. Es ist dunkel und wir haben kaum Sicht. Der Flug ist plötzlich sehr unruhig geworden. Ich will nicht wissen, wie stark die Böen und Winde sind, dass sie unser Schiff dermaßen beuteln.

„Mein Vater verfährt überhaupt nicht mehr. Er ist vor drei Monaten gestorben."

„Hmmh, dann musste ja deine Mutter das Futter heranschaffen; das würde meiner aber missfallen. Bei uns werden stets die Rüden mit der Jagd betraut, während die Fähen auf die Kleinen aufpassen und sie betreuen."

Jetzt beginne ich zu lachen. Das erste Mal ist ihm ein Fehler unterlaufen. Der Zeitpunkt meines Triumphes ist gekommen, wenn es auch nur ein sehr kleiner ist.

„Chracuta, mit Fähen bezeichnet man weibliche Füchse und nicht weibliche Wölfe."

„Wir aber schon!", entgegnet er mir belehrend. Das war wohl nichts mit meinem Triumph.

„Hmmh, ok. Aber wer ist Chrachra?"

Abermals beginnt er zu lächeln und spitzt seine Ohren.

„Chrachra ist mein Zwillingsbruder. Selbst unsere Eltern sind nicht in der Lage, uns auseinanderzuhalten. Oftmals werde ich dann mit Chrachra und Chrachra mit Chracuta gerufen. Das ist lustig. Weniger lustig ist, wenn einer von uns Blödsinn gemacht hat und einer den anderen deckt. Dann werden wir beide bestraft. Das machen sich unsere Eltern ganz einfach. So ist das nun einmal. Sieh da! Das ist unser Heimatraumhafen. Ist das denn richtig ausgedrückt?", fragt er mich zynisch, während er auf eine Ansammlung beleuchteter Gebäude und Landebahnen deutet, die sich schemenhaft im Nebel abzeichnen und rasch an Deutlichkeit gewinnen. Es ist draußen dämmrig und sehr diesig.

„Keine Ahnung.", antworte ich ihm mit gedämpfter Stimme, denn für meine Ankunft hätte ich mir besseres Wetter gewünscht. Zufrieden betätigt er einen ‚Schalter', wobei sich an der Flugrichtung nichts ändert.

„Was hast du da eben gemacht?“

Nun wirft er mir einen verächtlichen Blick zu. „Ach, du Dummerle, ich muss doch das Fahrwerk ausfahren, damit wir keine Bauchlandung machen.“

„Ich bin kein Dummerle!“, entgegne ich ihm pikiert.

Ankunft

Nach einer Weile setzen wir mit einem kleinen Ruck auf. Gebannt sieht Chracuta aus dem Cockpitfenster und zieht dabei leicht seinen Schwanz ein.

„Oh Schreck, da kommt mein Vater angelaufen. Siehst du seinen grimmigen Blick?“

Ich sehe hinaus und entdecke zwischen der Menge einen äußerst großen Cṛond’lloṛ von überaus mächtiger Statur. Das muss sein Vater sein. Doch macht er eher einen erwartungsvollen, wie gefassten, wenn auch strengen Eindruck auf mich als einen erzürnten.

„Nein. Wie heißt denn dein Vater eigentlich?“

„Er heißt Wólf, und das bedeutet Jäger.“

Mit diesen Worten deaktiviert er das Cockpit und eilt zum Ausgang, während ich mir meine Jacke überziehe und ihm folge. Die Schleuse öffnet sich schon, während der Steg teleskopartig ausgefahren wird. Beim Verlassen des Schiffes werde ich vorsichtig sein müssen, denn der Steg besitzt kein Geländer zur Sicherung. Dichter, feiner Nieselregen wird von böigen Winden in den Eingangsbereich getrieben. Es ist relativ warm, sodass der ergiebige Regen nicht allzu unangenehm ist. Ich fürchte nur, dass ich trotz der Imprägnierung, die meine Bekleidung durch Chracutas Schweiß erhalten hat, total durchnässt sein werde, bevor ich überhaupt eins der umliegenden Gebäude erreichen kann.

Zum Empfang stehen einige Ferdraces, der gefürchtete Crond'llor-Vater und Angehörige einer Spezies, die ich noch nicht kenne, vor dem Steg. Diese sehen beinahe noch bizarrer aus als die Ferdraces. Ihre Gestalt könnte am ehesten mit der von riesigen Zitteraalen verglichen werden. Am vorderen Teil ihres anthrazitfarbenen Körpers, kurz hinter fünf kiemenartigen Öffnungen, durch die sie offenbar atmen, befinden sich zwei sehr kräftige und muskulöse Gliedmaßen, die eng an den schlangenartigen Rumpf angelegt sind. Ihr gesamter Körper wirkt sehr kräftig und durchtrainiert. Schlangengleich bewegen sie sich kriechend fort, besitzen dabei aber eine erstaunliche Agilität. Die Wirbelsäulenlinie wird von einem roten Kamm gesäumt, der jederzeit aufgestellt oder flach auf den Rücken abgelegt werden kann. Es würde mich nicht wundern, wenn sich in ihren Versteifungsstreben rasiermesserscharfe Stacheln verbergen. Auch diese Wesen besitzen das Gebiss eines Karnivoren. Ich möchte gerne wissen, wie sich ihre Spezies nennt, bevor wir unten bei ihnen ankommen. Daher zupfe ich Chracuta an seinem Schwanz, der sich mir augenblicklich zuwendet.

„Was ist denn, Wolf?"

„Die schlangenartigen Wesen dort unten, was sind das für Wesen?", entgegne ich ihm leise.

„Das sind Chrontanarer. Wie die Ferdraces sind auch sie so genannte Metallwesen und nennen sich ebenfalls Yüpjonen. Alles klar?"

Bestätigend nicke ich Chracuta zu.

„Gut! Dann lass uns gehen!", sagt er und wendet sich zum Gehen ab.

Langsam schreiten wir hinunter zu ihnen – Chracuta vor mir. Ich denke an den berühmten Satz, den Neil Armstrong aussprach, als er am 21. Juli 1969 als erster Mensch den Mond betrat. *‚Es ist ein kleiner Schritt für einen Menschen, aber ein großer Sprung für die Menschheit!'* Ich bin der erste Mensch, der seinen Fuß auf einen fremden, kultivierten Planeten setzt.

Wer hätte sich das träumen lassen? Was ich in diesem Moment empfinde, kann ich kaum in Worte fassen. Jeden Augenblick versuche ich festzuhalten, meine Blicke überall gleichzeitig zu haben, in der Hoffnung, nichts zu verpassen. Dabei gibt es eigentlich gar nichts zu sehen, da mir jegliche Sicht durch den intensiven Nieselregen verwehrt bleibt. Ich fühle mich wie ein Kleinkind, welches seine ersten großen Entdeckungen in der weiten, unbekannten Welt macht und sich selbst in seinem eigenen Erstaunen verliert. Plötzlich trete ich ins Leere, verliere mein Gleichgewicht und falle vom Steg. Hart lande ich auf dem asphaltähnlichen Boden. Rasender Schmerz durchflutet meine linke Seite. Laut stöhne ich auf. Sofort eilt ein Chrontanarer herbei, um nach mir zu sehen, während ich bemüht bin, wieder auf meine Beine zu kommen. Bevor er mich erreicht, stehe ich allerdings schon wieder. Glücklicherweise war ich schon fast unten angekommen, als ich fiel. Sonst hätte ich mir beim Aufschlag sämtliche Knochen gebrochen. Der Chrontanarer, der mir zur Hilfe eilte, ist wahrlich ein Riese, denn seine Rückenlinie befindet sich fast auf Höhe meines Brustansatzes. Dabei mag er

gut sieben Meter lang sein. Unsicher sehe ich mich um und erkenne, dass die anwesenden Ferdraces etwa dieselben Körperdimensionen aufweisen. In Gegenwart dieser ganzen Kolosse komme ich mir wie ein Winzling vor.

Leise beginne ich zu fluchen und mich selbst zu tadeln, denn sowas ist einfach peinlich. Ich betrete einen fremden Planeten und stürze beim ersten Kontakt mit einer fremden Intelligenz.

‚Das war's wohl mit dem selbstsicheren Auftritt, du Tollpatsch, Wolf!'

Unsicher blicke ich zu meinem Freund, denn um nichts in der Welt möchte ich ihn jetzt aus den Augen verlieren.

Chracuta ist inzwischen fast bei seinem Vater angekommen, der wahrlich ein Riese ist. Während sich Chracuta seinem Vater langsam nähert, zieht er den Schwanz ein, legt seine Ohren an, senkt dabei seinen Kopf und beginnt sich langsam zu ducken. Nie hätte ich gedacht, dass ich diese unerbittliche, äußerst muskulöse und vor Kraft strotzende Kampfmaschine einmal in einer derartigen Demutshaltung sehen würde. Allerdings ist dies jedem sofort beim Anblick seines Vaters verständlich, der wirklich ein nervenzerreißender Anblick ist und seinen Welpen in sämtlichen physischen Merkmalen weit in den Schatten stellt. Im Vergleich zu ihm wirkt Chracuta sogar recht klein, denn sein Vater überragt ihn um fast ein Meter. Während ich zu den beiden Cṛond'lloṛí hinüberschiele, werde ich von allen Anwesenden umkreist, argwöhnisch beäugt und vorsichtig beschnuppert – mit Ausnahme dieses mächtigen Rüden, der mit seinem Welpen beschäftigt ist. Sie unterhalten sich eine Weile, ohne dass sein Vater Notiz von mir nimmt, was mich zugegebenermaßen etwas bedrückt. Schließlich wird er freundlich von ihm mit Belecken von Schnauz- und Gesichtspartien begrüßt. Ich hatte doch recht.

Einige der anwesenden Ferdraces sprechen mich unvermittelt an und suchen offensichtlich den Kontakt zu mir, während die Chrontanarer stumm bleiben und mich nur ansehen. Einige haben ihren Rückenkamm aufgestellt, auf denen farbige Muster erscheinen, fließend in andere übergehen und wieder verschwinden. Ob sie aufgeregt sind? Die Sprache der Ferdraces vermag mein Translator jedenfalls nicht zu entschlüsseln, denn ich verstehe kein einziges Wort ihrer seltsam klingenden Sprache. Ich schaue sie nur hilflos an und wage es nicht einmal, mich zu regen, denn ich möchte keine Missverständnisse hervorrufen. Schon zwischen menschlichen Kulturen gibt es derartig große Unterschiede, dass selbst ein Kopfnicken zu ambivalenten Deutungen führen kann. Wie wird es dann erst bei extraterrestrischen Kulturen aussehen? Ich weiß nur, dass ich mich auf keine Erfahrungswerte und kein gemeinsames Grundverständnis stützen kann. Schon bald erkennen die Yüpjonen die Sinnlosigkeit ihres Unterfangens und versuchen sich mir mit Gebärden verständlich zu machen, was jedoch ebenfalls völlig fehlschlägt. Ich verstehe gar nichts. Ratlos schauen sie sich an und sehen anschließend hilfesuchend zu jenem mächtigen Rudelführer, der sich jetzt von seinem Welpen abwendet und einmal flüchtig zu mir herüber schaut. Schließlich spricht der Rüde einen Chrontanarer an. Während der Angesprochene augenblicklich verschwindet, geht er langsam auf mich zu. Meine Güte, der ist wahrlich ein Riese! Sein Schultermaß überragt spielend das der größten Elchbullen Terras und dürfte die Zwei-Meter-Marke weit überragen. Um auf diese Schultern zu gelangen, bräuchte ich schon eine Leiter. Der Kopf dieses Hünen ist dermaßen groß und massig, dass er beinahe mein Körpergewicht auf die Waage bringen wird. Ängstlich starre ich auf die gewaltigen Kiefer und Eckzähne dieses Raubtieres, die aus seinem Maul herausragen. Sie sind dermaßen extrem dimensioniert, dass sie mich glatt durchbohren könnten, wenn er zubeißen würde. Der Körper dieses Ungetüms wird von mächtigen

Muskeln geformt. Die einzelnen Muskelgruppen treten dabei derart extrem unter dem Fell hervor, dass der gesamte Körper einem Gebirge gleicht, welches bei jeder Bewegung seine Gestalt ändert. Dieser Cŗond'lloŗ-Körper weist eine Definition auf, um die ihn sehr viele Bodybuilder beneiden würden. Dabei sind seine Bewegungen äußerst kraftvoll und zugleich geschmeidig, denen eines Jaguars sehr ähnlich. Das Erscheinungsbild wird durch die äußerst strenge und aggressive Ausstrahlung abgerundet, die auf einen entschlossenen und stolzen Cŗond'lloŗ-Charakter hinweist, der keinen Widerspruch und keine Schwächen duldet. Jetzt erst verstehe ich Chracutas Aussage, dass er noch ein kleiner Welpe sei. Oja, vor Chracutas Vater habe ich jetzt schon große Furcht, der mir wie eine monströse, urzeitliche Kreatur erscheint. Ich frage mich, was das für eine Umgebung ist, die so ein Wesen hervorbringt. Wie hypnotisiert starre ich zu diesem Turm von Wolf empor, dessen Gestalt zugleich faszinierend wie abschreckend auf mich wirkt – faszinierend, weil ich noch nie ein derart gewaltiges, vor Kraft strotzendes Raubtier gesehen habe und abschreckend, weil ich dieser gigantischen Erscheinung schutzlos gegenüberstehe, mich absolut winzig und ihr ausgeliefert fühle. Oberflächlich werde ich von diesem Koloss an Brust, Armen und Beinen abgeschnuppert. Dabei bläst mir sein heißer Atem laut schnaufend entgegen, während ich steif wie ein Stockfisch vor ihm stehe und keine Bewegung zu tun wage.

In diesem Augenblick erreicht uns jener Chrontanarer, der von Chracutas Vater angesprochen wurde und überreicht ihm stumm eine große Schachtel und einen Translator. Diesen setzt er sich nun auf und übergibt seinem Welpen die Schachtel zum Verstauen. Forsch spricht er mich schließlich mit einem tiefen Bass an, wobei ich ängstlich zusammenzucke.

„Das Blut meines Welpen haftet an dir! Daher wirst du mit uns kommen! Zuvor ist aber noch etwas zu erledigen. Folge mir!“

Dabei deutet er auf eine Art Schleuse, die sich direkt am Abhang des uns am nächsten gelegenen Grashügels befindet und wohl den Eingang zu einem unterirdisch angelegten Gebäudekomplex darstellt. Der Modus seines Sprechens vertieft nur meine Empfindungen für ihn.

Unsicher sehe ich mich zu Chracuta um, der sich etwas abseits von uns befindet und der Anweisung seines Vaters, trotz des starken Nieselregens, nur unwillig folgen mag. Dieser hat sich inzwischen sogar noch intensiviert und meine Kleider entsprechend meiner Einschätzung schon total durchweicht. Auch die Cꞅond’lloꞅí sind vollkommen durchnässt, an deren Fell das Regenwasser in dünnen Rinnsalen herunterläuft und zu Boden tropft. Doch im Gegensatz zu mir nehmen sie dies mit stoischer Gelassenheit hin und gehen langsam zum Eingangsschott, während ich bemüht bin, so schnell ich nur kann, das Trockene zu erreichen. So kommt es, dass ich Chracutas Vater überhole und quasi die beiden Cꞅond’lloꞅí anführe. Jedoch vermute ich, dass dies eine der ganz wenigen Ausnahmen sein wird.

Die Chrontanarer und Ferdraces sind uns schon vorausgegangen und haben bereits die große Zugangsschleuse erreicht, die sich bei ihrer Ankunft automatisch öffnet. Durch die Öffnung flutet grelles Licht aus dem Innern des Grashügels heraus und bringt wie ein heller Strahler die umherwehende Gischt zum Glühen. Kurz nachdem sie den Eingang passiert haben, erreiche ich das Tor und betrete den lichtdurchfluteten Innenbereich. Geblendet kneife ich meine Augen zusammen. Doch stellen sie sich rasch auf die veränderten Lichtverhältnisse ein, sodass ich schnell wieder meine Augen öffnen kann. Ich befinde mich in einer gewaltigen Röhre in Form einer liegenden und nach unten abgeplatteten Ellipse, deren Hauptachsen ein Längenverhältnis von zwei zu eins zueinander bilden und in der

Mitte des Korridors eine Höhe von etwa sieben Meter erreicht. Die Wände sind in einem beige-weißen Farbton gestrichen und werden in halber Höhe von zwei roten, durchgängigen Streifen in eine obere und untere Hälfte geteilt. Das Licht wird von einem breiten Leuchtband an der Decke emittiert. In diesem gigantischen Korridor komme ich mir winzig und verloren vor. Ja, in dieser Welt scheint wohl alles größer zu sein. Mich fröstelt es etwas, denn meine durchnässten Kleider haben jedwede wärmende Wirkung verloren, aus denen das Wasser zu Boden tropft. Plötzlich wird mir ein Stoß versetzt, der mich fast zu Fall bringt und mich unsanft aus meinem Erstaunen reißt.

„Los! Schlaf nicht ein! Wir haben nicht den ganzen Tag Zeit!“, erreicht mich nun die raue Stimme von Chracutas Vater.

„J-Ja, Sir! Natürlich.“, bringe ich mit Mühe hervor.

Schnaufend schüttle ich mich und setze vorsichtig meinen Weg fort, denn der Korridor ist sehr abschüssig und der Boden nass und rutschig. Dabei lasse ich weiterhin neugierig meinen Blick umherschweifen. Leider ist dies nur ein Korridor, in dem nicht wirklich etwas Interessantes zu entdecken ist. Hier und da befinden sich in großen, regelmäßigen Abständen links und rechts weitere Schotts, die mit fremdartigen Hieroglyphen versehen sind. Plötzlich vernehme ich hinter mir ein Zischen und anschließend einen schweren, dumpfen Knall. Erschrocken fahre ich herum und erblicke direkt hinter mir Chracutas Vater und seinen Welpen, der ihm folgt. Das Schott hat sich mittlerweile geschlossen. Dies war also die Ursache der beiden Geräusche. Meine Kräfte scheinen langsam zu schwinden, denn mein hohes Gewicht beginnt mir mehr und mehr zu schaffen zu machen. Doch beiße ich meine Zähne zusammen und versuche, das Tempo zu halten. Die Gruppe der Yüpjonen ist aus meinem Blickfeld verschwunden, denn vor uns endet das Gefälle des Korridors in einer vertikalen Biegung.

„Nächstes Schott rechts!“, befiehlt mir das Familienoberhaupt in einem strengen Ton.

„Ja, Sir."

Schon sehr bald erreichen wir das besagte Schott, dass sich bei unserer Ankunft mit einem leisen Zischen öffnet. Die Tür besteht aus mehreren Lamellen, die sich wie bei einer Blende einer Kamera spiralförmig ineinander drehen – ein interessantes Konzept. Kurz halte ich keuchend ein und suche am Rahmen des Schotts Halt. Die kleine Pause nutze ich, um den interessanten Türmechanismus zu betrachten und meine Schwäche vor Chracutas Vater zu verschleiern. Doch werde ich lieblos und, für mein Empfinden, grob in den Raum gestoßen, sodass ich zu Boden stürze und schmerzhaft aufschlage.

„Sagte ich nicht schon, dass wir nicht den ganzen Tag Zeit haben, Mensch?", herrscht mich Chracutas Vater an.

Stöhnend versuche ich mich zu erheben, doch bin ich mittlerweile derart entkräftet, dass ich kaum noch aufstehen kann. Mein Metabolismus scheint sich wieder verlangsamt zu haben und auf seinen Normalwert zurückgefallen zu sein. Der Wirkstoff wird sich mittlerweile abgebaut haben. Laut richtet jetzt einer der anwesenden Ferdraces sein Wort an Chracutas Vater und das klingt nicht wirklich freundlich. Der Angesprochene räuspert sich nur, nimmt mir den Translator ab und antwortet schließlich in einem nicht minder aggressiven Ton. Selbst Chracuta zieht unvermittelt seinen Schwanz ein und beginnt sich zu ducken. Eins verstehe ich auch ohne den Translator: Der Cṛond'lloṛ-Führer ist über etwas sehr aufgebracht. Dies mag mit Chracutas unerlaubter Exkursion und mit meinem Erscheinen zusammenhängen. Das würde auch sein rüdes Verhalten mir gegenüber und Chracutas Reaktion auf das Streitgespräch erklären, welches gerade geführt wird. Ich fühle mich schlecht, nicht nur weil ich am Ende meiner Kräfte bin, sondern auch weil ich vermuten muss, dass ich ein unerwünschtes Subjekt bin. Plötzlich stürzt sich Chracutas Vater erzürnt auf seinen Welpen und gibt ihm zwei deftige Ohrfeigen, die ihn von seinen Pfoten reißen und durch die Luft schleudern. Jaulend prallt er gegen das Schott, welches sich gerade wieder geschlossen hat. Sofort ist sein Vater wieder bei ihm und reißt den Welpen von den Pfoten, um ihn heftig zu schütteln. Schließlich schmettert er ihn brutal gegen das Schott. Der Aufprall ist derart wuchtig, dass es mitsamt des Schließmechanismus aus der Wand gerissen wird und zusammen mit dem Welpen laut scheppernd im Korridor landet. Fiepend bleibt Chracuta liegen. Der Übergriff war für mich vollkommen unvorhersehbar und dabei dermaßen heftig, dass mir vor Schreck die Kontrolle über meine Blase entglitten ist. Der strenge Geruch meines Urins steigt mir in die Nase. Nicht nur, dass es mich anekelt, in meinem Urin zu sitzen, es ist mir vor allem peinlich. Was sollen nur die Yüpjonen von mir denken, was Chracutas Vater? Mit finsterem Blick kommt er langsam zurück, bleibt über mir stehen und setzt seine Diskussion mit den Yüpjonen fort. Die Körperkräfte dieses Rüden sind wahrlich enorm. Ich habe noch nie eine Zurschaustellung einer derart brachialen Gewalt gesehen. Das war dicker, massiver Stahl. Und er hat seinen Welpen einfach durch diese Konstruktion geschmettert. Ängstlich sehe ich zu Chracuta hinaus, der sich wieder erhebt und sich schüttelt. Leicht humpelnd schleicht er sich wieder in den Raum und lässt sich abseits zu uns nieder. Gerade will ich zu ihm kriechen, als er mir streng in die Augen sieht, einmal mit seinem Kopf schüttelt und mich mit seiner Pfote anweist, an Ort und Stelle zu bleiben.

Eine ganze Weile wird die verbale Auseinandersetzung zwischen dem Cꞅond'lloꞅ und den Yüpjonen fortgeführt, die mehr und mehr an Härte verliert und langsam zu einem normalen Gespräch findet. Langsam nähert sich mir nun ein Ferdrax, während Chracutas Vater von mir weicht, und reicht mir jetzt einen anderen Translator. Aha, ab jetzt darf ich also wieder etwas verstehen. Bereitwillig nehme ich das Gerät in Empfang und setze es mir auf.

Jetzt beginnt der Ferdrax zu sprechen. „Nun, da eine formelle Begrüßung auf dem Runway mangels an Verständigungsmöglichkeiten nicht erfolgen konnte, möchte ich dies jetzt offiziell im Namen aller nachholen. Mein Name ist Audagis. Sei willkommen hier auf Yüpjup und während deines Aufenthalts hier stets behütet und geschützt."

Mit diesen Worten reicht er mir seine metallene Hand und hilft mir auf die Beine. Unter mir hat sich inzwischen eine Urinlache gebildet. Mich ekelnd verziehe ich mein Gesicht und sehe beschämt zu dem Ferdrax hoch.

„Danke, Audagis. Ich bitte dieses peinliche Malheur zu entschuldigen. Aber das war eben zu viel für meine Nerven. Mein Name ist Wolf Wilson und ich freue mich, Ihre Bekanntschaft zu machen."

„Ṛhiárch! Kai'àn wa íba!", sagt Wólf in einem Monologstil. Offenbar verstehe ich jetzt die Sprache der Ferdraces, die der Cṛond'lloṛí jedoch nicht. Mehr als eine Sprache können zumindest die Geräte, die mir zur Verfügung gestellt werden, also nicht simultan verständlich machen.

„Nein, Wólf! Das muss nicht zutreffen. Versetz dich mal in die Lage dieses kleinen Erdlings hier. Das muss kein Ausdruck von Schwäche sein."

Der Cṛond'lloṛ-Vater legt nur seine Ohren an und wendet demonstrativ seinen Kopf zur Seite. Audagis geht allerdings nicht auf die abwertende Geste des Cṛond'lloṛı ein und wendet sich wieder mir zu.

„Dein Freund dort drüben hat uns mit seinem kleinen Abenteuer vor ein nicht gerade unerhebliches, technologisches und logistisches Problem gestellt, denn deine Physis ist für die Existenz auf Yüpjup nicht ausgelegt. Schon die physikalischen Bedingungen übersteigen deine physischen Grenzen bei weitem. Von den biologischen ist erst gar nicht zu sprechen. Einen kleinen Vorgeschmack dessen, was dich dort draußen erwarten wird, hast du ja gerade erlebt.", dabei deutet er auf Chracutas Vater, der gerade mit seinem Welpen redet, jedoch mit einem

Ohr unserem Gespräch lauscht.

„Wenn du dich hier also bewegen willst – und das musst du wohl – muss dir in erheblichem Maße unter die Arme gegriffen werden. Unsere Forschung hat uns dafür ein probates Mittel in die Hand gegeben."

Schwer atmend nicke ich ihm zu. „Sie meinen da das Mittel zur Beschleunigung meines Metabolismus, nicht wahr?"

„Ah, ich sehe, dass dir dein Freund da drüben schon ein bisschen erklärt hat. Ja, das ist ein Teil des Gesamtpakets und darf auch zur Schonung deiner Physis nur ein Teil dessen sein, denn durch die Steigerung deiner motorischen Leistungsfähigkeit wird deinem Organismus nicht die dafür nötige Stabilität und Robustheit verliehen. Dein Bewegungsapparat würde mit der Zeit irreparable Schäden davontragen. Und außerdem bräuchten die beiden Modellathleten da hinten nur einmal falsch niesen und du wärst tot."

Von den beiden Cṛond'Ilọŕi ist nur ein verächtliches Schnaufen zu hören.

„Wir haben für diese Problematik eine Lösung gefunden und eine bionische, multisynaptische Accelerationseinheit entwickelt, die deinem Körper gleichermaßen Schutz bietet. Dieses Exemplar ist genau auf deine physischen Merkmale abgestimmt und auf dich maßgeschneidert. Sie sollte perfekt passen."

Dabei deutet er auf einen engen, einteiligen und figurbetonten Anzug, der auf einem Gestell angebracht ist. Langsam führt er mich zu dem Gestell, bis ich auf zittrigen Beinen direkt vor dem Anzug stehe. Er ist in einem sehr dunklen Braunton gehalten, der schon fast ins Anthrazit-Schwarze übergeht und sieht aus, als hätte man einem Bodybuilder die Haut abgezogen und die Sicht auf die darunterliegende Muskulatur freigelegt. Dies könnte vom Design her das Kostüm eines neuen Superhelden sein. Die ungewöhnliche Muskelbetonung dieses Anzugs empfinde ich eher als Kitsch, den sich vor allem eine mit Minderwertigkeitskomplexen beladene Person überziehen würde, um mehr darzustellen, als sie in Wirklichkeit ist. Aber ich denke, dass dieser funktionelle Anzug rein nach der Prämisse ‚design follows function' gestaltet wurde und ästhetische Erwägungen, wenn überhaupt, nur minimal in das Design eingeflossen sind. Und wer sagt überhaupt, dass ihr Ästhetik-Verständnis zu dem meinen überhaupt kompatibel ist? Vorsichtig streiche ich mit meiner Hand über das elastische Material, das sich wie Haut anfühlt.

„Probier den Anzug ruhig an. Du wirst dich dann besser fühlen.", ermutigt mich Audagis.

Gerade will ich den Anzug vom Gestell nehmen, als mich der Ferdrax auffordert, mich vorher komplett zu entkleiden. Er meint, der Anzug könne nur auf nackter Haut getragen werden. Also entspreche ich seiner Aufforderung und entledige mich der durchnässten Kleider, bis ich nur noch in Unterwäsche vor ihnen stehe.

„Na, weiter! Die Unterwäsche muss auch weg. Wolf, wir haben Kenntnis von den Barrieren, die dir deine Etikette und dein Schamgefühl auferlegen. Wir aber empfinden nichts Derartiges bei der Präsentation der natürlichen Gestalt. Also, los."

Zögernd fahre ich fort und stehe schließlich komplett nackt vor ihnen. Die Situation ist mir sehr unangenehm, denn ich bin total entblößt. Leider muss ich mir eingestehen, dass ich mehr mit dem zivilisierten Menschen, der in den Metropolen lebt, gemeinsam habe, als ich es mir immer zugestehen wollte. Meine Kleider trage ich nicht nur zum Schutz vor Kälte, sie nehmen auch eine andere Schutzfunktion ein und wirken wie eine Art Panzer. Die Weise ‚Kleider machen Leute!' trifft wohl auch auf mich zu. Das wird mir gerade richtig klar, denn hier und jetzt bin ich nackt und nicht durch entsprechende Bekleidung bedingt Waldläufer, Schüler oder Pfadfinder. Ich bin einfach nur ich – gewissermaßen der Wolf Wilson unplugged. In diesem Augenblick werde ich von einem weiteren Ferdrax von oben bis unten mit einem braunen, öligen Sekret besprüht, bis es an meinem ganzen Körper herunterläuft und in dünnen Fäden zu Boden tropft. Die Flüssigkeit besitzt etwa die Konsistenz von flüssigem Honig und riecht wie eine Kräuterlotion. Auch das Innere des Anzugs wird nun gründlich mit diesem Sekret eingesprüht.

„Ich weiß, dass diese Prozedur dir unangenehm ist", vernehme ich jetzt von Audagis, „aber sie ist notwendig. Zum einen dient diese Lotion als Gleitmittel, damit du überhaupt in diesen Anzug schlüpfen kannst. Zum anderen beinhaltet es Wirkstoffe, die deinem Körper die Anpassung an die hiesige Biosphäre erleichtern."

Audagis muss meine vom Ekel geprägte Geste erkannt haben. Ihm zunickend nehme ich unsicher den Anzug, dieses bionische Wunderwerk, von dem Gestell. Trotz der extremen Schwerkraftverhältnisse erscheint mir dieses funktionale Kleidungsstück sehr leicht. Fragend sehe ich Audagis an, denn ich weiß nicht, wie ich in dieses enge, einteilige Kostüm schlüpfen soll, da es keinen Öffnungsmechanismus zu besitzen scheint. Der Ferdrax drückt jetzt auf zwei Punkte im Achselhöhlenbereich und plötzlich springt der Anzug längs über den ganzen Frontbereich auf.

„Diese Punkte solltest du dir gut merken, Wolf, sonst bist du in diesem Suite gefangen.", teilt er mir verschmitzt mit, während ich angewidert das Innere des hautengen Anzugs betrachte, in dem die ölige, braune Lotion eine große Lache ausgebildet hat. Ich werde in diesem Sekret regelrecht schwimmen. Ohne weiter zu zögern beginne ich mich in den hautengen Anzug zu zwängen, wobei das Sekret aus der Öffnung quillt und seitlich über Schultern und Flanken herunterfließt. Im Genetal- und Afterbereich sind jeweils ein Loch eingearbeitet, damit ich meine Notdurft verrichten kann, ohne jedes Mal den Anzug ausziehen zu müssen. Das ist sehr praktisch. Zum Verschließen und der vorläufigen Fixierung sind feinste Widerhäkchen in die Nahtstelle eingearbeitet, die ich sorgfältig ineinander verhake. Der Anzug fühlt sich seltsam und kühl an. Und die unterstützende Wirkung auf meine Mobilität hat sich auch nicht eingestellt. Er wirkt beengend und behindert mich gar noch bei meinen Bewegungen.

Abermals schaue ich fragend zu Audagis auf. „Naja, der Anzug sitzt ja schon absolut perfekt, aber ich kann immer noch kaum stehen."

Leicht beginnt Audagis zu grinsen und erklärt mir schließlich: „Das ist ja auch kein Wunder. Der Anzug muss erst noch aktiviert werden. Hierfür musst du erneut auf die beiden sensitiven Punkte simultan drücken. Sei aber vorgewarnt. Während der Initialisierungs- und Aktivierungsphase wird es eventuell etwas unangenehm für dich werden. Das dauert aber nicht lange. Also, wenn du bereit bist, dann aktivier ihn jetzt."

Tief atme ich durch und drücke schließlich auf die beiden sensitiven Punkte. In diesem Moment verschwindet die Nahtstelle auf der Front. Das Material beginnt sich noch enger und strammer an meine Haut zu heften. Überall zupft und zerrt es. Dabei wird der Rest des überschüssigen Sekrets aus dem Kragen gepresst. Der Anzug scheint ein regelrechtes Eigenleben zu entwickeln. Und plötzlich beginnt es an meinem gesamten Körper zu stechen und anschließend zu brennen. Schreiend lasse ich mich zu Boden fallen und beginne mich wie ein Fisch auf dem Trockenen zu winden. Doch plötzlich ist der Spuk vorbei. Stöhnend erhebe ich mich wieder. Von dem Anzug spüre ich gar nichts mehr. Es kommt mir vor, als wäre ich immer noch nackt. Allerdings fühle ich mich auf einmal federleicht. Meine Bewegungen sind jetzt kraftvoll und sehr schnell. Neugierig wage ich einen leichten Sprung, danach einen großen und erreiche dabei Höhen, die ich auf der Erde nicht einmal ansatzweise geschafft hätte. Ich fühle mich großartig. Neugierig streiche ich mit meiner rechten Hand über meinen linken Unterarm. Es fühlt sich an, als ob ich über meine Haut streichen würde.

„Dieser Anzug ist eine Wucht! Danke, Audagis. Mann! Aber, der muss doch ein Vermögen gekostet haben."

Audagis beginnt zu lachen. „Mach dir darüber keine Sorgen. Unser Wirtschaftssystem funktioniert etwas anders als das eure. Wenn du ihn nicht mehr benötigst, gibst du ihn einfach wieder zurück. Alles verstanden?"

„Alles klar!"

Mit diesen Worten streife ich mir meinen Wildlederanzug wieder über, der jetzt natürlich recht eng sitzt. Nur gut, dass ihn meine Mutter einen weiten Schnitt verpasst und mit Größenreserven geschneidert hat. Auch meine Mokassins passen noch – perfekt!

„Nun, so viel zu den umweltbedingten Problemen, ein weiteres wäre da noch zu klären", richtet sich Audagis erneut an mich, „Wólf erklärte mir, dass deine Aufenthaltsdauer hier auf Yüpjup nach Angaben seines kleinen Welpen dort unbefristet sein müsse, da noch nicht abzusehen wäre, wann du wieder zurückkehren kannst. Das wirft die Frage auf, wer sich während der Zeit deines Aufenthalts hier um dich kümmern wird und wo du leben sollst."

„Ist es mir etwa gestattet, frei zu wählen?", frage ich überrascht.

„Ja, Jedenfalls so frei wie es verantwortbar und realisierbar ist."

Überlegend sehe ich zu den beiden Cṛond'lloṛí hinüber. Mir stellt sich die Frage, ob mich sein Vater wirklich akzeptieren wird. Er würdigt mich ja nicht einmal eines Blickes und sein rüdes Verhalten mir gegenüber von vorhin, lässt reine Ablehnung vermuten. Andererseits kenne ich Chracuta schon ein wenig. Er ist zwar ein rauer Geselle, hat aber ein treues Herz und ich weiß, dass er stets zu mir stehen wird. Die Cṛond'lloṛí führen, Chracutas Schilderungen nach, ein Leben, wie ich es stets leben wollte – ein Leben fernab jeglicher Städte im Einklang mit der Natur. Die Yüpjonen mögen zwar sehr hilfsbereit und freundlich sein, sie sind mir aber zu fremd und repräsentieren die technisierte, zivilisierte Welt. Außerdem hat mir Wólf auf dem Runway schon unmittelbar zu verstehen gegeben, dass ich mit ihnen zu gehen habe. Ich bin also geneigt, das Risiko einzugehen und weiterhin auf dem Pfad des Abenteuers zu wandeln. Damit möchte ich keinesfalls andeuten, dass ein Leben bei den Yüpjonen langweilig wäre. Sicherlich würde es aber geringere Risiken birgen und für mich bequemer sein. Aus meiner Intuition heraus habe ich dennoch das starke Gefühl, dass mein Platz eher bei den Raubtieren, den Cṛond'lloṛí, ist.

„Wólf hat mir oben schon gesagt, dass ich mit ihm kommen soll. Und ja, ich möchte gerne bei ihm leben."

Eine kurze Weile sieht mich der Ferdrax schweigend an, bevor er mir antwortet.

„Bist du dir wirklich sicher, dass du das tun möchtest? Cṛond'lloṛí sind erbarmungslos und führen ein hartes Leben voller Gefahren. Du könntest deinen Aufenthalt hier viel angenehmer und sicherer gestalten.", rät er mir schon beinahe beschwörend.

„Hmh, eine ähnliche Entscheidung hatte meine Familie auf der Erde auch schon zu fällen. Wir hatten uns für ein Leben in der Wildnis entschieden und die Gefahren akzeptiert, die so ein Leben birgt. Wir haben diesen Schritt nie bereut. Und ich entscheide mich hier und jetzt erneut für die Wildnis. Ich danke Ihnen aber für ihre offenen Worte und für Ihre Fürsorge."

Akzeptierend nickt er mir zu und gibt einen der anwesenden

Chrontanarer ein Zeichen, der daraufhin diesen Raum verlässt.

In diesem Moment erhebt sich Chracutas Vater und geht langsam auf mich zu, während sein Welpe an Ort und Stelle sitzen bleibt.

Noch einmal wendet sich der Ferdrax mir zu. „Darf ich dir noch einen Rat mit auf den Weg geben?“

Bereitwillig nicke ich ihm zu.

„Bei uns ist es unüblich, ein Individuum in der dritten Person plural anzusprechen. Cꞅond’lloꞅí könnten das missverstehen und unter bestimmten Umständen gar als Affront aufnehmen. Das könnte für dich sehr gefährlich werden.“

„Danke, Audagis. Ich werde deinen Rat beherzigen.“

Inzwischen hat mich der mächtige Cꞅond’lloꞅ-Vater erreicht. Eindringlich sieht er mir kurz in die Augen, nimmt mir wortlos den Translator ab und überreicht mir schließlich einen anderen. Dieses Gerät unterscheidet sich geringfügig vom Vorherigen. Es scheint eine andere Ausführung zu sein. Sofort setze ich ihn auf. Dabei stellt sich mir die Frage, warum die Yüpjonen nicht gleich zu unserem Empfang auf dem Runway mit Translatoren ausgerüstet waren. Nur Chracutas Vater trug einen. Hatten die Metallwesen sie schlichtweg vergessen oder gerade keine passenden Ausführungen parat? Wenigstens haben die Ferdraces trotzdem versucht, mit mir zu kommunizieren, während die Chrontanarer einfach stumm geblieben sind. Der einzige mit Translator, Wólf, ignorierte mich unterdessen einfach oder schubste mich umher. Ich hoffe, dass ich keine Fehlentscheidung getroffen habe.

Kurz darauf betritt jener Chrontanarer wieder den Raum mit einigen Utensilien, darunter zwei Geschirre – ein kleines, das gemäß seiner Größe sicherlich für mich bestimmt ist und sehr einem Fünfpunkt-Gurtsystem für Fallschirmspringer ähnelt, und ein großes Traggeschirr für den Cꞅond’lloꞅ-Rüden, welches wie jenes aufgebaut ist, das Chracuta auf der Erde trug. Ich frage mich, wozu ich so ein Gurtsystem anlegen soll. Während mir mein Geschirr gereicht wird, legt sich Chracutas Vater das Seine an und hakt zwei große hartverschalte Koffer mit Equipment für was auch immer beiderseits in die Haltevorrichtungen ein. Wir werden also in aller Kürze aufbrechen und uns auf den Weg in die tiefen Wälder dieser Region machen. Kurz verabschieden wir uns von den Yüpjonen und verlassen angeführt von diesem respekteinflößenden Cṛond'Iloṛ-Rüden sehr schnell den unterirdischen Gebäudekomplex, dessen Architektur mich stark an eine gigantische Termitenkolonie erinnert. Wir treten hinaus in das stürmische Unwetter, das inzwischen enorm an Stärke gewonnen hat. Mir ist es trotz dieses bionischen Anzugs schlichtweg unmöglich, ihr hohes Tempo auch nur annähernd zu erreichen, obwohl ich jetzt schneller als jeder olympische Weltklassesprinter laufe. Dabei haben sie ihr Reisetempo längst noch nicht mal erreicht. Das ist auch vollkommen klar, denn wenn sie einen Schritt tun, muss ich mindestens sechs machen, um die gleiche Strecke zurückzulegen. Umso unverständlicher ist es, dass die beiden Cṛond'Iloṛí keine Rücksicht auf mich nehmen. Sie haben sich mittlerweile dermaßen weit von mir entfernt, dass ihre Silhouetten kaum noch durch die Wasserschwaden des dichten Nieselregens erkennbar sind. Mehrere hundert Meter bin ich schon zurückgefallen.

„Hey, wartet doch mal auf mich!", rufe ich ihnen keuchend hinterher.

Erschöpft bleibe ich nun stehen und sehe zu der indifferenten Wolkendecke empor. Vor mir dunkelt sich der Himmel dermaßen stark ab, dass man meinen könnte, die Nacht würde über uns hereinbrechen. Obwohl die Sichtverhältnisse so schlecht sind, dass Wolkenstrukturen nicht einmal andeutungsweise erkennbar sind, kann man deutlich sehen, dass eine monströse Wetterfront auf uns zurollt. Sie ist nicht nur dunkelgrau, sondern beinahe schwarz. Gewaltige Blitze zucken, begleitet von einem fast kontinuierlich ertönenden Grummeln, zwischen den Wolkenschichten und lassen den Himmel stroboskopartig hell aufflackern.

‚Na, das kann ja heiter werden. Das sieht ja wie eine gigantische Superzelle aus. Hoffentlich gibt das keinen Tornado', denke ich mir, während ich wieder zum Boden hinabsehe. Meine schweren, vom Regen durchnässten Kleider, von denen schon das Wasser heruntertropft, machen mir das Laufen auch nicht gerade leichter. Schemenhaft kann ich erkennen, wie die Cṛond'lloṛí in der Ferne stehen bleiben und sich zu mir umblicken. Müde setze ich mich wieder in Bewegung und schließe langsam zu ihnen auf. Die Regentropfen werden immer größer, bis ein regelrechter Wolkenbruch über uns niedergeht, wie ich ihn noch nie zuvor erlebt habe. Die Sichtweite ist auf weniger als fünfzehn Meter gefallen. Ich sehe nur noch Wasserfontänen, die von wilden Böen getrieben über mich nieder peitschen. Das Grummeln ist mittlerweile in ein zorniges, ohrenbetäubendes Gedonner übergegangen und um uns herum Zucken Blitze, deren Krachen beinahe zeitgleich zu hören ist. Die Gewitterzelle befindet sich direkt über uns. Mittlerweile steht das Wasser knöcheltief auf dem Boden. ‚Das hat mir noch gefehlt!', denke ich, während ich durch das Wasser wate und beobachte, wie das Regenwasser in Strömen an mir herunterfließt. Plötzlich stehe ich in gleißendem Licht, das mich blendet und vernehme gleichzeitig einen ohrenbetäubenden, scharfen Knall. Laut schreie ich vor Schreck auf. Mir ist das Herz in die Hose gerutscht. Im direkten Umfeld muss ein Blitz eingeschlagen sein. Es dauert eine Weile, bis ich wieder Konturen erkennen kann. Plötzlich vernehme ich direkt vor mir die bassige und etwas heisere Stimme von Chracutas Vater.

„Ja, der war sehr nah! Kannst du nicht etwas schneller laufen?! Ich möchte nicht wegen dir vom Blitz erschlagen werden! Bis wir wieder daheim sind, dauert das bei dieser Geschwindigkeit ja Tage!"

Verschreckt hebe ich meinen Kopf und erblicke den kolossalen Cṛond'lloṛ, wie er mich mit einem geringschätzigen Blick mustert. Meine Knie sind butterweich und mein Hals ist wie zugeschnürt. Alleine die Anwesenheit dieses Monstrums jagt mir dermaßen viel Furcht ein, dass ich nur mit Mühe die Kontrolle über meine Blase behalte. Ich kann nur froh sein, dass sie fast entleert ist.

„Nein, kann er nicht.", entgegnet ihm Chracuta.

Blitzschnell wendet der Cṛond'lloṛ-Vater seinen Kopf, richtet seinen strengen Blick auf den Welpen und legt dabei die Ohren an.

„Wenn ich mit dir spreche, dann sehe ich dich auch an! Mit dir habe ich sowieso noch ein Wörtchen zu reden!", herrscht Wólf Chracuta mit leicht hochgezogenen Lefzen an, der sofort schweigt. Nun wendet er sich wieder mir zu, der immer noch keuchend nach Luft ringt.

„Also, Terraner, ich will die Antwort von dir haben!"

Eingeschüchtert zucke ich zusammen. Ich erinnere mich deutlich an Chracutas Ratschlag für ein angemessenes Verhalten ihnen gegenüber. Ich soll selbstsicher und stark auftreten. Stattdessen entgleitet mir die Kontrolle über meine Blase und entleere ihren restlichen Inhalt komplett in meine Hose. Ein warmer Strom ergießt sich entlang der Innenseiten meiner Beine. Statt eine resolute Antwort zu geben, bringe ich nur ein stotterndes Stammeln zustande.

„N...nein, i...ich kann nicht schneller laufen. Ich b...bin nur ein kleiner Mensch."

„Ja, ein ängstlicher, winziger Mensch. Ein Wesen, welches hier trotz dieser technologischen Hilfsmittel ohne unsere Protektion nicht einmal zwei Tage überleben würde. Für diesen Planeten bist du zu empfindlich und schwach. Sieh dich doch mal an! Du bist ja jetzt schon total fertig – trotz deines bionischen Anzugs – und wir haben gerade mal das Spaceport-Gelände verlassen! Was hat sich Chracuta nur dabei gedacht, so ein hilfloses, schwaches Wesen hier anzuschleppen?! Dies ist kein Ort für dich, Mensch!“

Ängstlich habe ich meinen Kopf gesenkt und wage es nicht einmal, auch nur in die Richtung von Chracutas Vater zu blicken.

„Ich habe es mir nicht ausgesucht, hierher zu kommen.“, bringe ich flüsternd mehr zu mir als zu ihm hervor. Mit einem Grollen untermalten Schnaufen packt er mich am Rücken und trägt mich wie ein Raubtierbaby. Einem verschnürten Paket gleich hänge ich jetzt in den Gurten, während die Cr̦ond’llor̦í mit hoher Geschwindigkeit über das Gelände eilen. Jetzt weiß ich, weswegen ich das Gurtsystem anlegen sollte.

Die beiden Cr̦ond’llor̦í laufen trotz der widrigen Bodenverhältnisse derart schnell, dass die Wassertropfen des über uns niederprasselnden Wolkenbruchs schmerzhaft in meinem Gesicht einschlagen. Stöhnend kneife ich meine Augen zu und drehe mein Gesicht schützend aus dem kühlen, steifen Fahrtwind. Der einzige positive Aspekt des über uns niedergehenden Platzregens und des beim Laufen aufspritzenden Wassers besteht darin, dass der Urin aus meiner Hose gewaschen wird. Ich hoffe nur, dass der Gewittersturm bald über uns hinweggezogen ist.

Das Raumschiff, welches für Wochen mein Zuhause war, habe ich mir von außen nicht ansehen können. Auf der Erde war es von einem Tarnschild umgeben und hier fehlte mir dafür jegliche Zeit, denn ich war zu sehr mit den Ankunftsmodalitäten und schließlich mit Chracutas Vater beschäftigt. Selbst von dem Raumhafen habe ich aufgrund der schlechten Sichtverhältnisse nicht viel gesehen. Nur einen Turm mit konisch geformten und konzentrisch ausgerichteten Stäben, die auf dem Dach eines leuchtturmartigen Gebäudes befestigt waren, einige kleinere Gebäude und den Runway, auf dem wir gelandet waren, konnte ich erkennen. Alles andere lag hinter dem Schleier des Unwetters verborgen. Ich frage mich nur, wo sich die Raumschiff-Hangar befinden könnten, denn die paar kleinen, schmucklosen Bauten, die ich während des Landeanflugs aus der Luft sehen konnte, hätten gerade mal ein paar F14-Tomcats aufnehmen können. Es ist zu vermuten, dass sie wie der Teil des Komplexes, in dem ich mich befunden habe, unterirdisch angelegt sind. Ich will mir gar nicht vorstellen, wie viel Kubikmeter Erdreich beim Bau dieser Anlage bewegt worden ist, wo die gigantische Menge an Abraum hingekommen und welcher technologische Aufwand zum Errichten dieser Anlage betrieben worden ist. Über diese Fragen denke ich jedoch nicht allzu lange nach, denn solche technischen Sachen haben mich von je her kaum interessiert. Vielmehr erweckt die fremdartige Natur mein Interesse, von der ich aufgrund der schlechten Wetter- und Sichtverhältnisse leider nur wenig sehen kann.

Wir haben inzwischen den Raumhafen weit hinter uns gelassen und durchqueren eine baumlose, mit Gras und Gestrüpp bewachsene Hochebene. Tief sinken die großen Pranken der beiden Cṛond'lloṛí in den aufgeweichten Untergrund ein, was ihnen in ihrem unermüdlichen Vorwärtsdrang nicht weiter hinderlich zu sein scheint. Bei jedem ihrer kraftvollen Sätze spritzen Wasser und Erde nach hinten weg. Obwohl das gröbste Unwetter bereits über uns hinweggezogen und der Wolkenbruch in einen normalen Regenschauer übergegangen ist, steht das Wasser inzwischen knietief im Gras. Mittlerweile ist es mir völlig egal, ob es aus Kübeln gießt, ob ich von dem bei jedem ihrer Sätze aufspritzenden Wasser geduscht oder gleich in einen See geworfen werde. Ich bin ohnehin total durchnässt, was gleichwohl bedeutet, dass ich eine sehr schlechte Nacht vor mir haben werde. Aufgrund dessen kann nicht einmal die Tatsache meine schlechte Gemütslage aufbessern, dass das Gewitter über uns hinweggezogen ist, sich die Sichtverhältnisse wieder bessern und der Horizont etwas aufhellt.

Weit verstreut stehen einzelne, sehr niedrig gewachsene, aber umso stabilere Bäume, deren Äste sich derart niedrig über dem Boden ausbreiten, dass sie ihn zumeist berühren. So bieten sie dem Wind nur wenig Angriffsfläche. Hier und da finden sich größere Parzellen, die mit den Relikten einer einst geschlossenen Schneedecke bedeckt sind. Erst kürzlich müssen die Temperaturen enorm gestiegen sein. In kleinen Senken und Mulden haben sich das Schmelzwasser, welches der gesättigte Boden nicht mehr aufnehmen konnte, und das Wasser des gewaltigen Wolkenbruchs in großen, flachen Seen gesammelt. Obwohl diese monotone, öde Landschaft keine Abwechslung bietet, habe ich mir in den letzten zwei Stunden, die wir bereits unterwegs sind, neugierig die Gegend angesehen, während wir sie mit unglaublicher Geschwindigkeit durchquerten.

Vor uns liegt ein gewaltiges Gebirgsmassiv, welches in einem gigantischen Waldgebiet liegt. Nur die schnee- und eisbedeckten Gipfel ragen weiß schimmernd aus dem Meer von Bäumen. Die Gegend wird nun abwechslungsreicher und interessanter, aber auch beschwerlicher. Wir tauchen in bewaldete Regionen ein, die Teil der Randzone dieses nordischen Urwalds sind. Dieses Gebiet ist geprägt von niedrigen und äußerst stabilen Bäumen, die ein sehr dichtes Kronendach ausbilden. Der Bodenbereich wird dominiert von Moosen, Schattengewächsen unterschiedlichster Art und verschiedenen Gräsern. Der hiesige Waldboden ist von tiefen Gräben und Furchen durchzogen, die es zu überwinden gilt. Meinen Begleitern bereiten diese Hindernisse keine Probleme, denn mit gewaltigen Sätzen werden die Gräben überquert, ohne dass die Reisegeschwindigkeit herabgesetzt werden muss. Je weiter wir in diesen Urwald vordringen, desto größer und höher werden die Bäume. Mittlerweile haben sie wahrlich gigantische Ausmaße erreicht. Und schon bald betreten wir einen Wald innerhalb dieses Waldes, der aus kleineren Bäumen und Büschen besteht. Sie stehen zwischen

den weit auseinanderstehenden Stämmen dieser Mammutriesen. Befände ich mich auf der Erde, würde ich diese Landschaft als prähistorische Urlandschaft bezeichnen, denn die hier stehenden Mammutbäume verleihen dem Wald einen Hauch von Grobschlächtigkeit. Durch das kahle Geäst der kleineren Bäume und das des Buschwerks hindurch sind ihre Wipfel gut zu sehen. Die Wipfelhöhen schätze ich auf über vierhundert Meter, deren Baumstämme leicht den Umfang des World Trade Centers erreichen. Ich schätze, dass mir der Blick auf die Kronen dieser Baumriesen im Sommer durch das Laubwerk der kleineren Bäume und das des Gebüsches zumeist verwehrt bleiben wird. Erwartungsgemäß produziert der Wald völlig andere Geräusche als der meiner Heimat. Die Vögel singen völlig fremde ‚Lieder'; viele fremdartige Stimmen sind zu vernehmen. Ich bin einfach überwältigt von diesen neuen Eindrücken, die diesem Ort die Atmosphäre eines verwunschenen Waldes einhauchen.
Dies ist also das Reich der Cṛond'lloṛí – ein Reich des ewigen Zwielichts.

Seit wir diesen Wald betreten haben, hat sich die Stimmung der beiden Cṛond'lloṛí gewandelt. Sie wirken angespannter und haben ihre Reisegeschwindigkeit erhöht. Mit einem Mal bleiben sie witternd stehen und scannen förmlich mit ihren Augen nervös die Gegend ab. Offenbar liegt ein interessanter Geruch in der Luft. Unschlüssig sieht mein Freund jetzt zu seinem Vater hoch. Was ihm wohl gerade durch den Kopf geht? Mit einer Kopfbewegung gibt Wólf seinem Welpen ein Zeichen, woraufhin sich beide rasch in Bewegung setzen. Werde ich etwa Zeuge einer Jagd werden? Die beiden Cṛond'lloṛí steigern ihre Geschwindigkeit bis zum vollen Sprint. Ich werde dabei im Tragegriff dermaßen wild umhergeschüttelt, dass ich kaum noch etwas sehen kann und einige Male hart gegen den Hals des Cṛond'lloṛ-Vaters pralle. So sehr ich mich auch anstrenge, mir ist es nicht möglich, ein Beutetier zu entdecken, dem sie nachjagen. Und wer jagt schon mit einem Tier in der Schnauze? Langsam kommen mir Zweifel, dass wir uns auf einer Jagd befinden. Viel eher hat es den Anschein einer Flucht. Vor was, um Himmels Willen, sollte ein mächtiges Wesen wie Chracutas Vater denn fliehen wollen? Aus dem Gebüsch schnellen plötzlich zwei große Raubkatzen heraus und holen Wólf mit wuchtigen Prankenhieben von den Läufen. Hart schlägt er auf, überschlägt sich mehrmals mit mir und prallt schließlich rücklings gegen einen Baum – ich gegen ihn. Dabei gehen mir kurzzeitig die Lichter aus. Als ich wieder zur Besinnung komme, steht Chracutas Vater über mir und sein Welpe neben uns. Außer Abschürfungen und Prellungen habe ich dank Wólfs Bemühungen, mich vor Schlimmerem zu bewahren, nichts weiter abbekommen. Vor uns befinden sich zwei Raubkatzen von äußerst kräftiger Statur. Es müssen Rhohac-Jupduns sein, denn sie besitzen große Ähnlichkeiten zu den Rhohakais, mit denen ich daheim schon unangenehme Bekanntschaft gemacht habe. Sie sehen wirklich sehr bedrohlich aus. Mit ihren dämonischen Katzenaugen fixieren sie uns und nehmen laut brüllend eine bedrohliche Haltung ein. Die beiden Cṛond'lloṛí taxieren die Katzen argwöhnisch und belegen sie mit drohenden Blicken. Ich hatte recht. Wir sind auf einer Jagd – nur nicht als Jäger.

Mit bassiger Stimme spricht Chracutas Vater mich jetzt an und zeigt dabei mit seiner Pfote auf die beiden Großkatzen. „Um welche Spezies handelt es sich bei diesen beiden da?"

„Ich vermute mal, das sind Rhohac-Jupduns.", entgegne ich ihm mit zittriger Stimme.

„Korrekt! Vor ihnen musst du dich in Acht nehmen!"

Kaum hat Chracutas Vater ausgesprochen, beginnt er fürchterlich zu knurren und zu grollen. Dabei schaut er drohend mit rot leuchtenden Augen direkt in ihre und entblößt seine gewaltigen Zähne. Die Katzen antworten mit feliden Drohgebärden und werden zunehmens aggressiver. Daraufhin stürmt Wólf blitzschnell auf sie zu und attackiert sie, während sein Welpe bei mir bleibt. Als er sich auf sie wirft, vernehme ich ein lautes Krachen. Durch die Wucht von Wólfs Attacke, werden die beiden Großkatzen von ihren Läufen gerissen und gegen den Stamm eines Mammutbaumes geschmettert. Unbeeindruckt dessen schütteln sie sich nur einmal kurz und stürzen sich auf Chracutas Vater, der blitzschnell aus der unmittelbaren Gefahrenzone springt. Augenblicklich verwickelt Wólf den Größeren der Beiden in einen furiosen und äußerst brutalen Kampf, während sich der etwas Kleinere auffällig zurückhält und uns aufmerksam fixiert. Ob er eine Bedrohung in Chracuta sieht? Meine Knie sind butterweich und mein Innerstes völlig aufgelöst in panischer Furcht. Das gesamte Areal dient den Kämpfenden mittlerweile als Arena. Wild grollend, brüllend und fauchend schlagen sie unerbittlich auf einander ein, treiben sich ihre Zähne und Krallen gegenseitig ins Fleisch und reißen sich tiefe Wunden, derart dass ausgerissene Fellbüschel und ihr Blut durch die Gegend geschleudert werden. Gegenseitig schmettern sie sich gegen Felsen und Bäume und versuchen ihren Gegner zu zerreißen. Nicht einmal bei Chracuta habe ich eine derartige Zurschaustellung von Agilität, brachialer Kraft und roher Gewalt gesehen. Plötzlich werde ich von hinten gepackt und brutal in eine nahe Erdspalte geschleudert. Schmerzhaft pralle ich auf und lande in der Schlammbrühe, die sich in ihr gesammelt hat, während ich aus den Augenwinkeln heraus beobachten kann, wie Chracuta die Attacke des Kleineren über sich hinweggleiten lässt. Sofort springt er die Großkatze an und verwickelt sie ebenfalls in einen wilden, erbarmungslosen Kampf. Beide haben bereits tiefklaffende Wunden davongetragen. Chracuta scheint jedoch dem Rhohac-Jupdun physisch absolut unterlegen zu sein, denn mehr und mehr wird er zurückgedrängt und mehrmals schwer getroffen, woraufhin er sich von seinem Gegner losreißt und die Flucht ergreift. Augenblicklich nimmt die Großkatze die Verfolgung auf und jagt dem davoneilenden Welpen nach. Mit einem Mal vernehme ich rechts neben mir ein lautes Bellen und das Zerbersten von Knochen. Kurz darauf schlägt dicht neben mir der größere Rhohac-Jupdun auf und bleibt röchelnd liegen. Deutlich kann ich sehen, wie er anfängt Blut zu spucken, während Chracutas Vater über dem Kater fürchterlich knurrend, einer Dämonengestalt gleich, mit rot aufblitzenden Augen erscheint und seines Zornes Geifer auf ihn zähnefletschend speit. Mit einem Biss zerreißt Wólf seinem Kontrahenten die Kehle und treibt ihm seine Vorderpfoten mit einem wuchtigen Hieb in die Brust. Dabei spritzt in Fontänen das Blut aus der Großkatze heraus und mir direkt ins Gesicht und gegen die Brust. Mit einem Ruck zieht er seine Pfoten aus dem Körper des sterbenden Rhohac-Jupduns. Wie Wasser aus einer Quelle sprudelt es aus den Wunden der Katze und fließt wie ein Bach in meine Erdspalte. Grollend sieht mich Wólf mit dämonischen Augen an und spricht mich harsch an.

„Wo ist Chracuta?!“

Ich bin außerstande, ihm zu antworten, was seinen Zorn weiter anwachsen lässt. Mir ist es nicht möglich zu erkennen, gegen wen dieser unsägliche Hass gerichtet ist. Kann es sein, dass er mich als Ursache dieses Zwischenfalls betrachtet? Auf einmal vernehme ich ein gequetschtes, fast schrilles Jaulen, was Chracutas Vater unweigerlich herumfahren lässt. Auf einer Anhöhe, zirka fünfzig Meter von uns entfernt, kann er seinen Welpen auf dem Rücken liegend ausmachen, der in einem festen Klammergriff seines erbarmungslosen Gegners fixiert ist. Laut knurrend stürzt er sich auf den zweiten Rhohac-Jupdun, der gerade seine Zähne in den Hals des Welpen treibt. Aufgeschreckt von dem heranstürmenden Cŗond'lloŗ-Vater lässt er von seinem Opfer ab und ergreift verletzt die Flucht. Keuchend springt Chracuta nun auf und schüttelt sich das Laub aus dem Fell.

Das waren äußerst gnadenlose und brutale Kämpfe, bei denen Chracuta beinahe sein Leben verloren hätte, die Rhohac-

Jupduns aber letztendlich den Cṛond'lloṛí unterlegen waren. Mir hat sich dabei der Magen umgedreht. Wahrscheinlich müsste ich mich übergeben, wenn ich zuvor etwas gegessen hätte. Der Appetit ist mir jedenfalls vorerst vergangen. Wenn Chracuta mich nicht so unsanft in die Erdspalte gestoßen hätte, wäre diese Attacke der Rhohac-Jupduns mein Tod gewesen. Wieder einmal verdanke ich mein Leben also diesem tapferen und äußerst streitbaren Cṛond'lloṛ-Welpen.

Der Zorn ist mittlerweile aus dem Antlitz Wólfs gewichen, der nun auf mich zukommt und seinem Welpen anerkennend und stolz in die Augen sieht.

„So, das wäre geschafft! Wir können jetzt unseren Heimweg fortsetzen!"

Mit diesen Worten zieht er mich aus der Erdspalte, die ich bis jetzt nicht verlassen habe, nimmt mich wieder in den Tragegriff und beginnt den Marsch fortzusetzen. Das ist also sein einziger Kommentar zu diesem äußerst brutalen und blutigen Kampf. Wir laufen an dem zerfetzten Kadaver des Rhohac-Jupduns vorbei, der an den Wurzeln eines dieser Mammutbäume nahe jener Erdspalte liegt. Aufgewühlt von den schrecklichen Bildern des Kampfes reibe ich meine klammen Finger zittrig an meinen durchnässten Kleidern, die mit einem Gemisch aus Blut und Schlamm durchtränkt sind. Ich scheue jeglichen Blick zurück und vermeide es, die blutüberströmten Leiber der Cṛond'lloṛí zu betrachten. Stattdessen sehe ich mir mit gezwungener Neugier die Umgebung und den Himmel an, um Vergessen zu suchen.

Es hat mittlerweile aufgehört zu regnen. Die Luft ist sehr feucht, und es ist deutlich kühler geworden. Dunstschwaden werden von seichten Winden durch den Wald getrieben. Obwohl es weit über 10°C sein muss, beschlägt mein Atem. Die Natur scheint sich nicht in ihrer vegetativen Phase zu befinden, denn die uns umgebenden Bäume und Sträucher tragen keine Blätter. Leichte Windböen bringen die uns umgebenden Zweige in Bewegung. Der Boden ist sehr feucht und morastig; auch hier muss vor kürzerer Zeit der Wolkenbruch niedergegangen sein, denn die ablaufenden Wassermassen haben deutliche Spuren bei der Bodenvegetation hinterlassen. Die ganze Gegend ist in dunkles, diffuses Licht getaucht. Durch eine Schneise hindurch, die ein erst kürzlich entwurzelter Mammutbaum geschlagen hat, kann ich den Himmel sehen. Er ist von mehreren Wolkenschichten bedeckt; die oberste Schicht wird von Stratuswolken gebildet. Viel tiefer unter ihr hängt eine weitere Wolkenschicht, die von Horizont zu Horizont reicht und mit ihm verschwimmt. Unter ihr ziehen viele Wolkenfetzen vorüber. Es herrscht ein richtiges Einheitsgrau vor.

‚So ein richtig dunkler Herbsttag.', denke ich mir bei diesem Anblick. Diese Lichtverhältnisse haben auf mich eine bedrückende Wirkung. Hinzu kommen die schockierenden Ereignisse des Tages, die mein Innerstes traumatisiert haben. Nie zuvor habe ich dermaßen grausame Bilder sehen müssen, nie zuvor Kämpfe, die mit solch letaler Konsequenz in derartiger Brutalität geführt wurden. Das ist mein erster Tag auf diesem fremden Planeten, in einer Umgebung, die für Lebensformen ganz anderer Ausmaße geschaffen ist. In der Tat fühle ich mich wie der Protagonist Scott Carey in Jack Arnolds Filmklassiker ‚Die unglaubliche Geschichte des Mr. C.', denn alles hier wirkt so gigantisch. Ich hoffe sehr, dass solche Auseinandersetzungen hier nicht an der Tagesordnung sind. Ich würde an dem seelischen Stress sicherlich zerbrechen. Das erste Mal sehe ich meine Reise mit anderen Augen. Bisher habe ich sie stets als Abenteuer betrachtet und mich als Helden dieses Abenteuers. Doch was ist, wenn Chracutas Vater wirklich recht hat und dieser Planet nichts für Menschen ist? Was ist, wenn diese urzeitliche Umgebung mich tötet? Es ist das erste Mal, dass ich so weit von Zuhause weg und von meiner Mutter getrennt bin. Mir ist bewusst, dass diese Trennung für eine sehr lange Zeit aufrechterhalten bleiben muss, da ich nach den letzten Geschehnissen für die Norchtmaŗŗí fortan vogelfrei bin. Ich kann also nicht zurück. Heimweh beginnt sich in mir auszubreiten und immer mehr schmerzt die Trennung von meiner Mutter. Nunmehr betrachte ich dieses Ereignis als schweren Schicksalsschlag.

Das ist wirklich ein blödes Wetter. Dabei kommt man in der Tat auf schlechte Gedanken. Immerhin hat dieser Schicksalsschlag auch etwas Gutes für sich; schließlich habe ich durch jene Ereignisse einen ungewöhnlichen wie guten Freund gewinnen können, obwohl ich nicht einschätzen kann, was sein Vater in mir sieht und ob er mich letztendlich akzeptieren wird. Genau das ist aber der Dreh- und Angelpunkt. Chracuta hat mit seinem Abenteuer auf der Erde sehr viel Blödsinn gemacht und hat damit den Zorn seiner Eltern auf sich gezogen. Da mein Erscheinen eng mit dieser Sache verknüpft ist, wirft das einen Schatten auf mich. In welche Richtung dieser Schatten sein Urteil über mich lenken wird, ist leicht einzuschätzen. Hinzu kommt aber noch der Fremdheitsaspekt. Das, was ich für sie bin, mag viel schlimmer sein als das, was bei uns Ausländer für arbeitslose Einheimische sind, denn sie sind immerhin noch Menschen. Ich jedoch bin nicht einmal ein Cŗond'lloŗ und weise überhaupt keine Gemeinsamkeiten zu ihnen auf. Ich nehme ihnen zwar keine Arbeit und damit nicht die Lebensgrundlage weg, aber ich weiß nicht, wie sie Außerwhough'sche betrachten. Sollte ich etwa bei ihnen denselben Status besitzen, wie ihn Tiere bei uns Menschen innehaben? Daher glaube ich, dass meine Beurteilung sicherlich nicht objektiv erfolgen wird. Ach, ich darf mir nicht so viele Sorgen machen. Das liegt auch nur an diesem blöden Wetter. Haben wir jetzt Herbst oder Frühling, bzw. haben sie überhaupt Jahreszeiten auf diesem Planeten?

Nun bleibt Chracutas Vater an den Wurzeln eines Mammutbaums stehen. Ist etwa wieder Gefahr in Verzug? An der Ruhe, die meine Begleiter ausstrahlen, erkenne ich, dass meine Befürchtung unbegründet zu sein scheint. Relativ sanft werde ich von Wólf auf dem Boden abgesetzt. Während ich mit meinen Gedanken beschäftigt war, ist viel Zeit vergangen und wir haben eine ganz schön weite Strecke zurückgelegt. Mittlerweile ist es dunkel geworden.

„Hier bleiben wir über Nacht! Es ist gefährlich alleine in der Dunkelheit zu reisen! Warum wohl, Chracuta?!"

Während er seinem Welpen diese Frage stellt, sieht er ihm vorwurfsvoll in die Augen.

„Weil Angreifer schlecht gesichtet werden können.", antwortet Chracuta seinem Vater leise.

„Richtig, und merk dir das, Chracuta! Wie heißt denn dein kleiner Erdenfreund und warum schleppst du ihn hier an? Es ist nervig aus Rücksicht zu ihm diese Geräte tragen zu müssen, nur um seine eigenartig klingende Worte verstehen zu können."

„Sein Name ist Wolf und... Kann ich dir den Rest nicht morgen, wenn wir im Chretwóŗ sind, erzählen? Das wäre mir lieber, Wempai."

Kurz überlegt Wólf, bevor er seinem Welpen antwortet. „Von mir aus! Dann wirst du es aber auch deiner Mutter erklären! So, Wolf heißt er. Hoffentlich ist er dann kein Schwächling. Ich habe wohl gesehen, dass du ihn retten musstest und wegen ihm nicht fliehen wolltest. Greifst einen ausgewachsenen Rhohac-Jupdun an und wirfst beinahe dein Leben für einen *Menschen* weg!"

Geduckt steht Chracuta mit angelegten Ohren vor seinem Vater und zieht seinen Schwanz ein.

„Aber, ich..."

„Doch hast du mich mit deinem Wagemut und deinem Kampfgeist stolz gemacht, auch wenn dein Vorgehen absolut töricht war.", beiläufig gibt er seinem Welpen eine Kopfnuss, während er seinen strengen Blick auf mich richtet.

„Bist du stolz, ein Mensch zu sein?“, fragt er mit einem leisen Grollen untermalt. Erneut versuche ich selbstsicher zu wirken und bringe immerhin ein zittriges »Ja, Sir« heraus.

„Du bist also stolz, dass einer meiner Welpen für dich kämpfen muss?!“, sagt er in einem strengen, vorwurfsvollen Ton, während er mit seiner rechten Vorderpfote in eine der klaffenden Wunden seines Welpen greift, die augenblicklich mit Blut benetzt ist. Anschließend richtet der Cŗond'lloŗ sich auf und geht wie ein Werwolf auf seinen Hinterläufen auf mich zu. Wie gebannt starre ich zu der über fünf Meter hohen Kreatur empor und beginne am ganzen Körper zu zittern. Dicht vor mir bleibt er stehen, beugt sich herunter und schmiert mir das Blut verächtlich quer über Gesicht und Brust.

„Das ist das Blut meines Welpen, welches heute für dich vergossen wurde! Bei allen Auroren, ich hoffe, du erweist dich unseres Blutes würdig!“

Verzweifelt schaue ich zu Boden, um ihn nicht ansehen zu müssen, und werfe einen kurzen Blick zu Chracuta hinüber, der in diesem Moment seine rechte Vorderpfote vor seine Schnauze legt und mich dabei eindringlich ansieht. Ich soll also nichts zu all dem sagen. Ich werde mich auch hüten, freiwillig irgendetwas zu sagen, denn nach dem zu urteilen, was ich hörte, scheint mich sein Vater zu verachten und ich ihm nur lästig zu sein. Nicht einmal angesehen hat er mich, als er mit Chracuta über mich sprach. Und jene Geste des mich Besudelns mit seines Welpen Blut mag pure Verachtung zum Ausdruck bringen. Ich werde mich deshalb kaum bemerkbar machen. Mit den Tränen kämpfend wende ich mich ab und setze mich etwas abseits von ihnen ins feuchte Gras, wo ich versuche, meine Kleidung von Schlamm und Blut zu befreien, was mir jedoch nicht wirklich gelingen will. Währenddessen haben sich Chracuta und Wólf hingesetzt und lecken ihre Wunden. Mir ist nicht wohl, da ich mich lästig und von seinem Vater nicht akzeptiert, ja sogar abgeschoben fühle. Ein Gefühl tiefer Einsamkeit und

Beklommenheit beginnt Oberhand zu gewinnen. Das bedrückt mich so sehr, dass ich die Tränen nicht mehr zurückhalten kann. Leise beginne ich zu weinen und verstecke mein verheultes Gesicht vor etwaigen Blicken der Cŗond'lloŗí, da mein Gefühlsausbruch als Schwäche interpretiert werden könnte. Von Chracutas Vater erwarte ich sehr wenig, erst recht kein Verständnis für mein Gefühlsleben. Für ihn zählt nur Härte und Stärke. In seiner Wahrnehmungswelt ist kein Platz für verzweifelte und haltsuchende Geschöpfe.

Chracuta scheint meinen Gefühlsausbruch trotz meines Versuchs, ihn zu verbergen, bemerkt zu haben, denn er steht auf und trottet von seinem Liegeplatz unterhalb einer der gigantischen Wurzeln des Baumes zu mir und legt sich neben mich ins Gras. Sein Fell ist wie das seines Vaters mit Schlamm und der beim Laufen aufgeschleuderten Erde besudelt, was jedoch weder ihn, noch seinen Vater zu interessieren scheint. Das Wasser allerdings perlt von seinem Fell ab und zieht sich zu Tropfen zusammen, die sehr leicht abgeschüttelt werden können, so als ob sein Fell imprägniert worden wäre. Daher ist es im Gegensatz zu meinen Kleidern recht trocken – wie sehr ich ihn dafür nur beneide.

„Was hast du denn? Du sitzt hier völlig zusammengekauert im Gras und versteckst dein Gesicht hinter Knien und Armen. Hat das etwas mit meinem Vater zu tun oder begebt ihr Menschen euch so zur Ruhe?", fragt er mich in einem sanften Ton.

„Es hat eher etwas mit deinem Vater zu tun, er ist so... ach, ich finde jetzt nicht die richtigen Worte. Es hat aber nicht nur mit ihm zu tun.", antworte ich ihm weinerlich. Ihm erzähle ich alles, was mich bedrückt. Während er meinen Ausführungen aufmerksam folgt, spielt er mit seinen Ohren.

„Ach, so darfst du das nicht sehen, Wolf. Mein Vater kann zu Fremden sehr rau sein und oberflächlich wirken, ohne dass er es wirklich so meint. Es ist klar, dass er dich nicht liebevoll wie sein eigen Fleisch und Blut empfängt, erst recht nicht nach den kürzlichen Geschehnissen, denn du bist ja nicht sein Welpe. Du wirst sehen, wenn ich ihm die Hintergründe und Umstände erkläre und erzähle, was du alles für mich gewagt und aufgegeben hast, wird sich vieles ändern. Das versichere ich dir. Versuch jetzt etwas zu schlafen und komm ein wenig näher zu uns, sonst wirst du, ohne dass wir es merken, geklaut. Die Biosphäre dieses Planeten ist nämlich für dich viel gefährlicher als die deines Heimatplaneten. Du hast ja gesehen, wie schnell hier der Tod kommen kann. Und außerdem wird es dir in deinem durchnässten Ersatzfell sicherlich kalt sein. Du kannst dich ruhig an uns wärmen. Das ist dein Recht."

Ich nicke ihm zu, stehe auf und folge Chracuta zu ihrem Schlafplatz. Langsam macht sich die Kälte in meinen feuchten Kleidern bemerkbar, sodass ich zu frieren beginne. An meinem Zittern erkennt Chracuta mein jetziges Befinden. Er greift mich mit seinen Zähnen und Pfoten, zieht mich näher an sich heran und rückt mich so zurecht, dass sich sein Körper direkt an meinen schmiegt. So liege ich zwischen Chracuta und seinem Vater, die mir jetzt Wärme spenden. Ich habe nur die Befürchtung, dass sich Chracuta oder Wólf im Schlaf auf mich rollen, denn dann wäre ich bestimmt platt wie eine Pizza. Doch die angenehme Wärme, die mich umgibt, lässt mich diese Horrorvision schnell vergessen. Ihre enorme Größe hat auch ihre Vorteile; dies ist einer von ihnen. Wólf scheint schon zu schlafen, denn er hat sich die ganze Zeit über nicht bewegt. Sein rhythmisches und monotones Schnaufen wirkt so beruhigend auf mich, dass die Müdigkeit bleiern über mich hereinbricht und mir sehr bald die Augen zufallen.

Aus der Tiefe meines Schlafes werde ich von einer Bewegung unter mir gerissen. Jedoch bin ich noch zu müde, als dass mich dieser Umstand weiter berühren könnte und entschließe mich, ohne weiter darüber nachzudenken, weiterzuschlafen, obwohl es nun bedeutend kühler geworden ist. Doch mein Vorhaben wird einige Zeit später jäh durch brutales Rütteln, Schütteln und Anstupsen sabotiert. Ich öffne meine Augen und erblicke blinzelnd Chracutas Vater, der vor mir steht und streng zu mir hinabsieht. Die Helligkeit des wolkenlosen Himmels blendet mich dermaßen, dass ich kaum in der Lage bin, meine schmerzenden Augen zu öffnen. Die vergangene Nacht kann nicht sehr erholsam gewesen sein, denn die überhöhte Lichtempfindlichkeit meiner Augen deutet auf ein erhöhtes Maß an Müdigkeit hin. Gähnend reibe ich mir den Schlaf aus den Augen und blicke mich neugierig um. Mich fasziniert die archaisch anmutende, urzeitliche Urwaldlandschaft, obwohl sie in ihrer gigantischen Dimensionierung auf mich erdrückend und erschreckend wirkt. Sie verleiht mir den Eindruck, ich sei geschrumpft.

Selten habe ich erlebt, dass sich Wetterlagen in solch kurzen Zeiträumen ändern können. Gestern Abend herrschte eine dicke Waschküche vor, während wir heute Morgen von einem stahlblauen Himmel und einer strahlenden Morgenröte begrüßt werden. Dabei finden sich Farbnuancen von tiefem Rot bis hin zu dunklem Blau. Im Vergleich zu irdischen Sonnenaufgängen lässt sich hier eine leichte Verschiebung der Farbpalette ins Rötliche feststellen, als ob die uns umgebende Luft mit Feuchtigkeit gesättigt wäre. Noch ist die Sonne von den umliegenden Bäumen verdeckt und für uns nicht sichtbar. Mich fröstelt es, denn meine feuchten, schlamm- und blutverschmierten Kleider bieten keinen ausreichenden Schutz vor der morgendlichen Kälte. Ich gewinne den Eindruck, dass das Tragen sauberer Kleidung hier wohl dem Reich der Utopie angehören wird.

Nun dringt die tiefe, bassige Stimme des Cṛond'lloṛı an meine Ohren. „Du scheinst eine kleine Schlafmütze zu sein. Es sieht so aus, als hättest du schlecht geschlafen. Hast du?“

Schüchtern nicke ich ihm noch benommen zu, obwohl ich

wie ein Stein geschlafen habe.

„Komm, ich möchte mich ein bisschen mit dir unterhalten!"

Wortlos stehe ich mit meinem Gleichgewicht hadernd auf und leiste seiner Order Folge. Chracuta sitzt währenddessen vor einem der Abhänge dieser Gegend, der sich etwa fünfzig Meter rechts neben mir befindet. Dort spielt er mit herumliegenden Felsbrocken und wirft sie durch die Gegend. Jetzt sieht er zu mir herüber und begrüßt mich mit einem freundlichen Blick, bleibt jedoch an Ort und Stelle. An seinen Lefzen kann ich neben den Striemen der gestrigen Ohrfeigen frische entdecken. Dass ich mich gestern im Raumschiff hinsichtlich der Möglichkeit einer Bestrafung martialer Art von seinem Vater getäuscht habe, hat sich ja gestern auf spektakuläre Weise gezeigt. Sie war dermaßen impulsiv und heftig, dass es mich heute noch mit Schrecken erfüllt, wenn ich nur daran zurückdenke. Der dabei entstandene Sachschaden mag beträchtlich sein. Aber warum wurde Chracuta heute Morgen erneut bestraft? Gestern noch hat er Chracuta wegen seines Mutes und Kampfgeistes bei dem Kampf gegen den Rhohac-Jupdun gelobt und ihm gegenüber seinen Stolz zum Ausdruck gebracht. Daher war ich der festen Überzeugung, dass die Sache erledigt gewesen wäre. Fragend sehe ich seinen Vater an und deute dabei auf Chracuta. Der erkennt meine Geste sofort und bleibt stehen.

„Du willst also wissen, was mit deinem Freund geschehen ist. Er wurde vorhin von mir für sein leichtfertiges Handeln auf Terra bestraft!"

„Schon wieder?", flüstere ich mir selbst zu.

Jetzt setzt er sich und blickt zu mir hinab.

„Nein! Chracuta hat meine Zugangscodes gestohlen, um Zugriff auf ein Raumschiff zu erlangen. Er hat mein Vertrauen missbraucht und mich vor den Yüpjonen entehrt. Dafür wurde er *gestern* bestraft. Seine Züchtigung fiel nur aus Rücksicht auf die Yüpjonen und dich so milde aus. Und das weiß er. Eure Eltern bestrafen euch doch auch, wenn ihr Unfug treibt, nicht wahr?!“

Als Antwort nicke ich ihm schüchtern zu.

„Hat es dir die Sprache verschlagen? Ich werde dich nicht bestrafen, denn für Chracutas Verfehlungen bist du nicht verantwortlich, genauso wenig, wie du für den gestrigen Angriff der Rhohac-Jupduns verantwortlich bist.“

Überrascht reiße ich meine Augen auf.

„Ja, Chracuta hat mir sehr wohl von eurem gestrigen Gespräch erzählt. Ich war gestern sehr ungehalten über seinen kleinen Ausflug und nicht gerade glücklich über die Konsequenzen seines Tuns, mit denen wir alle jetzt konfrontiert sind. Daher war ich gestern dir gegenüber sehr schroff. Dafür entschuldige ich mich. Davon abgesehen lass dir aber folgendes gesagt sein: Ich wünsche etwas mehr Selbstvertrauen von dir und sieh mir gefälligst in die Augen, wenn ich mit dir spreche! Ansonsten hast du hier keine Zukunft!“

Ich versuche Haltung anzunehmen und zu ihm emporzuschauen, obwohl mir mein Herz bis zum Hals hoch schlägt. Nun bringe ich mit viel Mühe ein gequetschtes »Ja, Sir« hervor. In diesem Augenblick bleibt er stehen, dreht sich zu mir um und setzt sich vor mich hin. In einem relativ gelassenen Ton fährt der große Cr̦ond'llor̦ fort.

„Schildere mir die Geschichte mal aus deiner Sicht.“

Mit all meiner Courage gelingt es mir, zu seinem Gesicht hochzusehen und die große, schwarze Nase zu fixieren. Seine Augen sind jedoch für mich eine unüberwindbare Barriere.

„Ja, Sir. Ich ging nach dem Tod meines Vaters zu einer kleinen Lichtung, die auf einer Anhöhe liegt, weil man dort die Gegend so gut überblicken kann. Dann hörte ich Geräusche sich nähernder Tiere und wenig später ein leises Winseln in unmittelbarer Nähe. Es erweckte meine Neugier und deshalb sah ich nach. Dabei wurde ich jedoch von Chracuta entdeckt, von ihm gepackt und zu ihm gezogen. Mann, war der wütend und ich nur noch erfüllt von Todesangst. Dann wurde er von einem

Speer getroffen. Das nutzte ich aus, um mich zu befreien und in einen Graben zu springen. Allerdings wurde ich von einem dieser Wesen gepackt und gewürgt. Ihm rammte ich daraufhin mein Messer in den Hals. Dann erfuhr ich von den Kaiads und schließlich habe ich ihm geholfen."

„Und warum hast du ihm dann geholfen, wenn Chracuta so zornig war? Wolltest du ein Abenteuer erleben und den Helden spielen?"

Aufgeregt beginne ich meine schweißnassen Hände zitternd an meiner Hose trockenzureiben. Nur mit Mühe kann ich verhindern, dass ich mir vor Angst in die Hose mache.

„Nein, Sir. Zu jenem Zeitpunkt hatte Chracuta mir versichert, dass er mich am Leben lassen würde. Weiterhin tat er mir leid, weil er so fürchterlich blutete und außerdem rannten da noch diese Bestien herum, die mich, wie Chracuta sagte, töten wollten. Und ich war mir sicher, dass jene Kreatur, die ich erstach, die Absicht hatte, mich zu erledigen. Aber warum ich ihm letztendlich geholfen habe, weiß ich nicht. Es war eben eine Momententscheidung von mir. Vielleicht wäre ich ein anderes Mal fortgelaufen."

Der Blick des Cꞅond'lloꞅı ist etwas sanfter geworden. Doch bin ich bald am Ende meiner Nerven und würde am liebsten auf der Stelle vor diesem Monstrum die Flucht ergreifen. Doch wohin sollte ich fliehen? Eins steht fest, in dieser Umgebung würde ich ohne Hilfe nicht einmal einen Tag überleben.

„Du hast Angst vor mir, nicht wahr?", dringt die tiefe, bassige Stimme des Cꞅond'lloꞅı an meine Ohren.

Zustimmend nicke ich ihm zu, denn in diesem Augenblick sehe ich mich außerstande, irgendein Wort hervorzubringen.

„Das kann ich sehr wohl verstehen, denn dir werden wir sicherlich riesenhaft erscheinen und auf dich sehr bedrohlich wirken."

Auch dies bestätige ich ihm mit einem Nicken.

„Auf jeden Fall bist du ehrlich und sachlich bei deinen Ausführungen. Das gefällt mir."

Jetzt erhebt er sich, geht auf mich zu, legt seinen mächtigen Lauf auf meine linke Schulter, dessen Auflagegewicht mir Schwierigkeiten bereitet, meine Schultern gerade zu halten und leckt mir einmal behutsam über mein Gesicht. Ich wusste gar nicht, dass er so zärtlich sein kann, denn nach dem, was ich gestern zu Gesicht bekommen habe, ist er ohne weiteres in der Lage, mich mit Leichtigkeit zu zerquetschen, wie wir es mit einer lästigen Fliege tun. Doch beruhigt mich diese Geste nicht.

„Ich danke dir für die Hilfe, die du Chracuta während seiner Not offeriertest. Du scheinst ein ehrlicher Mensch zu sein. Daher stehst du von jetzt an unter meinem Schutz. Sei dir gewiss, dass dir kein Cṛond'Iloṛ ein Haar krümmen wird und du keine Furcht mehr vor uns zu verspüren brauchst. Ob du unseres Blutes würdig bist, wird sich noch zeigen."

Bei diesen Worten fällt mir ein Stein der Größe eines Findlings vom Herzen. Es ist ein erhebendes Gefühl, wenn die Angst weicht und sich die Last der Ablehnung in Beschwingtheit des Akzeptiert-Werdens umkehrt. Und doch bleiben die Furcht vor dem Unbekannten und das Gefühl der Hilflosigkeit unterschwellig bestehen.

„Deinen Vater hätte ich gerne kennengelernt. Er muss ein großer Mensch gewesen sein, um so einen tapferen Welpen, äh… Kind, zu zeugen. Wie ist er denn gestorben?"

Schmerzhafte Erinnerungen fluten mein Innerstes und treiben mir Tränen in die Augen.

„Er wurde erschossen.", entgegne ich ihm mit zittriger Stimme.

„Und was ist jetzt mit deiner Mutter?"

„Sie ist jetzt alleine. Zu meiner Sicherheit hat sie mich fortgeschickt. Ich sollte mit Chracuta gehen, obwohl ich viel lieber bei ihr geblieben wäre, um gemeinsam mit ihr gegen diese Kaiads anzugehen. Sie wollte mein Leben gesichert wissen und schickte mich deshalb fort. Und ich weiß nicht, wie es ihr jetzt geht.“

Dabei breche ich in Tränen aus, denn jetzt ist mir meine Beherrschung völlig entglitten. Tröstend redet der Cŗond’lloŗ auf mich ein.

„Du hängst sehr an ihr. Sie hat aber weise entschieden. Glaube mir, ich kann deine Gefühle verstehen. Du hast nur noch ein Elternteil und hast Angst, auch noch diesen zu verlieren. Aber bedenke stets, dass dein Weggehen sie in tiefe Zufriedenheit versetzt haben wird, denn sie hat die Gewissheit, dass du am Leben bleibst und sie ihre biologische Pflicht erfüllen konnte. Hier bei uns bist du nämlich vor unseren Feinden sicher. Du brauchst keine Angst zu haben, dass du jetzt allein dastehst, denn durch deinen Mut hast du jetzt viele neue Freunde gewonnen, die dir beistehen und dich schützen werden. Na, ist’s jetzt besser?“

Weinerlich antworte ich ihm. „Ja, Sir.“

„Und noch etwas“, wirft der Cŗond’lloŗ ein, „lass dieses *Sir* sein! Sag jetzt besser Wempai zu mir, denn ich werde jetzt die Stelle deines Vaters einnehmen und dich wie einen meiner leiblichen Welpen erziehen und behandeln. Komm jetzt… äh…, wie heißt du noch?“

„Wolf.“, antworte ich ihm noch etwas weinerlich und wische mir dabei die Tränen aus meinen Augen.

„Oh, welch ein Zufall. Okay, komm jetzt, Wolf! Dein Vater wusste wohl schon, warum er dich so nannte. Du warst bei deinen gleichaltrigen Spielgefährten bestimmt beliebt und geachtet.“

Unentschlossen druckse ich rum, denn ich weiß nicht, ob ich ihm wahrheitsgetreu antworten soll. Zwar hat mich Chracutas Vater offenbar akzeptiert, aber ich befinde mich immer noch auf dünnem Eis. Allerdings wage ich es nicht, ihn anzulügen.

Zögerlich antworte ich ihm deshalb. „N-nein, Sir… äh, entschuldigt, Wempai. Ich wurde von den Allermeisten als Hinterwäldler verlacht, weil ich kein Städter war. Nur während meiner

Prüfungszeit war ich in der Stadt. Zusammen mit meinem Vater reiste ich mit Pferden an und ab. Das war ein weiterer Grund, warum ich von meinen Mitschülern verlacht wurde. Wir besaßen nämlich kein Auto. Über meinen Namen mokierten sie sich auch. Ich wurde von ihnen spöttisch Bello oder Hasso genannt. Hier Bello, hast du dein Chappi, haben sie immer gesagt."

„Hast du dich denn nicht gewehrt?"

„Doch, sicherlich. Die meisten von ihnen habe ich stets verkloppt, denn diese Stadtkinder hatten keine Kondition und waren schwächer als ich. Aber dann holten sie ihre Freunde. Die betrieben Kampfsport und waren mir überlegen. Zusammen mit ihnen sind sie dann auf mich losgegangen. Da bin ich dann geflüchtet."

Bei diesen Worten verfinstert sich sein Blick. „Das ist feige und ehrlos! Sei froh, dass du aus dem Kreis dieser Schwächlinge fort bist – Schwächlinge, die zum Tode verdammt sind! Lass uns jetzt gehen, Wolf. Wir wollen heim."

Nun erhebt er sich und geht zu Chracuta. Ich folge ihm. Mein Freund spielt noch immer mit Felsbrocken, wird jetzt aber von Wempai gerufen.

„Chracuta, komm! Wir wollen weiter!"

Sofort lässt er die Klunker fallen und läuft zu uns. Mein Stiefvater packt mich wieder an meiner Tragevorrichtung und bricht auf.

Wir nähern uns immer weiter dem Gebirge, welches wir schon gestern fast erreicht hatten und gelangen in ein sumpfiges Feuchtgebiet. Tief sinken die Pranken der Cṛond'llọŕí in den Morast, auf dem brackiges Wasser steht. Das Gebüsch wird nun lichter und plötzlich tauchen wir in eine Auenlandschaft ein, die durch einen sehr breiten Fluss gebildet wird, der ruhig und sehr langsam seinen Weg durch diesen fremdartigen Wald nimmt. Zahlreiche, verschieden große Inselchen kann ich ausmachen, zwischen denen das Flusswasser kaum sichtbar entlangströmt.

Ohne zu zögern springen die beiden Cṛond'lloṛí ins Wasser, was für mich ein Vollbad bedeutet. Während ich tief in das eiskalte Wasser eintauche, lässt Wólf mich los. Als ich prustend wieder auftauche, weist mich die raue Stimme meines Stiefvaters an, mich an seinem Hals festzuhalten und jede unnötige Bewegung zu vermeiden, damit ich nicht so schnell auskühle. Schnell durchqueren wir so den Auenwald und gelangen schon bald wieder auf trockenes Gelände. Ich bin derart unterkühlt, dass mir die Kraft fehlt, mich weiter an ihm festzukrallen und falle am ganzen Körper zitternd zu Boden. Wólf und Chracuta schütteln währenddessen das Wasser ab, welches in kleinen Tröpfchen von ihrem Fell abperlt. Ich bin außerstande, noch irgendeine kontrollierte Bewegung zu vollziehen und verkrampfe mich infolge der starken Unterkühlung.

„Das war kein Moment zu früh, Chracuta. Wir müssen zusehen, dass er warm wird, sonst kann es sein, dass er krank wird und wir ihn letztendlich noch verlieren."

Fragend stellt Chracuta seinen Kopf schief, während sein Vater beginnt, mich mit seinen Pranken zu massieren. Anschließend legt er sich zu mir, um mich zu wärmen.

„Da siehst du, wie empfindlich Menschen sind", fährt er nun fort, „deswegen war ich auch so entrüstet, als du ihn hier angeschleppt hast. Seine Physiologie ist für ein Leben hier einfach nicht ausgerichtet. Mit deinem Schwur, den du seiner Mutter gegeben hast, hast du uns eine Verantwortung aufgeladen, der wir nur schwerlich gerecht werden können. Wahrscheinlich wäre er besser dran gewesen, wenn er auf Terra geblieben und dort untergetaucht wäre. Die Norchtmaṛṛí hätten wahrlich Wichtigeres zu tun gehabt, als einen kleinen Erdenjungen zu jagen, der nur einen Funktionär auf Abenteuerurlaub in Notwehr getötet hat und sonst absolut bedeutungslos ist. Aber diese Option ist jetzt vergeben."

Chracuta hat seinen Kopf gesenkt und lässt seine Ohren hängen.

„Und wenn ihr Welpen euch mit ihm beschäftigt, werdet ihr ihn trotz seiner bionischen Panzerung behandeln müssen wie ein rohes Ei, damit ihr ihn nicht versehentlich tötet, denn er ist klein und darüber hinaus zerbrechlich wie eine hauchdünne Eisschicht."

Einsichtig nickt Chracuta einmal und setzt sich schließlich zu uns.

Ich frage mich, warum Wólf mich an seinen Gesprächen mit seinem Welpen teilhaben lässt und gar die Möglichkeit einer Kommunikation zwischen uns mithilfe dieser Übersetzer ermöglicht. Hat er doch erst gestern noch zum Ausdruck gebracht, wie ungerne er diese Translatoren trägt. Ist es vielleicht so, dass er eigentlich nicht Chracuta erklären will, dass diese Welt nichts für mich ist, sondern mir? Jedoch würde so eine subtile Art seinem Wesen vollkommen widersprechen. Chracuta sieht mich an und stellt erwartungsvoll seinen Kopf schief. Er scheint meinen fragenden Blick erkannt zu haben.

„Was beschäftigt dich denn, Wolf?", will er jetzt von mir wissen.

„Nun, es wundert mich ein wenig, dass ihr mich an eurem Gespräch teilhaben lasst, obwohl eure Worte nicht an mich gerichtet sind."

Während Chracuta zu grinsen beginnt, vernehme ich direkt über mir Wólfs Stimme.

„Wir ermöglichen dir das Verständnis unserer Worte, weil es die Höflichkeit und die Ehre gebietet. Es ziemt sich nicht, eine Person aus der Konversation auszusperren, nur weil sie der Sprache nicht mächtig ist – erst recht nicht, wenn es im Gespräch um jene Person geht. Damit würde sie ausgegrenzt und so mit Missachtung gestraft. Ist euch Menschen diese Verhaltensregel etwa nicht bekannt? Bei euch existieren doch unzählige, unterschiedliche Sprachen bei ein und derselben Spezies."

„Bei uns gilt es auch als unfein, in einer Sprache zu reden, die ein Dritter nicht versteht. Leider beherzigen viele Menschen diese Verhaltensregel nicht. Daher ist es für mich auch nicht selbstverständlich, dass sie so konsequent eingehalten wird."

Wempai quittiert meine Antwort mit kurzzeitigem Anlegen seiner Ohren und einem verächtlichen Schnaufen.

„Ich verstehe. Ok, bist du wieder fit? Wir möchten nämlich heute noch unser Ziel erreichen."

Mir ist zwar noch kalt, aber gefroren habe ich aufgrund meiner nassen, klammen Kleider schon vorher. Daher nicke ich ihm bereitwillig zu. Sofort erhebt er sich, packt mich wieder an der Rückenpartie und setzt die Reise fort.

Nach etwa eineinhalb Stunden strengen Marsches bleibt Wempai stehen und setzt mich im feuchten Gras ab. Dann wirft er seinen Kopf in den Nacken und gibt ein lautes, tiefes Heulen von sich. Anschließend wendet er sich an mich.

„Siehst du das Plateau da oben und den Rüden, der auf ihm steht?", fragt er mich munter.

Ich schaue das mächtige Felsmassiv empor und erblicke jenen Cṛond'lloṛ, der gerade erscheint und zu uns hinunterstarrt und antworte ihm: „Ja, ich kann ihn sehen."

„Das ist Chrorchta, der zu dieser Stunde über unser Jagdrevier wacht. Siehst du, jetzt kommt er zu uns hinunter, denn er hat uns erkannt."

„Woran erkennst du das, Wempai?"

„Wären wir fremd, hätte er warnend geheult und Verstärkung geholt, um uns zu vertreiben. Nie wäre er bei solch einer Überzahl alleine heruntergekommen, denn das könnte seinen sicheren Tod bedeuten. Du wirst im Übrigen mindestens drei Sprachen erlernen müssen, um dich auf Whough richtig verständlich machen zu können. Zum einen die beiden yüpjonischen Sprachen, weil wir mit den Yüpjonen als Vertreter der wissenschaftlich-technologischen Welt immer wieder mal interagieren müssen. Zum anderen wirst du dir die Sprache

Canidae, unsere Sprache, aneignen müssen, weil du unter uns Cṛond'lloṛí leben wirst. Man hat mir gesagt, dass sie für dich faktisch nicht sprechbar wäre, denn sie sei komplexer und ganz anders strukturiert als die deine. Zudem sei unsere Sprache stark durchsetzt mit Gesten, die du aufgrund anatomischer Differenzen nicht nachahmen kannst. Wir werden sehen, inwieweit es dir möglich sein wird, dich auch ohne artspezifische Gesten uns verständlich zu machen, und das wirst du müssen. Schließlich wollen wir nicht ewig diese lästigen Geräte tragen.", und deutet dabei auf die Translatoren.

Diese drei Sprachen zu lernen, dürfte eine sehr große Herausforderung sein. Schließlich sind es Sprachen, die nicht unterschiedlicher sein können. Obwohl mich Sprachen sehr interessieren, stehe ich dieser Aufgabe sehr skeptisch gegenüber.

„Ich verstehe. Mir war schon klar, dass die Nutzung dieser Translatoren nur eine Übergangslösung sein kann. Ich werde mich anstrengen, sie schnellstmöglich und so gut es eben geht zu lernen und zu sprechen. Wie lange werde ich denn benötigen, eure Sprache halbwegs zu erlernen, wenn sie so schwer ist."

„Das weiß ich nicht. Da wir keinen Kontakt zu Menschen pflegen, fehlen uns da die Erfahrungswerte. Das wird wohl stark von deiner Sprachbegabung abhängen. Abgesehen davon wird für dich weniger die Grammatik, die Syntax oder Semantik das Problem sein. Dein Gerät wird dich schon dabei unterstützen und dafür sorgen, dass du schnell lernst. Dein Problem wird wohl eher das Formen der Laute, die korrekte Aussprache schlechthin sein, denn sie werden auf anatomische Differenzen in unseren Rachenräumen beruhen."

Laut seufze ich auf. „Oje, wenn die Laute eurer Sprache schon so schwer für mich zu formen sind, wie soll ich dann je die der yüpjonischen Sprachen formen? Die sind ja noch fremdartiger und bizarrer."

Amüsiert lächelt mich mein Stiefvater an. „Gar nicht! Wir

können die Laute der Ferdraces auch nicht formen und die Muster der Chrontanarer schon mal gar nicht. Das ist schlichtweg unmöglich, aber auch nicht notwendig. Sie verstehen Canidae, so wie wir ihre Sprachen verstehen. Wir sprechen in unseren jeweiligen Muttersprachen miteinander und verstehen die unserer Gesprächspartner. Nur so funktioniert es."

Nun fällt es mir wie Schuppen von den Augen. Ich war davon ausgegangen, dass die Chrontanarer nur stumm gewesen sind und keine Kommunikationsversuche unternommen hätten. Dabei sprachen sie die ganze Zeit zu mir und ich hatte ihr Farben- und Musterspiel als Zeichen der Aufregung missinterpretiert. Dabei ist mir das Konzept einer farbmusterbasierten Kommunikation durchaus geläufig, denn die Humboldt-Kalmare kommunizieren miteinander in der gleichen Weise.

„Das heißt, auch die Chrontanarer versuchten zu mir zu sprechen, obwohl sie keinen Laut von sich gegeben haben?"

„Oja und wie sie es versuchten", bestätigt er mir, schaut nun auf und bemerkt, „oh, da kommt er ja schon."

Sie gehen schwanzwedelnd aufeinander zu und begrüßen sich in gewohnter Manier mit Belecken von Gesichts- und Schnauzpartien. Nachdem sie einige Worte miteinander gewechselt haben, kommen sie schließlich zu Chracuta und mir. Auch Chracuta wird in derselben Art begrüßt. Dieser Cŗond'lloŗ besitzt eine ähnliche Figur wie Wempai und wirkt nicht minder bedrohlich auf mich. Nun kommt er schwanzwedelnd zu mir, beschnuppert mich eingehend und richtet einige Worte an mich.

„So, du bist also das Menschenkind, das Chracuta mitgebracht hat – ein gewagtes Unterfangen. Sei willkommen."

Mit diesen Worten leckt er mir kurz über Gesicht und Haare. Meine Mutter sagte immer, »Urh, das gibt Würmer, Wolf«, wenn mich unsere Hunde ableckten. Das wäre also überstanden; Chrorchta hat mich nicht als Beute angesehen und verspeist. Ich glaube, er hätte von Wempai sehr viel Ärger bekommen.

„Das ist mein Onkel, Wolf“, erklärt mir Chracuta. Somit ist es verständlich, dass sie sich so ähneln.

„Chracuta, wie viele Geschwister hat er denn?“

„Insgesamt sieben, fünf Brüder und zwei Schwestern.“, antwortet er mir schmunzelnd.

„Sehen die alle so schlimm aus?“

„Hurr, ja.“

„Du wirst also auch so ein Brecher werden, nicht wahr?“

„Das will ich doch stark hoffen, Wolf. Besitzt du ein Erscheinungsbild, das Souveränität und Stärke zum Ausdruck bringt, werden sich andere genau überlegen, ob sie es mit dir aufnehmen wollen. Je brachialer du aussiehst, desto mehr Ruhe hast du.“, erklärt er mir beschwörend.

„Aha? Dann sieh mal zu, dass du nicht aus deinem Fell quillst.“, antworte ich ihm und beginne zu lachen.

Chracuta zieht nur eine urkomische Grimasse, stellt dabei seinen Kopf schief und beginnt herzhaft zu lachen. Jetzt bekomme ich einen Lachanfall – im Übrigen der Erste, seit mein Vater gestorben ist.

Wir trotten weiter in Richtung neue Heimat und gehen jetzt so langsam, dass ich in der Lage bin, zu Fuß mitzukommen. Während des Weges witzeln Chracuta und ich weiter und bekommen einen Lachanfall nach dem anderen und fallen dabei merklich zurück. Jetzt bleiben die beiden Erwachsenen stehen, während wir den Rückstand wieder aufholen. Chrorchta sieht sich zu mir um und betrachtet mich sehr eindringlich. Ich frage mich, was an mir so interessant ist.

„Chracuta, warum beäugt mich Chrorchta so intensiv?“

„Es gibt hier keine Menschen. Dein Anblick ist für uns also sehr ungewohnt und dementsprechend interessant. Verstehst du?“

„Ja, kann ich mir schon vorstellen. Und Chrachra ist wirklich praktisch dein Ebenbild?“

„Ja. Aber wie kommst du jetzt auf Chrachra?“

„Ja, weil er dann genauso ein Brecher wird wie du und ich euch nicht auseinanderhalten kann.“

„Hurr, du bringst mich schon wieder zum Lachen.“

Inzwischen haben wir zu Chrorchta und Wempai aufgeschlossen. Daraufhin setzen sie sich wieder in Bewegung.

„Trödelt nicht so!“, vernehmen wir von Wempai, wobei wir uns nur stumm, aber lächelnd ansehen.

Seit Wólfs Bruder zu uns gestoßen ist, sind einige Stunden vergangen. Seither führt unser Weg nur noch steil bergauf, denn wir besteigen jenen Berg, den ich heute Morgen noch zwischen den Bäumen etwas genauer betrachtet habe. Der Pfad zum eisbedeckten Gipfel führt über vier Plateaus. Ich frage mich, wann wir endlich das erste Plateau erreichen, denn meine Kräfte neigen sich langsam dem Ende zu.

„Wempai, ist es noch weit?“, frage ich ihn schnaufend. Von meiner Kondition enttäuscht sieht er mich etwas verächtlich an.

„Es ist nicht mehr weit, Wolf. Dein Körper muss sich in einem erbärmlichen Zustand befinden, dass du trotz dieses bionischen Kraftverstärkers derartige Defizite besitzt. Dagegen müssen wir unbedingt etwas unternehmen, sonst wirst du hier nicht alt. Weißt du denn überhaupt, welche Jahreszeit wir haben? Diese Information ist für dich nicht gerade unwichtig.“

„Ähm, ich vermute, dass wir Frühling haben.“

„Und woran erkennst du das, Wolf?“

„Ähm, an Chracuta. Auf dem Raumschiff gab es Spuren eines Fellwechsels. Und offenbar tragt ihr jetzt kein Winterfell.“

Anerkennend grinst er mich an.

„So kann man natürlich auch argumentieren. Sehr gut! Aber woran erkennt man das noch?“

Eine Zeitlang überlege ich und kaue dabei auf meinen Fingernägeln herum – eine schlechte Angewohnheit, die stets bei mir durchkommt, wenn ich nervös bin – und sehe zum feuchten Boden hinab, der mit alten, braunen Blättern bedeckt ist.

„Äh, am Laub unten auf dem Boden? – Autsch!“

Kaum habe ich ausgesprochen, gibt er mir mit seiner Pranke eine Backpfeife.

„Soll das eine Feststellung oder eine Frage sein?! Und nun noch einmal!“

Ich atme tief durch und setze noch einmal zur Antwort an.

„Ich erkenne es am Laub. Es ist nicht frisch gefallen. Zieht man die meteorologischen Verhältnisse noch in Betracht, folgt unmittelbar, dass wir Frühling haben müssen!“

„So ist es. Du darfst nie unsicher wirken, merk dir das! Ich werde dich immer wieder daran erinnern.“, gibt er mir jetzt zufriedener zu verstehen, während sein Bruder diese Situation erheiternd findet. Ich nicke Wempai zu und sehe wieder nach vorn.

Auf unserem Weg durch den Wald ist mir aufgefallen, dass wir keinesfalls querfeldein gegangen sind, sondern regelrechten Pfaden gefolgt sind. Von Chracuta erfuhr ich, dass Cṛond'lloṛí in ihrem Revier meistens dieselben Wege benutzen und sich bei ständiger Benutzung eben diese Pfade herausbilden. Weitläufig bezeichnet man diese schmalen Wege als Cṛond'lloṛ-Pfade. Unser Cṛond'lloṛ-Pfad hat uns in die Nähe eines Gebirgsbaches geführt, der sich rauschend und gurgelnd seinen Weg ins Tal bahnt. Je höher wir aufsteigen, desto zahlreicher und größer werden die Schneeinseln, die als Relikte des vergangenen Winters den Temperaturen des Frühlings trotzen. Mit Erleichterung kann ich endlich das erste Plateau ausmachen. Dieser Pfad führt direkt zu einer Lichtung, die wir sehr bald erreichen. Dort erblicke ich eine größere Anzahl von Cṛond'lloṛí, die faul in kleineren Gruppen zusammenliegen und sich sonnen. Einige scheinen mehr Gefallen daran zu finden, sich gegenseitig durch die Gegend zu jagen und miteinander zu kämpfen. Bei ihnen, die sich lautstark von den anderen abheben, muss es sich um Welpen handeln, wenn man es auch als Außenstehender nicht glauben mag, denn bei diesen wilden Monstern handelt es sich um Muskelmaschinen mit äußerst subversiver Gewalt. Manche Welpen nerven die Alttiere, die sich mit ihrem Schicksal abgefunden zu haben scheinen und stoisch die stürmischen Attacken der ‚Kleinen' über sich ergehen lassen. Andere wiederum spielen sogar mit ihnen, lassen sich jagen und nach einiger Zeit packen. Daraufhin beginnt eine wilde Rauferei, die meist mit einem spielerischen Biss in die Kehle endet. Mich erinnert dieses Welpenspiel eher an ein gnadenloses, hartes Kampftraining. Nun stupst mich Chracuta unvermittelt mit seiner feucht-kalten Nase an.

„Jetzt sind wir da, das ist unser Zuhause. Du musst jetzt erst einmal wegen den anderen, die dich noch nicht kennen, dicht bei uns bleiben."

„Ich werde mich hüten.", antworte ich ihm ängstlich.

Das ist also das Chretwóṛ meines Stiefvaters und gleichzeitig mein neues Zuhause. Wie Chracuta mir erklärte, bezeichnen sie so ihre Lebensgemeinschaft. Zumeist bestehen sie aus Familienangehörigen, was aber nicht unbedingt die Regel sein muss. Cṛond'lloṛ-Chretwóṛí sind nicht streng hierarchisch organisiert, werden aber von einem Cṛond'lloṛ, dem Woṛkhan, geführt. Wie ähnlich diese Lebensgemeinschaft zu der eines Rudels terrestrischer Wölfe ist, weiß ich allerdings noch nicht.

Plötzlich packt mich Wempai mit seinen Zähnen und verfrachtet mich in ‚gewohnter' Geschwindigkeit in den Mittelpunkt des Geschehens. Dort werde ich von ihm so abgesetzt, dass ich auf dem schlammigen, teils von Schneematsch bedeckten Boden sitze, dessen Grasnarbe von dem wilden Getobe der Welpen aufgerissen worden ist. Sofort stellt er sich schützend über mich, denn die anderen stürmen bereits herbei, um Wempai und Chracuta zu begrüßen. Ich werde hingegen mit gierigen

Blicken belegt. Ich glaube, sie sehen mich als Beute an, die er für sie mitgebracht hat. In meiner Haut fühle ich mich zurzeit nicht gerade wohl. Dort oben herrscht ein ganz schönes Getümmel. Ich gucke jedoch nur auf die wild umherstapfenden Pfoten, um die gierigen Lauerblicke nicht sehen zu müssen und suche hinter den mächtigen Vorderläufen Wólfs Schutz. Endlich fängt er an zu reden. Die Angehörigen des Chretwóṛı lauschen gebannt seinen Ausführungen, in denen er ihnen genau darlegt, warum ich jetzt bei ihnen bin und warum ich ihrer Protektion bedarf. Mit einem Zeichen signalisiert er Chracuta nun, zu ihm zu kommen. Aus dem schwarzen Koffer, den Chracuta die ganze Zeit getragen hat, nimmt er nun jene Schachtel heraus, die er sich gestern auf dem Spaceport geben lassen hat und öffnet sie.

„Jeder nimmt sich jetzt einen Translator heraus und setzt ihn sich auf, denn Wolf spricht weder Canidae, noch eine yüpjonische Sprache."

Jetzt stupst er mich an. Ich soll wohl aufstehen. Langsam erhebe ich mich und trete aus der schützenden Deckung Wempais heraus, während die Anwesenden seiner Anweisung Folge leisten. Unsicher sehe ich die anderen genau an, die sich dicht um uns drängen. Die gierigen Blicke sind aus ihren Gesichtern gewichen. Ich kann verschieden große und unterschiedlich farbige Exemplare entdecken, wobei es sich bei den Kleineren, deren durchnässte Felle über und über mit Schlamm verschmiert sind, um Wempais Welpen und meine Stiefbrüder handeln muss. Ich komme mir unter ihnen vor wie ein zerbrechlicher Winzling, der bei einer unbedachten Bewegung ihrerseits schnell verletzt werden könnte. Meine Beine sind butterweich, jede meiner Bewegungen unsicher und zittrig. Dabei sollte ich doch nach Chracutas Rat stark und stolz wirken. Wie aber sollte mir dies angesichts solch übermächtiger Wesen gelingen, deren muskelstrotzende Körper einen absolut nervenzerreißenden Anblick für menschliche Augen sind? Der Kreis um uns weitet sich nun. Mir gegenüber kann ich Chracuta erspähen. Aber das kann doch nicht sein, denn Chracuta steht direkt neben mir. Da ich bei dem vor mir stehenden keine Spuren des Kampfes mit dem Rhohac-Jupdun ausmachen kann, muss das dann wohl sein Zwillingsbruder Chrachra sein. Dabei hätte ich schwören können, dass es sich bei ihm um Chracuta handelt. Erwartungsvoll werde ich von ihnen angesehen. Hilfesuchend sehe ich indes zu Wempai hoch. Der blickt mich lächelnd an.

„Na los, geh schon zu ihnen. Sie werden dir nichts tun. Ihr müsst euch erst einmal kennenlernen. Sie warten bereits auf dich.", sagt er sanft zu mir.

Langsam stapfe ich durch den knöcheltiefen Schlamm zu Chrachra, da er Chracuta so ähnlich, ja sogar mit ihm völlig identisch ist. Jetzt stehe ich vor ihm – eine imposante und ebenso furchteinflößende Erscheinung, wie alle hier. Unsicher lasse ich meinen Blick über die Welpen hinwegschweifen, die in absoluter Bewegungslosigkeit verharren und mich mit erwartungsvollen Blicken ihrer stechenden Augen belegen. Manche atmen schwer, als ob sie nach einer großen Kraftanstrengung nach Luft ringen würden. Ihre Felle sind vollkommen durchnässt, an denen ihr Schweiß herunterläuft und zu Boden tropft. Sie müssen infolge ihres wilden Spiels stark erhitzt sein. Mit flauem Gefühl in der Magengegend richte ich nun meinen Blick wieder auf Chrachra, der jetzt leicht mit seinem Schwanz zu wedeln beginnt, seinen Kopf senkt und mich gründlich beschnuppert. Plötzlich packt er mich mit seiner Pranke, zieht mich noch näher an sich heran und beschnuppert mich gründlich. Ansatzlos verpasst er mir jetzt einen, für ihre Verhältnisse, leichten, verspielten Pfotenhieb direkt auf die Schulter, der mich von meinen Füßen reißt und zurückschleudert. Rücklings pralle ich gegen einen Findling. Mir wird schwarz vor Augen, während mir die Luft wegbleibt. Ich merke nur noch, wie ich zusammensacke und bäuchlings in den kalten Schlamm falle. Augenblicklich werden meine Schulter, mein Rücken und insbesondere mein Kopf von starken, pochenden Schmerzen durchflutet, die mir die Tränen in die Augen treiben. Ohne diesen bionischen Schutzpanzer hätte mich dieser verspielte Prankenhieb sicherlich lebensbedrohlich verletzt oder gar sofort getötet. Nur mit Mühe gelingt es mir, die Schmerzen zu verbeißen. Mir beginnt Blut den Hals herunterzulaufen und in den Schlamm zu tropfen. Bei dem Aufprall muss ich mir den Kopf aufgeschlagen haben. Stöhnend drehe ich mich mit der Schärfe meiner Sinne kämpfend auf den Rücken und versuche schließlich wieder auf die Beine zu kommen, stürze aber erneut. Benommen schüttele ich meinen Kopf und unternehme wenig später einen weiteren Versuch. Auf wackeligen Beinen stehe ich nun im Schlamm und blicke zu den Welpen hinüber. Chrachra hat seinen Kopf gesenkt und die Ohren angelegt, sieht mich aber erwartungsvoll an, während seine Geschwister keinerlei Reaktionen zeigen und mich immer noch mit ihren Blicken fixieren. Es scheint, als ob von mir eine Gegenhandlung erwartet würde. Ich kann mir auch schon denken, welche. Langsam wate ich durch den Schlamm zu Chrachra, krempele meine Ärmel hoch und gebe ihm so stark, wie ich kann, einen Stoß. Er bleibt zwar wie ein Fels stehen, doch zeigt sich plötzlich eine Reaktion. Auf einmal stürzen alle Welpen zu mir, beschnüffeln und belecken mich und reißen mich mit sich fort. Wempai ruft mir noch mit großer Lautstärke etwas zu, denn die anderen Welpen verursachen einen ziemlich großen Lärm.

„Du hast genau das Richtige gemacht. Du bist auf dem besten Wege von ihnen akzeptiert zu werden. Du wirst sicherlich ihre…“

Den Rest kann ich nicht mehr verstehen, denn ich bin schon zu weit von ihm abgedrängt worden. Endlich lassen die Welpen von mir ab, sodass ich genug Zeit finde, wieder auf meine Beine zu kommen. Mittlerweile bin ich, wie die Welpen, über und über mit Schlamm verschmiert. Prüfend taste ich mit meiner rechten Hand die schmerzende Stelle an meinem Hinterkopf ab, die augenblicklich mit Blut benetzt ist. Ich hoffe, dass die Platzwunde nicht allzu groß ist. Doch lenkt mich Chrachra von meiner Verletzung ab, der sich nun durch seine Geschwister schiebt und vor mir stehen bleibt, oder ist es Chracuta?

„Bist du Chrachra oder Chracuta?"

Wieder bricht Gelächter aus.

„Tjaha, Chrachra oder Chracuta, das ist hier die Frage. Wer bin ich?", fragt er mich breit grinsend.

Ich sehe mich um und entdecke seinen Zwillingsbruder, der in eine Höhle hineingeht. Der vor mir Stehende muss also Chrachra sein, denn Chracuta muss ja noch seine Mutter begrüßen. Zudem ist dieser hier unverletzt.

„Du bist Chrachra.", antworte ich ihm sicher.

Chrachra sieht mich erstaunt an und fragt mich daraufhin verblüfft: „Woher weißt du das, bist du etwa ein Telepath?"

„Nein, ich bin kein Telepath. Ich sah deinen Zwillingsbruder, der in eine Höhle ging, um deine Mutter zu begrüßen. Chracuta ist eben mit mir heimgekommen, während du die ganze Zeit hier warst. Zudem wurde Chracuta in einem Kampf gegen einen Rhohac-Jupdun verletzt. Du aber bist unverletzt. Also war die Sachlage völlig klar. Und schon benötigen wir keinen Telepathen mehr."

Während seine Geschwister anfangen über ihn zu lachen, guckt er mich dumm an und beginnt schließlich selbst zu lachen. Ich grinse dagegen nur etwas verlegen.

„Hey, du bist scharfsinnig und verstehst Spaß. Du bist schon in Ordnung. Aber du meintest eben doch hoffentlich *unsere* Mutter, nicht wahr?", stellt Chrachra fest und zieht dabei eine Augenbraue hoch.

„Ja, meine ich ja. Das Ganze ist für mich noch sehr ungewohnt, weißt du?"

Nun stellt Chrachra seinen Kopf schief und meint: „Ich kann dich schon verstehen. Schließlich kommt es nicht gerade häufig vor, dass man seinen Heimatplaneten aus unangenehmen Gründen verlassen muss und von einer völlig fremden Spezies aufgenommen und adoptiert wird, obwohl die leibliche Mutter noch lebt. Wir können nur erahnen, was du alles riskiert und auf dich genommen hast, um unseren Bruder zu retten, weil wir uns nie in einer vergleichbaren Situation befunden haben. Und wer weiß, welche Konsequenzen sich daraus für dich noch ergeben werden? Und doch hast du unseren Bruder gerettet. Das erfüllt dich mit Ehre und gibt dir hier bei uns das nötige Ansehen. Chracuta hat dir bestimmt schon erzählt, dass Attribute wie Tapferkeit, Ehre, Stärke, Mut und Stolz fundamentale Pfeiler unserer Gesellschaftsordnung darstellen. Nur wenn du sie hinreichend gut erfüllst, ist dir ein Leben bei uns möglich. Alle anderen, die sie nicht erfüllen, werden entweder verstoßen oder gleich getötet. Wolf, sei dir gewiss, dass du einen guten Start hingelegt hast. Und Wempai wird dir eine dementsprechende Erziehung angedeihen lassen. Mir bist du jedenfalls sympathisch. Wie alt bist du eigentlich? Ach ja, siebzehn Erdenjahre. Wempai sagte, dass du dich in diesem Alter noch im Wachstum befindest und noch nicht in die postpubertäre Phase eingetreten bist. Dann kann man ja noch viel mit dir anfangen."

Ich frage mich nur, was er gegen die Geschlechtsreife hat. Befürchtet er etwa, dass ich träge und faul sein könnte, dass sich meine Gedanken nur noch um Fortpflanzung drehen würden?

„Ähm... danke. Wie ich sehe, ist euch mein Name schon bekannt. Deinen Namen kenne ich ja. Wie werden die anderen denn genannt?"

Chrachra beginnt zu grinsen und stellt seinen Kopf schief.

„Hat Chracuta etwa nicht von seinen Geschwistern gesprochen?"

Verunsichert räuspere ich mich, denn ich kann sie noch nicht wirklich einschätzen, und antworte: „Ähm... nicht viel."

„So? Na dem werde ich... also, meinen Namen kennst du ja schon. Die anderen Rüpel sind Jantaŗá, Pattaŗai, Woŗ'tllán, Chradárch und Chráchrotus. Und der Kleine hier heißt Woŗtawai. Er spricht aber noch nicht gut und ist für die Nutzung eines solchen Übersetzers noch zu jung. Aber er lernt schnell und wird sicherlich mal stark werden.“, gibt er mir lächelnd zu verstehen.

Zustimmend nicke ich ihm zu, denn Wortawai ist in der Tat schon sehr muskulös.

Neue Herausforderungen

Fassungslos lasse ich meinen Blick über die durchnässten Körper der Welpen gleiten, die im Sonnenlicht wie eingeölte Statuen glänzen, wodurch die Definition ihrer extremen Bemuskelung noch unterstrichen wird. Diese Welpen scheinen, wie ihr Bruder Chracuta, äußerst durchtrainiert zu sein.

„Spielt ihr immer so derbe miteinander?“, frage ich daher neugierig.

„Wieso derbe? Ach, berufst du dich da vielleicht auf deine kleine Flugeinlage vorhin. Junge, ich habe einen ganz schönen Schrecken bekommen, als du plötzlich umfielst und gar verletzt wurdest. Ihr Menschen seid in der Tat sehr zerbrechlich. Wir werden äußerst vorsichtig mit dir umgehen müssen.“

Bestätigend nicke ich ihm zu. „Ja, ich muss euch wirklich sehr zerbrechlich und empfindlich erscheinen und das, obwohl mich dieser bionische Anzug schon schützt. Ohne ihn hätte mich dein Hieb sicherlich tödlich verletzt. Aber darauf wollte ich nicht hinaus. Es ist nur so, weil ihr gerade eben noch außer Atem wart. Da muss schon einiges kommen, dass ein Cṛond’lloṛ so schwer atmet. Außerdem seid ihr trotz der Kälte total durchgeschwitzt.“

Leicht beginnt er zu grinsen. „Wir hatten noch gar nicht richtig begonnen, miteinander Spaß zu haben, als ihr ankamt. Unser Unterricht ist gerade beendet. Heute war er sehr anstrengend, denn man muss fit und stark sein, sowohl im Kopf als auch physisch, damit man Beute schlägt und nicht selbst zur Beute wird."

„Du sprichst da die Rhohac-Jupduns an, nicht wahr?"

„Mitunter auch... So, Chracuta hat also gegen einen jungen Rhohac-Jupdun gekämpft? Dieser Verrückte. Wie war denn dieser Kampf?", will er mit leuchtenden Augen von mir wissen.

Kurz flammen die Bilder jenes Kampfgeschehens vor meinem inneren Auge auf, die ich erfolgreich aus meinen Gedanken verbannt hatte.

„Er war äußerst brutal und blutig... und hätte ihn beinahe das Leben gekostet. Er kämpfte, um mein Leben zu retten."

Meine Antwort scheint seine Neugier und die der anderen nicht befriedigt zu haben, denn immer noch stechen ihre Augen erwartungsvoll blickend aus ihren dunklen Höhlen hervor, womöglich in Erwartung einer detaillierten Schilderung jener Ereignisse, die ich ihnen allerdings nicht liefern kann und auch nicht möchte.

Mich streng musternd tritt nun Wor̦'tllán an mich heran, um mich näher zu inspizieren. Offenbar ist er ein jüngerer Bruder der Zwillinge, denn er ist deutlich kleiner als Chrachra, weist aber trotzdem schon eine bemerkenswerte Muskularität auf. Kurz beschnuppert er mich und schubst mich anschließend mit seiner Schnauze rüde zurück, sodass ich von den Beinen gerissen und zurückgeschleudert werde. Mit Mühen gelingt es mir, auf den Beinen zu bleiben.

„Wie kann ein Cr̦ond'llor̦ nur sein Leben für so ein kleines Stück Fleisch riskieren? Er ist geradezu winzig, schwach und zart. Ich beiße einmal zu und es gibt ihn dreimal!", spricht er mit einem untermalenden Grollen und versetzt mir mit seinem Kopf einen weiteren Stoß, der mich von den Füßen reißt und in den Morast befördert. Sofort setzt er nach und drückt mich tiefer in den Schlamm, sodass ich kaum noch Luft holen kann. Wild beginne ich zu zappeln und mich zu winden. Jedoch gelingt es mir nicht, mich aus dieser misslichen Lage zu befreien.

„Woŗ'tllán, lass sofort Wolf los!", herrscht ihn Chrachra barsch an. Als er nicht augenblicklich reagiert, wird er rüde von seinem Bruder fortgestoßen und gegen einen nahen Baum geschmettert. Woŗ'tllán schüttelt sich nur unbeeindruckt und sieht zornig seinen Bruder an, der nun, mich schützend, über mir steht.

„Jaja, er hat unseren Bruder gesundgepflegt und ihm das Leben gerettet. Dafür hat Chracuta aber viele Male für ihn gekämpft und sein Leben riskiert. Unser Vater hat für ihn gekämpft und beide haben für ihn geblutet. Hat der Mensch auch nur einmal für sie gekämpft und geblutet? Nein! Das Konto ist mehr als ausgeglichen!", grollt Woŗ'tllán erbost.

„Nein, er hat viel mehr getan", antwortet Chrachra, „er hat seine Zukunft und seine Heimat geopfert! Das Konto ist lange noch nicht ausgeglichen! Dass wir ihn schützen, gebietet alleine schon die Ehre, denn Chracuta hat eine Lebensschuld bei ihm und hat zudem für seine Sicherheit garantiert! Wer dem Menschen auch nur ein Haar krümmt, bekommt es mit Chracuta und mir zu tun! Hast du das verstanden?!"

Widerwillig nickt ihm sein Bruder zu. Vor Woŗ'tllán werde ich mich wohl in Acht nehmen müssen. Doch löst Wempais Rufen die spannungsgeladene Stimmung und befreit mich aus dieser unangenehmen Lage. Es kommt aus der Höhle, in die eben auch Chracuta hineinging.

„Wempai ruft dich. Los, wer zuerst da ist!", fordert mich Chradárch auf.

Wie auf Kommando stürmen wir los und sprinten zur Höhle hinauf. Mir spritzt Wasser und Schlamm entgegen, während die Welpen wie GP-Maschinen abzischen und mich regelrecht stehen lassen. Eine kurze Zeit über bleibt Chrachra neben mir, bis er schließlich das Tempo erhöht und mir ebenfalls davonläuft. Fassungslos sehe ich ihm nach.

Ich frage mich, woher sie ihre enormen Kräfte und Energien nehmen, die ihnen diese unbeschreiblichen Leistungspotentiale verleihen. Meine Schulter, an der mich Chrachras spielerischer Hieb traf, schmerzt jedenfalls immer noch. Ich glaube, das wird ein großer, blauer Fleck werden. Total außer Atem komme ich oben bei der Höhle an.

„Ah, da bist du ja endlich. Du hast verloren. Du musst sehr viel schneller werden, sonst packt dich selbst der langsamste, einäugige Jupdun-Greis.“, gibt mir Chradárch zu verstehen, während mich die anderen neugierig beäugen.

„Ja, ich weiß.“, antworte ich ihm schnaufend.

Die zahlreichen Andeutungen auf die drohenden Gefahren dieses Planeten beunruhigen mich sehr. Manchmal frage ich mich, ob Wempai mit dem, was er im Auenwaldgebiet gesagt hat, nicht recht gehabt hat und die Gefahren, denen ich auf der Erde durch die norchtmaŗŗische Bedrohung ausgesetzt gewesen wäre, nicht geringer gewesen wären als die durch die hiesige Fauna. Diese Welt scheint wirklich kein Ort für mich zu sein. Doch verdränge ich diesen Gedanken sofort wieder. Aufgrund ihres hohen Intellekts und ihrer Kenntnisse über ihren Feind werden sie eher in der Lage sein, die Situation richtig einzuschätzen, zumal Wempai mich sicherlich bei den Yüpjonen gelassen hätte, wenn er die Situation wirklich so einschätzen würde – glaube ich.

Die Höhle ist sehr interessant, denn es ist schwer zu sagen, ob sie natürlichen oder unnatürlichen Ursprungs ist. Ihr Eingang befindet sich direkt unter einem Mammutbaum, in dessen gewaltigem Wurzelwerk er eingearbeitet ist. Doch schnell sehe ich, dass sie in das Erdreich gegraben wurde und somit unnatürlichen Ursprungs ist, denn ich kann Grab- und Kratzspuren ihrer Krallen im Erdreich und im Gestein des Eingangstunnels sehen, der etwa fünf Meter weit ins Gebirgsmassiv reicht. Chrachra und einige meiner Stiefgeschwister haben die Höhle bereits betreten, während ich noch zögere ihnen zu folgen. Einer der ausgewachsenen Cr̦ond'llor̦í steht inmitten des Eingangsbereichs und versperrt den Zugang. Chrachra und seine Geschwister haben sich einfach an ihm vorbei gezwängt. Ich hingegen wage es nicht, mich diesem über zwei Meter hohen Koloss zu nähern, geschweige denn an ihm vorbei zu gehen. Unsicher blicke ich mich um, nur um den stechend-scharfen Blick seiner aufglimmenden Augen nicht sehen zu müssen. Allerdings vernehme ich erneut Wempais Stimme, die nun an Schärfe gewonnen hat und meinen Namen ruft. Ich werde mich also überwinden müssen. Tief atme ich durch und gehe anschließend hastig auf wackeligen Beinen, ohne meinen Blick zu heben, leicht gebückt unter diesem mächtigen Rüden hindurch und gelange in den Innenbereich.

Es ist ziemlich finster. Nur durch den Eingangsbereich gelangt Licht in das Innere des Hohlraums, das die Nebelschwaden zum Glühen bringt. Schnell gewöhnen sich meine Augen an die widrigen Lichtverhältnisse, sodass ich deutlich mehr sehen kann als die rot-leuchtenden Augenpaare der hier anwesenden Cr̦ond'llor̦í. Nach genauerem Hinsehen muss ich meine vorherige Vermutung revidieren und tendiere stark zu der Annahme, dass der Hohlraum natürlichen Ursprungs ist und nur die Öffnung in das Erdreich und das dahinterliegende Gestein getrieben wurde. Schon alleine die Größe dieser etwa vier Meter hohen Aushöhlung lässt keinen anderen Schluss zu. Sie ist dermaßen geräumig, dass in ihr ganze Versammlungen von ihnen abgehalten werden könnten. Die Luft ist sehr feucht und warm wie in einer Biosauna. Dunstschwaden wabern mir entgegen und die Felswände des Eingangsbereichs sind nass vom kondensierenden Wasser. Ich nehm an, dass sie geothermisch beheizt ist. Schon beginne ich zu schwitzen. Interessiert sehe ich in alle Richtungen. Der Innenraum wird vom hereinfallenden Licht in ein angenehmes Dämmerlicht getaucht. Der hintere

Bereich dieser Höhle ist komplett mit Moosen und Gräsern ausgepolstert, in dem sich die beiden Zwillinge, einige ihrer Geschwister und ein weiterer Cɽond'lloɽ, ein ausgewachsenes und mächtiges Tier, befinden. Es betrachtet mich eingehend und belegt mich mit prüfenden Blicken. Plötzlich stolpere ich über eine Pranke und wäre fast gestürzt, wenn ich nicht Halt an der Höhlenwand gefunden hätte.

„Töffel! Gut, dass du so leicht bist.", vernehme ich über mir.

Erschrocken zucke ich zusammen und erwidere verschüchtert: „Entschuldige bitte, Wempai. Das war nicht meine Absicht."

„Ist ja schon gut, Wolf. Dich fasziniert wohl unser Heim. Für unsere Welpen suchen wir stets zu ihrem Schutz Höhlen oder graben welche, wenn wir nichts Geeignetes finden. Diese hier haben wir gefunden und für unsere Zwecke etwas umgestaltet.", entgegnet er mir mit beruhigender Stimme.

Kurz sieht er zu seinem Artgenossen hinüber, der seinen Blick nun mit einem Nicken quittiert. Jetzt deutet Wempai mit seiner Pranke auf den mir unbekannten Vertreter seiner Art. „Das ist jetzt deine Mutter."

Mit einem freundlichen Blick begrüßt mich jetzt dieses mächtige, furchteinflößende Ungetüm von Raubtier, dessen strenger und prüfender Blick aus seinem Antlitz gewichen ist. Es scheint mich regelrecht anzulachen, obwohl dies nicht in menschlichem Sinne geschieht. Wie gebannt starre ich sie an, während ich ihr langsam über den unebenen Boden entgegenschreite. Plötzlich bleibe ich mit meinem rechten Fuß hängen und stürze lang und breit auf den felsigen Boden. Dabei verliere ich meinen Translator, der in eine kleine Felsspalte rutscht. Neben mir vernehme ich nur ein hämisches Lachen von einem meiner Stiefgeschwister.

„Woɽ'tllán! Padiɽɽ ɽá'hé!", wird mein Stiefbruder von Wempai zurechtgewiesen, der sofort seine Rute einzieht und sich winselnd trollt. Selbst ich als Geschädigter bin vor Schreck zusammengezuckt.

Gerade in diesem Augenblick beginnt meine Stiefmutter mit mir zu sprechen. „Nunc salistá, Wolf. Te kennenlernen. Äh, ego te kennenlernen.“

Fragend sehe ich sie an und versuche währenddessen den Translator aus der Spalte zu fischen. Ich kann erkennen, dass sie noch keinen Übersetzer erhalten hat und somit meine Worte nicht verstehen können wird. Da sie wohl gesehen hat, dass ich mein Gerät verloren habe, wird sie versucht haben, sich auf konventionellem Wege verständlich zu machen, denn ihre letzten beiden Sätze hörten sich nicht typisch Canidae an. Des Weiteren hat sie das einzige englische Wort eingestreut, das sie, wo auch immer, aufgeschnappt haben muss. Wempai beginnt indes über ihre bruchstückhaften und stümperhaften Kommunikationsversuche zu lachen und wird wohl über ihre unbeholfenen Kommunikationsversuche frotzeln, denn ihr Lächeln verschwindet, während sich ihr Blick von mir löst und zu Wempai hinüberschweift.

„Soŗŗch l’laítissim, Wólf! H’lærchtente toŗrchta t’dlagrzintiá, Wólf!“

Leise zeichnet sich bei Wempai ein dumpfes Grollen ab, während er seinen Atem entweichen lässt.

‚Hier scheinen wohl alle eine tiefe, bassige Stimme zu haben.‘, denke ich mir.

Endlich gelingt es mir, meinen Translator zu fassen. Hastig setze ich ihn wieder auf, während meiner Stiefmutter ebenfalls ein Übersetzer gereicht wird.

„Wolf, sie hat gesagt, dass du zu ihr kommen sollst, damit sie dich richtig kennenlernen kann.“, erklärt mir Wempai jetzt, da die Kommunikation zwischen uns wieder hergestellt ist.

„Und was meint sie mit Sorch Latissimá und mit Lerchtente torcha td..., ...dl..., ...dingsda?“

Wempai räuspert sich kurz, bevor er antwortet. „Sie meint damit, dass sie nichts dafür kann.“

„Aha, und mit dem anderen?“

„Mit welchem anderen? Sonst war da nichts.“, antwortet er mir, während sein strenger Blick drohend die Zwillinge trifft, die sich offenbar ein Grinsen nicht verkneifen konnten. Ich glaube, jene Worte waren nicht für meine Ohren bestimmt.

Jetzt wende ich mich wieder meiner Stiefmutter zu und nähere mich ihr zögernd soweit, bis ich direkt vor ihr stehe. Mit großen Augen betrachte ich sie mir genau. Wie mein Stiefvater besitzt auch sie eine äußerst kräftige Statur. Das Fell dieses muskelstrotzenden Monstrums ist durchgehend dunkel, fast schwarz und besitzt nur einen leichten Brauneinschlag. Der Anblick dieser Cꞅond'llaꞅ ist wie der Wempais absolut nervenzerreißend. Sie erreicht beinahe Wempais Größe, ist also dermaßen riesig, dass ich sie schon fast als Klettergerüst missbrauchen könnte. Wie bei allen hier wird ihr massiger Körper von gewaltigen Muskelbergen geformt, die ihre Arbeit bei jeglicher Regung deutlich sichtbar unter ihrem ultrakurzen Fell zeigen. Die Fähen scheinen den Rüden in ihrer physischen Ausprägung in nichts nachzustehen. Ob die wohl alle Bodybuilding betreiben? So sehen sie jedenfalls aus.

Auf einmal greift sie mich mit ihren großen Zähnen an der Frontpartie meiner Lederjacke und legt mich mit meinem Rücken auf ihre muskulösen Vorderläufe. Dort werde ich von ihrer großen, feucht-kalten Nase beschnüffelt.

„Du bist ja verletzt. Was ist geschehen?“, will sie von mir wissen.

„Es geschah aus Versehen bei meiner Ankunft während des gegenseitigen Kennenlernens. Ihr seid halt sehr groß und stark im Vergleich zu meiner Art.“, erkläre ich ihr.

„Verstehe, dann musst du größer und stärker werden und bis dahin werden die Welpen in besonderem Maße auf dich achtgeben müssen. Du bist dreckig und benötigst unbedingt eine Wäsche. Ich werde dich jetzt säubern."

Ich frage mich nur, wie sie mich waschen will. Ach, ja, ich vergaß. Bei ihrer hohen Technologie ist bestimmt ein Badezimmer oder sowas Ähnliches unterirdisch vorhanden. Allerdings steht mir derzeit nicht der Sinn nach Waschen – erst recht nicht vor diesem Publikum.

„Warum willst du mich waschen und die anderen Welpen nicht? Die sind mindesten genauso schmutzig wie ich. Deren Fell ist nämlich ebenfalls über und über mit Schlamm verschmiert. Und außerdem sind sie durchgeschwitzt, regelrecht nass von öligem Schweiß und glitschig wie griechische Ringer der Antike.", werfe ich protestierend ein.

Schmunzelnd stellt Wempai seinen Kopf schief, während meine Stiefmutter ihre Ohren steil aufrichtet und mir geduldig antwortet. „Die Welpen sind nicht schmutzig. Sie werden früher oder später trocknen und dann nicht mehr *glitschig* sein. Außerdem ist Erde rein und kein Schmutz. Erde und Wasser sind die Basis von allem Leben. Und beides säubert dich. Du bist nicht dreckig, weil du durchgeschwitzt und schlammverschmiert bist. Du bist dreckig, weil du erbärmlich stinkst."

Mit diesen Worten packt sie mich und verlässt mich wie einen Welpen tragend die Höhle. Geradewegs steuert jenen Ort der Lichtung an, wo die Welpen bei meiner Ankunft herumtobten und wirft mich in den kalten Schlamm, durch den sie mich solange schleift, bis ich ein einziger, dreckiger Schlammklumpen bin. Mich beginnt es zu frösteln. Nach dieser Prozedur schnappt sie mich erneut und läuft zielstrebig zu jenem Gebirgsbach, der am Rande der Lichtung seinen Weg ins Tal nimmt. Mir schwant Übles. Verzweifelt beginne ich zu zappeln und mich zu winden.

„Lass mich runter! Ich will nicht baden!", protestiere ich lautstark.

Jedoch macht sie keine Anstalten, auf meinen energischen Protest einzugehen und setzt unweigerlich ihren Weg fort.

„Du bist dreckig und stinkst wie eine ganze Woundarah-

Horde! Du wirst jetzt baden!“, sagt sie in einem energischen Ton und wirft mich ins eiskalte Wasser des tosenden Wildbaches.

Als ich eintauche, bleibt mir fast das Herz stehen. Panisch versuche ich gegen die reißende Strömung anzukommen. Jedoch bin ich chancenlos und werde wie ein Spielball mitgerissen. Plötzlich spüre ich den Griff ihrer Pranke im Rücken, die mich festhält, immer wieder untertaucht und durchknetet. Anschließend werde ich aus dem Wasser gezogen. Ich glaube, während dieser Prozedur habe ich den halben Bach geschluckt. Bei dieser Aktion hätte ich leicht meinen Translator verlieren können. Glücklicherweise habe ich ihn noch. Ohne ihn wäre ich wohl vollkommen aufgeschmissen. Keuchend und wie Espenlaub zitternd befinde ich mich nun wieder im Tragegriff auf dem Weg zurück in die Höhle. Dort legt sie mich ab und beginnt mich von oben bis unten abzulecken. Nur gut, dass ich meine Klamotten trage, die klatschnass an meinem Körper kleben. Sie kommt auch nicht auf die Idee, mich zu entkleiden. Das ist kein Wunder, denn Kleider werden ihnen ja wohl auch vollkommen unbekannt sein.

„Menschen haben ein seltsames Fell – Pseudofell.“, stellt sie fest und liefert damit die Bestätigung meiner Annahme.

Bei diesen Worten fängt Wempai laut an zu lachen. Im Gegensatz zu ihr weiß er, dass ich kein Fell besitze und dies nur meine Bekleidung ist, derer ich mich entledigen kann. Er war ja zugegen, als ich die bionische Panzerung erhielt und mich entkleiden musste. Ich sehe ihn an und halte zittrig den rechten Zeigefinger vor meinen Mund.

„Nix da! Du stinkst wie eine ganze Woundarah-Rotte! Jetzt wirst du sauber gemacht und das richtig, nicht nur oberflächlich waschen! Chrorchtuá, das ist nicht sein Fell. Menschen umhüllen sich mit dem Fell anderer Tiere, um nicht zu erfrieren, denn sie besitzen kein eigenes, oder sie ziehen sich Pflanzenprodukte an. Zudem trägt er unter seiner Bekleidung noch einen bionischen Panzer, der ihn Kraft gibt und ihm gleichzeitig Schutz bietet."

„Oh, was, das ist ja schrecklich.", entgegnet sie leicht angewidert.

Ja, schrecklich ist, dass sie jetzt weiß, dass sie mich zum Zwecke des Waschens entkleiden muss. Womöglich verlangt sie noch, dass ich den bionischen Panzer ablege. Ich sehe, wie Chrachra und Chracuta die Höhle verlassen. Bestimmt wollen sie miteinander spielen. Ich versuche aufzustehen und ihnen zu folgen, um mich der weiteren Waschprozedur zu entziehen. Doch werde ich von meiner Stiefmutter daran gehindert.

„Ich möchte raus und mit Chrachra und Chracuta spielen."

„Nix, du wirst erst mal sauber gemacht, Wolf!"

„Aber, Wempai.", protestiere ich.

„Keine Widerrede!", sagt jetzt meine Stiefmutter streng und fängt an, an meinen Klamotten zu zerren, wobei sie ein großes Loch in meine Jacke reißt.

„Ich ziehe mich ja schon aus. Du reißt mir ja die ganzen Kleider in Fetzen."

Jetzt lässt sie ab, während ich mich zu entkleiden beginne. Schließlich stehe ich nur noch mit dem bionischen Anzug bekleidet vor ihr. Das kalte Vollbad hat mich dermaßen ausgekühlt, dass ich trotz der hohen Umgebungswärme noch friere. Schnatternd gebe ich ihr Bescheid, dass ich fertig bin. Mitleidig betrachtet mich meine Stiefmutter nun, die sich inzwischen wieder aufs Moos gelegt hat. Überrascht sieht sie mich jetzt mit aufgestellten Ohren an und dreht dabei ihren Kopf schief.

„Deinen bionischen Schutzpanzer auch, Wolf!", fordert mich mein Stiefvater in einem Ton auf, der keinen Widerspruch duldet. Meine Befürchtung ist also wahr geworden. Mir kommen sofort die Schmerzen in den Sinn, die ich beim Aktivieren dieses Anzugs hatte. Ich fürchte, dass die Deaktivierung nicht minder unangenehm ist.

„Muss das wirklich sein?", frage ich daher schüchtern.

„Ja, es muss sein! Ich will die Welpen genau inspizieren, die ich annehme. Und dazu gehört auch, dass ich weiß, wie sie wirklich aussehen und ihre Potentiale einschätzen kann.“, macht sie mir unmissverständlich klar.

Also atme ich einmal tief durch, schließe meine Augen und drücke auf die beiden drucksensitiven Punkte in den Axelhöhlen. Meine gesamte Haut wird von einem ziehenden Schmerz durchzogen, während ich Kraft und Energie verliere. Glücklicherweise ist der Spuk schnell vorbei. Nun lastet wieder die enorme Schwerkraft dieses Planeten derart auf mir, dass ich mich kaum noch auf den Beinen halten kann. Stöhnend setze ich mich auf den weichen Boden und streife meinen Anzug ab, der sich jetzt nur noch wie ein Fremdkörper anfühlt. Ich kann erkennen, wie sich ihre Augen merklich weiten und sie ihr Maul vor Entsetzen leicht öffnet.

„Er hat ja wirklich kein Fell! Und dürr ist er auch noch! Sieh mal, Wólf, er ist vollkommen ausgehungert! Er besteht ja nur aus Haut und Knochen! Es ist völlig klar, dass er bei einer dermaßen unterentwickelten Motorik nicht stehen und trotz des bionischen Anzugs nicht schwimmen kann. Ich musste ihn festhalten, sonst hätte ihn die Strömung des Baches mitgerissen. Seine Eltern sollten sich schämen, ihn so hungern zu lassen! Nie zuvor habe ich so ein schwaches Wesen gesehen.“

„Ja, dagegen müssen wir etwas unternehmen. Aber ich glaube nicht, dass seine Eltern etwas dafür können. Wolf, ich möchte nicht wissen, was für Knochengerippe deine feigen, schwachen Widersacher waren. Aber das wird sich hier ändern. Deine neuen Spielgefährten werden deine kränkliche Körperstatur jäh eliminieren. Und wehe du frisst nicht ordentlich!“

Während Wempai sprach, hat meine Stiefmutter schon angefangen, mich auf ihre Weise zu waschen und zu trocknen – nämlich mit ihrer Zunge. Von wegen Badezimmer! Wenigstens benutzt sie dafür einen warmen Waschlappen. Die Säuberung ist sehr unangenehm und beginnt zunehmens zu schmerzen, denn ihre Zunge ist wie die von Katzen mit kleinen Hornzähnchen besetzt und daher sehr rau. Schnell beginnen die bearbeiteten Stellen schmerzhaft zu brennen und schon bald beginnt mir Blut über die Brust zu laufen, während ich anfange, vor Schmerzen zu schreien. Daraufhin stellt sie verschreckt ihre Tätigkeit ein und weicht zurück. Verunsichert sieht sie fragend zu Wempai hinüber, der nur einmal aufschnauft.

„Ich wusste ja, dass Menschen sehr empfindlich sind, allerdings wusste ich nicht, dass sie *so* empfindlich sind. Tja, Wolf, du wirst dich dann wohl selber sauber halten müssen.", spricht er mich jetzt unvermittelt an. Und ich meine, in seiner Stimme etwas Bedauern zu vernehmen.

„Du kannst dir jetzt wieder deine bionische Panzerung und dein Pseudofell anlegen.", wirft meine Stiefmutter nun ergänzend ein.

Mühsam versuche ich wieder in den engen Schutzanzug zu schlüpfen, was mir jedoch nicht gelingen will. Das Material gleitet einfach nicht über meine Haut und saugt sich regelrecht fest. Ich fürchte, es war ein Fehler, den bionischen Panzer überhaupt abzulegen. Hilfesuchend sehe ich keuchend zu Wempai hinüber, der seine Ohren weit aufstellt, einmal kurz seinen Kopf schiefstellt und daraufhin zu einen der großen Koffer geht, die er auf unserer Reise vom Raumhafen zu diesem Ort mitgeführt hatte. Mit einem Sprühgerät kommt er nun zu mir und sprüht mich und den Anzug von oben bis unten und von allen Seiten mit jenem glitschigen, braunen Sekret ein, das auch die Metallwesen verwendet haben. Schmatzend gleite ich nun mit wenig Mühe in meinen Anzug und aktiviere ihn. Erneut durchlebe ich die Qualen der Initialisierungsphase und fühle, wie mein Körper wieder mit Energie durchflutet wird und enorm an Kraft gewinnt. Schnell springe ich schließlich auf und streife mir hastig die schmutzigen Kleider über, die nass und klamm auf meiner zweiten Haut kleben. Die Lederjacke ist nur noch ein schlammverschmierter Fetzen. Doch wärmen wird sie noch, sobald sie wieder trocken ist. Und das ist das Wichtigste. Kurz bevor ich die Höhle verlasse, um mit Chrachra und Chracuta den Nachmittag zu verbringen, sehe ich mich noch einmal zu den Beiden um, die jetzt eng nebeneinander sitzen und mir mitleidig und besorgt nachsehen, so als ob sie sagen wollten: ‚Wie sollen wir dich, ein dermaßen empfindliches Wesen, überhaupt durchbekommen?' Doch verdränge ich diesen Eindruck aus meinem Bewusstsein, denn mit schwermütigen Gedanken will ich mich jetzt nicht belasten. Meine Wunde brennt und ich hoffe, dass sie sich nicht entzünden wird. Frierend verlasse ich die Höhle. Vor ihrem Eingang liegen drei Cṛond'lloṛí und beobachten wachsam das wilde Treiben der Welpen.

Ich frage mich, wohin Chrachra und Chracuta gegangen sind. Ich kann sie unter den herumtobenden Welpen nicht ausmachen, die sich gegenseitig über den morastigen Platz jagen, untereinander wilde Raufereien entfachen und sich gegenseitig in den Schlamm werfen. Nichts weiter als wilde, schmutzige Schlammklumpen sind sie. Und ich soll im Gegensatz zu ihnen schmutzig gewesen sein? Ich glaube, sie haben eine vollkommen andere Definition von Schmutz als ich. Suchend laufe ich auf der Lichtung umher, stets bemüht, den Welpen nicht in die Quere zu kommen, denn die Wucht ihrer kraftvollen Bewegungen würde mich trotz meines Schutzpanzers zermalmen. Hinter jedem größeren Busch sehe ich nach und versuche, frische Trittsiegel ihrer großen Pranken im Schlamm und auf den schmelzenden Schneeflächen aufzuspüren. Vielleicht haben die Zwillinge sich ja irgendwo versteckt und wollen von mir entdeckt und gejagt werden. Allerdings sind überall auf der Lichtung unzählige Trittsiegel zu sehen, die sich nicht mehr voneinander unterscheiden lassen. Auf Spurensuche brauche ich hier also erst gar nicht zu gehen Noch einmal lasse ich den Blick über die Lichtung schweifen. Chrachra und Chracuta scheinen definitiv nicht hier zu sein. Die Lichtung zu verlassen, um meine

Suche auszuweiten, wage ich jedoch nicht.

Von hinten werde ich plötzlich dermaßen heftig angestupst, dass ich einen großen Satz nach vorne mache und geradewegs bäuchlings in eine Schlammpfütze falle. Prustend richte ich mich wieder auf und setze mich fluchend in den kalten Schlamm. Damit hat sich Mams Wäsche von vorhin erledigt, denn ich bin wieder komplett schlammverschmiert. Allerdings bedeutet nach ihrer Aussage Schlamm für sie ja nicht Dreck und somit dürfte mir ein weiteres Bad im Wildbach doch erspart bleiben. Nach dem Schuldigen suchend sehe ich mich um und erblicke einen meiner Stiefbrüder, den Kleinsten hier, der schwanzwedelnd mit eingeknickten Vorderläufen vor mir steht und mich dabei mit aufgestellten Ohren und schiefgestelltem Kopf ansieht. Er besitzt bereits jetzt schon die Größe eines bengalischen Tigers und dürfte mindestens 250 kg auf die Waage bringen.

„Chrurch pffr̦e istá, Wolf."

Mit Schrecken taste ich nach meinem Translator, den ich während des Sturzes schon wieder verloren haben muss, denn ich kann seine Worte nicht verstehen. Allerdings weiß ich so viel, meinen Namen hat er schon mitbekommen. Doch leider weiß ich nicht, was er mir mitteilen will. Hastig taste ich im Schlamm nach dem Gerät, das ich glücklicherweise schnell finde. Sofort setze ich es wieder auf. Um ihm verständlich zu machen, dass ich ihn nicht verstanden habe, wiederhole ich das, was er eben zu mir sagte und hebe dabei meine Stimme fragend an. Dabei zucke ich mit den Schultern. Kurz stellt er seinen Kopf schief und springt auf. Verspielt macht er einen Satz auf mich zu, gibt mir leicht angedeutete Ohrfeigen, wobei ich erneut rücklings in den Schlamm geschleudert werde, läuft weg und kehrt wieder zu mir zurück. Erneut stupst er mich mit seiner feuchten Nase an, dreht wieder eine kleine Runde und hoppst dabei wie ein kleiner Ziegenbock herum. Jetzt verstehe ich, was er von mir will; er möchte mit mir spielen. Das hätte ich eigentlich auch ohne den Translator schon früher verstehen müssen. Ich weiß, dass er mir spielerisch trotz meiner bionischen Panzerung jeden einzelnen Knochen zermalmen kann, wenn er nicht achtgibt. Allerdings werde ich mich hier nicht ständig absondern und isolieren können. Daher werde ich, trotz dieser Gefahr, seiner Aufforderung Folge leisten. Aus diesem Grund springe ich ihn wie eine Raubkatze an, um ihn zu erhaschen. Er streift mich jedoch ab und läuft davon. Ich beginne ihn daraufhin zu jagen. Schließlich lässt er sich von mir packen und wirft mich zu Boden, um mit mir zu raufen. Dass ich wie bei Chracuta zerdrückt werden könnte, braucht mich noch nicht allzu sehr kümmern, denn mein Spielgefährte ist viel kleiner als er und dementsprechend leichter. Erwartungsgemäß fehlen mir die Mittel dieser unbändigen Power, mit der er vorgeht, etwas entgegenzubringen. Wie eine kleine Stoffpuppe werde ich hin- und hergeschleudert und durch die Luft gewirbelt. Der Krach, den wir bei unserem Spiel verursachen, veranlasst unsere Eltern herauszukommen, um zu sehen, was draußen auf der Lichtung los ist. Erfreut und leicht mit ihrem Schwanz wedelnd beobachten sie unser Spiel genau. Mehrmals werde ich äußerst unsanft auf den Boden befördert, sodass mir die Luft wegbleibt. Dabei werden mir die Zähne an die Kehle gesetzt, was wohl ‚Du hast verloren' bedeutet. Ich kann nur froh sein, dass der weiche morastige Boden meine Stürze abfedert, ansonsten wären Knochenbrüche nicht ausgeschlossen und mein Körper wäre wohl ein einziges Hämatom. Der letzte Hieb, der mich gerade an der Wange getroffen hat, ist so stark, dass ich von meinen Beinen gerissen werde und über den schlammigen Boden rutsche. Stöhnend bleibe ich liegen, während Wortawai desillusioniert zurückweicht und mich verwirrt ansieht. Vorsichtig betaste ich meine schmerzende Wange mit meiner rechten Hand, die augenblicklich mit Blut benetzt ist. Bei diesem Hieb muss sie längs aufgeplatzt sein. Selbst für das Spiel mit dem Kleinsten bin ich viel zu schwach und empfindlich. Für Woṛtawai war das ein normales Spiel, während seine spielerischen Attacken für mich lebensgefährlich sind und selbst mit diesem bionischen Schutzpanzer lebensgefährlich bleiben. Völlig erschöpft und verletzt gebe ich auf, woraufhin Wempai laut zu lachen beginnt. Entweder erkennen sie die Schwere meiner Verletzung nicht oder derartige Zwischenfälle sind bei ihrem rauen Umgang etwas Alltägliches. Nun springt mein Spielkamerad auf, fischt meinen Translator aus dem Schlamm, den ich während der Rauferei erneut verloren habe, und läuft zu unseren Eltern. Auf halber Strecke bleibt er jedoch stehen, sieht sich zu mir um und wartet, bis ich ihm folge. Kraftlos und mit schmerzverzerrtem Gesicht erhebe ich mich stöhnend und humpele zu meinem Stiefbruder empor, der mir bei meiner Ankunft das Gerät übergibt und mit mir den Weg fortsetzt. Schließlich kommen wir oben bei unseren Eltern an, ich blutend und total zerschlagen. Zahlreiche Prellungen, Abschürfungen und Kratzer habe ich von dem kurzen Spiel davongetragen, die mir das Laufen schwer machen. Mein gesamter Körper fühlt sich wie eine einzige Wunde an. Zärtlich werden wir von unseren Eltern aufgenommen. In Wempais Gesicht liegt bei meinem Anblick ein Ausdruck tiefer Zufriedenheit.

„Woṛtawai hat dich wohl geschafft, was Wolf? Das nächste Mal wirst du besser aufpassen müssen, denn wir wollen dich ja in einem Stück behalten, nicht wahr?“

Ich nicke Wempai als Antwort zu, denn Woṛtawai hat mich wahrhaftig geschafft.

„Wie alt ist Woṛtawai denn, Wempai?“, frage ich keuchend.

„Er hat letztes Jahr erstmalig das Licht der Welt erblickt.“

Einen kurzen Moment hält Wempai inne, bevor er weiterspricht.

„Ich werde mit den anderen Welpen reden müssen, dass sie bei ihrem Spiel auf dich besonders viel Rücksicht nehmen, damit sie dich nicht zermalmen. Dein erbärmlicher Zustand wird aber nicht sehr lange anhalten, Wolf. Den werden dir deine Stiefbrüder sehr bald ausgetrieben haben. Das versichere ich dir“

Das Spielen ist mir heute gänzlich vergangen. Ich hoffe, die Platzwunde ist nicht allzu groß, denn ich möchte kein Narbengesicht werden, und ich hoffe inständig, dass dies der einzige Unfall dieser Art bleibt. Mutter und Wempai haben sich auf die Seite gelegt, sodass sie sich jederzeit ansehen können, wenn sie miteinander sprechen. Wortlos gehe ich zu meiner Stiefmutter, setze mich zu ihr und benutze dabei ihren ungewöhnlich dicken Bauch als Rückenlehne, während sie beginnt, vorsichtig meine verletzte Wange zu säubern. Gedankenversunken sehe ich die Lichtung hinab, wo die anderen Cŗond'Iloŗí eng beieinander liegen und sich die Sonne auf ihren Pelz scheinen lassen.

Schon als ich Chracuta kennenlernte, habe ich mich gefragt, warum Geräte existieren, die zwischen Canidae und Englisch vermitteln. Und diese Frage stellt sich mir gerade erneut. Hinzu kommt die Frage nach der Existenz solcher bionischer, multisynaptischer Accelerations- und Panzerungseinheiten. Ich glaube, so wurde dieser Anzug bezeichnet.

„Wempai, warum existieren überhaupt diese Gerätschaften, die es Mutter, dir, und den anderen ermöglichen, mit mir zu kommunizieren?“, frage ich ihn deshalb.

„Na, weil es für eine Verständigung zuträglich ist, wie du siehst“, antwortet er mir salopp, „und sprich deine Mutter mit Mams an. Das tun alle hier.“

Allerdings komme ich mir nur abgefertigt vor und hake deswegen nach. „Ok, Wempai. Aber diese Geräte wurden doch nicht konstruiert, weil ich hier vielleicht erscheinen könnte. Diese Translator interagiert mit dem Sprachzentrum meines Gehirns, um eine Instanz der kaniden Semantik zu implementieren. Hierfür sind detaillierte Kenntnisse über die Anatomie und die Funktionsweise menschlicher Gehirne auf neuronaler Ebene notwendig, um Lokalisierungsalgorithmen für die synaptischen Schnittstellen entwickeln zu können. Ein großer Forschungsaufwand muss dafür betrieben werden. Höchstwahrscheinlich haben Menschen als Versuchsobjekte herhalten müssen. Das macht man nicht gerade, weil es einer Unterhaltung zuträglich wäre. Genau dasselbe gilt für diese bionische, multisynaptische Accelerationseinheit, die genau auf den menschlichen Organismus ausgelegt ist und entwickelt wurde, um Menschen hier ihre Mobilität zu gewährleisten. Da muss schon ganz schön etwas dran hängen."

Jetzt wendet er seinen Kopf mir zu, sieht aber überlegend in die Ferne.

Nach kurzem Zögern antwortet er mir. „Ich sehe schon, dass man dir so leicht nichts vormachen kann. Du bist nicht auf den Kopf gefallen und lässt dir nichts vormachen. Das gefällt mir, Wolf. Zur Beantwortung deiner Frage sei dir nur so viel gesagt: Wir benötigten deine Sprache früher schon einmal in einem Umfang, die einen dermaßen großen Aufwand rechtfertigte. Und was die Existenz solcher Accelerationseinheiten angeht: Forscher sind neugierig und beschäftigen sich gerne mit Machbarkeitsstudien. Mehr darf und will ich dir dazu nicht sagen. Also, keine weiteren Fragen diesbezüglich mehr!", erklärt er mir in einem Ton, der keinen Widerspruch duldet.

„Ok, Wempai."

Ich frage mich, warum ihn dieses Thema mit so viel Unbehagen erfüllt. Eins steht fest. Sie haben schon einige Male, vielleicht sogar schon viele Male die Erde besucht. Was hatten sie dort zu suchen? Warum waren in Chracutas Raumschiff die Koordinaten der Erde eingegeben? Im Hinblick auf das Projekt ‚Blaues Buch', welches in den sechziger Jahren des letzten Jahrhunderts irdischer Zeitrechnung lief und Anfang der Siebziger wieder eingestellt wurde, werfen diese Fragen neue Anreize auf, welche dieses Projekt wiederbeleben könnten; denn dieses

Projekt beschäftigte sich mit UFO-Beobachtungen jeglicher Art. Erich von Däniken würde in seiner Theorie bekräftigt, die architektonischen Kunstwerke des Altertums wären mit Hilfe von Aliens erstellt worden und dienten dem Zweck der extraterrestrischen Kommunikation. Auch Berichte über Entführungen zu medizinischen Versuchszwecken würden in einem neuen Licht erscheinen. Warum ist Wempai nicht gewillt, mir meine einfache Frage zu beantworten, oder ist sie nicht so einfach, wie ich denke? Sind mit ihrer korrekten Beantwortung geheime Informationen verbunden, die nicht preisgegeben werden dürfen? Vorerst werde ich mich mit Wempais Erklärung wohl zufriedengeben müssen – vorerst.

Schon eben in der Höhle ist mir Mams dicker Bauch aufgefallen. Ich frage mich, ob sie trächtig oder einfach zu verfressen ist. Da ich mich in ihren Gepflogenheiten nicht auskenne, erfüllt mich der Gedanke, sie diesbezüglich zu fragen, mit Unbehagen. Daher entschließe ich mich, Wempai zu fragen.

Zögernd spreche ich ihn leise an. „Wempai, ähm… wäre es vermessen zu fragen, warum Mams so einen dicken Bauch hat? Ich will keinesfalls impertinent sein."

Mein Stiefvater sieht mich überrascht an und antwortet mir laut lachend: „Nein, das darfst du ruhig fragen. Aber frag sie doch selbst, Wolf."

Nun gut, ich habe falsch gepokert. Aber wie konnte ich auch wissen, dass er mich offen ins Messer laufen lässt. Laut wiederhole ich daher mit einem flauen Gefühl in meiner Magengegend meine Frage und richte sie in der Hoffnung an meine Stiefmutter, dass ich mich nicht doch zu weit aus dem Fenster lehne. Mams wendet ihren Blick mir zu und beginnt ebenfalls zu lachen.

„Das ist kein Fressbauch, Wolf. Ich werde bald Welpen bekommen. Hoffentlich sind da keine Zwillinge wie Chrachra und Chracuta bei; das hätte unangenehme Folgen für uns."

Dabei sieht sie mich lächelnd an und knufft Wempai mit ihrem Vorderlauf in die Seite, wobei er ihr als Antwort in den Rücken zwickt.

‚Das ist noch einmal gut gegangen!', denke ich, während ich mir den Schweiß von der Stirn wische. Unvermittelt richtet Wempai jetzt seine Aufmerksamkeit auf Wortawai und mich und spricht uns an.

„Wie ich euch kenne, habt ihr Hunger, nicht wahr?"

Eifrig nicke ich Wempai zu, denn seitdem Chracuta und ich das Raumschiff verlassen haben, habe ich nichts mehr gegessen. Wortawai springt auf, wedelt mit dem Schwanz und beleckt Wempais Schnauze; dabei sagt Wortawai ihm etwas, was ich jedoch nicht verstanden habe. Jetzt erhebt sich Wempai und verlässt die Höhle. Direkt vor ihrem Eingang reckt er seinen Kopf steil nach oben und beginnt mit tiefer Stimme in großer Lautstärke schauerlich zu heulen, während ich mich ebenfalls erhebe und mich zu ihm begebe. Das Geheul unterbricht er mehrmals, um zu lauschen. Er scheint auf eine Antwort zu warten, die auch prompt nach kurzer Zeit aus mehreren Richtungen verschiedenen Tonlagen erschallt. Bei den irdischen Wölfen stellt die relative Höhe des Heulens ein Maß für die Rangstellung des Heulenden dar. Unter ihnen gibt es so genannte Betrüger, die durch ihr Geheul einen hohen Rang vortäuschen. Diese Betrüger werden von ihren Artgenossen entweder aus dem Rudel ausgestoßen und vertrieben oder gleich getötet. Ob hier ähnliche Gesetze herrschen? Von hinten spreche ich ihn darauf an.

„Wempai, was machst du eigentlich mit einem Crond'llor, der mindestens so tief heult wie du?"

„Du meinst einen Hochstapler?"

Er blickt sich lächelnd zu mir um und zieht eine Augenbraue hoch.

„Du scheinst schon einiges über unsere Regeln zu wissen. Das ist gut. Wer hat dich denn aufgeklärt?", will er nun von mir wissen.

Diese Frage habe ich nicht erwartet, die Erinnerungen an ein äußerst unangenehmes Ereignis der jungen Vergangenheit weckt. Und ich glaube nicht, dass ich ihn über jene Ereignisse unterrichten sollte. Daher druckse ich herum, um eine passende Antwort zu finden.

„Nun ja, ich... ähm... habe da schon eine lehrreiche Erfahrung auf der Erde gemacht."

Das Lächeln weicht einem ernsten, fragenden Blick, der eine ganze Weile auf mir haften bleibt, bis er mit seiner Erklärung fortfährt, ohne weiteren Bezug auf meine Antwort zu nehmen. Dies kommt mir sehr entgegen.

„In diesem Chretwóŗ ist so etwas glücklicherweise noch nicht vorgekommen. Einen Hochstapler würde ich auf der Stelle töten. Für so einen ist in unserer Mitte kein Platz, selbst wenn es sich dabei um einen meiner ausgewachsenen Welpen handelte. Manche Woŗkhaní verstoßen sie auch nur. Das kommt aber einem Todesurteil sehr nahe. So, gleich werden die anderen kommen. Und mit einigen von ihnen werde ich dann auf die Jagd gehen."

Die haben ja wirklich raue Sitten. Einer, der betrügt, wird abserviert. Jedoch verstehe ich die Härte der Strafe nicht. Ist ihnen das Leben etwa so wenig wert, dass sie es wegen jeder Kleinigkeit auslöschen?

„Wempai, eins verstehe ich dabei nicht. Warum ist die Strafe für so einen Betrug so drakonisch? Nach meinem Empfinden würden eine öffentliche Rüge und eine peinliche Bestrafung vollkommen reichen. Warum gleich die Verbannung oder gar der Tod? Tote lernen doch nichts mehr. Hat das Leben bei euch so einen geringen Wert, dass es euch nicht erhaltenswert erscheint?"

Mit einer hastigen Bewegung wendet er seinen Kopf und sieht mir starr in die Augen. Dabei blitzen seine Augen bedrohlich auf. Ich glaube, ich habe meine Grenzen soeben überschritten und ihn mit meiner Andeutung auf eine mögliche Geringwertschätzung des Lebens erzürnt. Sofort rutscht mir das Herz in die Hose.

„Wempai, bitte versteh mich nicht falsch. Ich wollte keinesfalls respektlos erscheinen oder eure Regeln des Zusammenlebens kritisieren. Ich möchte es nur verstehen."

Tief atmet mein Stiefvater ein, schließt einmal kurz seine Augen und lässt die Luft wieder schnaufend entweichen.

„Ganz im Gegenteil! Das Leben hat bei uns sogar einen außerordentlich hohen Wert, erst recht das Leben eines Chretwóṛ-Angehörigen. Du hast gesehen, wie schnell hier der Tod kommen kann. Durch die Rufe des Woṛkhan wird das Chretwóṛ geleitet. Fehlleitungen können in brenzligen Situationen den Tod bringen. Und gerade weil wir das Leben so schätzen, ist die Bestrafung für die leichtfertige Gefährdung eben dieses kostbaren Guts so hoch. Jemand, der das Leben von Angehörigen seines Chretwóṛı wegen Eitelkeit oder Ehrgeiz leichtfertig riskiert, hat den Wert des Lebens nicht erkannt. Und er würde es auch niemals erkennen. Verstehst du jetzt?"

Zustimmend nicke ich ihm zu. Nun wendet er seinen Blick von mir ab und hält weiter Ausschau nach den Gerufenen. Diese Bestätigung meiner Vermutung bekräftigt meinen Entschluss, nie mehr zu heulen. Gut, dass ich mich so entschieden habe, als jener unheimliche Wolf mich für mein Vergehen bestrafte, welches ich auf jener Lichtung auf der Erde beging. Ich bin sehr froh, dass Wempai vorhin nicht nachgebohrt und auf eine Erklärung bestanden hat.

So, Mams ist also hochschwanger, wenn dieser Begriff angebracht ist. Wann ihre Welpen zur Welt kommen, steht in den Sternen. Doch eins kann ich beim besten Willen nicht verstehen. Obwohl diese Cṛond'lloṛí so intelligent sind und über ein umfangreiches, technisches Know How verfügen, leben sie wie unsere vergleichsweise dummen Wölfe auf der Erde in der

Wildnis ohne jegliche technische Hilfsmittel, die ihr Dasein sehr stark vereinfachen könnten und riskieren in einem endlosen Überlebenskampf ihr Leben und jenes ihrer Welpen, da die von den Rhohac-Jupduns ausgehende Gefahr ständig über ihnen und ihren Welpen schwebt. Mein leiblicher Vater sagte einmal, die selbstzerstörerischen Handlungsweisen der Menschen wären nichts Ungewöhnliches. Schließlich würde jeder überleben wollen und seine Situation im Rahmen seiner Möglichkeiten so günstig wie möglich gestalten, um einen Vorteil gegenüber seinen Konkurrenten erlangen zu können und sich ein angenehmeres Leben zu schaffen. Dafür würde ein gesunder Egoismus benötigt, der die Antriebsfeder jener zivilisierten, menschlichen Kultur und des angestrebten Fortschritts wäre. Jedes Tier, welches die Möglichkeit hätte, komplexe technische Hilfsmittel zu konstruieren und zu bauen, würde genauso handeln wie der Mensch. Unsere Handlungsweise wäre also nur allzu natürlich. Die hier bestehende Cṛond'lloṛ-Kultur widerspricht seiner Hypothese aber in allen Punkten. Oder handelt es sich hier um eine durch Umweltkatastrophen oder einem Krieg untergegangene Kultur, die so ähnlich war wie die unsere? Dem widerspricht wiederum die intakte Biosphäre dieses Planeten. Hier kann wohl reichlich spekuliert und auch nach reiflichsten Überlegungen keine Antwort gefunden werden. Ich werde wohl Wempai fragen müssen.

„Wempai, darf ich dich noch etwas fragen?“

„Aber natürlich.“, antwortet er mir weiter Ausschau haltend.

„Ihr verfügt doch über ein umfangreiches Wissen. Warum nutzt ihr es denn nicht, um eure Lebenssituation zu verbessern, ähnlich wie es die Menschen auf der Erde tun?“

Sein Blick wird nun tiefernst und richtet sich erneut auf mich.

„Technologie etwa?!“, raunt er mir geringschätzig entgegen.

Von seiner Reaktion verunsichert antworte ich: „Ähm... ja?“

„Ich habe schon mit so einer Frage deinerseits gerechnet. So ein Leben bedeutete in mehreren Punkten unseren Untergang und den Untergang der gesamten whough'schen Flora und Fauna. Die Umweltprobleme, die ihr auf eurem Planeten habt, dürften dir wohl bekannt sein. Es kommt aber noch ein Gedanke hinzu: Der wird dir höchstwahrscheinlich fremd sein. Bei euch fehlen die selektierenden Faktoren, die eine Spezies gesund halten. Es werden nicht durch natürliche Fressfeinde alte, kranke, schwache und unangepasste Individuen ausselektiert. Nein, sie werden künstlich am Leben gehalten und ihnen wird sogar noch die Möglichkeit gegeben, sich fortzupflanzen mit all ihren erblichen Gebrechen. Durch die Einspeisung schlechter Gene in euren Genpool, werden mit der Zeit die in diesem Genpool befindlichen Gene schlecht und folglich die Individuen jener Population, die den Genpool bilden, kränklich und schwach. Das bedeutet, der Mensch entwickelt sich genau in diese Richtung fort. Er wird nicht mehr richtig gefordert. Wir haben diesen Gedanken schon mehrmals reiflich erörtert und sind immer wieder zu dem Schluss gekommen, die durch die Natur generierte Tradition beizubehalten, da sie im Endeffekt die günstigere Lebensart ist. Weder ist jemals in meiner Familie der Tod durch lange dahinsiechende Krankheit vorgekommen, noch kennen wir allergische Reaktionen auf natürliche Stoffe, mit denen wir in unserem Leben zwangsläufig in Berührung kommen. Und ich finde, es ist angenehmer, im Kampf einen schnellen Tod zu erleiden, als in einem langen Prozess langsam und qualvoll zu sterben oder abhängig von irgendwelchen Medikamenten von einem Tag zum anderen dahinzusiechen. Unser Standpunkt, unsere Ideologie ist durch die Zustände auf der Erde belegt und gerechtfertigt worden.", antwortet er mir beschwörend.

Ich hingegen kann einfach nicht glauben, was ich eben zu Ohren bekommen habe. Mit derartigen Idealismen sind dunkle, historische Ereignisse liiert, von denen Mom mir im Rahmen des Geschichtsunterrichts erzählt hat.

„Ja sicher, das ist ein Standpunkt. Aber der Einzelne bleibt dabei auf der Strecke."

Leicht schüttelt Wempai seinen Kopf. „In der Natur ist das Schicksal des Einzelnen unwichtig. Wichtig ist das Schicksal der Population. Ist die Population gesund und an die natürlichen Begebenheiten gut angepasst, dann geht es auch dem einzelnen Individuum der Population gut. Sieh mich zum Beispiel mal an. Ich fühle mich gut, mir geht es gut. Genauso geht es den anderen auch. Nur den Kranken, Schwachen und Unangepassten geht es nicht gut. Das Individuum gewinnt bei dieser Sache nur. Wir denken dabei nicht nur an das Kollektiv."

„Das hört sich aber ganz stark nach Sozialdarwinismus an.", bemerke ich empört.

„Was ist das?"

„Das ist ein Gesellschaftsmodell, das auf biologischen Prinzipien wie Adaption, Selektion und Mutation beruht. Sowas wie, die Starken triumphieren über die Schwachen und so ein Kram. Da braucht es nicht viel bis zu den Rassenthesen des Dritten Reichs, die die Existenz einer Herrenrasse, dem Arier, postulierten. Die Theorien des Hitler-Regimes waren falsch und unmenschlich. Sie diente dem Regime als Rechtfertigung für die Ermordung von über sechs Millionen Juden!", antworte ich ihm entrüstet.

Emotional bin ich derart hochgepeitscht, dass meine Furcht vor diesen Monstren für einen kurzen Moment aus meinem Bewusstsein verdrängt wird.

Bei meinen Worten legt Wempai seine Ohren an. „Du bist ja richtig zornig, mein kleiner Mensch. Aber es ist gut so. Ein wenig Feuer tut dir ganz gut. Waren jene Menschen denn krank, schwach oder in irgendeiner Weise degeneriert?"

„Nein, Wempai! Es waren Menschen wie alle anderen auch!"

„Dann ist unsere Ideologie mit der des Dritten Reiches wohl kaum vergleichbar. Die Selektionsfaktoren ergaben sich ja wohl nicht aus biologischen Prozessen und dienten, deinen Worten nach, nur politischen Interessen. Jenen Namen habe ich irgendwann schon einmal gehört und ich habe geringe Kenntnisse, womit er in Verbindung zu setzen ist. Und daher weiß ich, worauf dein Einwand abzielt. Bei den Taten des Hitler-Regimes handelt es sich doch eher um eine extreme Form von ethnischer Säuberung, denn um eine extreme Auslegung und Anwendung der darwinistischen Theorie. Jener Pseudodarwinismus befindet sich nicht auf der Ebene unserer Ideologie, auch da wir keine Rassenreinheit vorschreiben. Im Übrigen scheint mir dieses Thema eher ein globales, menschliches Problem zu sein, denn mir sind einige Beispiele von ethnischen Säuberungen bekannt, als da wären die Ausrottung ganzer indianischer Volksstämme in Nordamerika durch das weißamerikanische Volk, die Mayas und Inkas in Mittel- und Südamerika durch die Spanier und so weiter. Wir jedoch sind keine Menschen. Das muss dir endlich klar werden! Und zwar in jeder Hinsicht!"

Das leuchtet mir ein und ich nicke ihm deswegen zu. Offenbar waren die letzten seiner Worte ein kleiner Seitenhieb, der aus einer Erzürnung resultierte, die mein Einwand aus mir unverständlichen Gründen hervorrief. Verängstigt weiche ich seinem strengen Blick aus und sehe die Lichtung zum Waldrand hinunter. Endlich erblicke ich mehrere Cṛond'lloṛí, die aus verschiedenen Richtungen kommend auftauchen und zu uns hinauflaufen. Auch Wempai hat ihre Ankunft schon bemerkt und verfolgt ihren Weg.

„Ihnen musst du noch vorgestellt werden, Wolf. Die kennen dich noch nicht. Sie streiften während unserer Ankunft in den Wäldern umher. Einige von ihnen werden uns auch sehr bald wieder verlassen und zu ihren angestammten Chretwóṛí zurückkehren", erklingt die bassige Stimme des mächtigen Cṛond'lloṛ-Rüden hinter mir, die mich unweigerlich zusammenzucken lässt.

Verwundert sehe ich zu Wempai empor und bemerke

schüchtern: „Ich dachte, sie alle wären Angehörige des Chretwóŗı."

„Nein, nicht alle. Zwei aus jener Gruppe dort baten mich, den Winter über im Schutze meines Chretwóŗı verbringen zu dürfen. Sowas kommt des Öfteren schon mal vor, Wolf. Der arktische Winter ist eine sehr harte und erbarmungslose Zeit. Da muss man füreinander einstehen und auch Fremden Hilfe darbieten.", erklärt er mir sanftmütig.

„Ich verstehe. Bei uns auf Terra ist im hohen Norden gegenseitige Hilfestellung auch oberstes Gebot.", bringe ich mit Mühen hervor und behalte dabei die Schar ankommender Cŗond'lloŗí fest im Auge. Wieder gigantische Prädatoren, denen ich mich zu präsentieren habe – eine Situation, die mir äußerst unangenehm ist. Mir wird heiß und kalt zugleich und ich schwitze vor Aufregung. Der nahenden Gruppe folgt ein Nachzügler, dessen Bewegungen viel behäbiger sind als die der Vorauslaufenden. Er scheint schon ziemlich alt zu sein. Sein Fell ist matt und zerzaust und die Fellfarbe seiner Schnauze ist bereits in das Grau des Alters übergegangen, während die Schnauzen der anderen tief-schwarz sind. Ihre Felle sind zerzaust und einige von ihnen sehen dabei regelrecht lustig aus. Sie haben ihr schneeweißes bis hellgraues Winterfell noch nicht ganz abgelegt. So tragen manche vorne noch Winterlook und hinten einen schwarz-braunen Sommerdress. Bei einigen haben sich sogar Schecken herausgebildet. Hätten unsere Hunde so ausgesehen, wären sie von mir längst gründlich durchgebürstet worden.

Nun stehe ich auf und stelle mich schutzsuchend hinter Wempai. Alle kommen zu uns und begrüßen nacheinander den Führer des Chretwóŗı und schließlich Mams in bekannter Weise. Dabei fällt mir auf, dass einige ihre Rute bei der Begrüßung locker hängenlassen und andere ihre mehr oder weniger einziehen. So ein Verhalten ist mir auch von den irdischen Wölfen bekannt, bei denen diese Unterschiede wiederum rangspezifische Ursachen haben. Das Rudelmitglied begrüßt das Alphatier in einer Demutsgebärde. Das sieht wie folgt aus: Das rangniedrigste Tier kommt in einer geduckten Haltung mit eingezogenem Schwanz zu dem Alphatier, um dessen Aggressionen von sich abzulenken. So ähnlich macht das auch ein Haushund, der sich zu seinen erregten Herren trollt, damit dieser ihn nicht schlägt. Danach beginnt dann die bekannte Prozedur.

Aber ich werde Wempai vorsichtigerweise fragen. „Wempai, warum ziehen die vor dir den Schwanz ein? Haben die etwa Angst vor dir?"

Nun beginnt er zu lächeln. „Ja und nein. Sie haben Angst, dass mir die Pranke ausrutscht, wenn sie sich unerlaubt meinen Welpen nähern, denn wenn es um meine Welpen geht, greife ich rücksichtslos durch. Aber vor mir als Führer eines Chretwóṛı dürfen sie keine Angst haben, denn das lässt sich mit den Aufgaben eines Woṛkhan nicht vereinbaren. Jemandem, den du fürchtest, kannst du keine Sorgen und Probleme anvertrauen. Vielmehr musst du ihren Respekt bekommen, damit nicht ein anderer deinen Platz einnimmt. Und den verdienst du dir nicht mit Tyrannei."

„Aha, so ist das also."

„Ja! Aber du darfst Angst niemals mit Respekt verwechseln, Wolf. Und noch etwas! Ich habe den Eindruck, dass du immer noch Angst vor mir zu haben scheinst. Angst vor mir und deiner Stiefmutter. Gut, du bist ein Mensch und ich kann mir vorstellen, dass wir aus deiner Sicht unheimlich groß und furchterregend erscheinen müssen. Du fürchtest aber nicht nur unsere Größe. Mir erscheint es vielmehr so, als ob du uns als das, was wir sind, fürchtest – Raubtiere, die töten! Ist es nicht so? Sei ehrlich!", will er nun von mir wissen.

Diese Frage ist mir unangenehm, denn sie trifft den Kern der Dinge.

„Ja, Wempai.", bestätige ich ihm so, als sei ich beim Klauen erwischt worden.

Jetzt beginnt er zu grinsen, setzt daraufhin jedoch erneut einen sehr strengen Blick auf.

„Wolf, du musst dich so langsam mit dem Gedanken anfreunden, unter Beutegreifern zu leben und zu akzeptieren, was sie sind, was du hier zu sein hast. Um hier bestehen zu können, musst du innerlich zu einem Prädator Whoughs werden, denn nur so kann ich dich als Stiefwelpen akzeptieren! Menschen sind doch auch Prädatoren, sogar Prädatoren der subversivsten Sorte. Sie sind schwach, aber einfallsreich und dabei grausam. Ich kenne keinen weiteren Prädator, dem Töten Vergnügen oder Lust bereitet. Ich bezeichne Menschen daher als Raubtier. Wolf, der Mensch in dir muss sterben, damit du die richtige Einstellung und die nötige Kraft gewinnen kannst, hier zu bestehen! Ich weiß, was ich von dir verlange, ist sehr schwer und hört sich gar utopisch an, aber glaube, dass du das kannst und es auch wirst!", sagt er mir beschwörend.

Nun wendet er sich wieder seinen Untergebenen zu und richtet einige Worte an sie, um mich ihnen bekannt zu machen. Auch sie hören ihm gebannt zu. Schließlich trotten sie langsam zu mir, aber alle mit eingezogenem Schwanz und den Sichtkontakt zu Wempai haltend, der mich jetzt argwöhnisch beobachtet, wie ich mich in dieser Situation verhalte. Mir bleibt nichts anderes übrig, als meinen ganzen Mut zu sammeln und den Fremden erhobenen Hauptes entgegenzutreten.

Chrachra hat mir vorhin auf der Lichtung gesagt, ich hätte einen guten Start hingelegt. Ich glaube, jetzt ist es an der Zeit, meine Position zu festigen, wenn ich nicht verstoßen werden will. Unmissverständlich haben mir Chrachra und Chracuta klar gemacht, auf was es hier ankommt, um akzeptiert werden zu können. Doch kann ich nur eine Maske aufsetzen, die mir viel zu groß ist. Und wie lange es mir gelingen mag, diese Maske aufzubehalten, steht in den Sternen, denn meinem aufgesetzten

Verhalten kann ich keinen Nachdruck verleihen. Woŗ'tllán hat sie mir gleich am Anfang heruntergerissen und bringt mir seitdem keinen Respekt entgegen. Selbst der ‚kleine', einjährige Woŗtawai, der gerade erst zu sprechen beginnt, hat mich eben trotz meines bionischen Panzers und dessen ungeachtet, dass er sehr viel Rücksicht auf mich genommen hat – seine Zurückhaltung war deutlich zu erkennen – während unseres Spiels wie ein Spielzeug herumgewirbelt. Woŗtawai hätte mich jederzeit in Stücke reißen können, wenn es ihm in den Sinn gekommen wäre. Ich hatte Glück, dass er mir nicht sämtliche Knochen gebrochen hat. Ich frage mich ohnehin, was sich Wempai vorstellt. Was will er mir mit *‚Ich müsse zu einem Prädator Whoughs werden, weil ich hier unter Beutegreifern leben würde.*' sagen? Das, was nicht in mir steckt, kann nicht geweckt werden. Versuche ich mich zu verhalten, als wäre ich ein Cŗond'lloŗ, würde ich bei lebendigem Leibe zerrissen – und das wäre dann nur ein Unfall. Er wird vielleicht noch sehr viel über uns Menschen lernen müssen, so wie ich noch allerhand über den Cŗond'lloŗ zu lernen habe.

Vorsichtig werde ich von allen beschnuppert. Auf einen Wink von Wempai lassen alle sofort von mir ab und entfernen sich wieder. Plötzlich bleibt Wempais Blick, der eben noch ziellos umherschweifte, auf dem alten Cŗond'lloŗ haften. Sein ernster doch gutmütiger Gesichtsausdruck weicht einem dämonisch-grimmigen. Mit einem furchtbaren Grollen zieht er die Lefzen hoch und fletscht seine großen, fürchterlichen Zähne. Wempais Augen beginnen rot zu leuchten, während sich sein Nackenfell sträubt. Blitzschnell springt er auf. In drohender Pose steht er nun neben mir, jeden Muskel seines Körpers angespannt, zum Angriff bereit, während mir das Herz in die Hose rutscht. Der alte Cŗond'lloŗ presst seinen Schwanz jetzt noch ärger an seinen Bauch, weicht jedoch trotzdem nicht zurück. Plötzlich geht mein Stiefvater mit einem gewaltigen Satz zum

Angriff über und erreicht den etwa fünfzehn Meter entfernt stehenden Alt-Cꞅond'lloꞅ noch im Fluge. Der weicht aber seinen Krallen geschickt aus und versetzt ihm aus derselben Bewegung heraus einen Hieb in die Bauchgegend. Mehrmals überschlägt sich der Angreifer in der Luft und kommt mit dem Rücken auf. Der Alte setzt sofort nach und prügelt wie eine Furie auf den unter ihm liegenden ein und reißt dabei tiefe Wunden, die stark bluten. Den Zähnen des Alten weicht Wempai aus oder blockt die Bisse ab. Plötzlich pariert Wempai mit einem wuchtigen Hieb seiner Vorderpfote gegen den Brustkorb seines Gegners, der bellend aufschreit und fortgeschleudert wird. Laut krachend prallt der Kopf gegen einen großen Stein. Aus einer größeren Platzwunde strömt sofort Blut über die Schnauze und Nase des Alten. Wempai ist schon wieder auf seinen Läufen und stürzt sich erneut auf den Alten. Die Kämpfenden nähern sich langsam Woꞅtawai und mir bis auf etwa zehn Meter, als Wempai seinen Gegner in einer Umklammerung halten kann und mit seinen gewaltigen, weiß aufblitzenden Zähnen mehrmals zubeißt, wobei mir das Blut des Alten in mehreren Fontänen ins Gesicht und gegen meinen Oberkörper spritzt. Mit einer Windebewegung gelingt es ihm, sich aus Wempais Klammergriff zu befreien. Er entkommt schwerverletzt und flieht in den Wald. Wempai, dem die wuchtigen Hiebe des alten Cꞅond'lloꞅı nicht sonderlich viel auszumachen scheinen, verfolgt ihn noch bis zum Waldrand und bleibt dort knurrend stehen. Erst als der Unterlegene zwischen Bäumen und Sträuchern nicht mehr auszumachen ist, wendet er sich ab.

Mit einem zufriedenen Gesichtsausdruck kehrt Wempai zu Woꞅtawai und mir zurück. Bei uns angekommen säubert er sofort mein blutverschmiertes Gesicht. Die blutbesudelten Kleider übergeht er dabei einfach. Vielleicht sieht er sie als Fremdkörper an, die keiner Pflege bedürfen, oder aber er ist der Meinung, dass sie sowieso schon mit Schlamm und Schweiß durchtränkt sind und meine Kleider somit eine Selbstreinigung erfahren würden. So oder so bin ich mir absolut sicher, dass ich mich hier von der Vorstellung, saubere Bekleidung zu tragen, verabschieden muss. Mams ist inzwischen in die Höhle gegangen und hat sich dort niedergelassen.

Mir ist speiübel und meine Knie sind butterweich, während Wo̦rtawai den Kampf mit leuchtenden Augen verfolgt hat. Er scheint regelrecht fasziniert zu sein. Gleiches fiel mir schon auf, als ich Chracutas Geschwistern erzählte, dass ihr Bruder gegen einen Rhohac-Jupdun gekämpft habe. Sie waren regelrecht begierig, jedes einzelne Detail jener Auseinandersetzung zu erfahren. Könnte es sein, dass sie eine charakterliche und damit bedingt kulturelle Affinität zu kämpferischen Auseinandersetzungen besitzen und rohe Gewalt eine anziehende Wirkung auf sie hat? Kann es sein, dass die Härte des Überlebenskampfes in dieser rauen Umgebung ihnen quasi eine kriegerische Gesellschaftsordnung aufzwingt? Aus den zahlreichen Diskussionen mit meinen Eltern konnte ich folgende Lehre ziehen: Jedes Individuum, jedes Volk und letztendlich jede Kultur ist ein Produkt ihrer Umgebung. Im Rückschluss bedeutet das für mich, in dieser Umgebung werde ich nicht dauerhaft leben können. Und eigentlich muss das Wólf auch klar sein. Allerdings ist mir unklar, warum er jenen alten C̦rond'llo̦r vertrieben hat. Obwohl mir schlecht ist, spreche ich ihn darauf an.

„Wempai, was hat er denn getan, dass du ihn so brutal verstoßen hast?“

Leicht zieht er seine Lefzen hoch und antwortet mir in einem scharfen Ton.

„Zweimal habe ich ihm befohlen zu gehen und zweimal hat er meinen Befehl ignoriert und ist einfach wiedergekommen. Jetzt hatte ich die Faxen dicke und habe ihn vertrieben.“

Verschreckt zucke ich zusammen, fange mich aber schnell wieder, denn ich weiß, dass sein Gefühlsausbruch nicht mir gilt.

„Und warum hast du ihm befohlen zu gehen? Das verstehe ich nicht."

„Er ist zu alt und deshalb musste er letztendlich gehen, denn er hätte unser Dasein durch seine altersbedingte Gebrechlichkeit nur gefährdet."

„So gebrechlich schien er mir gar nicht zu sein. Er hat dir ganz schön Paroli geboten. Er hat dich sogar verletzt."

„Jaha, er ist noch sehr stark und reaktionsschnell, immerhin ist er mein Urgroßvater. Jedoch haben seine kognitiven Fähigkeiten innerhalb des letzten Jahres beängstigend nachgelassen. Ihm oblag die Obhut über die Welpen und er ist einfach gegangen, weil er vergessen hatte, dass er die Aufsicht über sie hatte. Infolgedessen verloren zwei meiner Welpen ihr Leben. Solche Aussetzer sind einfach nicht hinnehmbar. Auch ich werde später einmal gehen müssen – dann, wenn ich zu dem Wohl des Chretwọ́ṛı, der Familie nichts mehr beitragen kann, wenn meine Existenz beginnt, ein Schatten meiner selbst zu werden und ich ihr Dasein zu gefährden beginne. Wer seine Ehre nicht verlieren und keine Schande über seine Familie bringen will, der geht ohne Gejaule und akzeptiert sein Schicksal, wenn die Zeit gekommen ist. Manche Vertreter unserer Art finden nicht so recht den Zeitpunkt ihres Abschieds. Mit ihnen wird dann so verfahren, wie ich es leider mit meinem Urgroßvater tun musste. Sein moralisches Versagen hat mich zutiefst enttäuscht. Merk dir das gut, denn so ist nun einmal unsere Sitte. Und an solche Bilder wirst du dich schon in Zukunft gewöhnen müssen, Wolf."

Dabei zeigt er auf diverse Spuren des Kampfes auf der Lichtung und auf die Wunden an seinem Bauch, deren Blutungen bereits versiegt sind.

„Du musst wissen, wenn Cṛond'lloṛí kämpfen, dann tun sie es auch richtig."

Oh, Mann, die haben ja wirklich raue Sitten und harte Gesetze. Chracuta hatte mit dem, was er mir auf der Erde über ihre Sitten und Bräuche und meinen künftigen Eindruck über sie erzählte, recht. Sie sind mir wirklich absolut fremd und unbegreiflich. Zudem sind sie total unmenschlich und widersprechen meinem Ethik- und Rechtsverständnis. Wie kann es sein, das ein Cɼond'lloɼ, der über die meiste Zeit seines Lebens zum Wohl der Gemeinschaft beigetragen hat, aus ihr entfernt wird, gerade wenn er ihres Schutzes am meisten bedarf? Doch traue ich mich nicht, meinem Stiefvater gegenüber mein Unrechtsempfinden über seine Entscheidung mitzuteilen und schaue ihn daher nur unsicher an.

„Na, was beschäftigt dich denn noch? Wenn du Fragen hast, dann stell sie. Noch keinem Welpen ist aufgrund einer Frage der Kopf abgerissen worden."

Schüchtern räuspere ich mich, bevor ich mit zittriger Stimme zu sprechen beginne.

„Ich verstehe immer noch nicht, warum du deinen Urgroßvater verstoßen hast. Ich meine, sein ganzes Leben war er Teil dieser Gemeinschaft. Sicherlich hat er seine ganze Kraft und sein Blut gegeben, um zu ihrem Wohl beizutragen. Er hat den Schwächeren Schutz und Sicherheit geboten. Und jetzt, da seine geistigen Kräfte zu schwinden beginnen, ist er verstoßen worden. Sollte die Gemeinschaft, die er immer beschützt hat, nicht auch für ihn da sein, jetzt wo er ihres Schutzes bedarf? Bitte versteh mich nicht falsch, Wempai. Ich will dich nicht kritisieren. Ich verstehe es nur nicht, denn es widerspricht den Grundwerten, die meine Eltern mir vermittelt haben."

Leicht beginnt der Woɼkhan zu grinsen. „Aha, die Starken schützen also die Schwachen?"

Bestätigend nicke ich ihm zu.

„So funktioniert es aber nur bedingt, Wolf. Das Chɼetwóɼ schützt jedes seiner Mitglieder, weil jeder jeden schützt. Die Stärkeren schützen die Schwächeren und die Schwächeren gleichwohl die Stärkeren. So wird eine starke Gemeinschaft gebildet, die unser Überleben sichert. Nur so funktioniert es, denn unsere Feinde und unsere Beute sind mächtig und sehr gefährlich."

„Und was geschieht mit Kranken und Verletzten? Die können nichts zum Schutz und zu der Wehrhaftigkeit des Chr̦etwór̦ı beisteuern."

„Sie bedürfen unserer besonderen Fürsorge, denn sie werden genesen und ihre Aufgaben wieder in vollem Maße erfüllen."

Verständnisvoll nicke ich meinem Stiefvater zu. „Hättest du deinen Urgroßvater getötet, wenn er nicht freigekommen wäre?"

Nun legt er seine Ohren an. „Ja, ich hätte ihn getötet, ohne weiteres. Da bin ich konsequent. Was die Ehre meiner Familie angeht, da kenne ich keine Kompromisse."

„Seid ihr ein Volk von Kriegern?", werfe ich jetzt unvermittelt ein.

Überrascht stellt der Wor̦khan seine Ohren wieder auf. „Wie kommst du auf diese Frage?"

„Aufgrund eurer rüden Umgangsformen. Des Weiteren zwingt mir die Begeisterungsfähigkeit meiner Stiefgeschwister für jegliches Kampfgeschehen und die Faszination, die es offensichtlich auf sie ausübt, diese Frage auf.", erkläre ich ihm.

Ein leichtes, kaum sichtbares Grinsen zeichnet sich auf seinem Gesicht ab. „Wir führen keine Kriege, daher sind wir auch keine Krieger. Verstehst du? Allerdings fordert uns unser täglicher Überlebenskampf ein hohes Leistungsniveau sowohl auf physischer als auch auf psychisch-intellektueller Ebene und ein ebenso hohes Maß an Kampfgeschick ab. Diese Fähigkeiten können sich nur im erforderlichen Umfang mit der nötigen Begeisterungsfähigkeit für die entsprechenden Disziplinen entwickeln. Alle anderen sind den Erfordernissen des täglichen Lebens nicht gewachsen und sterben früher oder später. Somit werden sie einfach ausselektiert, was eine entsprechende Polarisation unseres psychologischen Profils zur Folge hat. Ich hoffe, das erklärt hinreichend deine Frage und die Begeisterung deiner Geschwister für Kampfhandlungen."

Zustimmend nicke ich.

„Aber keine weiteren Fragen mehr. Ich will uns nun etwas zum Beißen besorgen. Wenn du heute noch mehr wissen willst, dann frag halt Mams oder deine Geschwister."

Augenblicklich geht er zu den anderen, ruft zwei bei ihrem Namen und verschwindet mit ihnen im Wald, während die Übrigen vor der Höhle bleiben. Keiner wagt es, sie zu betreten. Offenbar ist es ihnen streng verboten.

Wortawai sieht mich erwartungsvoll an. Sicher will er mit mir weiterspielen. Dieser Kampf hat meinen Unternehmungsgeist allerdings nicht gerade gefördert. Mir ist das Spielen für heute deshalb vergangen. Im Gegensatz zu mir scheint diese Auseinandersetzung mit all ihren Brutalitäten und Folgen an ihm spurlos vorübergegangen zu sein. Nach dem, was ich heute alles beobachten konnte, verwundert mich das nicht weiter. Wenn ein Kind oder ein Welpe in einer Umgebung aufwächst, in der solche rüden Umgangsformen gang und gebe sind, wird es oder er in solchen Ereignissen nichts Besonderes darin sehen und später selbst so handeln.

Gerade erscheint Mams vor der Höhle, wirft ihren Kopf in den Nacken und lässt ein tiefes, lautes Heulen erschallen, welches in dem uns umgebenden Wald widerhallt. Aus unterschiedlichen Richtungen in unmittelbarer Umgebung dieser Lichtung antworten meine Geschwister. Was dieser Ruf wohl für eine Bedeutung hat? Es dämmert bereits und bald wird die Sonne hinter dem Horizont verschwunden sein. Daher nehme ich an, dass es ein Signal zum Sammeln ist. Im Vorbeigehen nimmt sie mir den Übersetzer ab und nimmt ihn mit in die Höhle. Ich frage mich, warum sie mir die Möglichkeit genommen hat, sie zu verstehen. Sollten etwa Dinge besprochen werden, die ich nicht hören soll? Plötzlich vernehme ich hinter uns in der

Höhle Mams Stimme.

„Wo̧rtawai, Wolf, nunc salistas! Chrußchrús nunc salía."

Ich habe nur so viel verstanden, dass sie meinen Namen gerufen hat. Ich werde besser mal hineingehen. Wo̧rtawai antwortet ihr, während ich schon auf dem Weg bin.

„Tchirch, nunc sal stám, Mams."

Ich stehe bereits vor ihr, als Wo̧rtawai gerade ankommt und sich dicht neben sie hinlegt. Aha, wir sollten also wirklich nur zu ihr kommen. Jetzt packt mich Mams mit ihren Zähnen und legt mich dicht neben ihren muskulösen Körper und sagt mir dabei noch einmal langsam, ‚chrußchrú nunc saliá'. Ich antworte mit einem Kopfnicken, um ihr verständlich zu machen, dass ich es verstanden habe. Daraufhin zwickt sie mir zärtlich in die Schulter, wobei ich sie ein wenig anknuffe. Jetzt verstehe ich, warum sie mir den Übersetzer weggenommen hat. So will sie mich zwingen, mich aktiv mit ihrer Sprache auseinanderzusetzen. Ihr Ziel wird es sein, dass ich dieses Gerät eines Tages nicht mehr brauchen werde, um sie zu verstehen.

Nach und nach stürmen meine Geschwister in die Höhle, legen sich nieder und schmiegen sich dicht an uns. Ihre Körper sind von dem Herumgetobe total erhitzt. Öliger Schweiß beginnt über meinen gesamten Körper zu fließen, was mich doch etwas anekelt, denn alles fühlt sich dadurch glitschig an. Die Wärme, die mir durch den engen Körperkontakt zu ihnen gegeben wird, entschädigt jedoch für alles, auch wenn meine Kleider morgen wie nasser Sackleinen an mir kleben werden. Im Schutze meiner Stiefmutter döse ich bald ein.

Innerlich bin ich durch die letzten Ereignisse völlig aufgewühlt. Die Cro̧nd'llo̧r-Kultur erscheint mir absolut bizarr. Nichts ist mir hier vertraut. Ich fühle mich verloren, gefangen in einer völlig anderen, erbarmungslosen und grausamen Welt, die mir in erster Linie feindlich gegenüberzustehen scheint. Zudem verlangt Wempai von mir eine Konvertierung meines Persönlichkeitsprofils in das eines Raubtieres, speziell in das eines Cṛond'lloṛı, sonst hätte ich keine Zukunft. Mir erscheint diese Forderung als ein Erzeugnis absoluter Intoleranz. Jede Zivilisationsform, deren Grundpfeiler sich von denen ihres Kulturkreises unterscheidet, scheint er zu verschmähen und das Leben dieser Form zu blockieren. Ich bin ein Mensch, ich fühle wie ein Mensch und ich habe die Seele eines Menschen. Ich kann meine menschlichen Gefühle nicht einfach ignorieren und sie in die eines Cṛond'lloṛı transformieren. Ich vermisse meine Eltern, ich vermisse mein Zuhause und ich vermisse die Erde. Früher oder später muss ich hier einfach weg!

Mein kurzer Dämmerschlaf wird durch Stimmen gestört. Ich blicke auf und kann zwei rot leuchtende Augenpaare ausmachen. Es sind Chrachra und Chracuta. Ich erkenne sie deutlich an ihren Stimmen. Draußen ist es bereits stockfinster geworden; daher kann ich außer den vier leuchtenden Augen nichts weiter sehen. Etwas nörgelig werden sie von Mams begrüßt. Das kann ich gut verstehen. Schließlich haben sie ihren Sammelruf missachtet und kommen zudem noch ziemlich spät. Auch sie legen sich jetzt zum Schlafen zu Mams. Sicherlich warten die beiden Zwillinge wie wir anderen gleichermaßen sehnsüchtig auf Wempais Heimkehr, denn der Hunger beginnt uns so langsam zu plagen. Anders kann ich mir Woṛtawais Unruhe nicht erklären. Langsam wird es in der Höhle wieder still, sodass ich endlich in den Schlaf finde...

Inkarnation

Früh erwache ich aus meinem Schlaf. Ich fühle mich wie gerädert, denn die meiste Zeit über habe ich mich schwitzend im Moos gewälzt und konnte kein Auge zu tun, obwohl ich die Nacht über im engen Körperkontakt zu den mich schützenden Cŗond'lloŗí in der warmen Höhle gelegen habe. Meine Kleider sind verschwitzt und durchweicht von gelartiger Schmiere, die zurückbleibt, wenn die flüchtigen Bestandteile des Cŗond'lloŗ-Transpirants verdunstet sind. Infolgedessen kleben sie, wie von mir schon gestern befürchtet, am Körper und werden draußen nur noch unzureichend Wärme spenden. Auch das Moos, auf dem wir liegen, fühlt sich feucht und schmierig an. Eigentlich müsste es gewechselt werden. Die Sonne sieht hinter den Bergen halb hervor. Sie scheint direkt in den Höhleneingang und taucht den Innenraum in orange-rotes Licht. Mams ist ebenfalls schon wach und sieht aufmerksam hinaus in die Morgenröte. Die Welpen schlafen noch, während ich mich stöhnend aufrichte. Mein Rücken quittiert die schlechte Nacht mit pochenden Verspannungsschmerzen. Nun wendet sich Mams mir zu und sieht mich mit freundlichen Augen an.

„Tçirchtç'ë, Wolf."

Sie spricht mit einer gedämpften, leisen und sanften Stimme zu mir. In ihrer Sprache soll das wohl ein Gruß wie ‚Guten Morgen' bei uns sein. Aus diesem Grund wiederhole ich ihre Worte. „Tçirchtç'ë, Mams."

Daraufhin leckt sie vorsichtig einmal über mein Gesicht, um

mir ihre Zuneigung nach Cɽond'Lloɽ-Sitte zu zeigen und eine Morgenwäsche wenigstens anzudeuten. Anschließend spielt Mams ein bisschen mit mir. Das heißt, sie gibt mir mit ihren gewaltigen Pranken leichte Hiebe, die ich zu blocken habe – eine wichtige, spielerische Übung für spätere Zweikämpfe, die ich einst zu bestreiten haben werde, wie ich von ihr erfahre. Das kann allerdings nur ein Scherz sein, denn jedem wird klar sein, dass ich sicherlich niemals gegen einen Cɽond'Lloɽ kämpfen können werde. Jetzt zwickt sie mir mit ihren Zähnen in die Schulter, wobei ich als Antwort in ihre große, dicke, schwarze Nase beiße. Jetzt händigt sie mir meinen Translator aus, den ich mir sofort aufsetze.

Aus der Ferne ertönt das Geheul eines Cɽond'Lloɽı, der einen sehr hohen Rang bekleiden muss. Daraus schließe ich, dass es sich bei dem Heulenden um Wempai handeln muss.

„Das war Wempai, Wolf, der uns Bescheid gibt, dass er etwas gerissen hat. Er wird jetzt sehr bald kommen und uns etwas Schönes mitbringen.", gibt sie mir erfreut zu verstehen.

„Oja, Mams, ich habe sehr großen Hunger."

Sie stellt ihren Kopf schief und entgegnet mir lächelnd: „Ja, dein Magenknurren ist nicht zu überhören."

In diesem Moment werden auch die anderen wach, denn sie haben Wempais Geheul gehört und erwarten voller Ungeduld seine Heimkehr. Liebevoll werden sie von Mams begrüßt. Nur Chrachra und Chracuta liegen noch eingerollt auf dem Boden und regen sich nicht. Nur ihre Ohren zucken beim Erklingen von Mams Stimme. Sie sind also hellwach. Das ist auch nicht unserer Mutter entgangen.

Barsch spricht sie die Beiden an. „Chrachra, Chracuta! Ihr braucht euch nicht schlafend zu stellen! Den Ärger wegen eures Fernbleibens bekommt ihr so oder so. Also steht auf und kommt her!"

Zögernd erheben sich die Zwillinge und trollen sich mit hängenden Köpfen und angelegten Ohren zu Mams. Die Schwänze haben sie eingezogen und gegen ihre Bäuche gepresst. Unsere Mutter hat sich derweil steil aufgerichtet und empfängt sie mit rot glimmenden Augen. Als die Beiden sich setzen, klatscht es zweimal trocken, wobei Chrachra und Chracuta verschreckt aufjaulen.

„Dies als Erinnerungshilfe, dass ihr meinen Anweisungen Folge zu leisten habt!", teilt Mams ihnen zornig mit.

Bei der Rüge, die sie ihnen nachfolgend erteilt, weist sie auf die Gefahren hin, in die sich die Beiden leichtfertig begeben hatten, erst recht, weil sie sich zudem alleine entfernt hatten. Allerdings weicht sehr schnell die Härte aus ihrer Stimme und mit ihr der Zorn. Ebenso schnell wird der gestrige Vorfall abgehakt und vergessen. Schließlich drückt sie die Beiden fest an sich und liebkost sie mit ihrer Zunge. Als Mams sie wieder loslässt, springen Chrachra und Chracuta erleichtert und froh auf. Sofort ist ihr Unternehmungsgeist wieder geweckt. Chracuta stupst noch Chráchrotus, Wor'tllán und mich mit seiner Schnauze an, um uns Bescheid zu geben, dass wir mitkommen sollen, bevor er Chrachra folgend die Höhle verlässt. Jetzt erheben sich auch die anderen fünf Welpen, vollziehen ihr morgendliches Stretching und folgen ihren großen Brüdern ins Freie.

„Wolf, warte!", wendet sich Mams an mich, gerade als ich mich zum Verlassen der Höhle abwende, „Du weißt warum ich dir den Translator gestern genommen habe?"

„Ich vermute, damit ich eure Sprache besser lerne.", antworte ich ihr schüchtern.

„Richtig. Du sollst dich aktiv mit unserer Sprache auseinandersetzen und sie auch sprechen. Außerdem ist es notwendig, in regelmäßigen Zeitabständen das Gerät abzulegen. Beim Toben auf der Lichtung brauchst du den Translator eh nicht. Daher werde ich ihn dir nur dann geben, wenn du in der Höhle bist oder ein genaues Verständnis unerlässlich ist."

Ich nicke ihr zu, setze ich das Gerät ab und überreiche es ihr, bevor ich meinen Stiefgeschwistern auf die Lichtung folge. Während ich die Höhle verlasse, sehe ich, wie sich Mams erhebt und in eine Ecke eine Kuhle zu graben beginnt.

Draußen auf der Lichtung, wo die anderen Cŗond'lloŗí genächtigt haben, spielen wir ein bisschen Packen, jagen uns gegenseitig hin und her und raufen mit unseren Partnern – ich natürlich hauptsächlich mit Woŗtawai. Natürlich nehmen sie dabei auf mich besonders viel Rücksicht, damit sie mich bei dieser Tätigkeit nicht aus Versehen, trotz des Schutzes durch meinen bionischen Panzer, mit ihren Krallen und Zähnen aufschlitzen und zermalmen. Ihr Spiel ist nämlich sehr rüde. Im Gegensatz zu ihrer Haut unter ihrem Fell ist meine Haut dünn und empfindlich wie jahrhundertealtes Pergament. Lehnt man sich an sie an oder schlägt ihnen in die Seite, fühlt es sich wie mit Fell überzogenes Hartgummi an. Ihre Muskulatur ist hart wie Stein. Die gesamte Physiologie scheint auf Kampf und extreme Leistungsfähigkeit ausgelegt zu sein. Wer soll jemals mit ihnen konkurrieren?

Plötzlich wird mir ein Schlag direkt auf mein linkes Auge versetzt, der mich zu Boden schleudert. Blut rinnt an meiner Wange hinunter und tropft auf meine Hose. Mit Mühe gelingt es mir, die Tränen zurückzuhalten. Stöhnend taste ich den betroffenen Bereich ab. Über meiner Augenbraue wurde mir ein Cut und direkt über dem Wangenknochen eine Platzwunde beigefügt. Dies ist das zweite Mal innerhalb von zwei Tagen, dass ich derart verletzt werde. Es ist Woŗtawai, der zu mir kommt, mir etwas sagt und die schmerzende Stelle ableckt. Er ist also wieder der Schuldige – zu meinem Glück. Die Konsequenzen, die sich für mich ergeben hätten, wenn dies ein Hieb von einem der älteren und größeren Welpen gewesen wäre, möchte ich mir lieber nicht ausmalen. Ich begreife inzwischen schon, dass Woŗtawais Verhalten auf eine Entschuldigung hindeutet und kann ihm deshalb nicht böse sein.

„Es ist schon gut, Wor̦tawai. Es ist nicht viel passiert. Ich sehe nur bald wie Frankensteins Monster aus. Aber euch scheint das ja nicht zu kümmern.", entgegne ich ihm und denke dabei an die Worte, die mein Stiefvaters gestern an mich gerichtet hat. Dabei ziehe ich ihn leicht an den Ohren.

Auf einmal vernehme ich ein zorniges Grollen von einem der Zwillinge, gefolgt von einem dumpfen Schlag und einem gequetschten Jaulen, kurz bevor Wor̦'tllán hoch über mir gegen die moosbedeckte Rinde des Mammutbaums, vor dem ich zu Boden ging, prallt und dicht neben mir auf dem feuchten Boden aufschlägt. Seine Lende ist von tiefen Striemen gezeichnet, aus denen sein Blut herausquillt und an seiner Flanke herunterzulaufen beginnt. Doch erhebt er sich ungeachtet dessen und schüttelt sich nur, woraufhin mir sein Blut entgegenspritzt. Flüchtig sieht er zu mir herab und beginnt verschmitzt zu grinsen, während ich ihn mit großen Augen anstarre.

„Whípr̦ Sengr̦ár̦ Cr̦ond'llor̦ı wa'dr̦e? Hur, hur!" teilt er mir in einem forschen, von einem kaum wahrnehmbaren Grollen untermalten Ton mit. Dabei greift er sich mit seiner rechten Pranke in die Wunde und bespritzt mich mit seinem Blut. Abwehrend reiße ich meine Arme hoch, um mein Gesicht zu schützen. Lachend wendet er sich von mir ab und stürzt sich wieder auf die Zwillinge. Kopfschüttelnd sehe ich ihm nach und versuche eine Deutung für sein Verhalten zu finden. Es wirkt nur abscheulich und barbarisch auf mich. Wollte er mich verspotten, weil ich so zerbrechlich bin, oder war es nur ein makabrer Welpenscherz? Ich weiß nur, dass ich wieder aussehe wie ein Schlachter und meine Kleider vollkommen versaut sind. Also versuche ich sein Blut von meinen Sachen zu entfernen. Diese Blutflecken werde ich wohl nicht mehr rausbekommen.

Gut eineinhalb Stunden toben wir bereits miteinander, als

Mams Stimme aus der Höhle ertönt.

„Woŗŗitatis, nunc salístas! Ecce wipám tçerßte s'tllagrzind'ě je tchirch woŗŗitaté!"

Sie hat uns zu sich gerufen. Soviel weiß ich von gestern noch. Sofort rasen alle Welpen in die Höhle und lassen mich ohne ein weiteres Wort alleine stehen. Irgendetwas Bedeutsames scheint sich ereignet zu haben, denn das gesamte Chretwóŗ ist auf einmal in Aufruhr. Obwohl ich durch die ewige Jagerei noch total außer Atem bin, haste ich so schnell, wie ich noch kann, zum Höhleneingang, der nun von zwei Cŗond'lloŗ-Rüden versperrt wird. Sie wurden wohl von Mams Ruf alarmiert und werden, ihren grimmigen Blicken nach, jeden Eindringling in Stücke reißen. Als ich mich dem Eingang nähere, beginnen sie in einem tiefen Bass zu grollen und entblößen drohend ihre weiß aufblitzenden Zähne.

„Batai'wa! Oçí wadaias!"

Ich verstehe jetzt zwar ihre Sprache nicht, aber die Bedeutung *dieser* Worte ist mir auch ohne Translator vollkommen klar. Wenn ich nicht sofort stehenbleibe und mich der Höhle fernhalte, werde ich sterben. Sofort leiste ich ihrer Order Folge beginne mich langsam rückwärtsgehend wieder zu entfernen. Gebannt schaue ich dabei in ihre drohend aufglimmenden Augen, die mich wie eine Zieleinrichtung im Visier halten. Mir ist das Herz in die Hose gerutscht. In diesem Augenblick erscheint einer der Zwillinge und beginnt mit den Wachen zu reden, die ihm aufmerksam zuhören und anschließend nicken. Jetzt wirft er mir meinen Translator zu, den ich sofort aufsetze.

„Wolf, komm! Mams hat gerade ihre Welpen bekommen. Dir ist es erlaubt, die Höhle trotz dieses Ereignisses zu betreten. Meine Onkel werden dich passieren lassen und dir kein Haar krümmen. Es ist der Wunsch unserer Mutter."

Mit diesen Worten entschwindet er wieder in die Höhle. Deshalb hat Mams eben auch die Kuhle gegraben. Sie wollte dort ihre Welpen werfen. Äh, hier sagt man wohl eher bekommen. Oje, dann wird Wempai noch mehr hungrige Mäuler zu stopfen haben. Zögernd beginne ich mich wieder den beiden Wachen zu nähern, die immer noch jede meiner Bewegungen genauestens beobachten und setze gedankenverloren meinen Übersetzer ab, um irgendetwas in den Händen zu haben, mit dem ich in meiner Nervosität herumspielen kann. Kurz vor den beiden hünenhaften Wolfsgestalten bleibe ich ängstlich stehen und vermag keinen Schritt mehr zu tun.

„Nunc salísta, Wolf! Yatá whou'dr̦ ba Chrorchtuá!", wendet sich einer der Wachen nun, entgegen meiner Vermutung, an mich, während er auf mich zukommt und mich behutsam aber bestimmt mit seiner gewaltigen Pranke durch den Eingang schiebt. Hastig setze ich mir den Übersetzer wieder auf und schwöre mir, dass ich ihn jetzt nicht mehr ablegen werde. Im Innern der Höhle liegt Mams mit sieben kleinen Cr̦ond'llor̦-Welpen, umringt von all meinen Stiefgeschwistern, deren erhitzte, schweißnasse Körper dampfend Feuchtigkeit in die Umgebungsluft abgeben. Zwischen ihnen sehe ich zögernd hindurch und kann beobachten, wie Chrorchtuá jeden neuen Welpen säubert und schließlich ihre Nachgeburt auffrisst. Obwohl Mams während der Geburt relativ viel Blut verloren hat, Zeichen großer Anstrengung aufweist und ihr Körper, wie die meiner Geschwister, schweißgetränkt ist, zeigt sie ansonsten keinerlei weitere Erschöpfungssymptome. Größe und Gewicht der Cr̦ond'llor̦-Babys entsprechen in etwa denen eines ausgewachsenen Malinois. Sie wirken schon jetzt sehr kompakt. Ihre Augen sind noch geschlossen. Doch sind sie in der Lage, sich von Anfang an auf ihren Läufen zu halten und zu gehen, obwohl sie dabei noch sehr unsicher sind und die Art ihrer Bewegungen tollpatschig wirkt. Ich stupse Chrachra und Chráchrotus an, die mich jetzt auch zwischen sich lassen.

Jeden einzelnen Welpen betrachtet Mams mit Sorgfalt und untersucht sie genauestens. Mir kommt es so vor, als ob die

Neugeborenen eine Art Qualitätsprüfung durchlaufen müssten – so wie es die Spartiaten mit ihren Babys taten. Waren die Neugeborenen schwächlich, kränklich oder wiesen sie irgendeine Behinderung auf, warf man sie in eine Grube oder man setzte sie einfach aus und ließ sie sterben. Auch in der terrestrischen Tierwelt ist so ein Verhalten bekannt. So verstoßen beispielsweise Walkühe ihre Kälber sofort, wenn sie nicht makellos sind. Es würde sehr zu dem rauen Wesen des Cṛond'lloṛı passen, wenn auch ihr Nachwuchs eine strenge Prüfung durchlaufen müsste, bevor er akzeptiert und angenommen wird. Zwei Welpen scheinen von ihr besonders kritisch betrachtet zu werden. Doch nach eingehender, langer Prüfung werden auch sie abgeleckt und liebkost. Anschließend betrachtet Mams ihren Nachwuchs überglücklich, bevor sie schließlich uns ansieht.

„Euer Vater wird sich sehr freuen, wenn er von diesem glücklichen Ereignis erfährt."

Nun wendet sie sich wieder dem neuen Nachwuchs zu, der sich eng um ihren Bauch und ihre Brust schmiegt. Sie sehen wirklich sehr süß aus. Ihr Aussehen und die tollpatschige Art ihrer Bewegungen müssten aus dem wildesten Rabauken einen sanften Vater und Pfleger machen. Ich frage mich, wie viel Milch so ein Welpe am Tag verputzen kann. Die Menge könnte, nach meinem Gefühl zu urteilen, bei gut vier Litern liegen. Das heißt, Mams müsste... Ach, was soll die Rechnerei, es handelt sich dabei sowieso nur um eine Schätzung von mir. Aber eins steht fest: Hier wird es jetzt des Nachts noch enger werden.

In der Höhle ist die Luft feucht und schwer. Sie treibt mir den Schweiß aus den Poren, der meine Kleider schon am Kragen, im Achsel- und Wirbelsäulenbereich durchweicht hat und mir an Stirn und Hals herunterzufließen beginnt. Außerdem bin ich schon wieder durch den Körperkontakt zu den hier eng zusammenstehenden Welpen über und über mit ihrem öligen Schweiß besudelt. Die durchweichten Kleider kleben mir schon wieder wie nasser Leinen am Körper. Und meine strubbeligen Haare erwecken den Anschein, als habe ich sie mit Pomade eingeschmiert. Daher wende ich mich jetzt von dem Geschehen hier ab und gehe nach draußen, um mir Abkühlung zu verschaffen. Dort befinden sich die anderen Cṛond'lloṛí, die Daheimgebliebenen, raufen ein wenig miteinander oder beschäftigen sich in anderer Weise. Auch von ihnen werde ich bei allem, was ich tue, observiert. Ob sie mich wohl wirklich vollständig akzeptiert haben? Ich hege diesbezüglich meine Zweifel, denn ihre Ausstrahlung hat sich seit Wempais Aufbruch geändert. Sie mutierte von der eines zahmen Individuums, dessen Aktionen von Freundschaft aber auch von Angst und Vorsicht geprägt sind, zu der eines Lauerjägers, der im Hinterhalt sein ahnungsloses Opfer beobachtet und auf seine Chance wartet. Eigentlich müsste meine Furcht unbegründet sein, denn sie wissen, dass ich unter der Obhut Wempais stehe, der Respektsperson schlechthin, und er jeden, der es wagt, mir auch nur ein Haar zu krümmen, wie seinen Urgroßvater vertreibt. Des Weiteren sind, so wie es scheint, fast alle hier Anwesenden enge Familienmitglieder und sind somit im besonderen Maße an Wempais Wort gebunden. Diese Tatsachen sprechen für mich. Doch obwohl mir das bewusst ist, bekomme ich bei dem Gedanken, mich ihnen zu nähern, ein schlechtes Gefühl und halte aus diesem Grund einen respektablen Abstand zu ihnen, denn die Respektsperson ist nun mal nicht anwesend. Die Hemmungen könnten daher dementsprechend niedriger sein.

Heute ist es viel kälter als gestern. Zudem ist der Wind aufgefrischt, der mir regelrecht die Körperwärme entzieht. Zu schwitzen habe ich daher sehr schnell aufgehört, seit ich die Höhle verlassen habe. Ich fühle, wie die Kälte durch meine schweißgetränkten Kleider kriecht und die Wärme meinen Händen entzogen wird. Schon beginnt es mich zu frösteln, wobei ich am ganzen Körper zu zittern anfange. Nie zuvor war ich dem Wetter so schutzlos ausgesetzt wie hier. Nirgends gibt es einen warmen und trockenen Ort, der einem zuverlässig ausreichend Zuflucht vor dem hiesigen Wetter gewährt. Die Höhle ist zwar meistens warm, aber sie ist weit davon entfernt, trocken zu sein. Und wenn es draußen stürmt, zieht es in ihr sehr stark und es wird kalt. Dennoch möchte ich noch ein bisschen hier draußen verweilen, wo der stürmische Wind durch meine Glieder fährt. Vorbei an den anderen Cr̦ond'llor̦í, die jetzt gruppenweise zusammensitzen und sich beschäftigen, wate ich weiter durch den knöcheltiefen Schlamm die Lichtung hinunter zum Waldrand. Nur am Rande nehmen sie von mir Notiz und werfen mir allenfalls flüchtige Blicke zu. Einige von ihnen schütteln dabei ihre Köpfe. Mit einem flauen Gefühl in der Magengegend versuche ich diese Zeichen zu ignorieren und richte meinen Blick auf den Waldrand. Die exotische Natur zu beobachten, ist für mich sehr interessant und zugleich beruhigend, obgleich, wie Wempai mir offenbarte, die Natur alles andere als ungefährlich und nach meinen Ansichten auch grausam sein kann. Für sie existiert aber keine Grausamkeit in unserem Sinne, da sie das Wesen dieser Natur als Grundlage ihres Moralverständnisses verstehen. Wird zum Beispiel ein Beutetier angefallen und es ist dennoch stark genug, sich aus den Fängen seines Fressfeindes zu befreien, zu entkommen und verliert dabei eine Gliedmaße, wie etwa einen Lauf, dann ist dieser Tatbestand weder grausam noch ungerechtfertigt, selbst wenn es später seinen schweren Verletzungen erliegt. Es war dann eben nicht stark genug und seiner Umgebung unangepasst und musste deshalb ausselektiert werden. So denken meine neuen Verwandten.

Plötzlich springen die Cr̦ond'llor̦í auf und starren gebannt in meine Richtung. Mir rutscht gerade das Herz in die Hose. Vor mir im Gebüsch vernehme ich jetzt ein leises Knacken und Rascheln, als ob sich etwas anschleichen will. Schnell wende ich mich um, laufe den zum Teil mit Gras bedeckten Abhang in Richtung Höhle hinauf. In einer ziemlich großen Entfernung zu jenem Gebüsch rutsche ich in einer großen Schlammpfütze aus und nehme ein unfreiwilliges Schlammbad. Schallendes Gelächter ertönt um mich herum, während ich mich prustend und spuckend aufsetze, um zu beobachten, was nun da unten geschehen wird.

‚Warum nur habe ich keine Wolfspfoten mit anständigen Krallen, die mir mehr Halt geben, und muss mich stattdessen mit rutschigen Mokassins begnügen? Ich gebe mich hier doch der Lächerlichkeit preis! Ich hasse es, ein Mensch zu sein – ein Mensch mit all seinen Unzulänglichkeiten. Wie gerne wäre ich wie sie, die Cṛond'lloṛí, furchtlos, stark, zäh, ausdauernd und jeder Situation Herr.', tadele ich mich zornig, während ich weiter den unteren Waldrand beobachte und das Gelächter zu ignorieren versuche.

Plötzlich werde ich von hinten gepackt und brutal in den Schlamm gedrückt. Ein warmer Flüssigkeitsstahl beginnt sich über meinen Körper zu ergießen, während ich über mir ein hämisches Lachen vernehme. Als ich endlich losgelassen werde und meinen Kopf wieder aus dem Schlamm heben kann, erkenne ich Woṛ'tllán, der mich angepisst hat und jetzt wieder in die Höhle hineinläuft. Es ist plötzlich totenstill geworden. Nur noch der Wind und das Herabtropfen der Pisse sind zu hören. Zornig sehe ich meinem Stiefbruder nach, wälze mich schließlich im Schlamm und versuche Woṛ'tlláns Urin aus meinen Kleidern herauszubekommen. Eins habe ich verstanden: Woṛ'tllán verachtet mich und genießt es offensichtlich, mich zu erniedrigen. Ich könnte heulen. Traurig sehe ich wieder zum Waldrand hinunter und beobachte beiläufig, wie Wempai aus dem Dickicht herausspringt. Die Cṛond'lloṛí, die vorhin noch über mich lachten, sind schon auf ihren Läufen und stürmen zu ihm hinunter. Innig begrüßen sie ihn und umlecken seine Schnauze. Sein Erscheinen verbessert meine Stimmung merklich. Sofort erhebe ich mich aus dem Schlammloch und laufe ebenfalls, so schnell wie möglich, zu ihm hinunter, während jetzt auch die anderen zwei Begleiter ebenfalls auftauchen und begrüßt werden. Die Beute trägt Wempai noch auf den Schultern. Als er mich nahen sieht, beginnt er erneut mit seiner Rute zu wedeln, kniet sich hin und lässt sie fallen, damit er mich zum Gruß empfangen kann. Dabei streckt er mir seine Vorderläufe entgegen, während die anderen zurückweichen. In Böen zerzaust mir der Wind mein Haar, der nun rasch an Stärke zunimmt. Von Nord-Osten her ziehen dicke, schwarze Wolken auf, die den Himmel fast abdunkeln. So eine bedrohliche Wolkenfront habe ich daheim auf der Erde noch nicht gesehen.

‚Das wird, wie vorgestern, ein ganz schönes Unwetter geben. Nur wird bei den heutigen Temperaturen wohl eher ein Schneesturm niedergehen. Das passt gut zu meiner Stimmung.', denke ich, während ich beobachte, wie schnell sich diese Wolkenfront nähert. Die Tatsache, dass ich stehen bleibe, versetzt Wempai in Verwunderung.

„Ja, was hast du denn? Stimmt etwas nicht, ist vielleicht etwas mit dem Sh'trréntec nicht in Ordnung? Willst du etwa deinen Wempai nicht begrüßen?"

Von seiner bassigen Stimme werde ich aus meinen Gedanken gerissen.

„Och, doch, Wempai. Mit dem Sh'trréntec ist alles ok. Tçirchtç'ë, Wempai. Ich frage mich nur, was wir für ein Wetter bekommen werden."

„Was ist das bloß für eine platte Begrüßung?! Wart ihr auf der Erde etwa auch so gefühlskalt zueinander?"

„Nein, natürlich nicht. Entschuldige bitte, Wempai."

Bei ihnen ist der Körperkontakt bei der Begrüßung wohl sehr wichtig. Daher entschließe ich mich, seinen Erwartungen zu entsprechen, schreite auf ihn zu und springe an ihm hoch. Lächelnd fängt er mich auf und drückt mich liebevoll an seine Brust, während ich seinen mächtigen Hals umarme. Dabei vergrabe ich mein Gesicht in seinem äußerst dichten, von feinen, kurzen Haaren geprägten Fell, welches noch feucht und schmierig ist. Zärtlich knabbert er an meinem Rücken, während meine Beine in der Luft baumeln. Das muss wirklich urkomisch aussehen. Doch setzt er mich unvermittelt wieder ab und verzieht sein Gesicht.

„Warum riechst du nach Woŗ'tlláns Urin?", fragt er mich streng.

„Er hat mich vorhin in den Schlamm gedrückt und angepisst", erwidere ich schüchtern, „ich glaube, er kann mich nicht ausstehen."

„Ich werde mit ihm mal reden. Nichtsdestotrotz wirst du darauf reagieren müssen. Sonst wirst du stets sein Opfer sein. Ihr müsst einen Weg zueinander finden, denn ich kann mich nicht ständig schützend vor dich stellen."

„Ja, ich weiß. Eigentlich hätte ich ihn verprügeln müssen. Aber verrate mir doch mal, wie ich das anstellen soll. Im Vergleich zu ihm bin ich klein und verfüge nicht annähernd über die Mittel, ihn zu beeindrucken. Woŗ'tllán würde mich einfach zerquetschen wie eine Wanze."

Mitleidig sieht mich mein Stiefvater an. „Ja, das ist ein ernstes Problem, dem wir uns zu stellen haben. Es beschäftigt mich schon, seit ich mich dazu entschied, dich als Stiefwelpen zu akzeptieren."

„Mich beschäftigt aber noch etwas anderes."

„Was denn?", fragt er erwartungsvoll.

„Hast du eigentlich in deinem dichten Fell schon einmal gefroren?"

„Kaum. Allerdings hatte ich zwei- oder dreimal schon entsetzlich frieren müssen. Du weißt doch, dass unser Fell halbjährlich wechselt und zwar in ein kurzes, aber sehr dichtes Sommerfell, welches in verschiedenster Weise erdfarben sein kann, und in ein ausreichend dickes Winterfell, welches in den verschiedensten Grautönen bis schneeweiß erscheinen kann."

„Ja."

„Gut. Ich kann mich daran erinnern, dass schon ein paarmal in meinem Leben der Winter zu früh und sehr plötzlich über uns hereingebrochen ist und unser Winterfell noch nicht fertig ausgebildet war. Viele Tiere, die zu schwach waren, darunter auch einige Mitglieder meines Chretwóŗı, starben infolge der tiefen Temperaturen. Ein Fell kann aber auch zu warm werden. Bei physischer Belastung oder sommerlichen Temperaturen beginnen wir zu transpirieren, um uns Abkühlung zu verschaffen. Das ist eine Schutzfunktion, die uns vor dem Hitzschlag bewahren soll, denn wir können uns unser Fell nicht einfach ausziehen, wie du deine Kleider, wenn es zu warm wird. Auch hecheln wir nicht, wie es dir von terrestrischen Kaniden bekannt sein mag."

„Hmmhh...", nachdenklich lege ich meine Stirn in Falten, „wenn ihr euer ganzes Fell durchschwitzt und es mit einer öligen Masse durchsetzt, friert ihr dann nicht, wenn ihr euch zur Ruhe begebt?"

„Nein, mit etwas Bewegung ist es relativ schnell wieder trocken. Des Weiteren erfährt unser Fell durch das Schwitzen eine Imprägnierung, denn die öligen Bestandteile unseres Schweißes, die nicht verdunsten, ziehen relativ schnell ein und machen unser Fell geschmeidig und eben wasserabweisend. Die Natur hat sich also etwas dabei gedacht."

Cŗond'lloŗí schwitzen also wie Pferde, was mir eigentlich auch nicht neu ist, denn das habe ich bereits unzählige Male bei ihnen erleben können. Allerdings entwickeln sie im Gegensatz zu Menschen oder Pferden keinen strengen Körpergeruch.

„Wie du siehst, kann auch ein Fell seine Nachteile haben. Die Vorteile überwiegen allerdings bei weitem."

„Werde ich erfrieren, Wempai? Ich meine, ich friere entsetzlich, der Wind ist so kalt, das Wetter so rau und häufig regnet es ergiebig, sodass meine Bekleidung durchnässt und feucht ist. Und mal abgesehen von der Höhle gibt es nirgends eine Möglichkeit, mich zu wärmen – ich meine, richtig aufzuwärmen.

Wempai, ich möchte auch ein Fell haben.", entgegne ich ihm quengelig. Etwas mitleidig sieht er mich an.

„Ist es wirklich so schlimm, Wolf?"

„Ja, meine Stiefgeschwister toben bei Wind und Wetter herum, schwitzen dermaßen stark, dass sie alles in der Höhle nassschwitzen – einschließlich mich."

Dabei deute ich auf meine durchweichten, schlammverschmierten Kleider, an denen noch cremeartige Rückstände der heutigen Nacht haften.

„Während sie tief und fest schlafen, plagen mich des Nachts meine durchnässten Kleider, sodass ich kaum Schlaf finde. Morgens, wenn es dann rausgeht, friere ich entsetzlich in ihnen. So ist es heute auch gewesen."

Das ist nicht nur so dahingesagt. Außer diesem einen Nachteil sehe ich nur Vorteile, ein Fell zu besitzen. Die Bewegungsfreiheit wird nicht durch schwere eng sitzende Kleidung eingeschränkt, es ist im Winter viel wärmer als ein Parka oder andere Klamotten, die sofort reißen und Löcher bekommen, wenn man nicht ständig auf sie Acht gibt. Und außerdem wachse ich noch. Später werden die Klamotten zu klein sein. Und ich habe nicht gelernt, mir selbst welche anzufertigen und die Angehörigen meiner Stieffamilie haben es auch nicht. Früher oder später werde ich hier erfrieren, wenn ich nicht vorher zu meiner Mutter zurückkehren kann.

„Warum ziehst du dir deine Kleider nicht aus, wenn sie dich stören? Dann bleiben sie auch trocken und können dich tagsüber wärmen, wenn du nicht gerade mit den Welpen spielst. Und des Nachts wirst du dann auch besser schlafen, weil keine nassen Kleider mehr an dir kleben."

Eine längere Zeit über druckse ich nur herum, bis mir eine passende Antwort einfällt.

„Weil es einfach zu kalt ist."

„In der Höhle!", bemerkt er nur kurz und grinst mich anschließend nur breit an. Er scheint zu ahnen, dass mein wirklicher Grund mein anerzogenes Schamgefühl ist, welches mir verbietet, mich anderen gegenüber nackt zu zeigen.

„Jaja, ich verstehe. Entweder das oder morgens frieren. Such es dir aus. Aber um dir eine Antwort auf deine Frage zu geben, du wirst schon nicht erfrieren, Wolf. Das verspreche ich dir."

„Du, Wempai?"

„Ja?"

„Ich wäre viel lieber so wie ihr.", sage ich ihm sehnsüchtig.

Lange sieht er mir nun prüfend in meine Augen. Doch plötzlich verfinstert sich sein Blick leicht.

„Wer war das?", fragt er mich jetzt in einem schärferen Ton und zeigt dabei auf mein Veilchen mit der Platzwunde und die zahlreichen anderen Verletzungen, die Ergebnis tollpatschiger Angriffe beim Raufen mit Wortawai sind.

„Oh, das… das ist nicht weiter schlimm. Ich habe nicht aufgepasst."

Nun nickt er mir anerkennend zu und blickt schließlich wachsam über die Lichtung. Ich glaube, dass er die Leichtigkeit, mit der ich die Verletzungen augenscheinlich aufnehme, von mir erwartet.

„Deine Geschwister sind doch sicherlich in der Höhle bei Chrorchtuá, oder?"

„Ja, Wempai. Mams hat vorhin nämlich ihre Welpen zur Welt gebracht."

Bei meinen Worten zieht er leicht seine Lefzen hoch.

„Ich weiß!", knurrt er mich an, „meine Geschwister haben mich vorhin darüber in Kenntnis gesetzt. Nur, wann wolltest *du* mir darüber berichten und warum bist du nicht bei ihnen?"

Anstatt ihm zu antworten, räuspere ich mich nur verlegen. Eilig packt er nun den Sh'trréntec und wirft ihn sich über die Schulter. Im Gehen bemerkt er noch beiläufig, dass dies ja wohl kein alltägliches Ereignis wäre und er über meine Oberflächlichkeit enttäuscht sei. Ferner solle ich mich unbedingt waschen und ihm dann nachfolgen. Zusammen mit den Anderen läuft er schließlich hoch zur Höhle. Dort wechselt Wempai noch einige Worte mit den Wachhabenden, bevor er in ihr verschwindet. Währenddessen eile ich mit schlechtem Gewissen zum Wildbach, um dort eine tiefe, ruhige Stelle zu suchen, wo ich gefahrlos baden kann. Dort steige ich ins eiskalte Wasser. Es fühlt sich an als ob mich tausend Nadeln stechen würden. Mich beschäftigen noch Wempais letzte Worte. Bin ich wirklich oberflächlich? Für ihn ist die Geburt seiner Welpen sicherlich ein großes feierliches Ereignis. Für mich ist es auch ein besonderes Ereignis, hat aber längst nicht denselben Stellenwert wie für ihn. Für mich sind sie immer noch Fremde, denn dies ist gerade mal mein zweiter Tag in diesem Chretwóŗ. Mich plagen Ängste und Sorgen, die mich weit mehr beschäftigen als diese Geburt. Sicherlich bin ich eben in ein Fettnäpfchen getreten und das belastet mich. Aber ich bin fremd und versuche mich, so gut es eben geht, ihnen anzupassen. Nein, ich bin nicht oberflächlich! Schnell tauche ich ein paarmal unter, um mich weitestgehend von Woŗ'tlláns Urinrückständen zu befreien. Total durchgefroren steige ich aus dem Wasser. Meine Hände schmerzen vor Kälte und die Füße spüre ich kaum noch. Ich muss mich unbedingt aufwärmen. Daher folge ich hastig Wempai und betrete ebenfalls die Höhle, zumal die anderen auf der Lichtung mir langsam zu unheimlich werden.

Dort erblicke ich Wempai, der sich intensiv mit Mams und ihren Neugeborenen beschäftigt. Es ist mir nur schwer verständlich, wie so ein großer Brocken so behutsam sein kann. Nach seiner Gestalt zu urteilen, müsste man annehmen, dass alles zu Bruch geht, was er auch nur anfasst. Auch Wempai unterwirft sie einer genausten Überprüfung, bevor er sie akzeptiert und liebevoll ableckt. In der Höhle spielt sich also eine idyllische Szene ab, in der ein Familienvater seine neugeborenen Welpen in überschwänglicher Freude begrüßt und in den Familienclan aufnimmt. Auch meine Stiefbrüder sind angehalten, an diesem Prozedere teilzunehmen und ihre jungen Geschwister als Familienmitglieder zu akzeptieren. Dies ist zweifelsohne eine innerfamiliäre Angelegenheit, bei der ich gewissermaßen als Findelkind außen vorstehe. Flüchtig sieht mein Stiefvater zu mir herüber und beginnt daraufhin eine Debatte mit Chrorchtuá, in der ich des Öfteren meinen Namen vernehmen kann. Einer der beiden Zwillinge sieht mich eindringlich an und setzt sich zu mir neben den Höhlenausgang, während unsere Onkel und Tanten, all jene Cṛond'lloṛí, die mir draußen Angst und Unbehagen bereiten, hereinkommen. Offenbar wollen sie ihre Neffen als Familienmitglieder und Mitglieder des Wadṛán-Clans begutachten und in die Reihe der ihren aufnehmen. Kurz unterbrechen meine Stiefeltern ihre Debatte, um die Eintretenden zu begrüßen und jedem von ihnen ein Platz zuzuweisen.

„Ihr Welpen geht jetzt besser mal raus! Bleibt aber in der Nähe!", weist uns unser Vater an, bevor er sein Gespräch mit Chrorchtuá fortsetzt. Sofort erheben wir uns und verlassen zusammen mit unseren älteren Geschwistern die Höhle. Direkt bei den beiden wachhabenden Rüden bleibe ich stehen und setze mich nieder.

Gedankenverloren sehe ich zu der tiefschwarzen Wolkenfront hinüber, die ihre Richtung gewechselt hat und nun doch an uns vorbeiziehen wird. Die Windrichtung hat sich von Norden nach Nordwesten gedreht und treibt die Schlechtwetterfront an uns vorbei. Es wird sich wohl während des Tages aufklaren und der Nordwestwind uns eine kalte Nacht bescheren. Während ich die vorbeiziehenden Wolken beobachte, tippt mir einer der beiden Zwillinge auf die Schulter, um meine Aufmerksamkeit zu erlangen und setzt sich vor mich hin.

„Was geht da drin vor sich?", will ich von ihm wissen, bevor er etwas sagen kann.

„Darüber wollte ich gerade mit dir reden, Wolf. Meine Eltern haben dich zwar als Pflegewelpen akzeptiert, was im Übrigen schon eine sehr große Ehre für dich ist, denn im Allgemeinen werden fremde Welpen getötet. Doch bist du nicht in unseren Clan aufgenommen worden und schon gar nicht unserer Familie zugehörig. Dieses Privileg musst du dir erst verdienen, indem du dich dem Wadŗán-Clan würdig erweist. Und selbst dann wäre die Omniintrabilität eine große Ausnahme. Bis dahin bist du von den innerfamiliären Riten ausgeschlossen. Verstehst du?"

Ernst sieht er mir tief in meine Augen und verharrt dabei in Schweigen, bis ich ihm mit einem Nicken signalisiere, dass ich seine Worte verstanden habe.

„Wempai spricht sich gerade für deine volle Integration in Clan und Familie aus. Alleine seine Fürsprache ist schon eine sehr große Ehre für dich. Und entschuldige bitte meine Offenheit. Keiner von uns versteht seine Entscheidung, denn dein psychologisches Profil, deine Erscheinung schlechthin widerspricht unserem Ideal. Du bist schwach und ängstlich, eine Person, die nur einmal Mut, Entschlossenheit und Stärke bewiesen hat. Doch wir müssen das täglich tun, um unser Überleben zu garantieren. Versteh mich bitte nicht falsch, Wolf. Die vollständige Integration gönne ich dir von Herzen, denn immerhin hast du mir ein Weiterleben ermöglicht. Doch sähe meine Entscheidung anders aus. Auch Mams teilt meine Meinung und die meiner Onkel, Tanten und Geschwister, denn sie spricht sich gerade gegen eine Integration aus. Und Woŗ'tllán würde dich am liebsten gleich fortjagen."

„Ja, ich weiß. Das hat er mir vorhin unmissverständlich gezeigt."

„Ja, er hat dich angepisst. Ich rieche deutlich seine Pisse an dir. Du müsstest eigentlich dort hineingehen und ihn für diesen Affront bis zum Nordpol und wieder zurück prügeln, um dir Respekt zu verschaffen. Aber ich weiß, dass dir das unmöglich ist. Das ist dein Dilemma. Und trotz deiner unsäglichen Schwäche scheinst du irgendwie meinem Vater aus mir unverständlichen Gründen dermaßen imponiert zu haben, dass er so große

Stücke auf dich hält. Dafür bedarf es normalerweise bedeutend mehr. Doch glaube ich nicht, dass du dir darüber im Klaren bist, was eine positive Entscheidung für dich bedeutet. In dem Augenblick, in dem du als volles Familien- und Clanmitglied anerkannt wirst, bist du kein Mensch mehr. Dann gibt es keine menschlichen Plattitüden mehr. Dann wird auch keine Entgleisung mehr toleriert. Dann bist du ein Cŗond'lloŗ, dann gibt es kein Zurück mehr."

Verunsichert sehe ich Chracuta an. In meiner Haut fühle ich mich jetzt noch unwohler, als ich es ohnehin schon getan habe. Nachdenklich löse ich meinen Blick von ihm und schaue mit Kribbeln im Bauch in die Ferne. Die Einwände meines Stiefbruders sind vollkommen gerechtfertigt, denn auch als Cŗond'lloŗ werde ich in dieser Umgebung nicht funktionieren können und stets ihrer besonderen Fürsorge bedürfen. Wenn dies schon ein siebenjähriger Welpe erkannt hat, wird es Wempai erst recht bewusst sein. Aber warum handelt er wider besseres Wissen? Gerade als ich Chracuta meine eigenen Zweifel mitteilen will, werde ich von Wempai gerufen. Mit weichen Knien erhebe ich mich und gehe unsicher wieder in die Höhle, während mir Chracuta eindringlich nachsieht. Ich weiß nicht, ob ich überhaupt unter diesen Voraussetzungen in diese Familie vollständig integriert werden will. Schließlich bin ich kein Cŗond'lloŗ und möchte irgendwann wieder zur Erde zu meiner Mutter heimkehren. Andererseits habe ich große Angst, Wempai vor den Kopf zu stoßen und ihn zu erzürnen, wenn ich seiner Fürsprache nicht folge und die Integration ablehne. Ich befinde mich also in einer Zwickmühle.

Von den Clanmitgliedern werde ich mit missbilligenden Blicken empfangen, während Wempai, der in der Mitte der Höhle sitzt, mich mit sehr ernster aber anerkennender Miene empfängt. In der Höhle ist es durch die erhitzten Körper der anwesenden Cŗond'lloŗí jetzt noch stickiger als vorhin, als ich sie verlassen hatte. Dampfend steigt die Feuchtigkeit aus den durchweichten Fellen ihrer nassgeschwitzten Körper, die im spärlichen Licht der Höhle wie eingeölte Statuen glänzen. Dunstschwaden wabern in der Luft und hüllen das Höhleninnere in einen nebeligen Schleier. Die kalten Felswände des Eingangsbereichs sind nass, an denen das auskondensierte Wasser heruntertropft. Unsicher sehe ich mich um, während ich mich meinem Stiefvater nähere und erblicke einige Clanmitglieder, die ich noch nicht gesehen habe. Auch sie weisen eine ungewöhnlich starke Bemuskelung auf, die wohl Ergebnis der engen Verwandtschaft mit meinem Stiefvater und eines harten Trainings ist. Wortlos weist mich das Clan-Oberhaupt an, direkt vor ihm Platz zu nehmen und spricht mich in einem bedeutungsschwangeren Ton an, nachdem ich mich vor ihm hingekniet habe.

„Wolf, hast du eine Vorstellung von der Bedeutung dieser Zusammenkunft?"

Natürlich weiß ich, welch große Bedeutung diese Zusammenkunft hat. Peinlich berührt sehe ich an mir herunter, denn ich muss erkennen, dass mein Zustand sicherlich nicht diesem Anlass angemessen ist. Ich bin nämlich total dreckig, meine Kleider sind durchgeschwitzt, mit Grasflecken übersät und mit Schlamm besudelt. Darüber hinaus sind sie großflächig mit den gelartigen Transpiranten meiner Geschwister eingekleistert und stinken zudem trotz meines Vollbades nach Wọr'tlláns Urin. Doch versuche ich mir nichts anmerken zu lassen. Und warum sollte ich mich vor ihnen schämen? Schließlich scheinen sie es mit der Sauberkeit auch nicht so genau zu nehmen, wenn ich mir die feuchten, mit Schlamm bespritzten Leiber der hier anwesenden Cṛond'llọrí betrachte, an denen die gelartigen Rückstände ihres Körperschweißes langsam herunterlaufen und auf den Boden tropfen. Und für das Verhalten meines Stiefbruders kann ich nichts. Mit diesem Gedanken schiebe ich meine Scham beiseite und blicke wieder zu Wempai empor, um auf seine Frage zu antworten.

„Chracuta erklärte mir vorhin, es ginge um meine vollständige Integration in euren Clan und die Aufnahme in diese Familie."

Nun erhebt sich Wempai und steht auf seinen Hinterläufen in gebückter Haltung direkt vor mir. Sein Kopf berührt dabei die gut vier Meter hohe Höhlendecke. Er sieht wie ein gewaltiger Werwolf aus, der auf seine Beute hinabstarrt.

„Und wie ist deiner Meinung nach der Disput um deine Integration ausgegangen?"

Überrascht sehe ich ihn an, denn ich hatte eine klare Antwort von ihm erwartet.

„Das kann ich beim besten Willen nicht sagen. Ich bin erst seit zwei Tagen hier und einige der hier Anwesenden habe ich erst ein- oder zweimal gesehen. Ich kenne sie nicht, so wie auch sie mich nicht kennen und einschätzen können werden."

„Nun, Wolf, der Disput wurde noch nicht beendet. Gewissermaßen wirst nur du ihn hier und jetzt beenden können. Denk daran, wie du schon richtig bemerkt hast, kennen dich deine künftigen Anverwandten noch nicht."

Zweifelsohne hängt die Entscheidung von meinem jetzigen Auftreten ab. Deutlich kann ich die abschätzenden Blicke der hier versammelten Clanmitglieder sehen, die mich geradezu durchbohren. Jede meiner Regungen, jeder Wimpernschlag meinerseits mag von ihnen registriert werden. Dabei lecken sie öfters über ihre feucht-glänzenden Nasen, als ob sie irgendwelche Gerüche aufnehmen würden. Es ist still – niemand sagt etwas. Man könnte eine Stecknadel fallen hören. Deutlich kann ich über das leise Säuseln des Windes hinweg das Atmen der Cṛond'lloṛí gewahren. Diese Ruhe macht mich noch wahnsinnig! Endlich regt sich einer der hier Anwesenden.

„Wie fühlst du dich?", fragt der rechts neben mir ebenfalls auf den Hinterläufen stehende Rüde.

„Nun, ich fühle mich der Situation entsprechend."

Er stellt seinen Kopf schief, legt dabei jedoch seine Ohren

an.

„Du hast Angst! Glaubst du, dass Angst ein Gefühl ist, welches einem Mitglied dieses Clans entspricht?"

Meine Nervosität steigt rapide an. Wangen und Stirn fühlen sich heiß an, als ob sie rot glühten. Und am ganzen Körper beginne ich zu schwitzen, denn ich weiß nicht genau, was ich auf diese Frage entgegnen soll.

„Es gibt Situationen, in denen Angst ein mächtiger Verbündeter sein kann, indem die Sinne geschärft werden und die Aufmerksamkeit gesteigert wird. In diesem Sinne kann ich mir sehr wohl vorstellen, dass Angst auch dem tapfersten und mutigsten Cŗond'lloŗ entspricht – so auch den Angehörigen dieses Clans. Wie sollte ich mich sonst fühlen? Ich befinde mich auf einem mir völlig fremden Planeten von meinen Vertrauten getrennt, in einer Situation, die mir ebenso fremd ist wie dieser Planet. Ja, ich habe Angst, doch blockiert sie mich nicht. Weder zittere, noch wimmere ich wie ein verschrecktes Menschenkind, sondern stehe hier aufrecht in eurer Mitte und stelle mich euren Fragen."

„Offensichtlich tust du das.", wirft die links neben mir stehende Cŗond'llaŗ ein, während Mams, die rechts hinter Wempai bei den Welpen sitzt, mich genauestens beobachtet.

„Aber wie stehst du zu uns, was siehst du in uns?", fügt sie in einem tiefen Bass hinzu.

„In euch als Spezies?"

„Ja."

Kurz überlege ich, wie ich am besten auf diese Frage antworten könnte und wische meine schweißnassen Hände an meiner noch feuchten Hose ab, die ganz und gar nicht mehr sauber ist und inzwischen die verschiedensten Erdfarben angenommen hat.

„In erster Linie sehe ich in euch gewaltige, übermächtige und muskelstrotzende Raubtiere. Mir ist bewusst, dass selbst der kleine Woŗtawai mich mit einer unbedachten Bewegung zermalmen und meinem Leben ein Ende setzen könnte. Jedes Spiel mit ihm ist gleichbedeutend mit einem Spiel mit dem Feuer. Und wer mit dem Feuer spielt, der fügt sich auch Verbrennungen zu.“, dabei deute ich auf die unterschiedlichen Blessuren, die mir Woṛtawai bereits zugefügt hat.

„Ich weiß über eure Kultur noch sehr wenig, und ich kann auch nicht behaupten, dass ich den Cṛond’lloṛ kenne. Doch was ich bislang erfahren habe, kann ich nur achten und ehren.“

„Jedoch bist du nicht annähernd an die hiesigen Bedingungen angepasst. Früher oder später wird dich der Tod ereilen!“, wirft Mams bestimmt ein.

„Früher oder später sterben wir alle einmal. Ich werde es dem Sensenmann jedoch nicht einfach machen.“

„Wem?!“, will sie wissen.

„Der Sensenmann ist in der menschlichen Formsprache die Personifizierung des Todes, Mams. Sie hat...“

„Ist gut! Ich weiß Bescheid.“, fährt sie mir ins Wort.

Einer meiner Onkel spricht mich nun an. „Du magst dem Tod ein Schnippchen schlagen können. Es bedarf aber mehr als das, um diesem Clan angehören zu können. Da gibt es Pflichten, denen jeder nachkommen muss, und ich bezweifele, dass du ihnen je nachkommen können wirst, denn du bist klein und schwach. Wie gedenkst du, deine Familie vor Übergriffen der Pantherae zu schützen und dich an der Jagd zu beteiligen?“

„Genauso wenig wie ein Welpe für diese Tätigkeiten geeignet ist, bin ich es. Ich bin jedoch jung und werde noch wachsen, wie auch meine Fähigkeiten wachsen werden, so wie es bei einem Welpen der Fall ist. Über eure Kultur weiß ich, wie ich bereits sagte, sehr wenig. Ich weiß nicht, was mich hier noch erwarten wird. Ich weiß nicht einmal, ob eine vollständige Integration eines Menschen in eine Cṛond’lloṛ-Familie überhaupt möglich ist. In euren Augen erscheine ich klein und schwach; nicht annähernd erreiche ich eure physischen Leistungsniveaus. Aber ihr seid hier zuhause, in eurer vertrauten Umgebung, im

Schoße eurer Familie. Ich bin gezwungen fernab meiner Heimat zu leben. Alles hier ist fremd, nichts vertraut. Mein Überlebenskampf ist härter als ihr es euch vorstellen könnt! Und doch gebe ich nicht auf oder verkrieche mich hinter den Läufen von irgendjemandem hier! Ich sage, ich bin *nicht* klein und schwach! Ein kräftiger Körper verleiht niemandem Ehre und Stolz; es ist der Mut, der Charakter, der Verstand und die Taten, die jemandem Stolz und Ehre verleihen. Ob ich mich dieser Familie würdig erweisen werde, wird sich zeigen. Mehr kann ich dazu nicht sagen."

Zustimmend nickt er mir zu. „Dies sind wahre Worte, und ich hoffe, sie entsprangen deinem Herzen und nicht deinem Verstand. Niemand hier wird dir die vollständige Integration aufgrund deiner Abstammung verwehren. Aber bedenke, der Clan des Wadŗán ist ein ruhmreicher Clan mit einer sehr alten Tradition. Die Angehörigen dieses Clans haben sich stets aus der Mittelmäßigkeit herausgehoben. Wie willst du jemals die geforderten Eigenschaften herausbilden, die unsere Akzeptanz rechtfertigen würden?"

Schweigend sehe ich nur zu ihm hoch, denn ich kenne keine Antwort auf seine Frage.

Andeutungsweise nickt er mir zu und richtet erneut das Wort an mich.

„Siehst du? Jeder der hier Anwesenden, einschließlich du, weiß, dass du sie nie erreichen können wirst. Ungeachtet dessen, wie die Entscheidung hier ausfallen wird, achte darauf, dass du stets dein Bestes gibst, um diesem Clan keine Schande zu bereiten."

Nicht annähernd scheinen meine Worte ihn oder die anderen überzeugt zu haben, denn er betrachtet mich immer noch eindringlich mit missbilligenden Blicken und legt seine Ohren an.

„Chrúa hat den Punkt genau getroffen. Die Kriterien für eine mögliche Integration in den Wadŗán-Clan erfüllen nur sehr wenige Cŗond'llorí. Du erreichst nicht einmal annähernd das Leistungspotential der Schlechtesten unserer Art und bist ihr nicht einmal angehörig. Mal abgesehen davon hast du enorme physische Defizite und wirst stets unserer Protektion bedürfen – einer, die weit über das übliche Maß des gegenseitigen Schutzes hinausgehen wird. Und wie du schon selbst sagtest, weißt du nicht, ob eine vollständige Integration eines Menschen überhaupt möglich ist. Daher stelle ich die Frage erneut und will sie von dir auch beantwortet haben. Was, deiner Meinung nach, soll uns dazu bewegen, diesen Schritt ob dieser Erkenntnisse zu vollziehen?"

Unsicher wende ich meinen Blick von ihm ab und blicke hilflos über die Versammlung hinweg, denn ich weiß definitiv keine Antwort. Ich weiß nur, sie haben recht und die ganze Befragung, Wempais Vorhaben, scheint mehr eine Farce denn vernünftig zu sein. Aus diesem Grund bin ich mir sicher, dass es nie zu einer positiven Entscheidung kommen wird. Und ich wäre gar geneigt, dies als Erleichterung zu empfinden. In diesem Augenblick erhebt sich Wempai.

„Genug jetzt! Wie Chrúa schon sagte, die Herkunft wird hier niemanden benachteiligen. Wolf hat sich vorbildlich verhalten. Er ist Chracuta während seiner Not beigestanden und hat damit Mut und Stärke bewiesen. Dieser erste Eindruck hat sich hier bestätigen können. Und ich bin mir sicher, dass er eines Tages die Eigenschaften besitzen wird, die die Verleihung seiner Omniintrabilität im Nachhinein rechtfertigen werden. Er ist isoliert und kann nicht mehr zurück. Wir haben ihm seine Heimat und Familie genommen, und es wäre nur rechtens, wenn wir ihm beides zurückgäben."

Eine lange Zeit über bleibt Wólfs Blick nun auffordernd auf Chrorchtuá haften, die ihn ruhig mit ernster Miene erwidert. Es scheint so, als habe ihre Stimme bei dieser Entscheidung am meisten Gewicht. Schließlich legt sie ihre Ohren kurz an und nickt ihm einmal zu.

„So sei es denn! Wir werden ihm die volle Integration gewähren! Ruft das Chretwóŗ zusammen, die Integration wird heute Abend bei Vollmond vollzogen werden!“

Von den Anwesenden ist kein Laut des Widerspruchs mehr zu vernehmen. Die Entscheidung ist also gefallen. Doch werden einige von ihnen mit dem Entschluss meiner Stiefeltern nicht sehr glücklich sein, was den zweifelnden Blicken meiner Onkel und Tanten zu entnehmen ist.

„Wolf, komm zu mir!“, fordert mich mein Stiefvater streng auf.

Sofort erhebe ich mich und leiste seiner Aufforderung folge. Direkt vor ihm bleibe ich stehen und blicke erwartungsvoll zu ihm empor. Jetzt wirkt er etwas gelöster, sieht freundlich zu mir herab und beugt sich zu mir herunter.

Leise beginnt er jetzt zu sprechen. „Mams wird dich gleich zu sich rufen und dich auffordern, die Welpen als vollwertiges Clan- und Familienmitglied zu prüfen und sie in den Kreis unserer Familie aufzunehmen. Diesen Schritt hast du ohne technische Hilfsmittel zu vollziehen. Deswegen wirst du dich jetzt deines bionischen Panzers entledigen müssen und vollkommen entkleidet aus eigener Kraft vor sie treten.“

Auf sein Kopfnicken hin entledige ich mich meiner Kleider und lege auch den bionischen Anzug ab. Und plötzlich lastet wieder das enorme Gewicht auf mir. Entschlossen beiße ich meine Zähne zusammen und mobilisiere all meine Kräfte, damit meine Bewegungen nicht allzu schwächlich wirken. Mit Mühe erhebe ich mich und stehe wieder vor meinem Stiefvater, der mich wohlwollend ansieht.

„Sehr gut! Und nun werde ich dir auch deinen Translator abnehmen. Wenn deine Mutter dich gleich ruft, wirst du vor ihr niederknien und ihr deinen Stolz, dieser Zeremonie als vollwertiges Familienmitglied beiwohnen zu dürfen, zum Ausdruck bringen, indem du Folgendes sagst:“, jetzt nimmt er mir den Translator ab, „Nunc salií’m whŗóda, Mams. Dillígrzintié tollstoÿ."

Mit einer Kopfbewegung signalisiert er mir, wieder in die Mitte des Kreises zu gehen und mich dort hinzuknien. Kaum habe ich meinen Platz eingenommen, werde ich von meiner Mutter angesprochen.

„Wolf, nunc salísta! Lafí'm whŗóda. Telrch'grzórch p'ditçiá tente d'ȷlontí ë."

Damit fordert sie mich also auf, wie die anderen an dem freudigen Ereignis als Mitglied der Familie teilzunehmen, um die ‚Neuankömmlinge' kennenzulernen und als Familienmitglieder zu akzeptieren. Jetzt habe ich den Punkt überschritten, an dem es kein Zurück mehr gibt.

"Nunc salim whróda, Mams. Dillgrzintie tollstoi."

Der Satz hörte sich nun wirklich nicht nach Canidae an, denn meine Aussprache ist mehr als mangelhaft. Ich hoffe, dass sie mich trotzdem verstanden hat.

Kurz nachdem ich meinen Stolz, dieser Familie fortan anzugehören, zum Ausdruck gebracht habe, erhebe ich mich mit weichen Knien und schreite unsicher zu den Welpen, während Chracuta mich mit seinem starren Blick fixierend zusammen mit Chrachra, Woŗ'tllán und Chráchrotus die Höhle betritt. Fragend halte ich den Blickkontakt zu Mams aufrecht und verharre auf ein Zeichen von ihr wartend. Andeutungsweise nickt sie mir zu, woraufhin ich mich niederknie und jeden einzelnen neuen Welpen umarme, um ihn zu liebkosen und damit anzuerkennen. Dies geschieht unter den argwöhnischen Blicken meiner Onkel, Tanten und einigen Geschwistern – Geschwister, wie ungewohnt und neu das alles für mich ist. Und doch ist es bewundernswert, wie viel Gewicht der Meinung eines Familienmitglieds einer kaniden Familie zugesprochen wird und wie viel Verantwortung es schon in jungen Jahren übernehmen muss. Mit dem Akzeptieren des letzten Welpen ist die Zeremonie beendet, woraufhin Wempai mir meinen Translator wieder aushändigt und mir gestattet, auch den bionischen Panzer wieder anzulegen und mich zu bekleiden. Jetzt wendet er sich dem Sh'trréntec zu, während unsere Onkel die Höhle verlassen, denn die Lauerblicke von Chrachra, Chracuta, Wor̦'tllán und Chráchrotus sind nicht zu übersehen.

„Ich will euch nicht weiter warten lassen. Dann stürzt euch mal auf den Sh'trréntec. Aber lasst uns noch etwas übrig, verstanden!"

Sofort stürzen sie sich knurrend und zähnefletschend auf die Beute. Jeder will das beste Stück haben, wobei ein heftiges Gerangel und Getobe beginnt, obwohl genug Fleisch für alle vorhanden ist. Brutal wird Wor̦'tllán von einem der beiden Zwillinge gegen die Höhlenwand geschleudert. Doch lässt er trotz dieses Hiebes nicht von der Beute ab, die durch das ewige Gezerre droht, auseinandergerissen zu werden.

Sie werden jedoch von Wempai forsch zurechtgewiesen: „Seid ihr wahnsinnig?! Hier sind kleine Welpen! Ich reiße euch die Läufe heraus, wenn auch nur ein Welpe zu Schaden kommt! Zankt euch gefälligst draußen um das Fleisch! Raus mit euch!"

Verschreckt sehen sie einmal auf und zerren die Beute aus der Höhle hinaus, wo der Streit um die besten Brocken in gleicher Härte fortgesetzt wird, in den sich jetzt die anderen ebenfalls einmischen, die draußen gewartet haben. Mehrmals höre ich Wor̦'tllán aufjaulen, bis es draußen, abgesehen von einem gedämpften Knurren, plötzlich still wird. Neugierig sehe ich hinaus und kann sie ihre erbeuteten Stücke wachsam verschlingen sehen. Durch das Gezerre ist der Sh'trréntec zerrissen worden. Chrachra und Chracuta haben sich das Bruststück gesichert. Die Übrigen, darunter auch Wor̦tawai, begnügen sich mit den Hinterläufen und dem unteren Teil des Torsos. Sehr gerne würde ich mir ein Stück Fleisch sichern, denn ich sterbe fast vor Hunger. Der Magen hängt mir förmlich auf den Knien. Bei dem Gedanken, jetzt zu ihnen hinauszugehen, wird mir aber trotz meines Verlangens ganz anders zumute, denn zurzeit ist jegliche Gutmütigkeit aus ihren Blicken gewichen. Wenn ich eben ihren brachialen Bewegungen in die Quere gekommen wäre, dann wäre ich von der Gewalt ihrer Ausführung zermalmt worden. Es ist wohl besser, wieder zurück in die Höhle zu gehen, wo sich Mams und Wempai zärtlich um die Neugeborenen kümmern. Als mich Wempai erblickt, sieht er mich mit schief gestelltem Kopf und aufgestellten Ohren fragend an.

„Bist du krank oder warum frisst du nicht wie die anderen vor der Höhle?“

„Ich mag kein rohes Fleisch, Wempai.“, entgegne ich ihm verschüchtert.

An seinem verstohlenen Blick erkenne ich, dass er ahnt, dass sich in Wahrheit etwas anderes hinter meinem Verbleiben in der Höhle verbirgt als meine Abscheu vor rohem Fleisch. Doch möchte ich ihm meine Furcht aus bekannten Gründen nicht unbedingt offenbaren.

„Das gibt's nicht. Das ist mir unverständlich. Wie wurdest du dann geimpft, Wolf?“

„Genauso wie ich es jetzt wiederholen werde, ich werde ihm das Fleisch einfach eintrichtern, Wempai.“, wirft Chracuta vor dem Höhleneingang fressend ein.

„Nichts wirst du machen, Chracuta! Wir können ihn doch nicht ständig zum Fressen zwingen. Das geht doch nicht. Nur, wenn er nichts fressen will, wie bekommen wir ihn dann durch? Ich sehe nicht ein, dass ich meinen mühevoll gejagten Sh'trréntec im Feuer verbrennen soll. Das wäre pervers. Ich glaube, da muss ich mir etwas einfallen lassen. Ich denke, dass er so wie ein ganz kleiner Welpe behandelt werden muss. Oh, Chracuta, da hast du mir ein Problem aufgehalst.“

„Gib ihn doch in die Obhut der Yüpjonen oder schick den Winzling besser gleich zurück in seine Heimat zu den anderen Winzlingen, Wempai!“, ruft Woŗ'tllán von draußen knurrend herein.

„Das sind keine Optionen, Woŗ'tllán! Ab heute ist Wolf mein

Welpe und euer Bruder. Finde dich damit ab! Hast du das verstanden, Woŗ'tllán?!", entgegnet er seinem Welpen forsch.

„Ja, habe ich, Wempai.", bestätigt er quengelig.

Dass ich großen Hunger habe, weiß mein Cŗond'lloŗ-Vater genau, denn er packt mich jetzt einfach und schleift mich zum Sh'trréntec oder dem, was noch davon übrig geblieben ist. Dort reißt er mit seinen Zähnen einige Fleischstücke heraus und trichtert sie mir ein. Ihm ist wahrscheinlich doch nichts anderes eingefallen. Nach einer Weile werde ich von ihm gesättigt aber mich nicht besonders wohl fühlend in eine Ecke der Höhle gelegt. Direkt vor mich setzt er sich hin. Anerkennend sieht er zu mir hinab, während ich bemüht bin, die mir verabreichte Speise bei mir zu behalten.

„Du hast vorhin gut gesprochen, Wolf. Und wenn deine Worte wirklich deinem Herzen entsprungen sind, dann wirst du einmal ein sehr geachtetes Mitglied meines Clans sein."

Überrascht sehe ich zu ihm empor.

„Du hast dich für meine volle Integration eingesetzt, ohne wirklich zu wissen, ob ich dich und damit den Clan nicht entehren werde? Heißt das etwa, dass du mich noch nicht richtig einschätzen konntest?", frage ich überrascht.

„Das ist nach zwei Tagen nun wirklich nicht möglich. Und dennoch bin ich mir sicher, dass du mich nicht enttäuschen wirst. Eine Integrationszeremonie kann nur während der Konjunktion von Litalja und Kastilawchria bei Vollmond vollzogen werden. Nur alle vier Jahre tritt diese Konjunktion ein. Deine Integration muss daher heute vollzogen werden oder sie wird nie vollzogen werden. Ich weihe dich jetzt in den Ablauf der Zeremonie ein und werde dir deine Rolle in ihr verdeutlichen."

Seinen Ausführungen folge ich interessiert, denn sie geben mir einen Einblick in ihre spirituelle Welt – eine Welt voller Mythen und Legenden. Und was ich da vernehme, gefällt mir nicht wirklich. Nun wendet er sich von mir ab und widmet seine Aufmerksamkeit den Neugeborenen.

In ihrer Mythologie geht es um Mut, Ehre, Verrat, Tapferkeit und Strebsamkeit – eben den Stoff, aus dem Heldensagen geschmiedet sind. Allerdings triefen ihre Geschichten von Blut. Von grausigen Auseinandersetzungen ist dort die Rede, in denen die Körper der Kämpfenden zerrissen und die Seelen der Sieger, die natürlich für das Wohl ihres Clans kämpfen, von dem Blut ihrer Opfer reingewaschen werden. Man könnte meinen, der Cr̦ond'llor̦ sei eine grausame, kriegerische Spezies. Allerdings erzählt Wempai nur so viel, dass ich die Bedeutung des Integrationszeremoniells im richtigen, mythologischen Kontext einordnen und verstehen kann. Wie die Menschen glauben also auch Cr̦ond'llor̦í, dass in ihnen eine unsterbliche Seele wohnt. In der Zeremonie sollen also die Seelen ihrer Ahnen gerufen werden, damit sie neben den Lebenden den Integranden prüfen und eventuell akzeptieren können. Letztendlich soll es bei mir auf eine Art Wandelung meiner Seele in die eines Cr̦ond'llor̦ı hinauslaufen, denn nur Cr̦ond'llor̦í könnten einem Cr̦ond'llor̦-Clan angehören. Ob der Integrationsanwärter, der Cr̦ond-'grzem, der vollständigen Integration würdig ist, hat er in seinem aktiven Part innerhalb der Zeremonie unter Beweis zu stellen. Dies geschieht in einem rituellen Kampf gegen die Clanmitglieder, um ihnen Mut, Entschlossenheit, Kraft und Kampfgeschick unter Beweis zu stellen. Wempai erklärte mir, dass diese Zeremonie nur in Legenden beschrieben wird und seinem Wissen nach seit Urzeiten schon nicht mehr durchgeführt wurde, falls sie jemals durchgeführt wurde. In der Tat ist es nicht so, dass ich automatisch, als Wempai mir gestattete, ihn Wempai zu nennen, in die Cr̦ond'llor̦-Familie als vollwertiges Mitglied mit allen dazugehörigen Privilegien aufgenommen wurde. Dieses Privileg muss sich ein potentieller Anwärter erst verdienen. Doch das wusste ich vor dem Gespräch mit Chracuta noch nicht. Mit der Adoption wurde mir die Chance gegeben, mich dieser Familie würdig zu erweisen. Ich sollte also beobachtet werden, um beurteilen zu können, ob ich die Courage habe, den Wadŗán-Clan und diese Familie mit Ehre zu vertreten, denn in der Cŗond'lloŗ-Kultur ist die Ehre ein zentraler und wichtiger Bestandteil, soweit ich bis jetzt verstehen konnte. Um all dies wirklich abschätzen zu können, benötigt es aber viel Zeit, jedenfalls deutlich mehr als die zwei Tage, die ich erst hier bin. Auch Wempais Ausführungen konnten mir keine befriedigende Erklärung für seine Eile geben, das Siŗkaŗ-Ritual durchzuführen, denn die Integration ist für mich nicht überlebensnotwendig. Früher oder später werde ich zur Erde zurückkehren. Und dann werden ihre Riten völlig belanglos sein und keinen Einfluss mehr auf mein weiteres Leben haben. Chracuta hat völlig recht, wenn er sagt, ich hätte nur einmal Mut und Stärke bewiesen, sie jedoch müssten dies täglich tun, um hier zu überleben. Nie und nimmer könnte ich mir daher das Privileg verdienen. Die anderen waren demzufolge gezwungen, Einspruch zu erheben. Was aber hat Wólf wirklich dazu bewegen können, mich, ein schwaches und wehrloses Individuum, welches ihren Idealen so offensichtlich widerspricht, den Tatsachen zum Trotz, praktisch blind in seinen Familienverband zu integrieren, obwohl jeder andere sich gegen seine Entscheidung ausgesprochen hat?

Seit sich für meine Integration entschieden wurde, hat sich das Verhalten mir gegenüber völlig verändert. Anstelle der emotionalen Wärme wird mir nur noch Kälte entgegengebracht. Mams widmet sich in unveränderter Weise den Neugeborenen und würdigt mich keines Blickes. Es erweckt in mir den Anschein, als könne ich froh sein, dass sie mich nicht als unerwünschtes Subjekt aus der Höhle jagt. Die geistige Aura des gesamten Chretwóŗı, insbesondere die der Familie, scheint sich im Umbruch zu befinden, so als ob sie sich mental auf das bevorstehende Ritual vorbereiteten. Meine Stiefgeschwister haben sich zu uns in die Höhle verzogen mit Ausnahme von

Chrachra und Chracuta, die jegliche Wesenszüge eines Welpen abgestreift und sich bei einer der mächtigen Wurzeln des Mammutbaums niedergelassen haben. Dort verweilen sie bereits seit Stunden in völliger Ruhe und meditieren. Die Zwillinge sind die einzigen Welpen, die aktiv an dem Ritual teilnehmen werden, da nur sie bereits die nötige physische und psychische Konstitution besitzen. Aber auch bei den anderen Welpen ist die für sie typische Unbeschwertheit einer inneren Anspannung gewichen. Es hat den Anschein, als werde heute Nacht eine große, schwere Zeremonie durchgeführt, die eine derartige spirituelle Vorbereitung verlangt. Um dieser seltsamen Atmosphäre zu entfliehen, bin ich die letzten Stunden über bei meinen Geschwistern in der Höhle geblieben. Die Erwartung dessen, was draußen passieren wird, hat zur Verbesserung meines Gefühlszustands nicht gerade viel beigetragen und die missbilligenden Blicke, die mir Woŗ'tllán zuwirft, tun dies auch nicht. Ganz im Gegenteil, ich fühle mich schlecht, meine Knie sind butterweich und mein Inneres ist so aufgewühlt, dass es mir nicht gelingen will, einen klaren Gedanken zu fassen. Ständig versuche ich mir auszumalen, wie sich dieser Ritus der Aufnahme abspielen könnte. Nach Chracutas Worten werde ich heute Abend mein menschliches Dasein zu Grabe tragen und eine neue Identität annehmen – die Identität eines Cŗond'lloŗı. Meine Gefühle sind ambivalenter Natur. Einerseits erfüllt mich Wempais Entscheidung mit tiefem Stolz, da ich mich in so eine mächtige und stolze Spezies integriert und akzeptiert fühle, ja dass mir überhaupt gestattet wird, mich als Cŗond'lloŗ zu bezeichnen. Andererseits erfüllt mich die Ungewissheit, die dieser Schritt mit sich bringt, mit Sorge. An mich werden größere Anforderungen gestellt werden als jetzt, und ich weiß nicht, ob ich ihnen genügen werde. Ich hoffe, dass ich mein Gesicht für die Dauer meines Exils wahren kann.

Draußen ist es merklich kälter geworden, es muss wieder

begonnen haben zu frieren, denn die Schritte der beschäftigten Tiere verursachen die typischen Geräusche derer auf verharschtem Schnee und gefrorenem Schneematsch. Seit die Dämmerung über uns hereingebrochen ist, herrscht dieses ungewöhnliche, geschäftige Treiben. Sie werden mit den Vorbereitungen der Zeremonie beschäftigt sein. Mit meiner Stiefmutter, die sich die ganze Zeit mit den Neugeborenen beschäftigt hat, habe ich kaum ein Wort gesprochen. Mir scheint es so, dass sie mit ihren Gedanken bei einer anderen Sache wäre. Vermutlich ist das bevorstehende Sirkar-Ritual der Grund ihrer geistigen Abwesenheit. Leise dringt das Knistern verbrennenden Holzes an meine Ohren. Nun richtet sie ihren Blick auf den Höhlenausgang, erhebt sich, tritt aus dem hinteren Bereich heraus und verharrt vor dem Höhleneingang. Es ist sternenklar, kein Wölkchen verdeckt die Sicht auf die Sterne. Der gerade aufgegangene Vollmond taucht die Lichtung in fahles Licht, das mehr und mehr vom flackernden, rötlich-gelben Licht lodernder Flammen verdrängt wird. Bäume, Sträucher und gar Steine werfen lange Schatten. Auf einmal sieht sie sich zu mir um. Mich trifft ein dämonischer Blick, der mich unweigerlich zusammenzucken lässt und meine innere Verkrampfung verstärkt. Ihre rot glimmenden Augen fixieren mein Antlitz wie der eines Höllenhundes. All ihre Gutmütigkeit und ihr mütterliches Wesen sind verschwunden. Vor mir steht jetzt der Jäger, das Raubtier, welches seine Beute erfasst und bald stellen wird – die Essenz dessen, was ich an ihnen fürchte. Symbolisch werde ich heute Abend sterben, damit der Crond'llor in mir erwachen kann. Für meine Gastgeber scheint dieses Ritual eine viel tiefere Bedeutung zu haben, als ich es mir vorzustellen vermag. Sehe ich mir meine Stiefmutter an, so könnte ich glauben, dass mein Tod, den ich draußen erleiden werde, für sie mehr als nur symbolischer Natur ist. »Der Mensch in dir muss sterben!« Ja, das waren vorgestern Wempais Worte.

Meine leiblichen Eltern haben mir einiges über verschiedene Rituale der Naturvölker erzählt. Manche davon seien so heftig, dass kulturfremde Teilnehmer ihrer Identität beraubt wurden und ein psychisches Trauma davontrugen, von dem sie nie wieder geheilt werden konnten. Die unterschwellige Furcht, die den ganzen Tag über in mir loderte, beginnt zu einem gewaltigen Feuer anzuwachsen, mein Bewusstsein auszufüllen und mir den Verstand zu rauben. Doch das darf nicht passieren, denn dann verliere ich die Kontrolle und werde letztendlich wirklich zur Beute. Von meiner Stiefmutter wende ich mich ab, um ihrem bedrohlichen Blick zu entweichen und ergreife mit meinen verschwitzten Händen zittrig ein Büschel Moos. In meinem Versuch, dieser Atmosphäre zu entfliehen und ein bisschen Ablenkung zu bekommen, beginne ich das Moos zu zerpflücken. In diesem Moment setzt der rhythmische Klang gewaltiger Trommeln ein und durchschneidet in unterschiedlichen Tonlagen die Stille der Nacht. Der Zeitpunkt der Integration ist also da.

Jetzt spricht mich meine Stiefmutter endlich an und beendet die lange, unerträgliche Phase des Schweigens. „Wolf, befrei dich von deinem Fellersatz! Es ist soweit!“

Sofort beginne ich mich zu entkleiden, lasse es aber sehr langsam angehen, um den Zeitpunkt des Unvermeidlichen weiter hinauszuzögern. Ich fühle mich wie eine Lokomotive, deren Bremsen funktionsunfähig sind und die unaufhaltsam auf das *Dead End* zurast. Die Weichen sind gestellt und es gibt kein Zurück mehr.

‚Oh, Wolf, wie hattest du deine Rolle hier bei deiner Ankunft definiert? Du bist der Sonderbotschafter der Menschheit hier auf Whough? Nein, du bist ein Mensch, der seiner Kultur und seiner Identität beraubt wird – ein Mensch, der hingerichtet wird!’, schießt es mir durch den Kopf.

„Wolf, beeil dich, der Clan erwartet dich!“, drängelt Mams forsch.

„Ja, Mams.“, erwidere ich und ziehe mir gerade die Unterwäsche aus. Ängstlich zitternd stehe ich jetzt nur noch bekleidet mit dem bionischen Anzug, also quasi nackt, vor ihr. Ich hoffe nur, dass die Zeremonie nicht allzu lange dauern wird, denn draußen ist es wirklich bitterkalt.

„Wie lange wird die Zeremonie etwa dauern, Mams?", will ich jetzt von ihr wissen. Kühl mustert sie mich, bevor sie mir genervt ebenso kühl antwortet. „Du darfst dir deine Jacke überziehen."

Meine Kälteempfindlichkeit und Schwäche scheinen sie insgeheim anzuwidern. Während ich mir meine Jacke überziehe, wird mir auf einmal speiübel, doch kann ich nicht erbrechen, da die in mir emporsteigende Panik mir gleichzeitig den Hals zuschnürt. In diesem Moment betritt ein Clan-Angehöriger und Mitglied des Chretwóṛı, das jedoch der Familie nicht angehört, die Höhle. Ihm wurde die Obhut über die Neugeborenen während der Zeremonie anvertraut. Meine Stiefmutter ergreift jetzt mein Handgelenk, da ich noch zögerte, mich in Bewegung zu setzen und führt mich aus der Höhle, gefolgt von ihren älteren Welpen.

Oberhalb der Höhle hat sich die gesamte Familie mit Ausnahme fast aller Welpen, versammelt – eine Anzahl von 26 Cṛond'lloṛí, die einen großen Kreis gebildet haben. Während wir uns diesem Kreis nähern, öffnet er sich langsam in unserer Richtung. Sechs Feuer sind entfacht worden, die in einer geometrischen Figur angeordnet sind und den Zeremonienplatz erhellen. Sie brennen heller und intensiver als es vergleichbare Feuer auf Terra tun würden. Das liegt am höheren Sauerstoffgehalt der whough'schen Atmosphäre, der mit 33% um zwölf Prozent höher liegt als der Terras, wie ich von Chracuta auf dem Raumschiff erfuhr. Im Zentrum dieser Figur befindet sich die Größte der Feuerstellen, während die fünf Kleineren konzentrisch um die Hauptfeuerstelle angeordnet sind und ein gleichseitiges Fünfeck mit einer Kantenlänge von schätzungsweisen dreißig

Meter bilden. Während Mams und ich uns diesem Kreis nähern, der sich innerhalb dieses Fünfecks befindet, kann ich eine Figur, ein Symbol erkennen, welches in den Untergrund eingeritzt worden ist und einen Durchmesser von etwa zwanzig Meter besitzt. Dabei handelt es sich um vier stilisierte Krallen, deren Anordnung entfernt an die Form einer Windrose erinnert. In der Mitte dieser Anordnung befindet sich eine Hieroglyphe, die einer nordischen Rune sehr ähnelt. In der Mitte des von den Clanmitgliedern gebildeten Kreises, nahe der zentralen Feuerstelle befindet sich Wempai, der mit rot leuchtenden Augen in meine Richtung blickend inmitten dieses seltsamen Symbols sitzt – schon wieder dieser unsägliche Raubtierblick. Mir bereitet es große Mühe, die Kontrolle über meine Schließmuskeln zu behalten. Langsam passieren Mams und ich den Rand des Kreises, der sich jetzt allmählich wieder schließt. Während ich weiter zu Wempai gehe, bleibt meine Stiefmutter zurück, um ihren Platz bei den anderen Familienmitgliedern einzunehmen und die letzte Lücke des Kreises zu schließen. In diesem Moment beginnen sich die Cṛond'llọṛí im Rhythmus der mächtigen Zeremonientrommeln zu bewegen, die an den Ecken des hergerichteten Platzes aufgebaut worden sind und von Chretwóṛ-Mitgliedern gespielt werden, die dem Wadṛán-Clan angehören, allerdings nicht der Familie. Ihr mächtiger Klang sättigt die gesamte Atmosphäre und droht alles in ihren Bann zu ziehen. Einige stampfen mit ihren Pfoten den Takt der immer lauter werdenden Perkussion, als ob sie sich in Trance bringen wollten, während Wempai seine Augen schließt und in absoluter Bewegungslosigkeit verharrt. Mir wurde heute Morgen offenbart, dass das Clanoberhaupt in dieser Zeremonie versucht, mit den Seelen verstorbener Ahnen in Verbindung zu treten. Es heißt, während des Siṛkaṛ-Rituals führe die Seele eines mächtigen Clanmitglieds in den Körper des Cṛond'grzem, um die Persönlichkeit und die Seele des zu Integrierenden zu bewerten und in meinem Fall darüber hinaus auf die bevorstehende

Transformation in die eines Cṛond'lloṛi vorzubereiten, die während dieses Rituals dann vollzogen wird. Nun, da ich für derlei spirituelle Deutungen nicht sehr empfänglich bin, betrachte ich diesen Teil der Zeremonie als eine harmlose Showeinlage, von der aus ich keine Bedrohung empfinde. An Seelenwanderung und Ähnliches habe ich nie geglaubt. Wenn ich mich dieser Zeremonie so hingeben wollte, wie es meine künftige Familie tut, müsste ich einfach an jene Dinge glauben. Gerne teilte ich diesen Glauben, wenn sie dafür bereits vorbei wäre.

Plötzlich öffnet Wempai seine Augen, die mein Antlitz dämonisch rot leuchtend fixieren, während der Kreis des Clans blitzschnell aufgelöst wird. Mit einem Zeichen weist Wempai mich an, genau in der Mitte des Symbols Platz zu nehmen. Sofort gehorche ich seiner Weisung, denn in meiner großen Furcht ist mir jeglicher Wissensdurst über die Einzelheiten dieses Rituals vergangen. Das Einzige, was mich jetzt noch interessiert, ist, die Zeremonie so schnell wie möglich hinter mich zu bringen. Die Cṛond'lloṛí haben sich mittlerweile paarweise gegenübergestellt und beginnen sich gegenseitig zu belauern und zu umkreisen, als ob sie gegeneinander kämpfen wollten. Ihre Augen beginnen rot zu glimmen, während sie ihre gewaltigen Zähne entblößen, die im fahlen Mondlicht und im flackernden Schein der Feuer weiß aufblitzen. Der Rhythmus der Trommeln beginnt sich jetzt zu beschleunigen und immer lauter zu werden, wie auch die Bewegungen der sich belauernden Paare immer schneller werden und die Intensität der rituellen Drohgebärden immer weiter zunimmt, als ob sie sich für einen schweren Kampf stimulieren wollten. Wempai hat sich währenddessen zu einem seiner Brüder begeben, um sich in gleicher Weise wie die anderen zum Kampf anzuheizen, während ich inmitten dieses seltsamen Symbols sitze und dieses Spektakel um mich herum mit Entsetzen beobachte.

Etwa eine Stunde sitze ich hier bereits, während mich die Hitze des prasselnden Feuers wärmt und verfolge ihre Scheinkämpfe, die etwa drei Minuten andauern, bevor die Paarungen wechseln. Doch plötzlich verstummen die Trommeln, deren Rhythmus sich bereits tief in mein Bewusstsein gegraben hat. Im selben Moment fallen die Bestien übereinander her und schlagen sich gegenseitig ihre mächtigen Fänge ins Fleisch, reißen sich wieder los und entfachen wilde rituelle Kämpfe, in denen sie auch ihre langen Krallen kompromisslos einsetzen. An ihren Leibern beginnt ihr Blut herunterzulaufen. Doch Schmerzen scheinen sie dabei nicht zu verspüren. Kann es sein, dass sie durch die Rhythmen der Trommeln in Trance gefallen sind, die sie schmerzunempfindlich macht? Erneut beginnen die Trommler nach einer schier unendlich erscheinenden Zeitspanne ihre Arbeit aufzunehmen und die Geräusche des Kampfes zu durchschneiden. Daraufhin trennen sich die Kämpfenden, formieren ihre Paarungen neu, und beginnen wiederum mit Scheinkämpfen, bis die Trommeln erneut verstummen und sie abermals ihre Krallen ausfahren und sich gegenseitig anfallen.

Drei weitere Stunden sind mittlerweile vergangen, während sich dieses grausige Schauspiel, an dem selbst die beiden Zwillinge teilgenommen haben, neunzehnmal wiederholt hat. Die Cẹrond'llọrí sind mittlerweile von Riss- und Bisswunden übersät und ihr Fell ist durchtränkt mit Blut, welches durch die wilden Bewegungen in die Gegend verspritzt wird und mich wie ein leichter, unstetiger Nieselregen benetzt. Das ganze Symbol und der nahe Bereich sind getränkt von ihrem Blut. Einige Cẹrond-'llọrí sind während dieser Prozedur erschöpft zusammengebrochen – was für ein grausiges Ritual. Jedes irdische Wesen wäre den Folgen dieses Höllenzirkels erlegen, während sich die meisten Clanmitglieder noch bluttriefend auf ihren Läufen befinden. Auch in Chrachra und Chracuta, aus deren unzähligen Wunden immer noch ihr Blut hervorquellt, scheint sich der Geist eines bösartigen Raubtiers eingenistet zu haben. Wempai offenbarte mir heute Morgen, dass der Cŗond'grzem seine Fähigkeiten im Kampf und seine Zähigkeit während der Zeremonie unter Beweis zu stellen hätte. An diesem grausigen Zeremoniell müsste ich daher eigentlich teilnehmen. Mich ekelt diese Zeremonie, mich ekelt dieser blutgetränkte Platz und mich ekelt die grausige Gelassenheit, mit der sie ihre Körper zerfleischen und ihr Blut verspritzen. Und ich fürchte, dass ich heute den Tod finden werde. Doch plötzlich vernehme ich eine bassige Stimme, die meinen Namen ruft, was mich unweigerlich zusammenzucken lässt.

„Wolf, steh auf und erweis dich des Clans würdig!", grollt mir Wempai oder das, was er jetzt repräsentiert, entgegen.

Der Zeitpunkt meines Kampfes ist also gekommen, was all meine naiven Hoffnungen, einer aktiven Beteiligung an diesem grausigen, zeremoniellen Kampf zu entgehen, zunichtemacht. Ich weiß nicht, was mich erwarten wird; jedoch darf ich keine Schwächen zeigen, ansonsten bin ich des Clans unwürdig, was meinen Tod bedeuten könnte. Gewissermaßen ist die gesamte Zeremonie eine Gratwanderung zwischen Leben und Tod des Cŗond'grzem. Zögernd erhebe ich mich und nähere mich auf unsicheren Füßen diesem blutüberströmten Cŗond'lloŗ, der sich gerade hinsetzt und mich in einer stolzen, würdevollen Haltung erwartet. Tief schaut er mir dabei mit rot aufblitzenden Augen direkt in meine. Kurz löst er seinen Blick von mir und gibt beiläufig einem Unbeteiligten ein Zeichen, der augenblicklich in der Höhle verschwindet, kurz darauf wieder erscheint und mir mein Jagdmesser vor die Füße wirft.

„Nimm dein Messer als Ersatz für fehlende Krallen!", grollt er mir zu.

Unerwartet schnellt er nun vor und attackiert mich, da ich noch zögerte. In meiner mich lähmenden Panik gelingt es mir jedoch nicht zu reagieren und starre ihn nur mit weit aufgerissenen Augen an. Doch wirft er mich nur zu Boden und verletzt mich dabei mit seinen Pranken nur unerheblich. Langsam beginnt sich meine Blockade zu lösen und ich ergreife mein Messer, dessen Klinge ich jetzt abwehrend gegen seine Brust presse. Allerdings vermag sie seine feste Haut nicht zu durchdringen.

„Skrupel und Angst hast du! Kämpfe und zeig keine Rücksicht, sonst wirst du sterben!“, knurrt er mir zornig zu.

Plötzlich packt er meine Hand, mit der ich das Messer halte, treibt sich langsam die Klinge bis zum Schaft ins Fleisch und reißt sie in einer Abwärtsbewegung wieder aus sich heraus. Dabei hat er sich eine lange, tiefklaffende Wunde zugefügt, aus der sein Blut heraussprudelt und mir gegen Oberkörper und Gesicht spritzt. Nun reißt er mir meine Jacke vom Körper und wirft mich in die Menge der reißenden Bestien, zu denen die Familienmitglieder mutierten. Laut schreiend versuche ich mich ihrer zu erwehren, die mich zwicken, kratzen und heftig umherstoßen. Zweifelsohne soll das eine stark verharmloste Form des Kampfes des Cȩond’grzem sein, denn ich trage von ihren Attacken Dank des bionischen Panzers nur Prellungen davon, die zwar sehr schmerzen, aber keine ernsthaften Verletzungen darstellen. Ich frage mich, wie Wempai den Familienrat dazu bewegen konnte, diese Verharmlosung der Zeremonie zu akzeptieren. Selbst in diesem Zustand höchster Erregung geben sie noch Acht und zerreißen mich nicht einfach. Obwohl ich erhebliche Schmerzen habe, beginne ich langsam etwas Mut zu fassen, da ich den Eindruck gewinne, dass es doch nicht so schlimm werden wird. Doch werden ihre Übergriffe zunehmend aggressiver und ihre Schläge immer schmerzhafter. Mein gesamter Körper scheint nur noch eine einzige Wunde und jeder Muskel nur noch zu einer schmerzenden Faser degeneriert zu sein. Mit jedem Schlag, der mich trifft, werden mir neue, schmerzhafte Prellungen beigefügt, und mit jedem Schlag, der mich zu Boden schleudert, wird ein Stück meines neu gefassten Mutes wieder zerschlagen. Sollte ich mich wider Erwarten auf dem schmalen Grat befinden? »Kämpfe und zeig keine Rücksicht, sonst wirst du sterben!«, erinnere ich mich an Wempais Mahnung. Panisch erhebe ich mich, nur noch eines Gedankens fähig – sich aus der Mitte dieser Bestien zu befreien. Laut schreiend beginne ich wild um mich zu schlagen und versuche ihnen immer und immer wieder mein Messer in ihre Leiber zu rammen. Doch vermag ich die Klinge trotz meiner gesteigerten Körperkräfte nicht durch ihre zähe Haut zu treiben und sie zu verletzen. Daher gehe ich gezielt auf ihre Wunden und ramme mein Messer immer und immer wieder tief in sie hinein. Trotz meiner Anstrengungen will es mir einfach nicht gelingen, mich aus ihrer Mitte zu entfernen. Aus allen Richtungen spritzt mir Blut entgegen, dass aus ihren schweren Verletzungen herausschießt. Doch habe ich allen Ekel und jegliche Besinnung verloren. Ich kämpfe wie in Trance und scheine in einen regelrechten Tötungsrausch zu fallen. Inzwischen ist mein Körper über und über mit ihrem Blut benetzt. Laut schreiend stürze ich mich auf einen Rüden, der erschöpft am Boden liegt, umfasse den Griff meines Messers fest mit beiden Händen und steche in Raserei verfallen mit aller Kraft auf ihn ein, bis sein Blut mir periodisch in Fontänen entgegensprüht. Doch plötzlich versetzt er mir einem heftigen Schlag, der mich erneut vor Wempais blutgetränkten Läufe schleudert. Jetzt befinde ich mich wieder inmitten des Symbols. Hastig springe ich auf, stürze mich auf Wempai und stoße ihm das Messer bis zum Schaft in eine tiefklaffende Wunde auf seiner Brust. Mein Vater ergreift nur blitzschnell meine Hand, während er mich mit seinem diabolisch stechenden Blick fixiert, löst meinen Griff und hindert mich am Fortkommen. Mit angelegten Ohren und leicht gefletschten Zähnen mustert er mich und deaktiviert meinen bionischen Anzug. Gerade in dem Moment, in dem sich die synaptische Verbindung löst und der Anzug aufspringt, legt er meinen Oberkörper frei und legt mir seine Pranken auf die Schultern, deren Krallen sich langsam in mein Fleisch bohren. So zwingt er mich auf die Knie. Laut beginne ich die dabei aufflammenden Schmerzen hinauszuschreien, deren Intensität weit über meine Erträglichkeitsgrenze hinausgeht. Mit einem Schlag ist meine Raserei verflogen und einer unbeschreiblichen Furcht gewichen, die meinen wieder aufkeimenden Verstand zu ersticken droht. Mit Mühe gelingt es mir, trotz dieser Pein, die gerade wiedererlangte Selbstkontrolle noch zu wahren. Ich spüre, wie mir das Blut beginnt, an Brust und Rücken hinunterzulaufen. Auf einmal setzt er mir die Zähne an den Hals und schüttelt mich heftig. Es fühlt sich an, als ob mir jemand vier Dolche in die Kehle stieße. Anschließend schleudert er mich zu Boden. Mit meiner rechten Hand beginne ich die schmerzenden Stellen zu massieren, die augenblicklich mit Blut benetzt ist. Er hat mich wirklich am Hals verletzt! Ich fürchte, dass er doch noch in einen Blutrausch hineingleiten könnte, so wie es mir geschah, und ich wirklich mein Leben verliere. In meiner Todesangst ist mir die Kontrolle über meine Blase entglitten, deren Inhalt sich über meinen Leib ergießt. Mein Herzklopfen ist in ein Herzrasen übergegangen; trotz der Kälte, von der ich, seit mich Wempais dämonischer Blick getroffen hat, kaum noch etwas wahrgenommen habe, ist mir am ganzen Körper der Angstschweiß ausgebrochen. So schnell ich kann, versuche ich schreiend auf meine Beine zu kommen, um mich aus seiner Reichweite zu schleppen. Jedoch weiß der Woŗkhan dies zu verhindern. Blitzschnell packt er mich am Hals und drückt mich zu Boden, während er beginnt, irgendwelche Formeln in einem uralten Dialekt zu formulieren. Wild beginne ich zu zappeln und um mich zu schlagen. Es will mir jedoch nicht gelingen, mich loszureißen. Erneut ist mein Verstand völlig abhandengekommen. Mein Bewusstsein ist nur noch erfüllt von Todesangst und den niedersten Instinkten, die mir sagen »flieh!«. Mein Stiefvater erhöht jedoch den Druck seines Griffs, bis die Schmerzen unerträglich werden. Im Geiste höre ich schon meine Halswirbel brechen. Ich will nur noch, dass die Schmerzen nachlassen und bleibe wie paralysiert nach Luft röchelnd liegen. Sein Griff lockert sich jedoch nur unwesentlich. Chracuta sagte mir heute Mittag, dass Wempai im Höhepunkt der Zeremonie in einem sehr alten Crond'llor-Dialekt so etwas ähnliches wie »Mein Blut zu deinem Blut« sagen wird und ich dann das Schlimmste überstanden hätte. Der Rhythmus der immer lauter werdenden Trommeln wird wieder beschleunigt und steuert erneut ein Maximum an. Der Höhepunkt scheint also sehr nahe zu sein. Der Kreis der uns umzingelnden Familienmitglieder hat sich in der Zwischenzeit verkleinert, als ob sie sich auf ihre Beute stürzen wollen. Mir wäre es auch recht, wenn sie es nur schnell täten und mein Leiden endlich ein Ende fände. Unter ihnen, mir am nächsten, kann ich die Zwillinge ausmachen, die erwartungsvoll auf mich herabsehen, während Wempai seinen Griff um meinen Hals wieder verstärkt, sodass ich keine Luft mehr holen kann. In Panik versetzt beobachte ich, wie er langsam seine zweite Pranke hebt, eine Kralle ausfährt und sie zu meiner Brust führt, während ich gegen den Verlust meines Bewusstseins ankämpfe. Gleichzeitig recken die Clanmitglieder ihre Köpfe gen Himmel und beginnen ein ohrenbetäubendes, schauerliches Heulen anzustimmen, das weit über die Täler hinausgetragen und von den Bergen reflektiert wird und in den umgebenden Wäldern widerhallt. Plötzlich verspüre ich einen heftigen, reißenden Schmerz, als ob er mir etwas ins Fleisch hineinritzt. Laut versuche ich den Schmerz hinauszubrüllen. Das will mir jedoch nicht gelingen. In diesem Augenblick wird der Vollmond von einer Aurora Borealis verschleiert, die sich rasch über den ganzen Himmel ausbreitet und wie ein grün-violettes Feuermeer lodernd auf uns hinabscheint. Es ist ein gigantisches Nordlicht von einer Intensität und Größe, wie ich noch keins zuvor gesehen habe. Endlich lässt Wempai von mir ab, sodass ich mich wieder aufrichten könnte, wenn ich dazu noch die Kraft fände. Röchelnd japse ich nach Luft und versuche mich hustend auf die Seite zu drehen, um leichter atmen zu können.

„Wolf, bleib liegen!“, herrscht Wempai mich jedoch an.

Jetzt zieht er sich das Jagdmesser aus der Brust und lässt es auf den blutgetränkten Boden fallen. Ängstlich leiste ich seiner Order folge, während die Chretwóŗ-Mitglieder wie gebannt auf das gewaltige Naturphänomen schauen und einige von ihnen schließlich Wólf mit verunsicherten Blicken belegen. Leicht irritiert wirft er nun seinen Kopf in den Nacken, um ebenfalls das gewaltige Nordlicht zu betrachten. Auch er scheint von dem Auftreten dieser Erscheinung beunruhigt zu sein. Doch gewinnt er sehr schnell wieder seine Fassung und richtet seine Aufmerksamkeit erneut auf mich. Ohne eine Miene zu verziehen, reißt er sich seinen rechten Vorderlauf auf, aus dem augenblicklich das Blut herausschießt und sich direkt über mich ergießt. Erst als die Blutung versiegt, erhebt er sich und tritt zurück. Während sein Bruder sich über mich beugt und diese Prozedur wiederholt, beginnt er, unverständliche Beschwörungsformeln zu rezitieren. Erst als das Blut des letzten Familienmitglieds über meinen Körper geflossen ist, beendet Wempai seine Beschwörung. Zeitgleich verstummen die Trommeln und es wird totenstill. Ich war dabei im Bann des Nordlichts gefangen. Plötzlich zuckt ein gewaltiger Blitz vom wolkenlosen Himmel herab und schlägt mit einem ohrenbetäubenden Knall im Gipfel unseres Bergs ein. Ich kann nichts mehr sehen, weil ich von dem grellen Licht geblendet wurde. Mein Körper beginnt zu kribbeln und der Boden scheint zu schwanken. Mir wird schwindelig. Irgendetwas geschieht. Es fühlt sich an, als würde etwas in mich hineinströmen und wolle mein Bewusstsein fortreißen. Mir wird die Luft zum Atmen genommen. Laut seufzend hole ich tief Luft, um mich nicht im mentalen Nebel des Nichts zu verlieren. Allmählich beginne ich wieder etwas zu sehen und erkenne, dass das gigantische Nordlicht verschwunden ist. Jetzt wird mir auch gestattet, mich wieder zu bewegen. Mit letzter Kraft drehe ich mich in dem blutdurchtränkten Gras auf die Seite und verharre so einige Minuten, um mich von dem unsäglichen Stress zu erholen. Ich spüre, wie mir jetzt jemand sanft unter die Arme greift, mir wieder in den bionischen Anzug hilft, ihn wieder verschließt und anschließend aktiviert. Ich bin zu schwach, die Schmerzen der Initialisierungsphase herauszuschreien und bringe nur noch ein Stöhnen hervor, während ich auf die Beine gehoben werde, die mein Gewicht noch nicht richtig tragen wollen. Mit Mühe gelingt es mir, mein Gleichgewicht zu finden. Langsam hebe ich meinen Kopf und erblicke Wempai, der mich freundlich ansieht.

„Cuṛan, du hast es jetzt überstanden. Der Mensch in dir ist tot, Wolf ist tot. Der Cṛond'lloṛ Cuṛan von Wadṛán ist erwacht. So geh denn in die Höhle, Cuṛan von Wadṛán, um dich von den Strapazen deiner Inkarnation zu erholen."

Als ich an meinem blutüberströmten Körper hinabsehe, erkenne ich, dass er mir jenes Zeichen, die Hieroglyphe, die auf dem Boden, in der Mitte des Symbols zu finden ist, in meine Brust geschnitten hat. Das Wundmal zeichnet sich nämlich schemenhaft auf der Oberfläche des bionischen Panzers ab. Auf wackeligen Beinen verlasse ich den Kreis der Cṛond'lloṛí und wanke hinunter in die warme Höhle, wo ich erschöpft zusammenbreche.